文春文庫

遺　産

D・W・バッファ
二宮　磬訳

文藝春秋

母、ベヴァリー・ジョンソン・バッファに

謝辞

その経験と識見によって、はかり知れない貢献をしてくれたわたしのエージェント、ウェンディ・シャーマンに。本書をわたしの意図どおりのものに仕上げるのに助力を惜しまなかった担当編集者、ロブ・マクマホンに。

（サンフランシスコは）〝天空の風が冒険者たちを吹き寄せる黄金の町〟

——ロバート・ルイス・スティーヴンソン

遺産

主な登場人物

ジョーゼフ・アントネッリ……………………………弁護士
ボビー・メドリン…………………………………アントネッリのいとこ、弁護士
アルバート・クレイヴン…………………………ボビーの法律事務所のパートナー
ジェレミー・フラートン…………………………カリフォルニア州選出上院議員
ジャマール・ワシントン…………………………フラートン殺害事件の容疑者
ローレンス・ゴールドマン………………………大金持ちの不動産業者、フラートンの後援者
アリエラ・ゴールドマン…………………………ローレンスの娘、フラートンのスピーチライター
オーガスタス・マーシャル………………………カリフォルニア州知事
アンドレイ・ボグドノヴィッチ…………………輸入業者、元ＫＧＢ
マリッサ・ケイン…………………………………実業家
クラレンス・ハリバートン………………………地方検事
ジェイムズ・トンプソン…………………………判事

1

両親がついに別れることになったとき、母はわたしに言った、父と結婚したのはひとえにわたしをみごもったためだった、と。そんなことはわたしもとっくに知っているはずだ、と言っているように聞こえた。父を愛したことなどなく、長年つれそったのはわたしをちゃんとした環境で育てたかったからにすぎない、とわたしも――いわば最初から――知っていたにちがいない、と決めこんでいるらしかった。わたしは母が思っているような聡明さや洞察力とはまるで無縁なのだが。わたしたちの家庭になにかまずいところや、ふつうとはちがうところがあるなどとは思ったこともなかった。毎年、夏になると母とわたしが家を離れたのは、父は医者という職業柄、患者の近くにいなくてはならないからだろう、と思っていた。

毎年、学校が夏休みにはいって四、五日すると、父は一晩がかりの旅に出発するわたしたちを駅で見送った。行く先は〝都会《ザ・シティ》〟だった。母はいつでもそう呼んだ、自分が生まれて育ち、まだ学生だった父と知りあった町のことを。ザ・シティ。その町にかつて住んだことのある人も、いま現に住んでいる者も、みんなそう呼ぶ。そして話しているのがサンフランシスコのことだと相手がすぐに理解しないと、どこかおかしいんじゃないのかという目で見る。

わたしたちは毎年、出かけていった。滞在したのは伯母――母の姉で、戦争未亡人だった

——の家で、外で遊ぶ場所がないものだから、わたしはたいてい家のなかで過ごした。唯一の楽しみは、三つ年上のいとこのボビーが、わたしを気の毒がって外へつれだしてくれるときのことだった。すっかり着飾った母がわたしを抱き寄せておやすみを言い、伯母とどこかへ出かけていくと、ボビーとわたしはこっそり裏の階段から抜けだして近所をぶらつき、バーのなかを窓ごしに覗き見した。ある晩は、二人の水兵が店で拾った女二人を車へつれこむまであとをつけ、こもった熱で窓が曇るのを待った。そこでドアを思いきり叩き、いちもくさんに逃げだす、ということになっていた。わたしたちは助手席側の窓のすぐ下にうずくまった。ボビーが窓すれすれのところまで頭をあげてなかを覗いた。そしてすぐに目をそらすと、怒ったような、おびえたような顔でわたしの肩をつかみ、わたしを引っぱるようにして通りを走ってもどりはじめた。なにを見たのか、彼は話してくれなかった。わたしみたいな子供には見当もつかないだろう、と思っていたのだ。

わたしがハイスクールへはいるまで、わたしたちは来る夏来る夏、あの都会《まち》へ出かけていった、ときにはクリスマスにも。その後も母は姉のところを訪ねていたが、滞在するのはせいぜい一、二週間だった。わたしと離れるのが淋しかったのか、傍目を気にしたのか、母は理由を口にしたことさえなかったと思う。いずれにしても、本心は。母は因習を無視するような人ではない、うまく人目を欺けるとなればよけい。外見をつくろうその才能と、自分の罪はすべて他人のなんらかの落ち度のせいだから赦されうる、と考えたがるその性癖をわたしは母から受け継いだ。

母はやるべきことをやってくれた。それも、できるかぎり長いこと。わたしは学業を終えて弁護士になった。医者になったほうが母は喜んだだろう。だが、母のために医者になってやることはできなかったにせよ、その気なら、ウォール・ストリートの弁護士事務所の一員にくわわることはできた。夜学出身の弁護士は独りで開業し、どんな事件であろうとすすんで引き受けるが、ハーヴァードのロースクールを出た弁護士はそういうことはしない。

母はいよいよ家を出ていくための準備をしながら、わたしに向かってくどくどと語った。自分が耐えた受難の数々を思い、わたしには欠ける——それが母を失望させることになったのだが——一歩も退かぬという決然たる態度で。母は腹立ちがはっきりうかがえる声で言った、ハーヴァードの教育という特典がなくても、わたしのいとこはその名声ではサンフランシスコで並ぶもののない法律事務所のジュニア・パートナーになったではないか、と。それはわたしがいちばん耳にしたくないことだった。一方、母の頭にはそのことしかなかった。いつでもボビーのことだった。彼はたいそう優秀だ、だが、わたしなら彼よりずっとよくやれると昔からわかっていた。父を手本にしたせいだ、と母は言い張った、だからわたしはあたりまえの野心というものを育むことがまったくなかったのだ、と。

母は目の前にいるわたしに向かってしゃべっていたが、じつは自分に言い聞かせているのだった。話しているうち、しだいに興奮してきた。そして、やましさなどまるで感じていない顔で、父と結婚したのはわたしをみごもったからだ、と言った……いまとなってはなんでそんなことをしたのかわからない、わたしの実の父が離婚するのを待って、彼といっしょになればよかった、とつづけた。

いま思い出してみると奇妙な気がするが、母からそう聞かされたとき、それがはたして事実なのかどうか、わたしはいっこうに気にならなかった……父が、わたしの知るただ一人の父が、それを知らなければいいのだが、としか思わなかった。父には話していないし、今後も話す気はない、と母が言ったときには、父にではなくわたしに話してくれたことに感謝したい気持ちだった。

あの日、母が言ったことを、わたしたちは二度と話題にしなかった。あれ以後、母がなにか父のことを口にしても、そこには皮肉めいたところはすこしもなかった。わたしが父の子供ではないと打ち明けたことなどすっかり忘れてしまったみたいだった。母は不快なことを忘れてしまう驚くべき才能を持ちあわせているのだ。

思うに、家を出てゆく日にああいう話をしたのは、わたしが野心に欠けるのはべつに克服不可能な資質ではない、とわたしに言い聞かせたかったからなのだろう。母がわたしを知らないのには驚くばかりだ——わたしは母が思っているより野心に富んでいる、母が誇らしく思うような方面にではないが。はっきり言って、わたしはいとこのようになりたいとは思わない。金持ちに税法の抜け道を教えることで生計をたて、法廷に立つこともなければ立とうとも思わない弁護士には。しかし、母がそんなふうに考えたのは責められない。わたしたちがともに成長期にあるころには、ボビーはわたしの理想像で、自分はとてもあんなふうにはなれそうにないと思ったものだった。ハイスクール時代のボビーはカリフォルニアでも指折りのフットボール強豪校のランニングバックで、リーグを代表する選手でもあった。一方、そのころハイスクールに入学したわたしは、ポートランドの外ではまったく無名のチームの最末端の補欠だった。カリフォルニア大学に進んだ彼がオールアメリカンに選ばれた年に、わたしはやっとハイスクールの正選手になった。ボビーはいつでも、友人になりたがる連中やデートをしたがる女の子に取りまかれていた。一方、わたしのほうはあまりよく知らない人間といっしょだと落ち着かず、その年頃にしてもやたら神経質で、またひどく秘密主義的なところがあって、積極的に友人をつくろうとはしなかった。

夏に母とともにサンフランシスコへ出かけていくことがなくなってからは、ボビーとも疎遠になったが、遠く離れていても、彼の人生の節目の出来事にはわたしも通じていた。彼が大学四年の年に結婚したときには、わたしも式に招待された。だが、わたしはミシガン大学へはいったばかりで、遠すぎることもあって出席できなかった。癌で亡くなった彼の妻の葬儀にはわたしも駆けつけ、ほぼ二十年ぶりに再会した。彼は二、三週間後に手書きの礼状をよこした。これからはちょくちょく会おう、と書き添えてあった。それから一年後、わたしが連邦地方裁判所でおこなわれる審理のためサンフランシスコへ出かけた際、食事をともにした。それが二年近くまえのことになる。その後、音沙汰がなかったが、つい最近、また連絡をよこした、ある事件を引き受けてもらえるかどうか、事務所のパートナーと話してもらえないか、と言って。公判弁護士なら、なにをさしおいてもやってみたいと思うような事件だった。

ジェレミー・フラートンがサンフランシスコ市内の路上に駐めた車のなかで殺害された夜以来というもの、市民のあいだではその話でもちきりだった。上院議員が殺されたとあってはニュースになるのは当然だが、フラートンは民主党のカリフォルニア州知事候補でもあった。その後、フラートンが知事選に立候補したのは大統領をめざすための足がかりにすぎなかった、と各紙が書きたてたためますます関心は高まった。

ボビーは、警察は被疑者を逮捕したが、事務所のパートナーのアルバート・クレイヴンは誤認逮捕だと確信しているらしい、と説明し、警察のまちがいではないとしても、クレイヴンは被疑者の母親と古い知り合いのため、なんとか弁護士を見つけてやろうと約束したのだ、とつけくわえた。

「それはむずかしくはないはずだけどな」と、わたしは言った。「名を売るのにはもってこいの事件というやつなんだから。一生に一度のチャンスだ。弁護士たちは列をなして並び、どうか自分にやらせてくれと頼みこむはずだよ」

「この町にはこれにかかわりたがる弁護士は一人もいないよ」と、ボビーは言った。

それは筋が通らない。これを手がけたら、かならず有名になれるのだ。なにかがおかしい。

「アルバートは最高の弁護士を息子につけてやる、と母親に約束したんだ」

子供のころ、ボビーのようになりたいと、あこがれの目で見ていたことをわたしは思い出した。電話をかけてきたとき、彼もそれを思い出しただろうか、わたしのことを最高と形容したりしたら、それだけでわたしはますます彼のことを好きになる、と考えただろうか、と思った。

わたしはボビーの説明に聞き入った。これを扱えそうな弁護士はこの町に五、六十人はいるだろうが、みんなあとの反動を恐れているのだという。

「反動？」彼が話しおえると、わたしは思わずそう聞き返していた。どんな反動かは知らないが、わたしはそんなのはものともしない。

翌週の月曜の朝、わたしはポートランドから飛びたった飛行機がサンフランシスコに向かって降下を始めると、窓から覗いてみた。〝ザ・シティ〟と呼ばれるのもうなずけた。ここは昔からあらゆるものを引きつけてきた。二つの橋ができるまでは、つまりゴールデン・ゲート・ブリッジが北と、ベイ・ブリッジが東とを結ぶまでは、毎年、何百万もの人々がフェリーによって行き来していた。二つの橋が完成すると、さらに多くの人間が自家用車やバスや汽車でやってきた。みんながここに住みたがった。だが、大洋と湾のあいだに細長く突き出た半島の先端にできあがったこの町は、それ以上に大きくなりようがなかった。ここにはマンハッタンにそびえる、日差しをさえぎるような大きなビルも建てられない。地下何マイルかのところにある断層にわずかなずれが生じた瞬間、かつて一度あったように、市街全域が廃墟と化してしまうのだ。すべてを破壊しつくしたかに見える一九〇六年の大地震が、町がもっと恒久的なかたちの破壊に追いこまれるのを救ったのだ。

ほかの都会は外へ、上へと成長をつづけた。個性的な建物を次々と締め出してガラス張りの画一的なビルを建て、効率一点ばりの、まとまりのない灰色の町へと変容していった。サンフランシスコは、人が何年ぶりに訪ねようと、訪ねる人間がどれだけ変わろうと、そのたたずまいはずっと思い描いていたのとすこしも変わらず、最後に見たときの姿のままそこにあった。だが最近は、すくなくとも目に見える部分では変化が始まっている。広大で危険な海上に橋を架けたのとおなじ、とどまるところを知らない発明の才を駆使して、衝撃を吸収して倒壊を防ぐための厖大な数の鋼鉄製コイルの上に高層ビルが建てられるようになった。一九〇六年以来の大地震が襲った際には、高いビルは左右に揺れただけだった。倒壊したのは木とセメントで造られた古い建物だった。わたしは丘陵地帯から海岸線へと目をやってみた。ガラスと鋼鉄の建物が立ち並ぶなかに、フェリー・ビルの時計台がちらりと見えた。それが市内でいちばん高い建物だったのはそう昔のことではないような気がする。

飛行機から降り立つとボビーの姿があった。いかにもうれしそうに口許に笑みを浮かべて、人垣と離れたところに立っている。その立ち姿は、自分を抑えつけてでもいるようで、ちょっと独特なところがあった。足をひろげ、かすかに背をかがめて立ち、まわりの出来事はなに一つ見逃すまいというように、青い目をたえず動かしている。なにが起きてもすぐに対応できるよう、神経をとがらせているみたいだ。だから、足を踏みだす以前にもう動いているように見えた。まったく動いていないように見えるのは動いているときだけだった。

彼はわたしのバッグを持つと言い張った。ターミナルを出てカリフォルニアらしいさわやかな陽気の屋外に立つと、彼は頭を起こしてあたりをちょっと見まわし、それから手を持ちあげて振った。タクシーを呼んだのだろうと思ったが、そうではなかった。半ブロックほど離れたところに待機していたリムジンが寄ってきて停まった。

わたしは後部席にボビーと向きあって坐った。あらためて見ると、ボビーにも変化があった。髪に白いものがまじりはじめ、目尻の皺は隠しようもなく、やはり老けて見えた。すばやく浮かべる笑みはいまもまばゆいが、ごくわずかながら明るさが減じはじめた電灯のように、いくぶん輝きが薄れはじめている。

「よく来てくれた」彼は運転手に指示を伝えおえると、わたしに向きなおった。「厚かましい頼みだってことはわかっている。感謝しているよ」

澄んだ声は以前と変わらないが、わたしの記憶にある口調よりはいくぶんゆっくりしていた。

「厚かましくなんかないよ」わたしは言った。「これを引き受けるかどうかはともかく、わたしのことを思い出してくれたことがうれしいんだ」

彼はきっぱりと首を振った、なにか理由《わけ》あって、それはわたしの誤解だとはっきり伝えることが重要だとでもいうように。

「いや、これはわたしの考えじゃないんだ。アルバート・クレイヴンがきみに連絡してくれとわたしに頼んだんだ。彼はわたしにいろんなことをしてくれたが、なにかを頼んだことは一度もない。わたしが頼みを引き受けた理由はそれしかない……断わるのはどう考えてもおかしいと思ってね。ただし、彼の話を聞いてくれときみに伝えはするが、事件を引き受けてくれと頼むことはしない、ということははっきりさせておいた。どうするかはきみしだいだ。断わるなら断わるで、それはいっこうにかまわない。きみはアルバートに義理があるわけじゃないんだ……わたしに対してもだ。そうだろ？」

そのとき、それがいきなりわたしたちの前方にあらわれた、金色の日差しを浴びてまばゆく輝く〝ザ・シティ〟が、湾へ向かって下る丘陵にひろがっている。

ボビーはわたしの目に浮かんだ表情に気づいた。「ここに住もうと思ったことはないか？」

わたしは首を振りながら、「雨が恋しくなるだろうと思うよ」と言い、偽りの笑みを浮かべてみせた。

リムジンはフリーウェイを離れ、街のなかをゆっくりと進みはじめた。

「反動云々と電話で言っていたね。ここの弁護士は誰も引き受けたがらない、とも言っていた。で、ついいまは、引き受けるようわたしに頼んでいるわけじゃないとはっきり言った。みんなが手をつけたがらないのはどうしてなんだ？　フラートンが大統領の座を狙う上院議員だったから、しかもわたしの聞くところでは、その可能性は充分にあったという、だからなのかい？」

ボビーの反応はわたしの予期しないものだった。彼は笑いだし、そしてため息をついた。

「フラートンとはなんの関係もないんだ――いずれにしても直接には」

車は金融街の中心部に建つ、濃い灰色をした石造りの建物の正面に停まった。〈クレイヴン、モリス、ホール法律事務所〉は、市内に高層ビルがそびえはじめるよりずっと以前にここに居をかまえた。事務所は町とともに発展をとげてきた。事務所の創設当時から依頼人だった小銀行や小企業が、いまは大手金融機関や国際的企業となっている。当初は月々の経費をまかなうのがやっとだった報酬はしだいにふくれあがり、貧窮の身だった創設メンバーの三人のパートナーは、いまや自身夢見たこともないほどの大金持ちになった。

モリスとホールは法律の実務からはほとんど手を引いており、ときたま事務所にあらわれて、いつかは主人のように金と暇に恵まれた生活を手に入れる日が来ると信じて奴隷のように働く、大勢のジュニア・パートナーの仕事ぶりをごく皮相的に監督するだけだ。それが世の常なのだ。いや、世界を征服しようとして出発し、最後はパーム・スプリングズの邸宅に落ち着く弁護士が世の中の一部を構成している、ということはすくなくとも事実である。

アルバート・クレイヴンは言ってみれば例外だった。パーム・スプリングズは暑すぎるし、ゴルフは退屈でならない、というのが彼の持論だった。当人が本心からそう思っているかどうかは問題ではない……嘘だと思っていても、彼はそう言うだろう。彼はこういうことを好んで口にする、かるい調子で。ことに、なぜいつまでもそんなにあくせく仕事をするのか、という問いにまともに答えるのを避けようとするときには。長年この仕事をつづけてきたにもかかわらず、彼はいまでも朝はいちばん早く事務所にあらわれ、夜はいちばん最後に退出する。彼ほどの年の人間としてはそれはかなり異常な真似だ、と言われると、毎日のように市内の名士の誰彼とともにする昼食で二、三時間を奪われる、だからその埋め合わせをしているのだ、と反論した。

たとえ友人が一人もいなくても、彼の行動はなんら変わらないはずだ。四回の結婚はいずれも不幸な結果に終わり、彼が心から打ちこめるものといえば、もう弁護士の仕事くらいしか残っていないのだ。年齢が彼の半分の弁護士でさえ体力の消耗と才能の酷使を強いられるほどの量の仕事を抱えて、アルバート・クレイヴンはがむしゃらに働きつづけている。ふつうなら一般的な書式を使うか、多少の独創性があれば、自分なりの書式を考案してくり返しそれを使うところを、クレイヴンはいまだに必要な書面はすべて一から自分の手で作成している。弁護士はクライアントのために、徹頭徹尾、最初から最後まで考え抜く義務がある、と彼は言う。この世界には手抜き仕事がはびこっている、ということをずばりと言っているのだ。彼が手がける分野は、業界では〝オフィス・ロー〟と呼ばれている。彼がこれまでに法廷に立ったのはわずか二度しかなく、二度とも体調をくずした。わたしもきっと彼が好きになるだろう、とボビーは言った……さあ、どうだろうか、とわたしは思った。

外界の音を締め出した静かなリムジンから出て、大都会の喧騒が鼓動のように響くなかに立った。歩道は人でごったがえし、車はクラクションを鳴らしたて、どこか角の向こうでケーブルカーが鐘を鳴らしていた。三階へ昇り、分厚いカーペットを敷いた事務所に足を踏み入れたとたん、都会の生活につきものの耳ざわりな音楽とでも言うべき騒音はぴたりとやんだ。受付係の女性はボビーに——正確には、ミスター・メドリンと呼んだが——それまで電話に向かって話していたのとおなじ、ささやくような声で挨拶した。カウンターの上の一輪挿しにはその朝替えたばかりの——いや、毎朝替えているにちがいない——一本の赤い薔薇が挿してあった。

事務所では何十人もの人間が働いているはずだが、まるで無人のように静かだった。ドアを閉ざした部屋が並ぶ長い廊下を進み、いちばん奥にある個室の前に立った。ノックするより先に、アルバート・クレイヴンがピンク色をした卵形の顔いっぱいに笑みを浮かべてあらわれ、やわらかくて小さな手を差し出した。彼は自己紹介をすると、よく来てくれたと礼を言い、わきへ下がってわたしを部屋へ招じ入れた。わたしもいろんな家に招かれたが、これほど入念に飾りたてた部屋はめったに見たことがない。

部屋は長方形で、壁はクリーム色だった。すぐにも火が入れられそうな灰色大理石の暖炉があり、その炉棚の上方には一九〇六年の大地震直後の炎上するサンフランシスコ市街を描いた絵が掛けてある。その左右の壁も昔の市街のさまざまな風景を描いた絵で埋まっている。部屋の奥、暖炉からはいちばん遠い隅の窓の下にクレイヴンの机が置いてある。ヴィクトリア朝時代のものと思われる、赤みがかった黒の巨大な机だった。こんな代物はわたしも見た記憶がない。湾曲したずんぐりと太い脚が天板を支えている。天板の左右には複雑な彫り物が、そして中央には象眼模様がある。なんとも醜悪で、そのあまりの醜さゆえに、なにか質問を——たとえば来歴についてとか、どれぐらい使っているのかとか——するのはぶしつけなような気にさせられる。不幸にも醜い傷のある身内の前に立ったようなものだ……なにか言おうにも思いつく言葉はほとんどないのだ。とにかくあまりじろじろ見ないようにしているしかない。

　クレイヴンは濃紺のスーツに明るいブルーのシャツを着て、淡い黄色のネクタイを締めていた。彼は巨大な机の向こうにまわり、パールグレーのふかふかの椅子に腰をおろすと、団子鼻の先に載った小さな縁なし眼鏡ごしにわたしを見た。彼が口を開こうとしたとき、わたしの左横に並べて置かれた、ベージュのブロケード張りの対の椅子に坐ったボビーが言った。「こんな醜い机というのは見たことないだろ？」

　クレイヴンはきれいに爪を切った、つやつやした指を胸のちょっと下に当てた。かすかな笑みがふくよかな顔にゆっくりとあらわれはじめた。

「たしかにあまり魅力的でないことは認めるが、そこまで言うことはないと思うね」笑みが大きくなった。「わたしがこれを手に入れたいきさつをきみに聞かせてやれ、というのがロバートの本心なんだよ。どうやら彼にはその話がおもしろいらしい、どうしてそう思うのかわたしにはよくわからないんだが。喜劇というよりは悲劇なんだ。ミスター・アントネッリ――」

「ジョーゼフと呼んでください」わたしはあらためて言った。

「こういうことなんだよ、ジョーゼフ」彼は堅苦しい真似はぬきにしようと言ってくれてありがとう、と小さくうなずきながらつづけた。「アガサが、わたしの二番めの妻のことだが……」そこでふとためらい、眉が寄って困惑顔になった。「三番めだったかな？」彼はボビーに目を向けて問いかけ、肩をすくめてつづけた。「ともかく、元妻の一人だ。で、彼女がこれをわたしに買ってくれたんだ。彼女からの贈り物だった……ただの贈り物ではない。結婚の記念にくれたんだ」

彼はわたしの顔に無意識のうちにあらわれた反応に気づいた。

「ああ、わかっているよ」彼は目をぐるりとまわして天井を見あげた。「あれははじめから失敗に終わる運命だった。しかし、正直な話、アガサはこれを宝と思ったんだ。この見かけからではないよ」彼は急いでそうつけくわえた。「そんなことはどうでもよかったんだ！　そう、これがもともとはモーガン財閥の創始者、J・ピアポント・モーガンのものだったと知ったとたん、なにがなんでもほしくなったんだ。ニューヨークのサザビーズのオークションで手に入れ、ハネムーンへ出かけているあいだにここへ運びこむよう手配をした」彼は茶目っけたっぷりに、天井へ向けた目をきょろきょろと動かした。「これがここにあるのを見たときのわたしの驚きを想像できるだろ」彼は微苦笑を浮かべてみせた。「これにくらべたらハネムーンもそれほどひどいものじゃなかったと思ったものさ」

「これを手に入れたいきさつはそれでわかりますが」ボビーが言った。「いまだに所有していることの説明にはなりませんね」

クレイヴンは目を下にもどすと腕を組み、椅子に深く坐りなおした。口が苦々しげに結ばれ、鼻孔がひろがった。ゆっくりと首を振り、目をあげて口をひらいた。「これも離婚の条件にふくめる、と彼女が言い張ったんだ」

彼はさっと上体を起こすと、離婚の当事者両名が所有を望まなかったという物体の上に両肘を置いた。

「きみが考えているのとはちがうよ」彼は目を輝かせながら言った。「彼女がわたしを憎んでいたからじゃないんだ。まったくちがう。アガサはわたしがみじめな思いをするだろうと考え、せめて苦しみがすこしでも軽減するようにとこれを残したんだ」

彼は机のつややかな表面を拳でこつこつと叩いた。「わたしにどう言えよう？　わたしにとって唯一の苦しみといえば、こんなものを毎日見なければならないことだ、と言ったらよかったのかね？」

口許にはまだ笑みが残っていたが、目が徐々に真剣みをおびはじめた。彼は顎を持ちあげ、鼻をひくひくと動かした。顔から笑みが消えていった。

「きみにはるばる来てもらったのはわたしの部屋の備品の来歴を聞かせるためではない。もちろんきみもフラートン上院議員が殺されたことは知っているね。ある若者が被疑者として逮捕された。わたしがきみを雇って、その男の弁護をしてもらいたいと思っているんだ」

「あなたがわたしを？」と、わたしは聞き返した。

「被疑者の若者には」彼はためらうことなく答えた。「金がない、その母親もおなじだ。母親をわたしは昔から知っているんだ。息子には一度も会ったことはないが、とてもあんなことをするとは思えない。ただ、状況があまりよくないことは認めざるをえないが」彼はそうつけくわえてため息を洩らした。「いずれにしても、わたしは最優秀の公判弁護士を探して彼につけてやりたい、それできみに頼んでいるわけなんだよ」

そう説明されてもわたしは釈然としなかった。それに、市内にはこれを引き受ける人間がいないというのがいまだに信じられなかった。

「サンフランシスコには弁護士は大勢います。わたしでも一人、二人は推薦できますが」

「いや」クレイヴンはきっぱりと言った。「これをやれるのは市外の人間だけだ。わたしは生まれたときからサンフランシスコに住んでいる。ここはよそとはちがうんだ。ここでは誰もが他人のことを知っている。ジェレミー・フラートンも他人のことをあれこれ知っていたんだ……この町を動かしている人間たち、この町を牛耳っている人間たちのことをね。彼が知っていたことが新聞の第一面にでかでかと出るのを望む者は一人もいない。ついでに言っておけば」彼はまったくの余談のようにつけくわえた。「そういう人間の一人が事件の黒幕だったとしても、わたしはすこしも驚かないね」

2

各紙の狂乱調の第一報が、ジェレミー・フラートンを誰がなんのために殺したか、あますところなく伝えていた。合衆国上院議員は、十代の黒人の若者に銃で撃たれ、財布を奪われていた。まさに白人たちが思い描く悪夢だった……良心など持ちあわさない黒人のガキ、麻薬にイカれ、とろんとした目をして挑みかかるような薄笑いを浮かべ、汚い言葉を矢継ぎ早にくりだしてしゃべりたてる暴力組織の一員、意の向くまま、理由もなしに人を殺してやろうと、あらゆる凶器を身におびた、なめらかな筋肉に漆黒の皮膚をまとった愚かな獣。

ジャマール・ワシントンはまったくそんなふうには見えなかった。髪は短く刈っていて清潔だった。傷痕もなければタトゥーもない、死がただ一つの生き甲斐となった若者たちのあいだでは名誉のバッジとして通用するようなしるしはどこにもなかった。彼は病院の白いベッドの上で糊のきいた白いシーツにくるまれてぐっすり眠っていた。明るい褐色の手を腹の上に載せている。点滴の管が腕につけられていた。狭いベッドの上にすこしかかるように、金属製のトレイが吊られている。ストローが突きでたジュースの容器と、食べ残しに白いプラスチックのスプーンを差したゼリーのカップが載っている。カーテンはあけられていて、鉄格子のはまった窓から昼さがりの陽光が差しこんでいた。

椅子が一脚あったので、それをベッドのそばへ移した。相手を起こそうとしかけたところで気が変わった。なにも急ぐことはない、この機会に考えてみることにした。わたしを呼び寄せたのは、いっしょに夏を過ごした子供のころ以来、せいぜい五、六度しか会っていないいとこが勤める事務所のパートナーだ。長年の知り合いだという人物の息子が巻きこまれた、弁護士なら誰もが引き受けたがるはずなのに誰も手を出そうとしない事件の弁護をわたしにまかせるために。余所者《よそもの》のわたしになぜやらせたいのか、とたずねるたび、アルバート・クレイヴンは、いずれサンフランシスコという町の仕組みについて、必要なことはすべて教えよう、といったあいまいな言辞を弄してはぐらかした。市内の優秀な弁護士が手出しを恐れるらしい被疑者の弁護費用をなぜ彼が負担しようというのか、その理由についてもはっきり言おうとはしない。長年の友人のためなら誰でもすることだ、と言わんばかりに肩をすくめるだけだった。あの化物のような机を手ばなせないのを見ても、彼が心根のやさしい人間であることはわかる。それで与《くみ》しやすい相手という印象をあたえがちなのだが、当人はそれに慣れてしまって、あまり気にもならないのだろう。クレイヴンは洗練された魅力的な人物だが、その人好きがするうわべの下になにかがあるのかどうかは、まだわたしには解けない疑問だった。

わたしはアルバート・クレイヴンを好きになった。ボビーの言葉は正しかった。あれだけ異彩をはなつ人間を好きにならずにはいられない。だが、その態度には計算したようなところがあって、話を言葉どおり受けとめられないという気がした。自分が世馴れた人間だというところを見せることに汲々とするあまり、また、翌日のランチのときに相手が思い出すようなことをディナーの席で言おうと腐心するあまり、発言の当否をまるで考えることなく口にしているようなところがあった。わたしは好きなようにさせておき、わたしをなぜ雇いたいのか、ごくふつうの恥じらいというものを知っている人間なら赤面せずにはいられないようなことを彼がしゃべるがままにしておいた。そして、彼が話しおえ、わたしも納得したはずだとばかり丸い顔に満足げな表情を浮かべたところで、引き受けるかどうかを考える以前に、二つの条件が満たされなければならない、と言ってみた。先に被告人に会う必要がある、と言うと、それは予想していたことだとでもいうように、彼は愛想よくうなずいた。次に報酬の額を言うと、彼はすぐにはわたしの言っていることが呑みこめなかったかのように、きょとんとわたしを見つめたのち、重々しくうなずいて、明日の夕方までに小切手を切らせよう、と言った。

わたしは刑事専門の弁護士として大金を稼いでいたが、相手が誰であれ、彼に示したような額を持ち出したことはそれまで一度もなかった。そんなことをしたのは、相手の反応を――アルバート・クレイヴンのように資力があって、どうやら見たところ、わたしはそういう巨額の報酬をもらいなれていると思っているらしい人間がどう応じるか――見てみたい、という気持ちがどこかにあったのだろう。金持ちというのは、自分の金ではどうにもならないことがあると認めるくらいなら、たいていどんな要求でも甘受するものなのだ。倍の額を言ってみるべきだったかもしれない。

低いうめき声があがった。ジャマール・ワシントンは寝がえりを打とうとしたはずみにベッド上に吊りさげられたトレイに体を当て、目をさました。視線の先に見知らぬ人間がいると気づくまでにはちょっとかかった。

「ジョーゼフ・アントネッリです」わたしは名乗り、そこにいることの説明がわりに、「弁護士です」とつけくわえた。

彼は値踏みをするような目でちらっとわたしを見た。彼が瞬時にはっきり目をさましたのが印象的だった。面会することになった事情のせいだろうが、言葉が明晰で、知性が感じられるのが意外だった。

「弁護士を探すと母が言ってました。今朝、ここへ寄ったときの話では、今日誰かが来てくれるんじゃないかということでした。どういうわけであなたに?」彼は小さな声でたずねた。口調は礼儀正しかった。

「アルバート・クレイヴンから――お母さんの知り合いだそうだ――わたしに話があったんだ」

「どうしてです?」と、わたしをまっすぐ見てきいた。声にとげとげしさはなく、他人が助けてくれるのはなぜかと、その動機を疑ったり、怪しんだりしている表情はなかった。それを不快に思っているふしはまったくない。たんなる質問だった。知りたいからたずねているのだ。わたしに答えられることはあまりない。

「きみのお母さんを昔から知っている、と彼は言っていた」

反応はなかった。表情は変わらず、顔にうかがえるのは好奇心だけだった。

「どういう人ですか——クレイヴンさんは？」

わたしにはほとんど答えようのない問いをかわすため、逆に問い返した。「お母さんはどういう人だと言っている？」

「なにも」彼は小さく肩をすくめた。「仕事のことはなにも話しません」

「彼のところで働いているのではないらしいがね」

そう言ったとたん、ひょっとしたらそうなのかもしれない、と気づいた。アルバート・クレイヴンのことをわたしは知らないに等しいのだから。昔からの知り合いだ、としか彼は説明していない。

「お母さんはどんな仕事をしてるんだね？」

「メードです。他人《ひと》の家の掃除をしてるんです」と、彼は答えた。ちょっと辛そうな表情が顔をよぎったように見えた。

彼はつづけてなにか言いかけたが、どこかに痛みが走ったらしく、突然ひくっとなり、また枕に頭を深々と埋めた。

「なにか薬を使っているのかね？」と、わたしはきいてみた。

「モルヒネを」と、彼はやっとのことで答えた。

「看護婦を呼ぼうか？」

「大丈夫です」彼はわたしが腰を浮かすのを見て、弱々しくほほえんだ。

「休んだほうがいい。明日また来るよ。話はそのときにしよう」

彼はわたしの手首をつかんだ。力をふりしぼったような強さだった。

「帰らないで。どういうことだったのか、話したいんです。ぼくはなにもしていません」と、彼はつっかえつっかえ言った。

ジャマール・ワシントンは頻繁に間を置きながら、まったく見知らぬ男がサンフランシスコの路上で殺害される現場に行きあった夜のことを、くわしく語った。

まず最初に、あの夜は真夜中をまわったばかりのころ、仕事を終えて帰宅するところだった、と説明した。

「勤め先はフェアモント・ホテルだね？」聞いていたことをとりあえず確認するため、そうたずねてみた。

「そうです――週末の三日間だけですが。厨房で働いています、皿洗いとかたづけの仕事です」母親が生活のためにしていることを話したときとおなじ口調で、自分の仕事の説明をあっさりとかたづけた。「それと、パーティがあったときには」と、あの夜遅くなった理由を説明するためつけくわえた。「次に備えるため、会場の設営をすっかりかたづける仕事にも駆りだされるんです」

聞いていた情報の断片がわたしの頭のなかで結びつきはじめた。

「一週間まえの土曜の夜も仕事をしていたんだね？――フラートン上院議員がパーティでスピーチをした晩も？」

そのときのようすが目に見えるようだった。正装した人々が照明を落とした大宴会場を埋めて坐り、州知事を、そして次にはもっと上をめざす男に目をそそいでいる。そこからいくらも離れていない、湯気が立ちこめ、汗まみれの男たちがどなりあう大きな調理場では、次から次へと運ばれてくる鍋を相手にジャマール・ワシントンが懸命に立ち働いている。彼の耳には、誰かがしゃべっている、国民のための偉大な夢もなに一つ聞こえない。

リムジンの最後の一台がノブ・ヒルに面したホテルの壮麗な正面入口を離れていってからだいぶたったころ、ジャマール・ワシントンは夜の寒気に備えてたっぷり着こんで裏口から出ると、シヴィック・センターに通じる坂道を下りはじめた。最終のバスには充分間に合う時刻だった。海のほうから押し寄せるじっとりとした濃霧は丘を下るにつれてどんどん濃くなり、ついには一フィート先もよく見えなくなった。

「面白半分に、片手を前に突き出して、それが霧のなかに消えていくのを見ながら歩きました。一年間、週末は毎晩通っている道ですから、目隠しをしていても歩けます。あの晩はまさに目隠しをしているようなものでした。あんな濃い霧ははじめてです」

そのうち突然、右手前方で銃声と思われる音があがった。とっさには逃げようと思った、なるたけ早く闇のなかに姿を隠してしまおうと思った、と彼が率直に認めるのを聞いて、額面どおりに受け取っていい、とわたしは判断した。次には車のドアが閉まる音と、急ぎ足に遠ざかっていく足音が聞こえた。彼はその場に立ちつくして、どうしたものだろうと思案した。逃げだしたかったが、誰かが傷を負っているかもしれない、助けてやったほうがいいのではないか、とも思った。だが、すぐに――その短い間《ま》が永遠のように思えたが――大きく息をして身をかがめ、車のそばまで進んだ。まわりで渦を巻く霧が一瞬、晴れた。助手席側からのぞいてみると、運転席に人の姿があった。首がねじれ、窓に顔が押しつけられていた。側頭部から血が流れ落ちているのが見えた。

その瞬間までは、とどまるか逃げだすか決めかねていたが、そのむごたらしい光景を見てためらいは消えた。彼はドアをあけて車内にはいった。男の右手首に指を当てて脈を探ってみた。脈はなかった。喉に手をやって確かめてみた。男は死んでいた。座席と座席のあいだのコンソールに電話があった。ジャマールは助けを呼ぶため電話に手を伸ばした。だがそこで、自分の足許に銃が落ちているのに気づいた。銃は横の死体以上に、彼の気持ちをくじき、不安にさせた。電話を手にとってダイヤルしかけたが、そこでふと思いついた。警察はくわしく知りたがるだろう、なにかが必要だ、と。それが重要なことのような気がした。死体の上着の内ポケットに手を入れてみると財布があった。それを取り出し、警察に身許を告げるのに役立つ運転免許証か身分証がないかと探した。そのとき、霧を突き破ったライトが車内を照らしだした。反射的にダッシュボードの下に身を伏せた。すでに人を殺すのに使われた銃に顔がつきそうになった。

恐ろしい想像が次から次へと湧きあがってきた。いちばん恐ろしいやつが頭いっぱいにふくれあがった。犯人がもどってきたのだ、忘れた銃をとりに。彼は恐怖のあまりわれを忘れて車から飛び出し、いちもくさんに走りはじめた。

彼はそれをおぼえていた……車のドアをあけたことを、頭を低くし、腕を振り、膝を高くあげて走りだしたことを……頭には一つのことしかなかったのを、かつておぼえのないほど真剣に、その一事だけを考えていたのを記憶していた、すばやく三歩か四歩、霧のなかに踏みだすだけで、彼の姿は相手には見えなくなるだろう、と。

「きみは人影を見ていないのか？」わたしはたずねた。「声も聞こえなかった？」

彼は一週間ほどまえの出来事を思い出そうとして、考えこむ表情になった。「ええ」と、しばらくして答えた。「おぼえているのは走ったことだけです、次にはなにもかもが真っ黒になってしまったんです。意識がもどるとここに、病院にいました。撃たれたんだ、と教えられました」実際にそんなことがあったとは信じられない、というような戸惑い顔で彼はそう説明した。

「銃はどうだった？」

「銃というと？」彼はきょとんとした顔で聞き返した。

「警官がきみを撃ったときに、きみが持っていた銃だよ」

「ぼくは銃なんか持っていませんでした」彼はきっぱりと言った。

正直に言おうとしているのだろうか、とわたしは彼の表情を観察した。とまれ、と命じたにもかかわらず、ジャマールは追ってきた警官に向きなおって銃を持ちあげた、と警察は主張していた。警官のほうはやむをえず発砲した、と。

「車のなかにあった銃はどうなったんだ？」と、わたしはきいてみた。「床に落ちていた銃、きみが身を隠そうとしたとき、目の前にあった銃だよ。拾わなかったのかね？――それをつかんで車から飛び出さなかった？」

疲れたのだろう、まぶたがふさがりはじめていた。その声も、震えながら洩れる息のようだった。

「銃はどうしたんだろう？」

嘘をつくにしては、奇妙な言い種に思えた。警察は、彼は銃を手にしていた、もし撃たれなかったら、その銃で警官を殺害したか、そこまでは至らないまでも傷を負わせていたはずだ、と言っていた。しかも、その銃――ジェレミー・フラートンを殺したのと同一のものであることがほぼ確実な銃は――歩道に落ちているのを発見されている。これもまた警察の発表だが、ジャマール・ワシントンの体に食いこみ、あわや一命を奪いかねなかった銃弾が警官のリヴォルヴァーから発射されたときに、その銃は彼の手から落ちたのだという。

彼は消耗しきって病院のベッドに横たわり、わたしを、今日はじめて会った男を、じっと見つめていた。自分の話を信じてくれているのだろうか、と考えているのだ。そういう顔は見たことがある。恐怖ではない、もっと陰惨で、ある意味では、見る者にとってはもっと恐ろしい表情だ。それは捨てられた人間、永遠に追放された者が浮かべる表情だった……なにをしようと自分を見る他人の目を変えることはできないと悟った人間が浮かべる表情。まちがいなく罪を犯している、と見抜けた人間の目にも、潔白まちがいなし、と思った人間の顔にも、わたしはおなじ表情を見てきた……世の中は彼らを獄に送るべき犯罪者だと、信用ならない嘘つきだと断定した、と知ったときあらわれる表情なのだ。罪を犯していない者にとっては生き埋めにされるようなものだ、そこに有罪の者とのちがいがある。

わたしは引きあげるつもりで立ちあがったが、たずねておきたいことがもう一つあった。

「きみが聞いた足音だが――車から走って逃げていく足音を聞いたと言っていたね。男のものだったか、女のものだったかわかるだろうか？」

「いいえ、わかりません」彼は驚いた顔で答えた。「たぶん、あのときはそこまでは考えが及ばなかったんです」

わたしは彼の記憶を刺激してみた。「ハイヒールだったら、ちがいがはっきりわかるはずだ、ことに走って逃げたとなれば」

彼は茶色の眉を寄せて考えこんだ。

「だめです」と、ついに言った。「わかりません。すみません」

わたしは彼の肩に手を置いて慰めた。「謝ることはないよ。とてもよく話してくれた。最後にもう一つ……そのときの自分の服装はおぼえているかね？」

「ジャケットにダークグレーのズボンです。毛糸の帽子をかぶってました」

「靴は？」

「ランニングシューズ。ほとんど新品です」

「じゃあ、歩いているあいだも音はしなかったわけだ？」

「ぼくが足音を聞いたのとはちがって、ということですか？　ええ。ぼくが近づいていくのは誰にも聞こえなかったはずです。姿も見えなかったでしょう。すごい霧でしたから」

「手袋はしていた？」

「はい。寒い夜でしたから」

わたしはうなずき、すこし休むようにと言って、ドアに向きなおった。歩きだしかけたところで、彼が言ったことを思い出した。

「週末の三日間ホテルで働いていると言ったね」わたしは体の向きを変えながら問いかけた。

「ほかのときはどうしてるんだ?」

「学校へ行ってます」

年は十八、九のようだから、ハイスクールではないだろう。「どこへ?」と、地域の二年制カレッジか、あるいはなにかの職業学校の名を答えるだろう、と思いながらきいてみた。

「キャルです」と、彼はなんでもないことのように答えた。

カリフォルニア大学バークレー校の二年だという。なにを専攻しているのか、ときいてみた。皮肉げな、かすかな笑みが口許をよぎった。

「医学進学課程です」

病院を出るころには、これを引き受けることになるだろうとわかっていた。アルバート・クレイヴンが払うという金がなくてもおなじ決断をしたかもしれない……だが、告白すると、その金にはあらがいがたい力があった。他人が尊敬心を、あるいは羨望さえ抱くかもしれないことをやってのけたときの、あの昂揚感、あの満足感に似ている……世間の誰も彼もが先を争って、知り合いになりたい、近づきになりたいと願うような、注目の的となったときのあの気分に似ている。それが持続する間に、自分がどんな人間か、いや、どんな人間だと思っているのかを、はっきりさせてくれる気分だ……金持ちは金のそういうところに惹かれ、中毒者は麻薬のそういうところに惹かれるのだ。愚かなことだ、それはわかっている。それでもわたしは自分を抑えきれなかった。

ジャマール・ワシントンの母親が、彼女に融通できるぎりぎりの金額を示して依頼したとしても、わたしは引き受けただろう、と思いたい。彼女の息子はたいそう聡明で、教育程度もきわめて高く、失うものがあまりにも大きいことを考えれば、車のなかの男をいきなり襲って、中身がいくらあったにせよ財布目当てに人を殺すとは思えない。彼は潔白だと確信できた……それなのに、誰にも、また何事にも寛容なこの町の人間たちが、早々と彼を犯人と決めつけてしまったのはどういうわけかと、ますます興味をそそられる。彼が黒人だからだ、と認める者はいないだろうし、その必要もない。いまのところは。単純明快な事件なのだ。ジャマール・ワシントンは現場から逃げようとして撃たれた、合衆国上院議員を殺したばかりの銃を警官に向けたため撃たれた、とされているのだから。

タクシーに乗って、人と車でごったがえす狭い道をユニオン・スクエアへ向かい、この町へ来たときのわたしの定宿である、セント・フランシスの日除けのある入口前で降りた。すでにアルバート・クレイヴンのところの人間がわたしの荷物を運びこみ、チェックインも済ませてくれていた。四時をまわったところだった。部屋へあがるのはあとにして、バーで一杯やることにした。

サンフランシスコのバーには、客はみんな顔見知りという、常連ばかりが集まる店もある。一方、ノース・ビーチのような繁華街には、セックス・ショーなどといういかがわしいものに、手にじっとり汗を浮かべ、目を丸くして見入る観光客相手の店もある。大理石の柱が立つセント・フランシスのロビーのすぐわきにあるバーは、客がどんな内密な話をかわそうと、それはあくまで彼らだけの会話にとどまる。商用や観光、あるいはその両方を兼ねてこの町へやってきた裕福な旅行者たちは、このバーを待ち合わせの場所として使い、町の住人たちは、昔から変わらない、誰にも煩わされることのない静かな雰囲気のなかで酒を楽しむ。

バーテンダーはすでにぴかぴかに磨きあげてあるにもかかわらず、長年の習慣から、わたしの目の前のカウンターをタオルで拭いた。彼はほっそりした中背の男で、痩せた顔に刻まれた皺やウェーヴのかかった白い髪からすると、年は七十前後らしい。彼はいつ来てもそこに、カウンターの向こうにいる。その不動ぶりは、通りの向こうのユニオン・スクエアに建つ、デュ－イ提督のフィリピンでの勝利を記念した塔のようだ。

「いつもどうも」彼はそう言いながら、スコッチのソーダ割りをわたしの前に置いた。そして、べつのタオルをとると、カウンターのすぐ向こうのステンレス製の小さな流しのわきに逆さにして置いてあるグラスを拭きはじめた。

「ここへ来る客はぜんぶおぼえているのかね？」わたしは一口すすってからきいてみた。

「あなたは以前から来てくださっています」彼はグラスを一つ拭きおえ、次のを手にとりながら言った。「年に二、三度。いつも午後遅くに見えます……いつもお一人で……いつもそこにお坐りになります……そして、いつもスコッチのソーダ割りを注文なさいます」彼は二つめのグラスも拭きおえ、また次のをとりあげて内側を、そして外側をと拭いていった。「で、いつもお飲みになるのは一杯です」

「市内に住んでいるのかね？」わたしは二口めを飲みながら言った。

「生まれてからずっと」ほかに住むことなど考えられない、という声音だった。

「どうなんだい。町を出ることはあるのかね？――どこかへ出かけていくことは？」

剛そうな、灰色がかった黒い眉が持ちあがり、口の両端が下がった。

「マリン郡に妹がいます。ときたま訪ねてます」と、気乗り薄といった声で答えた。

彼がカウンターの向こう以外の場所にいるところが想像しにくいからだろうか、あるいは、彼がいま答えたとき、かすかにおもしろがっているような表情が見えたと思ったせいだろうか、わたしはこうきいてみた。「いつごろに？　最近、訪ねたのはいつのことなんだね？」

彼はグラスを目の前に掲げてしげしげと見た。「五年まえの夏に」と、先週のことのように答えた。

「ここで生まれて育った人間は決して外へ出ていかないが、なぜだろう？」

「サンフランシスコを出ていきたくなるようなわけがなにかありますかね？」彼はそう言って肩をすくめた。

「しかし、この町は変わった。昔のようではないよ」

彼は仕事の手をとめ、カウンターに乗り出した。

「わたしのように長くここに住んでいれば、なにも変わっていないことがわかりますよ」彼は眉を寄せ、つかのま、わたしのグラスを見おろした。「わたしはいまの女房と五十年つれそっています」と、目をあげてつづけた。「外見は結婚したころとはおなじじゃありませんが、変わってはいませんよ……いまだに謎です。どういうことかおわかりでしょう」彼は言いおえて向きを変えた。カウンターの端に独りで坐っている女の客がそろそろおかわりを必要としていた。彼女はまだ気づいていないが、バーテンダーのほうはもう察していた。

3

わたしたちは市街をあとに、ベイ・ブリッジを車で渡っていた。下段を走っているので、鉄桁のあいだからは左手にバークレー、右手にオークランドの町――ガートルード・スタインが〝そこにはそこというものがない〟と言ったそこ――が見えるだけだった。上段を逆に走るときには、右手のゴールデン・ゲート・ブリッジを起点に、丘をいくつも越えながらサンフランシスコ湾へと延びていく〝ザ・シティ〟が、虹の始まるところのように、胸踊る夢のごとく、手招きをしているのが見えるのだが。それもまたサンフランシスコの名を高からしめているものの一つなのだ……そこを去った者にはもはやほかに見るべきものはなく、ほかに思い出すものもない、という自負。

青みがかったグレーに塗られた橋の途中で、ヤバ・ブエナ島の上のほうに掘られたトンネルにはいった。抜けると、ふたたび湾の灰色の水面のはるか上方を走っていた。

「祖父をおぼえているだろ？」と、ボビーが言った。右手をステアリングの上部にだらりと載せている。

わたしは日差しをはね返して銀色に輝く、眼下の水面をながめていた。

「すこしは」と、わたしは子供のころを思い出しながら答えた。「彼がよく坐っていた椅子と、ている。頭を叩いてくれたり、きらきら光る五十セント玉をくれた手もおぼえているよ」

わたしは首をまわして、いとこを見た。「顔はまったくおぼえていない、写真はおぼえているけど、自分の記憶には残っていないんだ」

「この橋を渡っているとき、話を聞かせてくれたことがある」ボビーは遠くを見る目になって言った。「祖父が子供のときからずっといっしょだった仲間二人が死んだんだ――ちょうどこのあたりで」彼は橋のほうへと手を動かした。「一九三七年、戦争の始まる四年まえのことだ。彼らは橋脚を造るためセメントを流しこんでいた。当時としては最長の橋だった――知ってるだろ？　失業中の男たちが仕事を求めて押し寄せた。仕事をつづけたかったら、言われたことを文句も言わずにやるしかなかった。彼らがセメントを流しこんでいるとき、事故が起きた……足場がはずれたのか、足をすべらせたのか、一人が転落し、助けようと手を伸ばしたもう一人もいっしょに落ちた――くわしいことは誰も知らない、知っていたとしても話す者はいなかった。二人が落ちたのに――話のなかで忘れられないのがここなんだ――誰も仕事を中断しようとせず、セメントを流しこみつづけた。二人が落ちていき、セメントの雪崩の下に埋まっていくのに、作業をやめようともしなかった。やめたところで意味がなかった。転落と同時に二人は死んだ。祖父からこの話を聞いたときは、しばらく考えたものだよ、祖父の幼なじみだった二人の男は、もう助からない、あと二、三秒の命だ、あと二、三回、息をしたら死ぬのだ、と悟ったとき、どんな思いをしたのだろうか、と」

ボビーはわたしに顔を向けた。口許に悲しげな笑みを浮かべている。「これを話してくれたときの祖父の顔をおぼえているよ。悲しんでいるふうでも、後悔しているふうでもなかった……恐怖のかけらもなかった……祖父の顔にはね！　彼には怖いものなどなかったんだ。そう、祖父は二人をむしろ誇りに思っていた、死んだからではなく、彼らが危険を承知で、足をすべらせたら待っているのは死だとわかっていながら、それでもあの仕事をやるほどタフな男たちだったからだ」

彼は口をつぐむと、まっすぐ前方を見つめた。車は橋を渡りきり、ジャンクションの迷路を進みはじめた。ボビーはゆっくりと首を振り、やるせなげに低い笑い声を洩らした。そして、少年のような笑顔をわたしに向けた。

「いまの時代にあんなことが起きたらどうなると思う？　テレビ局はこぞってニュースで報じ、新聞のフロントページに出る。調査がおこなわれ、訴訟沙汰になる……数年がかりのね。だけど、あのころは――ただセメントを流しこみつづけるだけだった。まず橋ありきだった。生きるのにいい時代じゃなかったことは確かだな」

インターチェンジを二つ通り抜けてオルドコット・トンネルにはいり、オリンダの出口で降りた。そして、フリーウェイをくぐり抜けてもどり、二車線の狭い道路に出て、三ブロックつづく家並みを通り過ぎた。道はゴルフ場をぐるりとまわると、小さな貯水池の前を横ぎってカーブに消えていた。車はそこを抜けて、オークの木立に覆われた丘を登っていった。一マイルほど走ると、突然、下り坂があらわれ、車は左に傾きながら走ったのち、今度は右に傾き、交差点をつっきるとすぐにまた右に傾きながら走った。やがて左折し、あけたままのゲートから邸内道にはいった。ボビーはガレージに車を入れた。ガレージと家のあいだは瓦屋根のついた通路になっている。

わたしは車から出て邸内道に立った。空気はさわやかで、庭を囲む日干し煉瓦の塀のすぐ向こうの道沿いにそびえるユーカリのにおいがただよっていた。二階建ての家は雑然とした感じのスペイン風建築で、化粧漆喰の白い壁は昔からのものらしい木蔦《きづた》で覆われている。蔦は束ねられ、凝った造りの鉄製の黒い格子窓のまわりを伝うよう整えられていた。

「以前のこの家を見せたかったよ」ボビーが言った。「長年、住む者がいなかったんだ。崩れそうなぼろ家で、屋根は半分がたなくなり、壁には手がすっぽりはいりそうな穴があいていた。まるでティファナの拘置所だ、と女房に言ったものさ。わたしだったらぜったいに買わなかったね」彼はわたしを玄関へ導いた。「だけど、彼女はひとめぼれしたんだ。すっかり手直しさせた。そういう才能があったんだ」

ボビーが着替えをする間、わたしはリヴィングルームで待った。メキシコ製の舗装用タイルを敷いた床の各所に手編みのラグが置かれていた。部屋の窓側と向きあう壁には、黒っぽい梁が走る天井に向かって、本がぎっしり詰まった書棚がそびえている。

「たいへんな蔵書だ」わたしは、オックスフォードシャツとカーキ色のズボンに着替えてもどったボビーに言った。「ローレンス・ダレル、ジェイムズ・ジョイス、ヘミングウェイ、フィッツジェラルド。ヴァージニア・ウルフも一冊あった」

「女房の本だよ」彼はきちんと納められた書物の列のほうへ手を振った。「わたしはせいぜい五、六冊しか読んでない——彼女が頼みこまんばかりに勧めたものばかりをね」

彼は靴を脱いで、綿ソックスだけで歩きまわっていた。歩き方は若いときと変わっていない。

親指のつけ根に体重をかけて、すべるように足を運ぶのだ。

屋外へ出て、腎臓型のプールわきに立てた青いパラソルの下の、ガラス天板の丸テーブルの前に坐った。夕方の七時になろうかというころだったが、熱い空気には黄色く乾いた麦藁のにおいがあって、ここでは季節が秋に変わることはなく、ずっと夏がつづくのではないかと思わせられた。プールの向こうの庭のはずれは狭い谷になっている。その先へ目をやると、執拗に光を浴びせられつづける暗緑色のオークの木立が、うなだれながらも影を落として、からからに乾いた黄褐色の丘を護っていた。一羽の鷹が、気流に乗ってゆっくりと大きく旋回しながら獲物を探している。

ボビーは冷えたビールの壜をつかんで白いパティオチェアにだらりと坐ると、伸ばした脚を足首のところで交差させた。そして、血のように赤い太陽から降りそそぐ、灼熱の日差しに顔を向けて目を閉じた。謎めいた笑みが口許にゆっくりとあらわれた。

「アルバートに報酬の額を告げたあのやり方はなかなかのものだったよ」彼は目をつむったまま言った。「わたしが昔から思い描いている祖父の姿を思い出した。おなじ顔をしていた、計算ずくのそっけなさ、とでもいった表情だ……自分はなにも必要としていない、どうしてもほしいと思うものなど一つもない、と相手に思わせる顔……自分はいつでも好きなときに出ていく、自分の出した条件でやるか、なにもやらないかだ、と告げる表情だよ」

彼は目をあけ、わたしのほうへ首を倒した。「ちょうどいまのきみくらいの年のころに撮った祖父の写真を持っている。きみは彼にそっくりだよ。髪も目も黒い——とりわけ目が似ている……超然としていて、ちょっと尊大で」彼はちらっと笑みを浮かべた。「自信に満ちていて、といったほうが適切かな」

彼はビールを一口飲んで、壜をテーブルに置いた。そして、プールの向こうのよく刈りこまれた芝生へ、彼方の起伏する丘陵へと目をやった。

「ちょっと皮肉だと思わないか？　きみは犯罪専門の大物弁護士になったが、祖父は大物の犯罪者だったんだから」

わたしがおぼえている祖父は毛糸のカーディガンとネルのシャツを着た老人だ。座が茶色の革で、幅が広くて平たい肘掛けがついたロッキングチェアに坐っていた。その椅子をゆっくりと揺らしながら坐っているところしか見た記憶がない——立っている姿さえ見たおぼえがない。虫一匹殺せそうにない、やさしい老人に見えた。

「漁師だったね」わたしは言った。「漁船を持っていたんだろ、たしか？」そんな話を誰から聞いたのだろう、あるいはわたしの想像だろうか、と思いながらたずねてみた。

「それはもっとあと、彼がだいぶ年をとってからのことだ、なにもかも失ったあとのことさ。最初のころのことはよく知らない。たぶん、ニューオリンズで起きたことだったんだろう。そこが生まれ故郷だから」

ボビーはしばらくわたしに目をそそいだ。「ほんとになにも知らないのか？……彼の生地も、こっちへ来たわけも、なにをしたかも、その結果どうなったかも？」

わたしはなにも知らなかった。そしていま、彼にきかれてはじめて、なにも知らないというのは奇妙だ、と思った。祖父が死んだのはわたしがまだ子供のころのことで、母が葬儀のため出かけていったのをぼんやりとおぼえている。母がポートランドへ帰ってきてから祖父のことを話題にしたという記憶はないが、あれでよかったのよ、と人を慰めるときの母の決まり文句を口にしたのはおぼえている。なぜなのか、死ぬのがいいとはどういうことなのか、とたずねてみようとは思わなかった。祖父はずっと病気だったか、もう回復の望みがない状態だったのだろう、と考えたのだと思う。ただ、祖父が病気だと聞いていたわけではないし、心臓がどうのこうのということは小耳にはさんでいたが、死因を知っていたわけでもない。わたしはまだほんの子供だったのだ……信じるようにと教わったことを信じていた……神さまはいると、天国はあると信じていた。その夜、帰宅した母から、おじいちゃんは死んで天国へ行ったのよと聞かされたその夜、わたしは温かくて気持ちのいいベッドで毎晩唱える祈りを唱えた……もういまではいろんなことを忘れてしまったが、その祈りのことを思い出すと、あのときとは別種の慰めをおぼえる……このわたしにも、清らかな心としみ一つない体を持ち、善いことをしようと願っていた無垢な少年のころがあった、と教えてくれるのだ。その晩だけは、出かけた母が予定より帰りが遅くなったときにおさだまりの、両親が言いあうくぐもった声を壁ごしに聞きながら、わたしはいつものように祝福をお授けくださいと祈るかわりに、おじいちゃんによろしく言ってください、と神さまに頼んでみたのだ。

「墓はどこにあるんだい？」と、わたしはボビーにきいてみた。

彼には意外な質問だったらしい。「行ってみたいのか？」

「こっちへ来たとき、ふとそう思うことがある。一度も行ったことがないんだ」

太陽は空を赤みがかったまばゆいオレンジ色に染めながら、西の丘陵の向こうに沈もうとしていた。丘に落ちる影は木々の下からひろがりはじめ、やがてやってくる夜の闇に這いこもうとしていた。

「ニューオリンズ時代のことや、とにかく知っていることをぜんぶ話してくれないか」

「ニューオリンズ時代のことはほとんど知らないんだ、そこに住んでいたが、やがて出ていかざるをえなくなった、ということしか。この国へやってきた移民は——十九世紀の末にイタリアとアイルランドからやってきた移民のことだが——すべてエリス島に上陸し、その半数は名前を英語風に発音するのがひどくむずかしいため改名させられた、というのが通説になっている。だけど、われわれの祖父、レオナルド・カラヴァッジョは名前を変えなかったし、わたしの知るかぎり、ニューヨークへ千マイル以内のところまで近づいたことは一度もない。彼が両親につれられてシチリア島を出たのは、一八八〇年代後半か、九〇年代前半の五歳か六歳のころで、着いたのはニューオリンズだったんだ。奴隷制度が廃止になったため、南部の白人たちは安い労働力をほかに探さなければならなかった。きみやわたしがアメリカで生まれたのにはそういう事情があったわけだ……われわれが名前も知らない曾祖父が、シチリアからの渡航費と、一家がかつかつ生きていける程度の賃金と引き替えに、奴隷がやっていた仕事をする、という条件を呑んだからだ。扱いも奴隷と大してちがわなかった。彼らが決まりを破って、やってはならないとされていることをやったりすれば、人殺しの罪を着せられ、黒人なら縛り首、イタリア人ならリンチ、と決まっていたようなものなんだ。祖父はそれでニューオリンズを出た。なにかをしたか、その疑いをかけられたかで——なにをしたのかはわからずじまいだが、なにか重大なことらしい。人を殺したんだと聞いたこともあるが、真偽のほどは不明だ。確かなのは、警察が行方を探していると知ってニューオリンズを出、二度ともどらなかった、ということだけだ。ニューオリンズにいれば捕まる、捕まれば死が待っている、とわかっていたからだ」

ボビーはいたずらっぽい表情を浮かべてわたしのほうへ身を乗り出した。「リンチをたくらむ暴徒に追われるようにニューオリンズを逃げだした奴隷の末裔だと知って、どんな気分だい？」

「彼が人を殺したと思っているのか？」わたしは、椅子に坐った老人と、必死に逃げるたくましい若い男の姿を頭のなかに並べながら言った。

「もちろんさ」ボビーはすかさず、きっぱりとうなずいた。「祖父のことはずいぶん聞かされて育った。黙って引きさがるような人ではないよ」

ボビーはもう一度うなずいた。その表情は、自分がそうなのだから祖父もそうだったはずだ、と言っていた。彼もそれに気づいたらしく、自分の性格はすくなくとも一世代まえの祖先から受け継いだものらしい、と言った。

「もし祖父をつけ狙うやつがいたら、祖父はいち早く機先を制したはずだ。きみだって子供のころは喧嘩をしただろ？　言い合いをしているうちに、殴り合いになるぞと――相手より一瞬早く――わかる。そこで、まず先に手を出す、それが身を護るただ一つの方法だから。祖父がそうだったんだろうと思う。たとえ何者かが彼を追っていたとしても――まずなにもできなかっただろう。祖父は機敏で、頭の切れる人だから、そんな隙はあたえなかったはずだ。うん、祖父は誰かを殺したかもしれない……だけど、相手も先に祖父を殺してやろうと思っていたにちがいない」

「わたしは喧嘩はあまりしなかったよ」

「頭がよすぎるからな」ボビーはうっすらと笑みを浮かべて言った。「その気配をすばやく察知して未然に回避してしまうんだ」

「そこまで親切な臆病の定義ははじめて耳にしたよ」わたしは小さく笑いながら言った。

ボビーはビールの壜を置くと、立ちあがって伸びをした。

「彼がサンフランシスコへたどりついた経緯も、やってきた当時なにをしていたのかも知らない」

ボビーは考えこむ顔で靴下履きの足を見おろした。「だが、禁酒法の時代には、この町へはいってくる酒の大半を彼が仕切り、サンフランシスコの大金持ちの、百万長者の仲間入りをしていた。やがて、誰かが警察に垂れこんだ。だが、警察はエリオット・ネスとはちがった。たしかに逮捕はした。だが、祖父に選ばせたんだ……刑務所へはいるか、やつらに金をわたして自由のままでいるかを」

ボビーはテーブルからビールをとって一口飲んだ。「祖父が刑務所入りしていたら、金はそのまま残り、われわれ一族は優雅に暮らしていただろう。しかし、彼は名誉について古風な考えを持っていた。刑務所にはいったりすれば家族の恥となり、自分の子供やその子供がますます社会に受け入れられなくなるだろう、と考えた。彼にとっては、貧乏か不名誉かの選択だったんだ」

ボビーは明るい色の眉を釣りあげて、しばらくわたしを見つめた。「人がどんなことをして金を稼ぎ、そのせいで一度、刑務所入りしたなんてことを、世間がいつまでもおぼえていると思うかい？　サンフランシスコ屈指の大金持ちの一員に生まれていたら、さぞやおもしろかったろうと思うがね」

彼は屋内へもどりはじめ、いわくありげな笑みを浮かべてわたしに手招きをした。「毎週のように社交欄に自分の写真が出るのはどんなものだと思う？　われわれもローレンス・ゴールドマンのようになれたかもしれないんだぞ」彼はドアをあけて支えた。

わたしはそのときはローレンス・ゴールドマンが何者なのかまったく知らず、それはとりもなおさずサンフランシスコという町の仕組みをまるで知らないことなのだ、とじきに悟ることになる。ローレンス・ゴールドマンのような人間がいなくてはサンフランシスコは立ちゆかないと思いこんでいる者がいるのだ。

「この家を見せたかったんだよ」邸内道から車を出しながらボビーが言った。外はもう暗くなりかけていた。青みをおびた暗い空を背にして並ぶ、樹皮の剝がれたユーカリが、切り抜いたようにくっきりと見えた。はるか頭上で、乾いてもろくなった葉を微風がカサカサ鳴らしていた。「気を変えてくれないかと思ってね。ここへ泊まったらいいじゃないか。わたしも相手がほしいんだ」

依頼を引き受けることにした、とわたしが告げるやいなや、彼は自宅に泊まるよう勧めた。わたしが即座に、とりあえず最初のうちは市内にいたほうがいいと思う、と言って断わると、彼はがっかりしたような顔をした。彼がもう一度、勧めるのを聞いて、わたしはちょっと驚いたし、すこし気がとがめた。いとこと言っても、子供のころ以来あまり会っていないが、それでも親戚の誰よりも彼のことは身近に感じている。おじやおばの名前は思い出そうとすれば出てくるが、わたしにとっては、名前は知っていても他人と変わらない。ボビーとわたしはいくつか秘密を共有している、だいぶあとになるまでどういうたぐいの秘密なのかわからなかったものもあるが。

「せっかくだけど」わたしはわきを走り抜けていく車に目をやりながら言った。フリーウェイに合流するところだった。「ここでの仕事に慣れたら、そうさせてもらうかもしれない。だけど、とりあえずしばらくは市内にいたほうがいいと思うんだ」

さっき通ってきたトンネルをくぐり、曲がりくねりながら丘を下るハイウェイを走りつづけた。まっすぐ前方、波立つ黒々とした湾の向こうに、真夜中の太陽さながら、サンフランシスコの街の灯が夜空を明々と染める幻想的な光景が見えてきた。

ボビーはわたしがなにを思っているか感じとった。

「毎日この道を走っている。もう二十年以上もつづけているが、すこしも飽きないな……湾と橋と街のながめには。決しておなじじゃないが、決して変わることがない。火をながめているようなものだ」

彼はしばらくのあいだなにか思いにふけりながら運転をつづけた。ベイ・ブリッジのなかばに位置する、ヤバ・ブエナ島の頂上付近を抜ける白いタイル張りの短いトンネルを抜けたところで、彼は口を開いた。

「あれを見て、あんな高い建物ははじめて見た、と言ったときのことをおぼえているかい？」

彼はフェリー・ビルの時計台を指差した。

なぜそう言ったのか、思い出せなかった。だが、いまの問いが呼び水となって、遠い昔の出来事が、二人ともまだ少年だったあの夏のことが、まざまざと頭に甦った。

「こっそり家を抜け出した晩のことをおぼえているかい？　二人の水兵がバーから女二人をつれだしたのを見てあとをつけた。車のドアを思いきり叩いてやることにしていたけど、あわてて逃げ帰ったんだ」

ボビーは前方に目を据えたまま言った。「女二人が誰だといつ気づいた？」

「窓から覗いたきみの顔を見たとたんに」

「誰かに話したか？」彼はいぜんとして前を見つめたまま言った。

「いや」と、わたしは答えた。「誰にも」

ボビーは悲しげな笑みを浮かべてわたしを見た。「どんな気がした？」

わたしは肩をすくめかけた。あたりさわりのない軽口で応えようとしたが思いなおした。

「淋しかったよ」わたしは目を窓外へやりながら正直に言った。「すごく」

ボビーの目が憂愁の色をおびた。目尻の皺がこめかみまで伸び、わたしははじめて、彼が唇を強く結ぶと口許に蜘蛛の網のようなこまかな筋ができるのに気づいた。彼独りの苦い思いにひたっているのだろう。だが、それはせいぜい数秒間のことだった……彼は不快な夢からさめでもしたようにまばたきをすると、わたしに目を向け、口許をゆるめてにっこり笑いながら、これから行くレストランはわたしもきっと気に入るはずだ、と気負いこんで話しはじめた。

そこはコロンバス・サークルにある小さなイタリア料理店で、なかはこみあっていた。客はみんな顔なじみで、ウェイターが客の身内の誰かを客当人よりよく知っていたりする、というような店だ。すこし食べると、ボビーはテーブルから上体を離して脚を組み、片方の腕を椅子の背もたれにだらりと載せた。そして、なんとも言えない笑みを口辺に浮かべてしばらくわたしを見つめた。

「ほんとにこの事件を引き受けたいのか？」

「けっこうな金額なんでね」わたしは笑いだしかけたが、そこですこし斜にかまえてみせたくなり、どうにか肩をすくめてみせた。

「いい気分なんだろ？」と、ボビーは言った。わたしを揶揄して、なにか思いあがったことを言わせようとしているのだ。「百万ドルの弁護だからな。九十九万五千ドルではこうはいかない、だろ？　七桁だからな。そこが大ちがいだ――そうだろ？　こんなことを言うのはちょっと気がひけるが、ここらあたりでは八桁に達してはじめて大金と言うんだがね」

彼はわたしをやりこめようとしていた、二人が子供だったころとおなじだ。わたしがなにをしたにせよ、あまり大袈裟に考えるな、と言っているのだ。わたしは昔から、兄とはこういうものだろうと思いながら彼を見ていた……弟がなまいきなことをすればすぐさまやりこめる、他人がおなじことをやろうとすれば叩きのめす。

ボビーはそれで気が済んだらしく、ふたたびフォークをとった。そこで表情がにわかに真剣みをおびた。なにかをまだ決めかねているとでもいうように、しばらくためらっていたが、やがてゆっくりとフォークを置き、目をあげた。

「たしかにさっき言ったとおりなんだ……きみが祖父と似ているという話さ。きみが金が目的でこの事件を引き受けたんじゃないのはわかっている。それならむしろよかったかもしれないが」彼は謎めいた表情を浮かべた。「フラートンが殺されたと知って、それこそ誰もが固唾《かたず》を呑んで、次になにが起きるかと待ちかまえた。容疑者を逮捕したと警察が発表し、それが強盗目当ての黒人の若者だとわかったときは、安堵の吐息が聞こえるほどだった。彼がほんとうにやったのかどうかは問題じゃない……みんなが心配しているのは、自分たちの名前と秘密が安泰かどうかだけなんだ。きみが調べはじめたら、殺人の黒幕を突きとめようとしたらどうなるか、いまからはっきりわかることが一つある。真実もしくは真実に近いことを話す者は一人もいない、ということだ。また、きみが真相にあまりにも近づきすぎたときは……まあ、この町にはかなり手荒な連中がいる、とだけ言っておくよ——で、やつらが乗り出してきたら……」

彼はそこで口をつぐんだ。遠くを見るような眼差から、なにかべつのことを考えているのがわかった。その思いが首を左右に振らせ、口許に嘆かわしげな、次いで蔑むような表情をよぎらせた。

「フラートンというのはともかく並はずれた男だった。われわれが子供のころにおぼえた、あの童謡の女の子みたいなものだ……〝あの子はいいときはとってもいい子、だけど悪いときは憎らしい〟」

彼は童謡などを引き合いに出したのでちょっと恥ずかしそうな顔になり、わたしを見つめて、もっとうまい説明の方法があるはずだと考えこんだ。しばらく頭をひねったすえあきらめ、ばつが悪そうにほほえんだ。

「出てこないな。とにかくそんなふうだった。わたしもあそこにいたんだ、彼が殺された夜、フェアモント・ホテルに。政治にはあまり興味はないが、テーブルを一つ買ったからぜひいっしょに行こうとクレイヴンが言うものだから。めったに聞けないすばらしいスピーチだった。

出席者は千人はいたにちがいないが、スピーチが終わるころには、みんな彼に頼まれたらなんでもやりそうな顔をしていた。そう、彼がやれと言えば、ホワイト・ハウスまで行進していっただろう。ただ、奇妙な気がした」彼はそのときのことを思い出し、いぶかしげな顔でつづけた。「彼は州知事候補なのに、話の大半が大統領批判だったんだ。あとで、どういうことだろう、とクレイヴンにきいてみた。彼がまともな答えなどするはずはないんだがね、すくなくともユーモアや誇張表現を使いきってしまわないうちは。事実、彼はそれには答えず、フラートンのスピーチ中のある箇所をおぼえているか、と聞き返した――いまの政権は十九世紀のイギリスのある有名な内閣を思い出させる、というくだりだ。で、わたしが答えるより先に、彼の眉が跳ねあがった。そして、フラートンの言ったことをそっくり復唱してみせた……『〝あらゆる才能《タレント》を集めた内閣〟というほうではありません――〝国じゅうの無能者の集合体〟と呼ばれたほうです』

名言中の名言だと思う、とアルバートは言った。それにつづけてこう言った、フラートンに地図を見せてもイギリスを探しだせないだろうし、イギリスのある内閣のニックネームはおろか、過去のイギリス首相の名は一人もあげられないだろう、ウィンストン・チャーチルの名さえも、と。

きみもうアルバートには会った」ボビーは目をぐるりとまわしてみせた。「だから、その人柄はわかっているだろうがね。パーティがおひらきになり、われわれはテーブルのわきに立っていた。彼は一人でしゃべりつづけた、話が堂々巡りをするものだから、そのうちわたしはなにをたずねたのか忘れてしまった。すると、『あのスピーチを誰が書いたか知っているか？』

とだしぬけにきいた。『アリエラ・ゴールドマン、ローレンス・ゴールドマンの娘だよ。彼女はフラートンの仕事をしている――彼の演説草稿は彼女がほとんど書いているんだ。彼女はたいそう優秀だ。フラートンはたいそう幸運な男だ。こつを心得ているんだ――幸運をつかむこつを。アリエラの才能を手に入れたうえ、その父親からはそうとうな額の資金援助を受けている。ローレンス以上の資金調達能力を持つ人間はカリフォルニア州にいない。フラートンにとっては二重に有利なんだ。ローレンスはこれまでずっと率先して現知事を金銭的に支援してきた。だから、彼がいまフラートンのために集めた金はオーガスタス・マーシャルが今後は手に入れられない金ということにもなる。今夜ここへ集まった人間の半数は、いや半数以上かもしれないが、ゴールドマンのためにやってきたんだ。彼は娘のためにやっているようなふりをしているが、本心はまったくべつのところにある』

アルバートは好んでそういうことをする……自分の知っていることをそのまま話さず、相手に推理させるんだ。これから話すことは人があまり知らないことだ、とわからせるためでもある。秘密などないという人間ばかりだったら、彼は話題を探すのに苦労するんじゃないかな。たいへんな噂好きなんだよ」

ボビーはわたしが誤解するのではないかと思ったらしく、そこで言葉を切った。

「その一方、安心して秘密を打ち明けられそうな人間といえば、わたしの場合はアルバートだ。彼が秘密をばらすことはないはずだ、ぜったいに。しかし、彼はたしかに噂が好きなんだよ」

ボビーはこれは自分だけが知っていることだと、自信ありげな口調にもどってつづけた。「みんな彼にはなんでも話す。だから、彼は一連の流れが組み立てられるほどいろんな人間のことに通じている。その結果、ふつうなら無意味と思える気らくな会話や、誰かがぽろっと洩らした一言に意味を見出すんだ。ローレンス・ゴールドマンが現職の知事を——初当選時以来、長年支持してきた人物を——見限って、対立候補を全面支援する理由を、ほんとうの理由をアルバートが話してくれたが、それはゴールドマン当人が話したわけでもないし、誰かから聞きこんだのでもないことはわかった。アルバートがいろんな話をつなぎあわせて、自分で突きとめたんだ」

アルバート・クレイヴンの並はずれた推理力に感嘆するあまり、彼が引き出した結論についてわたしはなにも知らないということをボビーは忘れているようだった。

「ほんとうの理由とは？」

ボビーは無表情にわたしを見つめた。そして、まばたきを一度すると、顔に表情がもどった。

「ほんとうの理由というのは、ローレンス・ゴールドマンにとっては知事は誰でもいいということだ。彼がほしいのは大統領だ。フラートンの登場で、願ってもない機会が巡ってきたわけだ。アルバートはそう解き明かした。

『もしゴールドマンが、フラートンがそこへたどりつくのに必要とする金を——さらには、その地位にとどまるために必要な金を——意のままに動かし、才能ゆたかなその娘、アリエラがフラートンに意のままにしゃべらせたら……大統領の力を意のままに行使するのは誰ということになる？』

そう言ったとき、アルバートの表情が変わった。ちょっとけわしかった、いや、苦々しげだった、と言ったほうがいいかもしれない。ゴールドマンの我田引水はちょっと度が過ぎる、と言いたかったのかもしれない。それから、頭をかるくそらして笑いだした。『実際、近親相姦みたいだと思わないかね？』彼は話に夢中になるあまり、つい口をすべらせた。『で、もちろん、いつものことだが、ローレンスは思いどおりにいかなかった場合に備えて退却の道は用意してある。フラートンが敗れたときは、よき友人のオーガスタス・マーシャルに電話して、自分は父親としての務めを果たしただけだ、と説明する』」

ボビーはわたしを見つめた。「アルバートはおなじ手をまた使った、わかるだろ……自分が世の中の実際の仕組みに通じているところを示すため、わたしが質問せざるをえないように仕向けたんだ。『それで、マーシャルはその説明を受け入れると？』わたしはそうたずねた。『ああ、もちろん』アルバートはきっぱりと答えた。『二人がまた陣営をともにすることになったのを大いに喜んでいることをゴールドマンに示すべく、知事は選挙期間中の借入金を返済するための大規模な資金調達運動の先頭に立ってくれるよう相手に依頼する。どうだ、うまくできてるだろ？』」

ボビーは手のひらを上に向けて肩をすくめた。「あるいはアルバートの見方はまちがっているのかもしれない……ひょっとしたらゴールドマンはほんとうに娘のためにああいうことをしていたのかもしれない。あの晩、彼の娘が上院議員に抱く関心が政治の領域にとどまるものでないことが明らかになったんだ。一大スキャンダルだ！　見るに耐えない光景だった」

「ディナーパーティでなにかあったのか？」

「いや、そのあとだ——パーティのあと、ゴールドマンのアパートメントで内輪のレセプションがあったんだ。アルバートが言うところの、ローレンスの親友二、三百人を対象とした少人数の集まりがね。

ゴールドマンのアパートメントはフェアモントの真向かいにある。ノブ・ヒルのゴールデン・ゲート側に建つ建物の最上階をそっくり占めている。彼と娘と上院議員が入口で客を迎えた。わたしたちは着いたばかりだった。アルバートはゴールドマンの娘を相手に冗談を言いあっていた。その直後、フラートンの妻がいきなりアリエラに近づき、こう言った、『教えて、あなたはどっちが悪いと思う？——もっぱらその女の父親の金目当てに女と寝る男と、喉から手が出るほどほしい権力だけが目当てで男と寝る女と？』」

「ほんとうにそう言ったのか？」わたしはボビーがちょっとした暴言をひどく誇張して言っているのではないかと思った。「その女の父親の前で？」

「自分の亭主の前でもある」と、ボビーは答えた。「また、声が聞こえるところには百人からの客もいた」

「彼女はどうした——ゴールドマンの娘は？」

ボビーは顎をあげ、目をすぼめた。かすかな震えが体を走り抜けた。

「すこしも動揺したふうはなかった。通りで金をせびりに寄ってきた人間を見るような目でフラートンの妻を見ていた。そして、ひどく残酷なことを、おそろしく悪意に満ちたことを言った。わたしは思わず顔をそむけたよ。こう言ったんだ、『もはや男から求められていないのに、いつまでもあきらめようとしない女は悪くないのかしら？』

その場は静まりかえった。わたしがまた見やると、メレディス・フラートンが夫のほうへ目を向けたところだった。彼は妻を見ようとしなかった。彼女は首を振ると、あとはなにも言わずにドアから出ていった。

ジェレミー・フラートンは一顧だにしなかった。なにごともなかったかのように、列に並ぶ次の客と話しはじめた、いまのは礼儀知らずの見知らぬ他人が無礼なことを口走っただけだ、とでもいうように。

「フラートンはゴールドマンの娘と寝ていた、それを妻に知られた、ということなのか？」わたしは念のためきいてみた。

ボビーはまだフラートンがしたことに、というより、しなかったことに気をとられていた。「彼は妻をそのままにしておいた、ただ出ていかせただけだ。彼女の胸のうちなどどうでもよかったんだ。その場をなんとかうまくおさめることしか頭になかった、無視するに越したことのない、ちょっとした不快な出来事として処理することしか考えていなかったんだ」彼はそこで間を置き、意味ありげな顔でつけくわえた。「そう、夫の不倫を彼女は知っていた。しかも、その顔に浮かんだ苦悶と怒りの表情を見れば、だいぶまえから知っていたことがわかる」

わたしたちはしばらく黙ったまま見つめあった。

「フラートンの妻が殺したかもしれないと考えているのか？」と、ボビーがきいた。

「彼は不倫をしていた、事件の直前、二百人の前で彼女を侮辱した。うん、それは殺人の動機になりうるだろうな」

4

アルバート・クレイヴンの住まいはマリーナ地区にある。家の前の道路の向こうには芝生に覆われた小公園があり、細長い砂浜が延びている。海岸沿いのすこし先には、灰色のコンクリート護岸の船だまりがあって、ヨットが白い船体をゆったりと浮き沈みさせている。反対方向へ目をやると、黒い煙突のある貨物船がゴールデン・ゲート・ブリッジの下を進んでいくのが見える。太平洋の向こうへ、世界のどこかへ、サンフランシスコの名がメッカやマラケシュとおなじように、人々の夢をかきたてる土地へ向かっているのだろう。

わたしは薄い黄色に塗られた建物のドアステップの上に立った。夕食の招きに応じたことを後悔しはじめていた。暖かな空気がさわやかで、すばらしい土曜の宵だった。見知らぬ人間たちとテーブルを囲んで、いわゆる上品な会話に——だが、たいていの場合、人目を気にして緊張を強いられることになるのがおちの、無意味なおしゃべりに——つきあうよりは、独りで市内をそぞろ歩いたほうが楽しそうだった。

呼鈴を鳴らすより先にドアが大きく開いた。アルバート・クレイヴンがピンク色の顔いっぱいに笑みを浮かべて立っていた。

「結局、きみは来ないことにしたんだろうと思っているところだった。窓ごしに姿が見えたんだよ」彼はわたしの腕をとって招じいれた。

わたしが最後の客だった。クレイヴンは楕円形の口に笑みをたたえて、リヴィングルームに集まっているほかの客たちにわたしを紹介した。ロバート・サンダーズは――当人はサンディと呼んでほしい、とこだわった――六十そこそことい う年のようだが、握手は力強く、いかにも健康そうだった。クレイヴンの長たらしい紹介の言葉から推測すると、サンダーズは投資銀行家で、いまはハイテク分野で名声を確立している企業の持株を、まだ小さな会社だった発足当初に大量に取得して財を成したらしい。その黒い目は知的で、話をするときには、最小限の言葉で言いたいことを伝えようとした。時間の節約をたえず心がけているらしい。

彼の妻のナオミは、深くくぼんだ大きな目とくっきりとした頬骨の持主だった。彼女は小気味よいほどてきぱきした夫とは対照的に、こわばった笑みをおずおずと浮かべて手を差し出した。わたしとはもちろん初対面だが、彼女にとっては近づきになりたいと思う人間ではないのだ。

「で、こちらがわたしのデート相手」わたしがナオミ・サンダーズがおざなりに差し出した手を離すとクレイヴンが言った。

ルース・ウィンスロップはにんまりと笑い、黒塗りの杖に載せていた赤っぽいしみのある皺くちゃの手を持ちあげ、老人特有の涙目でわたしを見つめた。

「アルバートの言うことを真に受けないで」と、彼女は言った。思ったよりしっかりした声だった。「わたしは彼には若すぎるの」

「サー・フランシス・ドレークがサンフランシスコ湾へ船を乗り入れたころ、すでに彼女はここにいた、と言われているんだよ」クレイヴンは楽しげにわたしにそう耳打ちしながら部屋の反対側へ向かって歩きだした。そして、「昔のサンフランシスコが骨の髄までしみこんでいる人でね」と、つづけた。「にわか成金を忌み嫌っている、もちろん第二次大戦後に財を成した人間はぜんぶふくまれるわけだが。とりわけナオミ・サンダーズを嫌っている」彼はそこで片目をつぶってみせた。「もちろん、だからこそ二人を招いたんだ」

　クレイヴンは次に、夫婦というよりは兄妹のように見える若いカップルにわたしを紹介した。チャールズとデイナのヘンドリック夫婦で、どちらも人懐っこそうなぽっちゃりとした丸顔と小ぶりな手足の持主だった。彼らは画廊を経営しているという。どうやらクレイヴンは上客らしい。その次にはクレイヴンの事務所の若いアソシエート、クリフォード・オーヴァーベックと妻のナンシーを紹介された。

　クレイヴンは二人の人となりや主な業績について、的確な言葉で簡潔に説明すると、ちょっと調子を変えて、いまサンフランシスコでいちばん有名な事件をこれから手がける有名な弁護士だ、とわたしのことを彼らに紹介した。まぎれもないお世辞だが、アルバート・クレイヴンにはその天分がある。彼にかかると、実際よりも大物になったような気にさせられるし、ひょっとしたら自分の力をひどく過小評価していたのではないか、と考えたくなる。相手の虚栄心をくすぐり、そのついでに、謙虚な人間になったような気分にもさせるのだ。

　クレイヴンはわたしの腕に手をかけて、わずかに残ったグレーの髪を光る丸い頭にぺったりとなでつけた男がいるほうへ導いていった。男はたくましい肩を猫背ぎみにかがめて立っていた。赤んぼうのころに落とされたのか、子供のころにひどく殴られでもしたのか、額の右上部が奇妙にへこんでいる。正面からその顔を見て、最初は鈍重な人間のような印象を受けた。最初は、と言ったのは、その鋭い青い目を見た瞬間、きわめて回転の速い頭脳の持主だとわかったのだ。

彼は片手にグラスを持って、初対面らしい女性と話しこんでいた。楕円形の目といくぶん長めのまっすぐな鼻をした女性だった。つややかな黒い髪をきつくうしろでまとめ、しゃんと頭を起こしている。その口からはいつでも笑い声が飛びだしそうに見える。背が高く、指は長くてきれいだった。両足でしっかり立つというより片足に体重をかけて、バレリーナが休むときのような恰好で立っていた。ちょっと変わっていて、エキゾティックで、ゴーギャンの絵から抜け出てきたように見えた……やわらかな眼差の、しとやかで蠱惑的な、文明国の教育が産みだすいかなるものよりも謎めいた、南の海のあの女たちのように。

「ジョーゼフ」クレイヴンが目を輝かせて言った。「マリッサ・ケインを紹介させてもらおう。マリッサは申し分のないディナーのパートナーだ。おたがい楽しく過ごせると思うよ」

「よろしく、ジョーゼフ・アントネッリ」彼女はそう言いながら手を差し出した。

わたしはその手をとって、彼女をじっと見つめた。目が笑っていた。そうしていると、クレイヴンが彼女の横にいる男を紹介しはじめた。

「アンドレイ・ボグドノヴィッチだ」と、彼は言っていた。「アンドレイは」わたしがやっと向きなおるのを見て、彼はつづけた。「ロシアのスパイだ――いや、だった、と言うべきかな」

まじめに言っているのだろうかと、わたしはちらっとクレイヴンをうかがった。そして、目の前にいる威圧的な人物に向きなおったとき、根拠は皆無ながら、いまの言葉は事実だろうと悟った。ボグドノヴィッチは否定した。

「嘘です――アルバートがいま言ったことは。わたしはスパイじゃありません」彼は四方から届くような、低く重々しい声で言った。そして、マリッサ・ケインに目を向け、「スパイをしていたこともありませんよ」と、笑いながら言って安心させた。そのこだわりのない笑顔は、彼からすれば事実か嘘かはたんに見方の問題にすぎないのだ、と言っていた。「ソ連領事館の下級職員だったというだけのことです」彼はわたしに目をもどして説明した。「アルバートはわたしのことをさも大物のように誇張しているんです」

ディナーの開始時刻になった。ダイニングルームは表側にある湾に面したリヴィングと、料理人たちが何時間もまえから立ち働いている裏手にあるキッチンにはさまれていて、窓がなかった。外光の欠落を補うべく、壁には鏡が張りめぐらされ、天井の中央にはクリスタルのシャンデリアが吊られていた。どっちを向いても自分の複製がくり返しあらわれるせいで、十二人用のテーブルを置くのが精一杯の部屋に少数の特別な人間が集まり、それをとりかこんだ崇拝者の群れがその一挙一動を真似ながら動きまわっているかのようだった。

テーブルにはリモージュの皿とウォーターフォードのクリスタルグラスとロンドンのオークションで求めた二百年まえの銀器がセットされていた。全員が席に着くと、クレイヴンがもったいぶった口調で、今夜のディナーはいま市内で最高の評判をとる、また言うまでもなくいちばん値の張るレストランのシェフ、アンジェロ・デルフランコが用意している、と告げた。彼はなにか探しものでもするようにジャケットのポケットを叩いたあとふところに手を入れて、きちんと半分に折りたたんだ小さな紙を取り出した。

「これが」彼はそう言いながら眼鏡をかけ、「メニューです」と、部屋を埋める期待相続人の前で大金持ちの遺言書を読みあげる弁護士のような調子で言った。料理が告げられるたびに賛嘆のため息があがり、恥ずかしそうな笑い声があとにつづいた。

わたしはマリッサ・ケインの隣りに坐っていた。クレイヴンがメニューのなかばほどまで読みあげたとき、彼女が小声で言った。「なにをにやにやしてるの？」

「昼に食べたもののことをふと思い出し、はたしてあれとおなじくらいうまいものが出てくるだろうか、と考えてたんです」と、わたしも小声で答えた。

クレイヴンは読みおえると紙をテーブルに置いて眼鏡をはずし、キッチンに通じるドアのところにいるメードに合図した。メードは若くてとても愛らしい白人の女性だった。彼女がドアをあけてはいっていくと、いろんなにおいがいっしょになった暖かな空気が流れこんできた。においを真っ先に嗅ぎわけようと、ちょっと上向けた客たちの顔はさながら一心不乱の表情の見本だった。

「で、それほど気に入った昼食とはなんだったの？」

マリッサは肘をテーブルに置いて指を組み合わせ、顎を持ちあげた。わたしの返事を待つうち、不思議な笑みがその口許をただよっていった。すぐには答えられなかった。見つめているうち彼女の目はどんどん大きくなっていくようで、やがて見えるのはわたしを見つめ返す自分の小さな姿だけになった。

「ハンバーガーにチョコレートセーキ」わたしはそう答えて体を起こした。

彼女の目が輝き、大きな口を笑みがかすめた。

「そちらのほうが好みなの、ミスター・アントネッリ——今夜ここで出されるものより?」

べつにどうということのない問いかけだったが、その口調は挑むようで、なにかふつうでないことをそそのかしてでもいるように聞こえた。わたしはそれに応じることにした。「あなたもそう思うはずですよ」

彼女の首がちょっと動き、口の端がひくっと震えた。

「まずたずねてみるべきね」と、彼女は言った。

わたしは考えもせずに、直感でつづけた。

「ここを出ましょうか?」と言って、膝のナプキンに手を伸ばした。

「ミスター・アントネッリ?」

わたしはふり返り、テーブルの向かい側を見やった。アンドレイ・ボグドノヴィッチが丁重にうなずいた。

「あなたが手がけている事件にとても興味があるんです。すこし話してもらえないでしょうか」

彼の横にいるナオミ・サンダーズが両手を持ちあげた。「いま思い出したわ!」彼女はいかにも満足げに大きな声を出した。「あなたはアンドレイ・ボグドノヴィッチね」と、周知のことなのに、まるで自分だけが気づきでもしたように言った。ボグドノヴィッチの表情はにこやかだが、ちょっと照れくさげでもあった。

「あなたは亡命したのよ」彼女はテーブルを見まわしながら大声でつづけた。「KGBにいたんでしょ、たしか?」

ボグドノヴィッチはそれはちがうと手を振った。

「残念ながら、あなたはわたしを実際よりもだいぶ大物扱いしているようです」彼はこれ以上よけいな疑いは招くまいと、ほほえみながら言った。「実際は亡命者でさえないんです……ふたたび国へもどらなかったというだけで。つまり、壁が崩壊し、ソヴィエト連邦が消滅したとき、このままこちらにずっと残ろうと決めただけなんですよ」

ナオミ・サンダーズはあっさり引きさがるような人間ではなかった。「でも、あなたはこちらで保護されたわ。そうだったんでしょ？　ソ連のスパイ活動について、ＣＩＡに情報を提供したのよ、そうでしょ？」

「新聞をはじめメディアはいろんなことを書いたり言ったりします」ボグドノヴィッチはあたりさわりのない答えで彼女の追及をかわそうとした。「ときには」と、笑いながらつづけた。

「それが当たっていることもありますがね」

「彼としてはいっさい話すわけにいかないんだよ」ナオミ・サンダーズの夫が口をはさんだ。

「すべて秘密だ」彼はサラダに手をつけながらつづけた。「そのとおりでしょう、ミスター・ボグドノヴィッチ？」

「アンドレイと呼んでください。いや、そうじゃないんです、秘密などなにもありませんよ。奥さんのおっしゃるとおりです。わたしはロシアへの帰国を拒否した、そうしたところ、お国の政府が親切にもわたしの滞在を認めてくれたんです。わたしとしてはあなたがたであれ、あなたがたの政府であれ、とにかく誰であれ、知ってることはなんでも話すつもりですが、あいにくわたしの知っていることはあまりないんです。それに、ソヴィエト連邦はもう存在しませんしね」

　ボグドノヴィッチの目にかぶさる、やわらかそうな厚いまぶたがわずかに閉じた。ふっくらとした唇に謎めいた笑みがのぞいた。

「歴史がついにあの国を呑みこんだんです」彼はため息とともに言った。「わたしはもう過去に関心はありません。未来のほうにはるかに興味があります」そこで表情が明るくなった。

「さて、さっき言いかけたとおり」と、わたしに目をもどしてつづけた。「あなたがいま手がけている事件にとりわけ興味をおぼえるんですよ、ミスター・アントネッリ」

　アンドレイ・ボグドノヴィッチの場合、本心を隠すすべに長けてはいるものの、すこしばかり巧妙すぎて意図した効果をあげていなかった。わたしは護りを固めていた、というか、そのつもりだった。ボグドノヴィッチは誰からも注視されていた。だが、彼がやすやすと人をあやつることができたのは、彼のことはじっくり観察しているとまわりに思いこませた結果にほかならないのではないだろうか。彼がどこまで狡知な人間なのか、いまだにわたしにはわからない。

「なぜこの事件にとりわけ興味があるんです？」わたしは気のない顔で聞き返した。

「いまあんなことを言いましたが」彼は顔の横を手でこすりながら話しはじめた。「わたしは自分の過去から完全には抜け出していないんです。この事件に興味があるのは、新聞で読んだところによると、あなたが弁護を引き受けた若者は上院議員を、いずれ有力な大統領候補になると目されていた人物を殺した容疑をかけられているというからです。強盗が目当てだったそうですね。これに興味をおぼえるのは、無論、フラートン上院議員のような重要人物が殺されたからというだけでなく、ぜったいに起こりえないと信じこまされていたたぐいの出来事でもあるからです。

ご承知でしょうが、われわれは歴史を信じていたんです、そっくりそのまま。出来事はすべて、歴史に奉仕するものであるか、歴史の動きを遅らすか妨害するための組織的な企てであるか、そのいずれかだったんです。偶然がはいりこむ余地はなかった、もし偶然が関与すれば、必然の出来事というものはなくなり、因果関係といったことも存在しなくなるからです。歴史は狂人の夢のような無意味なものになってしまう」

ボグドノヴィッチは一息入れてワインに口をつけた。そしてグラスを置くと、考えこむ表情で金色の縁どりを見つめた。彼は顔をあげると、わたしと目を合わせた。

「ソヴィエト連邦が存在したころ、なかんずくスターリン時代に、フラートン上院議員のような権力の中枢に近づいた人間が殺されたとしたら、新聞が書きたてているように、〝ゆきずりの殺人〟だと考える者は一人もいなかったはずです。そんな説はとうてい受け入れられなかったでしょうね」彼は皮肉と郷愁の笑みをうっすらと浮かべてつづけた。「こういう殺人事件はたちどころに、ソ連の心臓部を直接狙った陰謀の一環である、と断じられたはずです。徹底的な捜査がおこなわれる……そして、国家にとって敵となりかねないと見られた人間は残らず尋問にかけられる……その結果、潔白になんらかの疑いが残れば処罰が待っているんです」

「処罰?」と、わたしは聞き返した。

ボグドノヴィッチはにやりと笑って顎をさすった。「頭のうしろに一発。あるいは」と、息を呑む音を聞いて、気休めにつけくわえた。「シベリア送りかもしれませんがね」

「わが国でもやってみるといいかもしれないな」ロバート・サンダーズがサラダをつつきながら軽口を叩いた。

ボグドノヴィッチはなにも言わず、申しわけなさそうにちらっとほほえんだだけだった。

「要はこういうことです、ミスター・アントネッリ。フラートン上院議員のような著名な公人が、いわば偶然に殺害された、とこちらでは誰もが信じている。それに対し、なにごとも――すくなくとも、重要なことに限っては――偶然には起こらないと信じられていたソ連でおなじことがあったときどんなことになったかを思い、わたしはその相違に大いに驚いたんです」

ロバート・サンダーズはフォークを置き、口許をナプキンでぬぐった。そして、口をぎゅっと結ぶと、ぶっきらぼうに首を振った。

「あなたはこの国でも高位の公人が、あなたの表現を借りれば、偶然にではなく殺害された例がなくはないことをお忘れのようだ。あなただって、ケネディの暗殺が〝ゆきずりの殺人〟だとは思っていないでしょう？　計画が、陰謀が存在したことは誰でも知っているし、どんな人間がそれに関与していたかも広く知られている」

ボグドノヴィッチは無表情に見つめるだけでなにも言わなかった。

「CIAとマフィアの仕業であることは誰でも知っている」サンダーズは早々としびれを切らしてそう言った。

彼の妻は目をぐるりとまわした。「わたしはリー・ハーヴェイ・オズワルドがやったものと思っていたけど」と、皮肉めかして言った。そして口を結ぶと、そんなのはおよそ信じられないとばかり、頬を思いきりすぼめてみせた。

夫のほうは大まじめだった。彼はけわしい目で妻をちらっと見た。

「もちろんオズワルドがやったんだ。それは誰でも知っているし、彼が単独でやったんじゃないことも誰でも知っている」

「うん、しかし彼が単独でやったように見えるがね」アルバート・クレイヴンはテーブルの上座から乗り出した。「アンドレイにはまだつけくわえることがあるのかもしれない。だが、わたしの記憶ちがいでなければ、ソ連の公文書館のすくなくとも一部が閲覧可能になった結果、ロシア人たちはオズワルドはじつはアメリカのスパイかもしれないと見ていたこと、そうではないまでも、危険で不安定な存在だと見ていたことがわかっている」

わたしはクレイヴンが話す間、ボグドノヴィッチを観察していた。分厚い唇がわずかに開き、前歯を打ちあわせながら、クレイヴンの話す一語一語を口のなかで追っているのが見えた。あらためて見ると、目尻がいくぶん釣りあがっていて、ちょっと東洋人のように、より厳密にいえばモンゴル人のように見えた。おなじような印象をあたえるレーニンの写真を見たことがある。

ボグドノヴィッチは遠まわしな答えをした。

「以前はソ連の元同僚たちからよく手紙が来ました」彼はテーブルの縁に置いた両手を見つめながら話しはじめた。顔を起こすと、目が輝いていた。「彼らはどんなことをわたしにききたがったと思います？」と、テーブル全体を包みこむように手をひろげて言った。「ケネディ暗殺について知っていることを話してくれ、と作家やプロデューサーから頼まれたら、いちばん金になるのはどんな話だろうか、ときいてきたんです。皮肉な話だと思いませんか？」彼はグラスを持ちあげ、一口飲むとテーブルを見まわした。「われわれが敵同士であったときは、あなたがたはわれわれの言うことをまったく信用しなかった。で、その後、敵同士ではなくなると、われわれの言うことをほとんど鵜呑みにするようになったんです！」

だしぬけにルース・ウィンスロップが関節炎を患う指を宙に突き立て、決然と言いはなった。

「ケネディを殺したのはロシア人よ。オズワルドは彼らに使われていたの」

ボグドノヴィッチはいかにも愉快そうに笑った。「われわれがなぜそんなことをしたと？　理由がないでしょう」

「キューバのミサイル危機だ」ロバート・サンダーズがすかさず言った。やはり事件の黒幕はCIAではなくソ連だったのかもしれない、と考えなおしたらしい。「ケネディはフルシチョフに譲歩させた。報復に殺したんだ」

ボグドノヴィッチの笑い声がいっそう大きくなった。「あの問題でわれわれが誰かを暗殺するとしたら、相手はカストロだったでしょうね。あのばかはわれわれ全員を殺しかねなかったんです！」彼は両手を勢いよく持ちあげた。「われわれがキューバを理由にアメリカ相手の核戦争に突入する気だったと本気で考えているんですか？」

サンダーズはそれを聞いて納得した。「じゃあ、ＣＩＡだったんだな？」

ボグドノヴィッチは胸ポケットからハンカチを取り出して鼻をかんだ。「ＣＩＡね！」と、こばかにしたようにつぶやいた。「ええ、こちらでつくられた映画を見たし、本を読みました。どれもたいそう楽しめました」

サンダーズはなにも言わず、目の前の料理を見つめていた。どうやら議論にはけりがついたらしい。だが、わたしにもわかってきたが、アルバート・クレイヴンは事あるごとに議論を——すくなくとも高尚なやつを——あおらずにはいられない性分だった。

「しかし、アンドレイ」彼はくだけた調子で言った。「きみなりの説があるにちがいない。ジョン・F・ケネディ暗殺の仕組みと理由について、なんらかの自説を持つことがこの国の市民である条件のようなものなんだ」

アンドレイ・ボグドノヴィッチは眉を持ちあげてほほえんだ。「残念ながら、わたしはこの国の市民じゃありませんし、ジョン・F・ケネディ暗殺犯についての自説も持ちあわせません」

彼はクレイヴンから目をそらし、テーブルごしにわたしを見つめた。

「ただ、奇妙だと思いませんか？　いろんな人間がいろんな映画をつくり、いろんな小説を書いている……ところが、みんなケネディの死で誰がなにを得たかを問うものの、ヴェトナムにばかり関心を向け、ケネディ兄弟が公民権の分野でおこなおうとしていたことにJ・エドガー・フーヴァーが強く反対していたことを忘れてしまっているんです」

「J・エドガー・フーヴァーがジョン・F・ケネディを暗殺させた、と言いたいんですか？」と、わたしは聞き返した。ほかの客たちは啞然として見まもっている。

彼はわたしに目をそそいでいた。わたしのことを観察しているのだ。自分の言ったことに対して、たとえ議論のためであれ、わたしがどこまで踏みこんで結論を出すつもりか、見きわめようというのだろう。

「いいや、もちろんちがいます」と、彼は答えた。「そうした陰謀説はひどく突飛なものを産みだしかねない、と言っているだけです。いまも言ったように」彼はすべてはディナーの席の他愛ない気晴らしの話題にすぎない、としてかたづけようとした。「この話題に関しては、このなかでいちばん無知なのはわたしですよ」

次々と料理が運ばれてきはじめた。新たな料理が目の前に置かれるたび、食材と調理法について人の知らない知識をひけらかそうとして、かならず誰かしらが実況中継よろしく解説をくわえた。出てくる料理は分類され、特徴を引き出され、判定がくだされる。すると新たな説が提示されるが、結局、疑問を呈され、議論のすえ論破される。それにかける知的努力と情熱たるや、さながら針の先に何人の天使がとまれるかを論じあった中世の僧たちを見るかのようだった。

袖に手が置かれたのに気づき、わたしはマリッサ・ケインのほうへ顔を寄せた。

「ゴルゴンゾーラに関する抽象的論議を聞きに来たと思っていた？」

わたしは彼女と目を合わせた。「一五六三年から一五七六年にかけて、イエズス会の最高位にあった。フランスの大修道院長、大食で知られた聖アントワーヌの料理書を読ませて聞きふけり、異端として拷問にかけられた。その男のことを言ってるのかい？」

「たぶん」彼女は笑いを嚙み殺しながら言った。

やっと最後の料理が供され、批評がくわえられたのち食され、コーヒーがつがれた。

「先ほどは残念ながら、歴史と偶然の相関関係というほうへ話がそれてしまいました」ボグドノヴィッチが金と赤の透けるように薄いカップを銀のスプーンでゆっくりとかきまわしながら口を開いた。「わたしはほんとうにいまあなたが手がけている事件に興味があるんですよ、ミスター・アントネッリ。すこし話してもらえませんか？　ジェレミー・フラートンの殺害は偶然の出来事だったのか、それとも歴史となんらかのかかわりがあるんでしょうか？　あなたはどう思います、ミスター・アントネッリ？」

　ボグドノヴィッチはいかにもうちとけた、ざっくばらんな態度で話しかけてくるが、その裏にはたんなる好奇心以上のものがあるように思えた。事件について、あるいはフラートンについて、なにか知っているのではないかという気さえしてきた。ひょっとしたら、わたしがまだ気づいていないことを知っているのかもしれない。

「彼はそういうことは話せないんだよ」わたしがすぐに答えずにいると、ロバート・サンダーズが割りこんできた。彼はボグドノヴィッチの坐っているほうへと目を動かした。「弁護士としては、自分の依頼人がやったとは言えないんだ」

「わたしの依頼人はやってはいませんよ」わたしはサンダーズの自信たっぷりに澄ましかえった態度に反感をおぼえたが、それをこらえて言った。「いまの問いにお答えすると」わたしはテーブルから体を起こしてつづけた。「この事件が歴史とかかわりがあるのかどうかは知りません……しかし、偶然はすくなからずかかわっているようです、すくなくともわたしの依頼人、ジャマール・ワシントンという名の優秀な若者に関しては」

「彼はたまたまフラートンの車のなかにはいっただけだと？」サンダーズがいやみたっぷりに言った。

「いや、たまたま車のなかにはいっただけというわけではありませんよ」わたしはつい反感が声にあらわれるのをおぼえながら答えた。「彼はあの夜は遅くに仕事を終え、帰宅するところでした。その途中、銃声と思える音を聞いた、次いで車のドアが閉まる音と走っていく足音が聞こえた。そこで車のところへ行ったんです。誰かが怪我をしているかもしれない、助けてやらなくてはいけないかもしれない、そう思ったから車のなかへはいったんです」

「きみはお忘れのようだな」サンダーズは言った「きみの依頼人は銃を手にしていた――フラートンを射殺した銃を。のみならず、その銃で警官を撃とうとした」

わたしはますます腹立ちがつのるのをおぼえた。さらに、苛立つあまり手を振り、首を振った。「まず第一に、彼は誰も撃とうとはしていない。銃を拾いあげたのは――拾いあげたものとすればですがね」わたしは凄みをきかせてつけくわえた。「殺人犯が車のところへもどってくる足音が聞こえたような気がしたため、パニックに陥ったからです」

サンダーズは銀行家だから、数の作用を理解することで金儲けをしてきた……一つ以上の解釈が可能な事実にはあまり目を向けたがらないし、容認することなどいさぎよしとしないのだ。

彼は得意げな顔で、わたしが忘れているらしいことを指摘した。

「彼は上院議員の財布も手にしていたそうじゃないか」

わたしはにらみ返した。「彼は助けるために車のところへ行ったんだ。彼は脈を調べた……その男は死んでいた。床に銃が転がっているのが見えた。彼は助けを求めるため車内の電話をとった。だが、そこで、被害者の身許を確認できるものを見つけておいたほうがいいと気づいた。被害者の上着から財布を取り出した、そのときフロントガラスから光が飛びこんできた。彼はうずくまった、財布をつかんだまま。犯人がもどってきたのかもしれない、と思った……彼が車のドアをあける音を聞きつけたのではないか、彼に犯行を見られたと考えたのではないか、と思った……とにかく逃げよう、と決めた」

サンダーズは感得したふうではなかった。眉を釣りあげ、鼻孔をふくらませた。相手を見くだす表情だ。

「うん、なるほど、きみとしてはなんらかの推論を用意しなくてはならないんだろうがね。それが仕事だ、そうだろ?」彼はコーヒーカップに目を落としてかきまわしはじめた。

ボグドノヴィッチは口許に笑みを浮かべて、じっとわれわれのやりとりをながめていた。アマチュアの試合をのんびり楽しむ観客といったところだ。

「じゃあ、どうなんです、ミスター・アントネッリ……あなたの依頼人の犯行でなければ、誰がやったんです? これもまた偶然の出来事だったんでしょうか、あるいは歴史となんらかの関係があるんでしょうか?」

わたしは両手の親指で顎を支え、指先を打ちあわせながら、ボグドノヴィッチの細い目を観察した。頭のどこか奥のほうではやめておけという声もするのに、彼のことを信用したくなるのはどうしてだろう、と思った。手をおろして、テーブルにほとんど横向きになるように体勢を変えた。

「誰の犯行かはわかりません」と、わたしは認めた。「一つの可能性として、新聞に書かれていたとおりだったとも考えられるでしょう、つまり強盗目当ての犯人が凶行に及んだのかもしれない。ただし、それはジャマール・ワシントンではなく、ほかの何者かです」

わたしはマリッサ・ケインにちらっと目をやった。さっきとおなじ、不思議な磁力を感じた。そして、いまの説明に対してなにか反応があるのではないかと思い、目をロバート・サンダーズに移してみた。ちょうどコーヒーカップを置いたところだった。彼はシャツの袖をめくってこっそり時計をのぞいた。

「フラートンが車に乗りこんだとき」わたしはボグドノヴィッチに目をもどしながらつづけた。

彼の目が光ったように思えた。ロバート・サンダーズはあまりおもしろみのある人間ではない、という共通の認識に達したことを認めたのだろう。

「フラートンが車に乗りこんだとき、銃を持った何者かが助手席にすべりこんだ。フラートンは抵抗したか、言われたとおりにするのを拒んだかした、それで強盗が撃った。銃と財布がともに残っていたことはそれで説明がつく……相手は動転したんだ。逃げるしかなかった。人がやってくるとわかったんだ、なにしろあの霧だから、誰かが、ひょっとしたら警官がもう角のあたりまで来ているかもしれない」

「強盗が凶行に及んだのだとしたら」サンダーズがさもうんざりしたように天井を見あげて言った。「そして、財布も置いていくほどあわてていたのなら、また銃を残していくほど動転していたのなら、殺人に使った凶器から指紋をぬぐいとっていったらしいのはどういうことなんだろうな?」

彼はあの事件については充分な知識があった。新聞で読んだのだ。

「たぶん手袋をしていたんでしょう」わたしはそう言って肩をすくめた。「あの夜、ジャマール・ワシントンはしていました。ひどく寒かったんです」

「一つの可能性と言いましたね」ボグドノヴィッチが言った。「ほかにもなにか考えられるんですか?」

「ええ。そもそも強盗ではなかったとしてみましょう。何者かがフラートンの殺害をたくらんだとする。で、そうなると？」

「どういうことかわからないんですが」ボグドノヴィッチはわたしに目を向けたまま乗り出した。

「やはり結論はおなじなんです」わたしは説明した。「何者かが彼を撃つ、財布は奪わない、銃を残していく」

ボグドノヴィッチは両手を投げだし、笑い声をあげた。「そう言われても、さっぱりわかりません」

「何者かが彼を殺し、強盗に見せかけようとしたとします。まず思いつく疑問は？」

彼は首をわずかにひねった。目が影になった。すこし考えて口を開いた。「なぜ財布をとっていかなかったんだろう？」

じきに表情が明るくなった。自分の問いに答えが出たのだ。

「財布をとっていったら――わざわざ財布をとっていけば――なぜ銃を残していったのか、ということになるわけですね？」

「そうです」わたしは言った。「また、銃はサタデイナイトスペシャルという安物です――暗殺犯が使うようなやつではないが、街の悪ガキが人を脅して金品を奪うのに使いそうな銃です」

「もうほかには可能性はないんだろ？」サンダーズが口をはさんだ。「警察の発表どおりだったんだよ。あれはきみの依頼人の犯行だ、逃げようとしたところを警官に撃たれたんだ」

「いや、はっきり言っておきますが、そういう可能性はありませんね、ミスター・サンダーズ」

サンダーズは脚を組むと、片方の腕を椅子の背もたれの端に載せた。そして、ゆっくりと顔を起こし、見くだすような目をわたしに向けた。

「おもしろい話を聞かせてもらったよ、ミスター・アントネッリ。きみは弁護士としてはとても優秀なんだろう。しかし、わたしはジェレミー・フラートンとは知り合いだった、だから、彼を殺した若い与太者にあまり同情的になれないとしても、それは赦してもらいたい。きみはきっとこの裁判に負けるよ、ミスター・アントネッリ、ここにいるわれわれの友人が負けたのとおなじで」彼はボグドノヴィッチのいるあたりを尊大に顎で示した。

「負けた？」ボグドノヴィッチが聞き返した。「わたしが負けたというのは、厳密に言うとどういうことですか？」

サンダーズは手をひらりと動かした。「きみたち、ソヴィエト連邦、共産主義体制の崩壊――それを言ってるんだよ」と、苛立たしげに言った。

ナオミ・サンダーズがいかにもわざとらしく目をぐるりと動かした。そしてなにか言おうとしたが、先にボグドノヴィッチが口を開き、たちどころに座に張りつめた空気が流れた。

「なぜわれわれが負けたと考えるんですか？」

ロバート・サンダーズは気は確かかという目でボグドノヴィッチを見つめた。

「ええ、そうですね」ボグドノヴィッチはにこやかにほほえんだ。「たしかに、西側が、資本主義が勝利をおさめたように見えますね」

「見える！」サンダーズは大声をあげた。彼は足を両方とも床につけ、両肘をテーブルに押しつけた。「資本主義が勝利をおさめたように見えるだと。じゃあ、言わせてもらおう。われわれがシリコン・ヴァレーだけで年間に産みだす富は、ロシア経済がこの先十年間で産みだすであろう額を上まわるんだぞ」彼は嘲るように首を振った。「見えるだと！」

「しかし、これが歴史の終わりではなく、一段階にすぎないのだとしたら？　結局マルクスはまちがっていなかったのだとしたら？　ソヴィエト連邦は、歴史が資本主義から共産主義へ移行するに先だって崩壊せざるをえなかったのだとしたら？　この新しい世界の市場経済は――あなたがたに途方もない富をもたらした経済です――なにを意味するのでしょう、マルクスが歴史にとっての障害であり資本主義の末期段階の痕跡と考えた、国境や政治形態が消滅したことを意味するのではないとしたら？　あなたがたが気づいているかどうかはともかく、あなたたちはみんなマルキシストになったんですよ」

ボグドノヴィッチは目を伏せると、太い中指でコーヒーカップの縁をなぞった。狡猾そうな笑みが口の左隅にうっすらと刻まれた。

「共産主義にいたる最後の段階はいわゆるプロレタリアートの独裁ではないんです……マルクスが言うところの〝国家の衰退〟です」彼は首をまわしてロバート・サンダーズをちらっと見た。「じつはそれがあなたたちの望む状況ではないんですか……国家などない状態が？　それがあなたたちの本心じゃないんですか……重要なのは経済だけだとお考えでしょう？　どうです、ミスター・サンダーズ？――政治はどうでもいい、政府もどうでもいい、なんの制限もなく、世界市場へ参入できさえすればいい、と思っているでしょう？　ミスター・サンダーズ、そう考えることで、すべてを経済と世界市場の問題に変えてしまうことで、科学の力を借りて、人が必要とするあらゆるものをつくりだすことで、マルクスが言ったような歴史の終わりに近づいたんだと思いませんか……国家社会主義――それを代表していたのがソ連です――の勝利によってではなく、うまい呼称がないので、ただ〝市場社会主義〟とでも呼ぶしかないものの勝利によって？」

サンダーズは紳士然としたポーズをくずすまいとしていたが、湧きあがる怒りを隠すことはできなかった。「たいそうおもしろい説だね、ミスター・ボグドノヴィッチ」彼は有無を言わせぬ口調で言った。「だが、言うまでもなくまるでナンセンスだ。事実としてはっきりしているのは、冷戦は終わり、われわれが勝ったということだよ」

「ええ」ボグドノヴィッチはうなずいた。「おっしゃるとおりです……冷戦は終わりました」

彼はそう言って口を閉ざした。これから言うことを考えているようにも、つづけて話そうかどうしようかと思案しているようにも見えた。それまではじつに精力的に、部屋を包みこむような声で話していたが、ふたたび話しだすと、声はまるで囁くようで、それまでの大きな手ぶりや、ゆたかな表情も消えていた。彼は一種なげやりな仕種で肩をすくめ、手を膝の上に置いた。

「しかし、あなたたちは勝利によってなにを得たんです？　五十年間、なにか大きなことにかかわっている、と両陣営とも思っていたんです。両者の競い合いがやることなすことに修練を強いた、どちらの人間にとっても。もちろんこれはわたしの私見にすぎませんが、両方の国に住んでみて思うんです、どちらも――アメリカもソ連も――おたがい相手を必要としていたようなところがあるのではないか、と。ある意味では、両者は鏡に映した像ではなかったのか、と。片方が壊れれば、もう一方も必然的に壊れるんです。ええ、そうですよ、ミスター・サンダーズ、冷戦は終わりました……しかし、それがつづいているあいだは、われわれはみんななにか大事なことを、自分自身よりも大切なことをなしとげようと必死だった。いまはなにがあります？　わたしは根っからの皮肉屋ではありませんよ、ミスター・サンダーズ、しかし、こう言いたいですね、われわれマルキシストが常に魂の存在を否定していたのに対し、あなたがたアメリカ人は持っていた魂をいつ失ったのか気づいていないように見えます」

誰も言葉がなかった。アルバート・クレイヴンがその機をとらえて、これから特別に、今夜の食事を用意してくれた高名なシェフに引きあわせよう、と告げた。そのとたん、座の空気は一変した。みんながいっせいにしゃべりはじめた。自分にも理解できる、ほんとうをいえばもっと重大なことに、話が変わってほっとしたのだ。シェフが姿をあらわした。ちょびひげをはやし、ひねくれた笑みを浮かべた、三十そこそこという若い男だった。名前はいかにもそれらしくて、偽名ではないかと疑う気も起きなかった。彼は賓客のような態度で質問に答えはじめた。

わたしはボグドノヴィッチのようすをうかがってみた。思い出し笑いをしながら――どこか淋しげに見えた――残ったコーヒーをゆっくりと飲んでいた。わたしが視線をそらすより先に目が合い、わたしたちは異国で同国人と出合ったような眼差で見つめあった。

「じゃあ、ロシアに家族がまだいるんですね？」亡命者の心境とはどんなものだろうか、と思いながらきいてみた。

「いや」ボグドノヴィッチは小さな声で答えた。「わたしは一人っ子で、両親はわたしが若いころに死にました。向こうには誰もいません」

時刻も遅くなり、客たちが別れを告げあいだしたころ、マリッサ・ケインが、ここに滞在中は友人たちの家に泊まっているのか、とたずねた。

「セント・フランシスに泊まっているんだ」

彼女はふとほほえんで、首をちょっとかしげた。「車はあるの？」

「いや。送ってほしいのかい？」

彼女はそれを聞いていっそうおもしろがる顔になった。「いいえ、送ってもらわなくてけっこう。車で来たの。でも、あなたはどうやって？」

やっとわたしにもわかった。「タクシーで」

「じゃあ、途中で降ろしてあげるわ」彼女は気さくな調子で言った。目が笑っていた。

「通り道なのかい？」

今度は声をあげて笑いだすのかと思った。「そう方向ちがいでもないわ」と彼女は言った。

景色のいい道を行くことにする、と彼女は言った。その口調からすると、なにか変わったことを考えているらしかった。車は狭い坂道を昇っていった。左右の家々は木造三階建てで、歩道に面してガレージのドアがあり、その上方に出窓が突き出ている。昼は光がはいる三面のガラス窓からは、いまは眼下遠くに、波がきらめく黒々とした湾が見えることだろう。道は一ブロック進むごとに勾配がきつくなるようで、エンジンをフル稼働させないと昇っていけそうになかった。昇りきって信号で停まったとき、ブレーキをはなしたらたちまちうしろ向きに坂を転がり落ちるのではないか、とつい思った。

「ここでわたしが気に入っていることの一つがこれなの……坂道を昇ることよ」彼女はわたしをちらっと見ながらそう言い、ハンドルをまわした。一ブロックも進まないうちにまた口を開いた。「ここがどこかわかっている？」

「ノブ・ヒルだよ」わたしは窓の外を覗きながら答えた。「サンフランシスコは今回がはじめてじゃないんだ。子供のころは、夏にしょっちゅう来ていた」

フェアモント・ホテルの前を通り過ぎた。ぴかぴかの黒いリムジンがずらりと並び、金モール付きの深紅の制服姿のボーイ長が手を振っては、次に出る一台を呼び寄せていた。「アルバート・クレイヴンのことはよく知っているのかい？」と、わたしはきいてみた。

彼女はカリフォルニア・ストリートに折れ、けわしい坂道を下りはじめた。車の下から舗道の震動が伝わってきた。二ブロック下方に、軌道の上をゴトゴトと昇ってくるケーブルカーが見えた。

「〝星への道を昇っていくあのケーブルカー〟」彼女は目を輝かせて、そっと歌った。ケーブルカーを見てあの有名な歌を連想したのだろう。「トニー・ベネットの〈思い出のサンフランシスコ〉がいいと言う人もいるわ。反対はしないわ、たしかにすばらしい歌よ。でも、わたしは〈サンフランシスコ〉のほうが好き。昔からジュディ・ガーランドが好きなせいかもしれないけど。あなたはどっちが好き？」

「ジュディ・ガーランド。口先だけだと思ってるのかい？」

「そうなの？」彼女は長いまつげの目に楽しげな表情を浮かべてわたしをふり向いた。「わたしが聞いて喜ぶと思えば嘘もつくの？」

彼女が聞いて喜ぶのなら、どんな嘘でもつきそうだった。「だけど、確かな意見を持ちあわさないことなら、きみの考えに従うかもしれない」

「いや」わたしは笑いながら言った。「だけど、確かな意見を持ちあわさないことなら、きみの考えに従うかもしれない」

「で、確かな意見を持っていることがいっぱいあるの？」

「ジュディ・ガーランドについてだけだよ。ところで、アルバート・クレイヴンとはいつごろからのつきあいなんだね？」

「アルバートとは長年のつきあいよ」と、彼女は答えた。声が急にやさしくなった。「わたしがはじめての店を出すとき、彼が法律面の手続きをしてくれたの」

「はじめての店？」わたしは虚をつかれてそう聞き返した。

「彼がなぜ引き受けてくれたのかわからないわ」彼女はつづけた。「わたしにあるのはアイデアだけで……経験はないし、お金のこともほとんど知らなかった。そういうことにかけてはアルバート・クレイヴンが市内では一番の弁護士だと聞いたから、彼のとこへ出かけていったの。一番の弁護士に頼みたかったから」と、自嘲気味の、明るい笑みを浮かべてつけくわえた。

「それにはお金がかかるかもしれないなんて考えもしなかった。彼が金額を言ったときには、なにか恐ろしいものを呑みこんだような顔をしたんじゃないかしら。アルバートには悪いことをしたわ！　彼としてはひっこみがつかなくなった……わたしに同情したのよ。彼は否定するけど、実際はそうだったの。わたしを気の毒に思い、助けることにしたのよ。顧問弁護士になってくれたわ、ほんの数パーセントの株を報酬がわりに」

「なんの店だったんだね――はじめて開いた店というのは？」

「ブティックよ。〈万人の道《ザ・ウェイ・オヴ・オール・フレッシュ》〉と名づけたの」彼女は目を輝かせながら言った。「どうかしら？」

「本はいいと思うがね。店は知らないからなんとも。でも、いい名前だよ」

「サミュエル・バトラーを読んだの？」

「大昔に。しかし、アルバート・クレイヴンとそんなに長いつきあいなら、彼の事務所にいるわたしのいとこを知ってるにちがいない」

彼女は戸惑い顔でわたしを見た。「アルバートのとこにいるの？」

「ボビー――いや、ロバート・メドリンだ」

彼女はすぐには信じられないようだった。「あなたはボビーのいとこなの？」と言ってわたしを見、道路に目をもどした。「ボビーの奥さんはわたしの大の親友だったの」

車は景色のいい道を進み、カリフォルニア・ストリートを下りきった。ケーブルカーもそこが終点だった。それからマーケット・ストリートをパウエル・ストリートまで走り、数ブロックをまわってユニオン・スクエアへもどった。彼女はホテルの正面に車をつけた。

「明日の朝、ナパ渓谷までドライヴしようと思ってるの」わたしが車のドアをあけようとしたとき彼女が言った。「いっしょにどう？」

5

翌日の朝早くに、マリッサ・ケインがセント・フランシス・ホテルの正面でわたしを拾ってくれた。

「これがほしいだろうと思って」彼女は小さく笑いながら、湯気の立つブラックコーヒーのカップを差し出した。

緑色をしたジャガーのコンバーティブルのトップはゆうべはあげてあったが、今朝は下ろされていた。彼女の髪はダークレッドのシルクのスカーフで覆われ、目はサングラスの向こうに隠れていた。車は人気《ひとけ》のない市内を走り抜け、ゴールデン・ゲート・ブリッジに差しかかった。湾の向こうの低い丘陵の上方に太陽が昇りはじめ、一瞬、目がくらんだ。晴れわたった薄いブルーの空にピンクと深紅と金の縞模様が描かれていた。銀色に輝く、波ひとつない鏡のような湾を見おろして走る間、冷たい風が顔に吹きつけた。わたしはジャケットの襟を立て、体をずりさげてレザーシートの上部に頭をつけた。

車はガードレールに近い外側のレーンを一定のスピードを保って走った。ずっと遠くの岬沿いに朝日を浴びて立ち並ぶ家々は、長い夜の旅を終えていま設営したばかりの、そして太陽がふたたび彼方の地平線に沈めば消えていく、ベドウィンの巨大な野営地のように見えた。

「知っている？」橋のなかばに差しかかったとき彼女が言った。「千人以上の人がこの橋から飛び降りたけど、一人として向こう側からは飛び降りていないってことを？」

わたしたちの肩は触れあいそうだった。彼女の声ははっきり聞こえるものの、どこか遠くから届くようだった。

「みんなサンフランシスコの町に顔を向けて飛び降りるの」彼女はつづけた。「死ぬ気でいても、最後にもう一度サンフランシスコを見ておきたい、と思うのね。変なことを言うようだけど」彼女は卑下するように低い笑い声をあげた。「それってすばらしいと思うの、悲しくて、恐ろしくて、ロマンチックで」

わたしは橋の左右に上から降りている、ハープの弦のような鋼鉄のケーブルを見あげた。

「変だとは思わないね、ぜんぜん。きみもそうするかい？」わたしはちょっと間を置いてつづけた。「この橋から飛び降りる？——みずから命を断とうと思ったら？」

「いいえ」彼女は一転して真顔になって答えた。「そんなふうに人目のあるところではしないわ。なにか薬を、苦しまなくていいのを用意して——痛みや苦しみにはまるで弱いの——自分のベッドにはいるわ。そして、目を閉じて眠りにつき、そのまま起きないの」と、しだいに小さくなる声で言った。

「あなたはどうなの？」彼女はしばらくして口を開いた。生きいきとした表情がもどっている。「どうなの？——この橋から飛び降りる？」

「高所恐怖症なんだ」わたしは白状した。「だいいち、落ちていく途中で気が変わるかもしれない」

彼女は気づかうような目をわたしに向けた。「恐いの？——こうやって橋の上を走るのが？」にわかに臆病者になったような気がした。「いや」わたしは嘘をついた。「ぜんぜん恐くない」

それから、その嘘を補強するために真実をつけくわえた。「もっとも、歩いて渡りたいとは思わないが」

橋を渡りおえると、彼女はさっと後方をふり向いて車線を変えた。

「わたしといっしょならどう？」彼女は陽気なからかい口調で言った。「落ちないように護ってあげるわ。ほんとよ。わたしは高いところが好きなの——そこからの眺めが。橋から飛び降りたいとは思わない——それは嘘じゃないけど」と笑いながら言い、ぐんと加速した。「とても天気がいい日には、このまま地の果てまで歩いていって沈む太陽のなかにはいりたい、という気がすることはあるわ」

ごく自然に想像したかのような口ぶりだった。これまでは思ったこともなかったが、できるものならぜひそうしてみたい、と言っているようでもあった。

車は湾を背に北へ向かって走りつづけた。一時間ほどするとナパ渓谷にはいり、セント・ヘレナの町なかを抜ける狭い道をゆっくりと進んだ。町を出て、黒っぽい樹皮の木々がつくるトンネルを通り抜けた。右手へ目をやると、埃をかぶった葡萄の蔓が、緑色の戦闘服を着た軍勢のように列をなして谷を覆いつくしているのが見えた。その最前線はまわりの丘のなかほどまで達している。

マリッサは予告もなしにハンドルを切り、すでに観光バスや乗用車で埋まっている、砂利敷きの大きな駐車場へ乗り入れた。人の群れにまじって、丘にうがたれた洞穴へはいった。内壁に反響するガイドの声が聞こえた。コンクリート張りの床に並べられたオークの大樽にワインを長年寝かせておくのはなんのためなのかを説明していた。なかを見学しおわると、団体客のあとについて洞穴を出た。外の明るさに足がふらついた。マリッサはわたしの袖につかまり、自分のぶざまさに思わず吹きだしながら手を離した。

ソフトドリンクを買い、もとはこの葡萄園の持主の住まいとして建てられた、ヴィクトリア朝様式の細長い建物の裏手のベンチに坐った。建物は長年のあいだ、ワイナリーの事務所と試飲室として使われていたらしいが、いまは観光客向けのギフトショップになっている。

「わたしがはじめてサンフランシスコへやってきたころは」マリッサはとうに失われてしまったものを追想する表情で言った。「土曜や日曜にここへやってきて、好きなワイナリーに自由に立ち寄れたし、ほとんど人に会うこともなかったわ」

二組の若いカップルがワイナリーのロゴがはいった紙製のショッピングバッグを手にギフトショップから出てきた。

「夕方までに、かなりの数のワイナリーをまわると」彼女はつづけた。「けっこう酔っぱらったものよ」

彼女は長い腕をうしろへまっすぐ伸ばすと、脚を前方へ投げだし、日差しに輝く顔を仰向けた。

「あのころのほうがよかったわ」

ギフトショップへ出入りする人々が砂利を踏み鳴らしてわたしたちのまわりを動きまわり、

あたりは人声でざわついていた……だが、そのざわめきは、わたしたちが坐っているベンチのまわりのどこか遠くから聞こえてくるかのようだった。わたしは肘を膝に置いて前かがみになり、小枝で地面に落書きをした。

「わたしたちもそのころは若かったんだよ」と、わたしは言った。

「人もそれほど多くなかったわ」彼女は思いにふけるような低い声で言った。

そして、目をすっかり閉じると、顔をさらに仰向けた。

「それに、あのころの知り合いのほうが」と、日差しの温もりを楽しもうというのだろう、顔をゆっくりと左右に動かしながら囁くように言った。「いままわりにいる人たちよりも好もしかったわ」

彼女は目をあけ、首をまわしてわたしを見つめた。

「もちろん、いまの知り合いぜんぶがという意味じゃないわよ。でも、奇妙ね」

わたしは小枝で8の字を書きおえた。「奇妙とは？」

「あなたがボビー・メドリンのいとこだということが」

「なぜ奇妙なんだ？」わたしは彼女をちょっと見てから地面に目を落とし、土を小枝で掻いて8の字をいったん消した。

「ちっとも似てないから」

彼女がわたしに目を向けているのがわかった。わたしは地面を見つめたまま小枝を動かしつづけた。

「ボビーは外向的だわ――気が早くて、率直で、元気がよくて、いつも陽気よ。彼と会うと笑ってばかり」

わたしは顔がほころびかけるのをおぼえた。彼女がボビーのことをぴたりと言い当てているからだけではない。

「ボビーは本気になるってことがないのよ、まあ、ほとんどないわね。だけど、あなたはいつも本気ね、自分ではそう思っていないときでも」彼女はそこで思いついたらしく、「歩き方までそうよ」

「歩き方が？」わたしは照れくさくなって笑った。

「ボビーは行き先などどこでもいい、といったように歩くわ……あなたはいつも行かなくちゃならないところがあるみたいに歩くの」

彼女が言わんとしているところはよくわかった——すくなくとも、ボビーについては。たしかに彼は、いつどんなときでも気の向くままに行動しそうに見える。

「ボビーはオールアメリカンに選ばれたんだ」と、わたしは説明しはじめた。

彼女は聞いていなかった。聞いていたにせよ、注意を払ってはいなかった。「カレッジのころつきあった男の子があなたみたいだったわ……いつもきまじめで、いつもひたむきで」

彼女はちょっと首を傾け、なにか確かめておこうとでもいうようにわたしを見つめた。「彼はあなたとそっくりの目をしていた——いつもなにか考えているような黒っぽい目を。わたし彼に恋していたのかもしれない」

彼女はふと黙り、目を輝かせてつけくわえた。「たぶん恋していたのね、ただそれを自分で認めたくなかったんでしょ」

わたしはちょっと戸惑った「彼に恋したくなかったと？」

「できなかったのよ」彼女はなんとなく辛そうな、抑えた笑い声をあげた。「そうなるだろうとはわかっていたけど――あのままつきあっていたらね。三度めのデートのあと……」と言って、また笑った。「デートよ！　コーヒーを飲みに行ったの――午後に。で、わたしから言ったの、もうつきあえないって。なぜ、と彼がきくと、十九歳なりの知恵で、人を〝傷つけたくない〟から、と答えた。そう、〝傷つけたくない〟って言ったの」

彼女は肩をすくめた。頭が小刻みに振られるのがかろうじて見てとれた。若いころの自分のふるまいを傍観者として楽しみながらながめているような、まんざら不快でもなさそうな表情だった。

「キャンパスを歩きながら話していたの。晩秋で、芝生は落葉で覆われていた。空気が身を切るように冷たかった。彼がそんなのはおかしい、と言ったとき、息が白く見えたのをおぼえているわ。彼はどんなことでもいいかげんにすませられるタイプじゃなかったの……なにごとにも理由があると考えていたのよ。彼はきっと」そこで、目が強く光った。「相手がなにか理由を言っても、もっといい理由を見つけて考えを変えさせられる、と思っていたのよ」

彼女は唇を嚙んで、悲しげにほほえんだ。「もうこれからはつきあえない、と言ったの……母からいつも、ユダヤ人じゃない男の子をつれてきたら二度と家に入れないと言われている、と話したわ」

わたしはまさかと思い、彼女に目を向けた。「彼はなんと言った？」

「信じなかったわ、すぐには。彼もユダヤ人を好かない人間がいることは知っていた……逆のケースもあるとは知らなかったのね」

彼女はその話題はもうそれ以上、話そうとせず、わたしのほうからたずねたいこともなかった。しばらくほかのことをしゃべってからワイナリーを出て、西側の丘陵の麓に沿って延びる道を走った。谷底を埋めつくす葡萄園のあいだを抜けるとカリストーガの町のはずれに出た。高々とそびえる看板から、褐色の泥がしたたる顔にゴーグルをかけた二人の男が見おろしていた。カリストーガの泥風呂は一世紀ほどまえに発見された。看板によると、体じゅうの毛穴からあらゆる疾患が吸い出されること請け合いだという。

車を駐め、町のなかを抜ける短い一本道を歩きはじめた。道は半袖姿の観光客でごったがえしていた。道のはずれまで歩き、壁を白く塗った二階建ての小さなホテルのレストランへはいった。

屋内のテーブル席は三十分待ち、と掲示が出ていた。テラスには木のテーブルが点々と置かれている。そこなら好きな席にどうぞ、と言われ、すぐさま従った。岩の転がる小川をすぐ下に見おろす、手摺のわきに置かれたテーブルに坐った。秋には雨が降るにせよ、まだだいぶ先のことだ。浅い小川は干上がり、枯れて茶色になった葦が川床を覆っている。一本のオークの枝のあいだからそそぐ日差しがテーブルの上に格子模様をつくっていた。暖かくて風もなく、土埃の薄幕を透かして見るように、すべての動きが緩慢に見えた。「ローレンス・ゴールドマンね」彼のことを知っているか、とわたしがたずねると、彼女はメニューから顔をあげてそうくり返した。下唇で笑みが踊り、口の隅にちょっととどまった。彼女はメニューを置いて、ウェイターに注文を伝えた。

「ローレンスのことは誰でも知ってるわ。わたしが知らないと思ったの？」ばかなことは言わないでくれ、という警告の表情だった。

「いや、もちろんちがう」わたしはなだめるように言った。「わたしは知らないんだ……どうやら彼のことを知らないのはわたしだけのようらしい」

彼女は熱っぽい口調で話しはじめた。ちょっぴり興奮しているようにも見えた。ローレンス・ゴールドマンの名をはじめて知ったという人間に、自分が知っていることをそっくり聞かせてやれるのがうれしかったのだろう。

「ローレンス・ゴールドマンのことは誰でも知っているわ、五十年あまりにわたって、そうなるよう彼が仕向けてきたから。彼が社会奉仕的な催しに姿を見せれば、新聞記事の最初に彼の名が出るわ。その名は、慈善目的の寄付を誓った、裕福な名士たちのリストの最初にかならずあらわれるの。サンフランシスコ市内のビルのプレートに、彼の名前が出ていないのは一つもないんじゃないかしら」

ウェイターが料理を運んできたので、彼女は口をつぐんだ。

「ありがとう」料理が置かれると彼女は言った。「おいしそう」

ウェイターはその文句を日に何回も聞いているはずだが、彼女の魅力的な声で言われると、かつて聞いたことのない感謝の言葉のように聞こえたことだろう。

彼女はフォークをいったん手にとってまた置いた。そして、ちらっと左右を見やって、秘密の話めかして乗り出した。

「わたしもアルバート・クレイヴンから聞くまでは、彼が他人のお金でそういうことをやっているとは知らなかったわ。じつにうらやましい才能ね……他人のお金を利用して、慈善家としての自分の名前を高めるんだから。最悪なのは」彼女はいかにも嘆かわしげに口をゆがめた。「それに対して誰にも手の打ちようがないってこと」

彼女はわたしがよく呑みこめないでいるのをすぐに見てとった。

「ローレンスはとても口がうまいの」彼女は目を見ひらき、口をぎゅっと結んで謎めいた笑みをこしらえた。「そのやり口は、法律家から見れば強要かもしれない。サンフランシスコの半分は彼のものだと言う人もいるくらい、ローレンスは市内の商業地区に土地をたくさん持っているわ。もちろん、ローレンスはそうした世間の見方に水を差すようなことはぜったいにしない。まさに天才的なの、彼のやり口は。もっとお金を持っている人はいるし、もっと権力を持っていると思っている――と言うか、すくなくともそう思いたがっている――役人はいるわ。だけど、ローレンスほどの権力を持つ金持ちはいないし、役人は一生かかっても、ローレンスが一週間に稼ぐお金を稼げない。あれほど悪辣な人間はいない、とアルバート・クレイヴンは言っていたわ」

彼女の顎が持ちあがり、またゆっくりと下がった。

「そう思っている人は大勢いるのよ……口にする人は多くないけど。ローレンスが聞き流すようなことではないから。ローレンスはね、彼を不快にさせることは唯一の許されざる罪だ、と誰もが考える世界をつくりあげたのよ」

彼女はそこで言葉を切り、シャルドネに口をつけた。シルクのスカーフはとっているので、どう話そうかと言葉を考えるときの癖で頭をかるく振るたび、髪が肩の上で揺れた。わたしにはその長い黒髪をぬきにしては彼女のことを考えられなかった。それも彼女に一種独特の雰囲気を付与する、わずかながら異様な感のある容貌の一部だった。そうした風貌が、彼女を一風変わった人間のように見せていた。実際にもすごく変わっているのだろうかと、あるいは、挑戦意欲をかきたてる謎に自分を仕立てて楽しんでいるのだろうか、とも考えさせられた。

彼女はグラスを置いて、大きく見ひらいた目をわたしに向けた。なにも決まってはいないし、どんなことでも起こりうる、とほのめかし、どうなるか見てみたら、と無言で誘うときの、あのじらすような目だった。

「一度ローレンスと話してみるといいわ」と、彼女は勧めた。目がきらきら輝いていた。「いつでもおなじなの。話す声はまったく変わらない……いつも静かで、悠然としていて、一語一語に耳をそばだてていなくちゃならないほど低いの。で、こっちが話すときは、すごく興味深い話であるばかりか、長い人生でもこれほど重大な話は聞いたことがない、というように耳を傾けてくれるの。なかば閉じた薄いブルーの目で、賢くて情け深い修道士のようにじっと見つめて。親身な眼差でね。頭を前に、ほんのすこし倒して。こんなふうによ」彼女は笑いながら顔をすこしうつむけ、首をちょっとねじった。「これからなにかたずねようとでもするように、頭を倒すの。そして、相手が話しおわってまわりが静まりかえると、一度うなずき、一度ほほえむ。それから、もう聞いておかなくてはならないことはない、うっかり口をはさんで話の腰を折ることはないのだ、と確かめでもするように、ほんのわずかのあいだ、じっと相手に目をそそぐの」

彼女はまたワインを飲み、料理を口に運んだ。しばらくして、顔をあげた。

「それから、例の悠然とした調子で相手に向かって語りかけるの。長年いろんな人間に要請してきたことを諄々と説くのよ、たとえば『病院の増築費の二百万ドルを集めようと約束したんだよ。それで、あなたにはそのうちの十万ドルをぜひともお願いしたいと思っている』とかね。額は二十万かもしれないし、五十万かもしれない——彼が妥当と考える金額になるの。で、ノーと言える人間は一人もいない、そんなことをすればイエスと言える機会は二度とないとわかっているから。イエスと言った人間だけが仲間の輪のうちにとどまっていられると、つまりローレンス・ゴールドマン相手のビジネスを許される選ばれた人間だけのサークルにくわわっていられる、とわかっているから。もっとも、彼をぬきにしたビジネスなんてものはないんだけど」

ローレンス・ゴールドマンが狡猾そのものの天才的な策士だとしても、わたしにはとくべつ興味のあることではなかったが、彼女の語り口に乗せられて、そもそもなぜ彼のことをたずねたのかも忘れて聞き入った。

「ボビーはあの晩、ゴールドマンのアパートメントにいたんだ——」

「わたしもいたわ」

「彼が話してくれたんだが——」

「ジェレミー・フラートンの奥さんがアリエラになんと言ったか話したんでしょ？　あれはひどくみっともなかったわね。二人がつきあっていることを知らない者はいなかったわ……あれが殺人事件と関係があると思っているわけじゃないでしょ？」

「きみは？」

彼女はからかうような笑みを口許に浮かべてわたしの目を覗きこんだ。「ここからは弁護士になるの？　わたしを反対尋問しようってわけ？」

わたしは顔が火照るのをおぼえた。「わるかった。つい癖でね。事情をよく知らないから、どう考えたらいいのかわからないんだ。ボビーから聞いたことしか知らない。そう、たしかにフラートンの妻の腹立ちは、夫が寝ている女に一言二言投げつけるだけではおさまらなかったのじゃないか、という気はする」

マリッサは真顔にもどった。「メレディス・フラートンが浮気を理由に夫を殺すつもりだったとしたら、だいぶまえにやっていたんじゃないかしら。そう、ないわね」彼女は声を強めて、またちょっと悲しげに言った。「まちがっても彼女がそんなことをするはずがないわ。彼をとても愛していたもの」

「彼女とは知り合いなのかい？」

「ええ、そうよ」マリッサは一口食べてフォークを置いた。「昔から、ジェレミーが選挙にはじめて出たころから。そのとき知り合ったの、とりわけ親しくはないけど、彼女のことは知っているわ。それに好きよ。嘘じゃないわ、彼女はジェレミーを愛していた」

彼女は首をちょっと傾けてわたしを見つめた。なにか問いたげな目をしていた。

「なにか？」わたしはきいてみた。

「いえ、べつに」と、彼女は答えた。「こういうことは男の人には説明しにくいわね。それに、なんだかばかげているし。でも、女はみんなジェレミーに恋したの」

わたしは笑った。「きみも？」

彼女はまたわたしを見つめた。やはり目には問いかけるような表情があった。意味は不明だが、さっきとはべつのことを考えているのはわかった。

「そうだったかもしれないわ」と、なるたけ正直に答えようとする表情で言った。「あるとき、ある場所では」

「カレッジのころのあの男の子のように？」

「共通するところはあったわね」と、すこし考えてから答えた。

わたしは黙って見つめて先を待った。彼女は唇を嚙んで考えていたが、やがて、探していたのにぴったりの言葉が見つかった、とでもいうように、目を見ひらいた。

「二人とも詩人だと思ったの」と、つぶやくように言った。「だけど、ひょっとしたらまがいものかもしれないという気もした」

なにを思っていたのかはわからないが、もの問いたげな表情は消えていた。彼女は笑みをこしらえて口を開いた。

「女はみんなジェレミー・フラートンに恋した、と言ったけど、かならずしも事実じゃないかもしれない。アリエラはそもそも彼に恋してはいないんじゃないかしら。彼女が誰かに恋をすることなんてありそうにないわ」

彼女は腕を伸ばしてわたしの手をかるく叩いた。

「あなたもあの場にいるとよかったわね。三人が、つまりローレンスと彼の娘とジェレミーがいっしょのところを見ていれば、すっかりわかったはずよ」

マリッサには描写の才能があった。彼女があの晩の出来事を語るのを聞いていると、髪をアップにして黒いドレスを着たアリエラ・ゴールドマンが、白くてなめらかな首の両側にダイヤのイヤリングを下げて立ち、父親の客たち一人一人にその怜悧な目をそそぎながら、ほっそりした手を差しのべては、考えぬかれた挨拶の言葉をかけているところが想像できた。

「そして、客の誰かが彼女の母親のことをたずねるたび、ローレンスは例の悠然とした調子で、『アマンダもここへ来たがっていたんだが、農場のほうへ準備に出かけたのでもどってこられないんだ』と説明していたわ」

事情は誰もが知っていた。ゴールドマン一家は四ヵ所を――フロア二つを占めるノブ・ヒルのアパートメント、ソノマ渓谷にある二百エーカーの葡萄園、太平洋を一望できるサンタ・バーバラの高地に拓いた三千エーカーの農場、地価の高いことでは世界でも指折りの、ウッドサイドの人里離れた十二エーカーの土地に建つ一万五千平方フィートの別荘を――常に転々として暮らしている。一ヵ所にまだ落ち着かないうちに、もう次の滞在先の用意ができている。これが別居をとりつくろうには恰好の暮らし方になっていた。夫婦の一方がたえず次の滞在地へ先まわりすることになっているらしい。

「奇妙なのよ、彼ら二人の出合いを考えると」彼女は皿をわきへ押しやりながら言った。

わたしはウェイターに合図してワインのおかわりを頼んだ。

「わたしはもういいわ」と、彼女は断わった。

「まだ二杯めじゃないか。出合いからすると奇妙というのは？　ところで彼の年は？」

彼女もすぐには答えられなかった。「七十代なかばじゃないかしら。よくわからないの、ほんとに。ローレンスは健康的な顔をしているでしょ……白髪で、顔は血色がよくて日焼けしていて。七十かもしれないし、八十かもしれない、あるいはもっと上かも。ああいう容貌からはっきり言えるのは三つのことだけね……お金持ちで、高齢で、あと二十年生きても明日死んでもおかしくない」

ウェイターがワインのグラスを二つ持ってきてテーブルに置いた。

「それはアルバート・クレイヴンにも言えそうだな」わたしはグラスを口へ持っていきながら言った。

彼女は頭をかるく振り、髪が肩の上をすべるのをわたしが見つめているのに気づくと笑い声をあげた。

「いいえ、アルバートはぜんぜんちがうわ」

彼女はまだ笑いながら、目をすぼめて言葉を探しはじめた。

「アルバートは……つるつるしてないもの。そうよ！ つるつるしてないの。顔に皺がぜんぜんない老人っているでしょ。肌がすべすべで、とても——どう言えばいいかしら？——たとえば、粘土がまだやわらかいうちに角張ったとこをぜんぶこすりとった像みたいに、まん丸で。わたしが言ってることわかるでしょ……赤ちゃんのお尻みたいにすべすべの顔をした老人のことよ」

テラスからガラス戸ごしに屋内へ目をやると、大勢の客が談笑する顔が見えた。なんだかわたしたちは輪の外に置かれて二人だけの会話をしているようで、話題もわたしたちのあいだだけの私的なことに限らなくてはいけないような気にさせられた。ふと思った、なかの客が外に目を向けて、おたがいテーブルに乗り出し、まわりのことなど眼中にないかのように見つめあって話しているわたしたちを見たらどう思うだろうか、と。あのウェイターも彼女の声を聞いた以上、きっとわたしは彼女に夢中だと思うことだろう。

「なにをにやにやしてるの？」と、彼女がきいた。目がまたわたしのことを笑っていた。

「べつに」と答えて、適当なことをつけくわえた。「外見からいろんなことを思うものだ、と考えていたんだ——たとえば、ローレンス・ゴールドマンの顔からとか。そうだ、ゴールドマン夫妻が出合ったいきさつと、いまの彼らの生活が奇妙に思えるというわけを話してくれないかな」

彼らの出合いと、そのときに起きた出来事をマリッサは語った。いろんな機会にいろんな場所でひそかに語られ、いまや伝説と化している話であり、およそありそうにないことだから——いや、そう思うからこそ——信じたくなるたぐいの、驚くべき話だった。誰もが聞きたいと思うことが語られている、だから誰もが信じる、そういうたぐいの話である。たとえ権力を持つ人間であっても、恋のためならどんなことでもするものなのだ、と解する者もいるだろう。金持ちはなんでもやりたいようにやり、他人を傷つけても屁とも思わない、と考える者もいるだろう。

二人はパーティの席で知り合った。東部の大手不動産会社から引き抜いて副社長に据えたばかりの、リチャード・マクブライドという男を歓迎するため、ゴールドマンが開いたパーティだった。当時ローレンス・ゴールドマンは四十六歳、結婚以来ちょうど二十三年が過ぎたころで、二人の息子はまだカレッジへ通っていた。リチャード・マクブライドは三十代前半、妻のアマンダはまだ二十四だった。ゴールドマンは出合いの瞬間から彼女に目を奪われてしまった。

完璧にととのえられたダイニングルームのテーブルを十六人が囲んでいたが、ゴールドマンが食事の間に話しかけるのはもっぱら彼女だけだった。デザートが供されるころになると、彼は苦しげな、奇妙な表情で立ちあがり、中座させてもらう、と告げた。

「いま思い出した」彼はナプキンをテーブルに置きながら言った。「二、三日、ロサンジェルスへ行かなくてはならない」そこで、なにかを決めかねてでもいるように、テーブルをしばらく見おろした。そして目をあげると、まっすぐアマンダ・マクブライドを見つめて言った。

「いっしょに行かないか？」

のちには、あれはそもそも問いかけたわけではない、と言う者もいた……ゴールドマンが二人の考えとして決定したことだ、なぜかわからないが彼女はその決定をゴールドマンにゆだねたのだ、と。それは時間がたったから言えることであり、そのときはアマンダ・マクブライドが椅子から立ちあがり、夫のほうへはちらりとも目をくれず、つい二時間たらずまえにはじめて会った男といっしょに部屋を出ていくのを、誰もが目を丸くして見まもるばかりだった。

あちこちで語られてなかば伝説と化した話のご多分に漏れず、舞台となった場所については諸説ある。パーティはサンフランシスコ市内にあるゴールドマンの豪華なアパートメントで開かれた、とする説もあるし、ソノマ渓谷の葡萄園内に造られたばかりのトスカナ様式のヴィラだった、と言う者もいる。その夜、ゴールドマンと彼が雇い入れたばかりの男の若い妻は、ロサンジェルスはもとより、どこへも遠出はしていない、と言い張る者もいる……パーティがあったのは赤い瓦屋根に白壁の、プライヴェート・ビーチ付きのサンタ・バーバラの別荘で、二人はカリフォルニアのさわやかな夜気のなかに踏み出すと、そのまま太平洋沿いに延びる街道を車で南へ向かい、最初に見つけたモーテルに泊まったのだ、と。

どの説もまことしやかに語られるが、誰もが確かな事実として知っているのは、九ヵ月後に二件の離婚が手ぎわよく成立し、すでに二人は結婚したと発表があり、公表は極力避けられたが、ローレンスとアマンダのあいだのただ一人の子供が誕生し、将来、世間の関心を集めることと必定の人生を歩みだした、ということだけである。

6

ジャマール・ワシントンは大陪審で起訴が決まり、ただちに罪状認否手続きを開始するよう求められていた。わたしは彼の代理人になることに同意すると、真っ先にその要請の撤回を申し入れた。彼はあわや脊椎を砕くところだった銃弾の摘出後、病院で回復を待っている。冒頭手続きを病室でではなく、誰もが、ことにマスコミが、当人を実際に見ることのできる場でおこない、彼が世間で想像しているような人間ではないことをわからせてやりたかったのだ。そして二週間が過ぎたいま、わたしはついに出廷し、アメリカ全土が注目している審理の場にはじめて公式に立つのを待っているところだった。

クラレンス・ハリバートン地方検事は、太い鼈甲《べっこう》縁の眼鏡ごしに書類に見入っている。読みおわると、隅をとめた書類を畳みなおして次のを読みはじめた。彼が一心不乱に読みつづけるうち、横手のドアが開いて廷吏があらわれ、全員起立、と告げた。ハリバートンはそれでも書類から目をあげようとせず、ジェイムズ・L・トンプソンが裁判官席のなかばまで進んだところでゆっくりと椅子を押しさげ、裁判官の入場時には立ちあがるべしという決まりにいちおう従っているといえる程度に腰を浮かした。

トンプソンはなにごとか低くつぶやくと、アメリカで発生したのは三十余年ぶりという、高名な政治家の殺人事件を取材に世界中から押し寄せた報道陣でぎっしりと埋まった廷内を見まわした。

「公判名の読みあげを」と、彼は地方検事に向かってうなずきながら言った。

ハリバートンはまだ書類に読みふけっていて顔をあげようとしなかった。

「読みあげて」判事の灰色の目が固くなった。

ハリバートンは手にしていた書類をわきへ投げだし、ファイルに手を伸ばした。

「公判名をおぼえてもいないのかね？」トンプソン判事がけわしい声で言った。

ハリバートンは馬耳東風だった。彼はファイルを手にとると、これ見よがしにゆっくりと立ちあがった。そして、ネクタイを伸ばすと、上着のボタンをはめた。中背だが、肩はがっしりとしており、手もたくましかった。鼻はすこしばかり横にひろがり気味で、目はすこしくっつきすぎていた。その風貌からすると、根っからの喧嘩好きのように、みずからタネをまかないまでも、喧嘩に巻きこまれれば内心ひそかに喜びそうなタイプに見える。

「州民対ジャマール・ワシントン」と、彼はファイルに記されたタイトルを読みあげた。

クラレンス・ハリバートンの下には刑事法廷に立つ検事補がいくらでもいる。彼がみずから起訴に当たるのはここ三年あまり一度もなかった……もっとも彼は、この事件も地方検事局で毎年扱う数千件の事件とすこしも変わるものではない、という態度をとりつづけていたが。

「ありがとう」トンプソン判事はそう言って、そっけなくほほえんだ。彼は廷吏に目を向けた。

「被告人を入廷させなさい」

トンプソンは背もたれの高い革椅子に深く坐ると、首を振りふり天井を見あげた。

ジャマール・ワシントンは拘置所でふつう着せられるデニムの制服を着て、車椅子に乗ってはいってきた。定められた手順が杓子定規におこなわれていることを示して、彼の足首は六インチの鎖で結わえられていた。彼は弁護側と検察側の二つのテーブルが置かれたところへ押してこられ、わたしの横に落ち着いた。わたしたちのテーブルは裁判官席に向かって右側で、からっぽの陪審員席に近い。

ジャマールがはじめて入廷するのを見て、地方検事の胸をどんな思いがよぎったろうか、と思った。彼は史上まれに見る劣悪な殺人を犯した、としてこの若者を訴えたのだ。だが、当の若者には劣悪なところはどこにもない。ハリバートンが彼の聡明そうな目と傷つきやすそうな口を見て意表をつかれ、その顔を一瞬見つめたような気がした。たぶんわたしにはそう見えただけのことだろう。また、彼が意外そうな顔をしたからといってどうということはない。彼は起訴し、勝訴するためにここへ来ているのだ。それに、人殺しはいろんな仮面をかぶっているものであり、凶悪犯中の凶悪犯がおよそ人など殺しそうにない顔をしていることはすこしもめずらしくない、と思い出すのにいくらも時間はかからないだろう。

「きみの名前はジャマール・ワシントンだね？」と、トンプソン判事が細くて高い声でたずねた。怒ったときにはそれが涙声に変わることはよく知られている。

ジャマールはまっすぐ彼を見て、「はい、そうです」と、かしこまって答えた。

トンプソンは彼にじっと目をそそいだ。ジャマールの態度に感心して、というように見えた。

「ミスター・ワシントン、きみは被疑事実について答弁するためここへ呼びだされた。それには、検察官のほうから、きみが犯したとされる犯罪事実について、文書で告知しなくてはならない。きみが自分の弁護をおこなうことができる、ということを伝えるための手続きなんだ」トンプソンはまばらな灰色の眉を持ちあげ、首をわずかに傾けた。「それはわかっているかね？　ぜんぶ理解しているかな？」

ジャマールはまばたき一つしなかった。「はい、裁判長」

「では、手続きにはいるまえに」トンプソンはじっくりかまえてつづけた。「審理のおこなわれているあいだはいつであれ、自分で選んだ弁護人に代理をしてもらう権利がきみにはあることを助言しておこう。わかったかね？」

「はい、裁判長」

トンプソンはしばらく彼を見つめた。「きみは弁護人を同伴しているようだ」彼はわたしのほうを見てうなずき、前にひろげて置いてある法廷記録に目を落とした。そして、「ジョーゼフ・アントネッリ」と読みあげた。

彼はジャマールに目をもどした。「アントネッリ氏に弁護人を務めてもらうんだね？」

ジャマールがそうですと答えると、判事はすぐさま検察官に向きなおった。ハリバートンはファイルから一枚の文書を抜き出した。

「これより被告弁護人に」と、彼は刑事事件の訴追の開始に当たってどの検事も用いる重々しい口調で切り出した。「被告人ジャマール・ワシントンが第一級殺人を犯したとする正式起訴状の真正なる写しを手渡しますので、その旨、記録されるようお願いします」

わたしは一瞥することもなく、その文書を裏向けにテーブルに置いた。

「裁判長」わたしは裁判官席に目を向けて言った。「被告人は無罪答弁を受けつけていただくよう求めます」

「無罪答弁を受けつけます」判事は法廷記録に必要事項を書きこみながら無表情に答えた。

「裁判長、弁護側は保釈を申請します」

ハリバートンは必要を感じたときはすばやく立ちあがることもできる。

「保釈には反対です、保釈金の額を問わず」彼は声に力をこめて言った。「これが死に値する犯罪であること、被害者が尊敬を集める、いや――著名な――公僕であったことはあらためて申しあげる必要はないでしょう。犯罪の重大さ、逃亡のおそれ――そのいずれか一方を、あるいは両方を考慮すればもちろん」彼は片手を激しく振りたててつづけた。「保釈であれ、いかなるかたちであれ、公判まえの釈放は受け入れられません！」

トンプソンは地方検事がしゃべっている間、一度も目を向けようとしなかったが、話しおえてもそっちを見ようとはしなかった。

「なにが受け入れられ、なにが受け入れられないかは裁判所が決めます」彼はわたしのほうへ目を向けながら言った。「なにか言っておくことがありますか、ミスター・アントネッリ？」

「裁判長、被告人には犯罪歴がありません。彼はカリフォルニア大学の学生です。生まれたときから市内に住んでいます。しかも、ご覧のように」わたしはそこでちょっと間を置き、ジャマールを見おろした。「車椅子の世話になっています。ふたたび歩けるようになるにはまだ数箇月の治療が必要です」わたしはちらっとハリバートンを見やった。「逃亡のおそれはまずないと思います、裁判長」

トンプソンは好意的なように見えるが、それがどの程度まで、ハリバートンに対する明らかな腹立ちに起因するのかはわたしにもわからない。彼は決断しかねているのか、口を開くのをためらっていた。

「保釈を認めます」と、ついに言った。「保釈金は五十万ドル」

「裁判長」わたしは異を唱えた。「この若者には金がありません。家族も――」

「ほかにも言っておきたいことがあったんじゃないですか、ミスター・アントネッリ？」

保釈の問題には結論が出た。変えようのないことで議論してもむだなことはわたしにもわかっていた。

「はい、裁判長。当方は先に申し立てをおこなっています、それは――」

ハリバートンがまた立ちあがった。「そちらへうかがってもいいでしょうか？」彼はテーブルの角をまわって前へ進みはじめた。

わたしたちは法廷を埋めた報道陣に声の届かない、裁判官席の端に集まった。ハリバートンはわたしの申し立てに対してなにか言いたいことがあるのだが、傍聴人の前では口にしたくないのだ。トンプソンはわたしに目を向けた。わたしが異議を唱えないと見てとると、彼は双方とも席にもどるようにと手を振った。

「休憩します」と、彼は告げた。「検察官、弁護人と判事室で話し合いをします」

どういうことになるのか予測はつかなかった。わたしは地方検事宛に、ジャマール・ワシントンがジェレミー・フラートンの車のなかにいるのを目撃し、さらにその後、逃走しようとしたとして彼を背後から撃った警官二名の人事記録を見せてほしい、と二度にわたって手紙で要請していた。二度とも無視されたので、裁判所からそれを強制するよう申し立てをしておいた。地方検事がわたしに返事をする気はないにせよ、わたしが弁護をおこなううえで必要とするものをなぜ渡そうとしないのか、裁判官に対しては説明できるはずなのだ。

トンプソン判事は机の前に置かれた二脚の木の椅子を無言のまま手で示した。わたしたちが腰をおろすと、彼は法廷記録からその申し立ての書面を取り出して読みはじめた。

判事の机は片方の端を壁につけて置かれていた。椅子のうしろの隅に、抽出が三つある金属製のファイルキャビネットが置いてある。その上にはステンレス製のコーヒーポットと、色がくすみ、縁のかけた、年代物の白いマグが二つ載っていた。そのすぐ上にすすだらけの金網に覆われた窓があり、ぼんやりとした灰色の光が差しこんでいる。

トンプソンは書面をわきへ置いた。「で、問題というのは？」

わたしは壁に近い椅子に坐っていた。コーヒーポットの下部から突き出ている腐食したコンセントに目がとまり、今度プラグを差しこんだら感電するのではないかと心配になった。

トンプソンはハリバートンをにらんだ。「質問をくり返さなくてはいけないのかね？」

「いや、その必要はありません」ハリバートンは険をふくんだ声で答えた。「アントネッリは警察官二名の人事記録を引き渡すよう要求しているんです」

トンプソンは両手を開いた。そして、「その申し立ては読んだ」と言った。自分がまだ知らないことを話せ、と言わんばかりの顔だった。

ハリバートンは室内を見まわしたのち、肩をすくめて笑いだした。「とにかく渡す気はありませんね」

わたしは昔からくり返し聞いた歌のリズムに合わせるように、首を前後に振りはじめた。

「とにかく渡す気はない？」と、トンプソンはさもばかばかしげにくり返した。そして、ひきつったような笑みを浮かべると、鉛筆を手にとって消しゴムを机に打ちつけはじめた。「とにかく渡す気はないのかね？」

「ええ、ありません。合衆国上院議員が殺されたんです。ところが、アントネッリ氏は警察の記録などという枝葉の問題を持ち出して関心をそらそうとする。どうやら、被害者はジェレミー・フラートンではなく彼の依頼人だ、とする方向で弁護方針を固めたようです。警察の人事記録は被告人がこの殺人を犯したかどうかとはまったく関係がないんです。また、わたしが思うに、もっぱらその点を論じるためにわれわれはこうして出廷してきたはずなんですがね！」

トンプソン判事は鉛筆を机の上にほうりだし、椅子に背をあずけると目をぐるりとまわした。

「〝また、わたしが思うに、もっぱらその点を論じるためにわれわれはこうして出廷してきた〟か。いいかね、クラレンス、きみがなんのために出廷してきたかは、わたしにもきみにもよくわかっているさ。しかし、きみがわたしの法廷を利用して知事選のキャンペーンを始めようとするのをわたしが許すと思っているなら、よほどどうかしているぞ！」

わたしはふさ付きの黒いローファーに目をやった。磨く必要がある。脚を伸ばし、片方ずつズボンの裾にこすりつけた。

トンプソンは両肘を机に置いて乗り出した。「自分をなんだと思っているのかね？　まず最初は、申し立てに裁定が出てもいないのに従うつもりはないと公言し、次には関連性について講釈を垂れるとは？」

彼は鉛筆をまた取りあげ、消しゴムを親指の爪に打ちつけながら、地方検事をにらみつけた。

ハリバートンはにらみ返したが、やりすぎたと気づいたらしく、たんなる行きちがいとして笑いとばす手に出た。「出だしから息が合わないというのはまずいですな。わたしの意図したところが伝わらなかったようです。わたしが言おうとしたのは、この申し立てには――」

トンプソンは鉛筆を机に投げだした。「申し立ての件はひとまず忘れよう」

わたしは靴から目をあげた。

「その件はひとまず置こう。いまここで話をつけてはどうだろう」

室内には二人だけだとでもいうような態度で彼はわたしに向きなおった。「第二級殺人を認めさせてはどうだろう？」と、おだやかに言った。「彼は被害者の財布を持っていたらしい。強盗目的で、銃は揉みあっている最中に暴発したのなら、予謀はなかったことになる。好条件ではないかな？」

わたしは鼻の横をさすりながら、考えているふりをした。裁判官たちがかならずしも検事を大好きというわけではないし、概して弁護士にはあまり好感を抱かない。しかし、わたしもこういうのは見た記憶がない。両者は憎みあっているのだ。トンプソンはわたしを利用して地方検事をやりこめようとしている。わたしはきれいごとがしたくて法廷へ来たわけではない……

勝つために来ているのだ。わたしは彼が望むことをした。

「そうしなさい」と、彼はせっついた。「きみにもこれ以上のことはできないだろう」

「そうですね」わたしはまだちょっと決めかねる、というように答えた。「裁判長のおっしゃるとおりかもしれません」わたしはまっすぐ彼の目を見た。「これがいちばんいい解決法だとあなたが思われるのなら、ええ、いいでしょう、依頼人とよく話し合ってみることにします」

「それがいい」トンプソンの灰色の目が狡猾げに光った。彼はハリバートンに向きなおった。

「では、取り引き成立だな？」

地方検事は逆上した。「いや、取り引き成立ではない！」彼は奥歯を嚙みしめるようにして言った。「今後も取り引きをする気はない、彼が第一級殺人を認めるのでないかぎりは。その場合もわれわれは死刑を求める」

トンプソン判事は目を閉じて首を振った。が、一瞬後には目を大きく見ひらき、両手をさっと持ちあげた。

「では、これまでだ。答弁取り引きはなし、減刑はなし、いっさいなし！　きみは審理をしたい――お祭り騒ぎをしたい――だったら、それなりの報いを受けることになるだろう！」

彼は背筋を伸ばして坐りなおすと、鉛筆を振りたてた。

「ミスター・アントネッリの申し立ての件だが……えーと、見てみよう」

彼は手早く書面を繰って、探す箇所を見つけた。

「これだ。〝サンフランシスコ市警察巡査、マーカス・ジョイナー、同グレッチェン・オリアリーの、品行および勤務態度にかかわる市警の公式人事記録をふくむ――ただし、それに限るものではない——すべての文書、書面、意見書、報告書の提出を求める〟」

彼はハリバートンに向かって挑むようににやりと笑いかけた。「わたしにはもっともな求めと思える。申し立てを認める」

ハリバートンは異議を唱えかけたが、ここで口をはさんだところで事態を悪化させるだけだと悟った。

「きみが求めるものはすべて手にはいるよう、全面的に協力するよ、ミスター・アントネッリ」彼はトンプソンに目を向けたままそう言った。

「それが裁判所の命じたところだ」と、判事はそっけなく言った。

トンプソンは机の端に置いた革表紙の日程表を繰りながら、公判はどれぐらいかかりそうか、とたずねた。ハリバートンが先に答えた。

「二ヵ月はかかりそうです」

「三週間を一日たりと超えないようにしてもらいたい」と、トンプソンは彼に向かって言った。

「むりです」地方検事は抗弁した。「陪審の選定だけでそれくらいはかかります」

トンプソンは日程表から顔をあげようとしなかった。「いや」彼は口許に冷ややかな笑みを浮かべてあっさりとしりぞけた。「そんなことはないだろう」そして、日程表を閉じると公判開始日を告げた。「なにか異論は？」

わたしたちは法廷へもどって席に着いた。トンプソンとハリバートンは人目のないところでは相手に対する侮蔑を隠そうともしなかったが、公衆の面前にもどったいまは、慇懃そのものの態度で向きあっていた。

トンプソン判事がたずねた。「検察側にはいまここで言っておきたいことがありますか？」

「はい、裁判長」と、ハリバートンは答えてわずかに向きを変え、背後の傍聴席に固まっている記者たちに横顔を拝ませた。「判事室で充分、議論をつくした結果、アントネッリ氏が提起した問題は解決しました。そこで、記録にも、われわれがその申し立てに反対したわけではない旨を——」

わたしとしては、検察側のほうが弁護側より理性的だ、などという印象をあたえるわけにはいかない。

「裁判長」わたしは口をはさんだ。「ハリバートン氏の言われるとおりです。それゆえ、当方はお許しをいただいてその申し立てを撤回したいと思います」

トンプソンは喜色満面でハリバートンに向きなおった。

「それでかまわないね？　もちろん、先ほど話し合った開示に関する合意は今後とも双方を束縛する、と了解のうえで？」

「もちろんです」と、ハリバートンは答えた。

彼はトンプソンが視線をそらすまで待った。

「あと残る問題は公判の期日だけです」

ハリバートンの口調は、ひょっとしたら判事は忘れているかもしれないので思い出す手助けをしてやろうと思っただけのことだ、と言っているかのようだった。

トンプソンは低くなにかつぶやきながらわたしに目を向けた。「そちらからつけくわえることはありますか、ミスター・アントネッリ？」

「いいえ、裁判長。ハリバートン氏が言いつくしてくれたように思います」

トンプソンは立ちあがると、「休廷します」と告げて、うつむきかげんに法廷を出ていった。廷内から人が立ち去りはじめた。保安官補がジャマールの車椅子をテーブルから離し、押していこうとした。わたしはあわてて短く励ましの言葉をかけ、一両日中に面会に行くから、とだけ伝えた。

「忘れないで」と、彼はふり返って言った。

ハリバートンが出口へ向かいがてらわたしの背後へ近づいてくるのが目の端に見えた。わたしの依頼人を殺人罪で訴える文書をブリーフケースにしまおうとしたとき、腕に手が置かれた。「向こうではなかなかうまく立ちまわったな」彼はトンプソン判事が消えていったばかりのドアを顎で示しながら言った。そして、通路に群がって質問の機会を待ち受けている記者たちに聞かれないよう、わたしに顔を寄せた。「ここで事件を扱ったことはないだろ？　サンフランシスコでは事情がちょいとちがうんだ」彼はもっと顔を近寄せた。「トンプソンに言ったことは忘れてくれ。答弁取り引きには応じるつもりだ」

わたしは彼のほうへ体をまわした。だが、彼はいち早くわたしのそばを離れ、記者たちに笑いかけながら木製の仕切り柵にあるゲートをあけようとしていた。そして、仕切りの向こうへ出ると、記者たちと談笑しながら後方の両開き戸へ向かって歩きはじめた。わたしは彼らが外へ出るまで待ち、そのあとを追った。白い光がまばゆい廊下へ出てみると、テレビカメラの放列を前に地方検事が立っていた。わたしは壁ぎわを進み、人垣の後方に立って見まもった。

ハリバートンはこういうことに慣れていた。わずかのあいだに別人になっていた。けだるそうな仏頂面は消え、真剣みをおびた、熱意あふれる表情を浮かべている。誰がどんなことをたずねようが、間髪を置かず答えそうに見えた。さっきよりは若々しく、また機敏になったようにも見える……目にはそれまではなかった光がある。ほとんど聞きとれないことさえある常に刺をふくんだ低い声も——他人を嘲るために使われる道具だ、公開の法廷で記録に残すために発言するときだけはべつとして——いまは温かみがあって、真摯で、よく響いた。時間さえあたえられれば、誰が相手であれ、どんな話であれ、説得できる、と自負している人間の声だった。

カメラと記者に囲まれたハリバートンは、本来の彼ではなくメディアの創造物なのだ。彼は大衆受けのする政治家ならではの直感で、次々と投げつけられる質問を手ぎわよくさばいていった。陳腐な決まり文句と常套語の連発だったが、どういうわけか、彼しか言えないことを言っているように聞こえた。こういうときには欠かせない声明文もちゃんと用意していた。

「周到な捜査の結果、われわれは合衆国上院議員、ジェレミー・フラートン殺害事件に関し、有罪判決をかちうるに充分な……」

彼はメモから顔をあげ、いちばん近くにあるカメラの黒いレンズをまっすぐ見つめた。「いや、充分以上の証拠を集めました」

彼はメモを持った手をわきに下げた。

「答弁取り引きはありません、取り引きはいっさいなし、正義がおこなわれるのを妨げるものはなに一つありません。ジェレミー・フラートンは無意味な残虐行為の犠牲になったのです、財布の中身、ただそれだけのために命を奪われたのです。この事件は裁判の場へ引き出されるでしょう」

ハリバートンはメモを記した白い紙を畳み、前方の顔の海へ目を向けた。

「裁判の終わりには、被告人ジャマール・ワシントンは有罪と認められ、われわれは死刑を求めることになるはずです」

判事の前で言ったことは反古《ほご》にして答弁取り引きに応じてもいい、と言ったときのハリバートンは本気だった。だが、いまカメラの前で一席ぶつ彼を見ていると、事件を裁判に持ちこむというのも本気で言っているとしか思えなかった。前言と矛盾することなどおかまいなしに、目先の効果を優先してしゃべるようでは、政治家としても法律家としても一流とは言えない。ただ、彼ほどすばやく、また頻繁に立場を変える人間にはお目にかかったことがないのは認めざるをえない。わたしは暖かな日差しの降りそそぐ屋外へ出た。そこで、子供のころによくやった遊びを思い出し、胸のうちで笑い声をあげた。クローヴァーの花びらをむしっては、運を頼むギャンブラーとおなじ心境で、〝あの子はぼくが好き、あの子はぼくが嫌い〟とくり返すあの遊びだ。クラレンス・ハリバートンの頭のなかではあれとそっくりなことが進行しているように思える。

裁判所から一ブロック先まで来た。それぞれの思いを抱えて、歩道を人々が行きかっている。なかにはわたしと同様、一風変わったことを思っている者もいるかもしれない。交差点で待ち、信号が変わるのを見て横断歩道に踏み出した。角を猛スピードでまわってきた車がクラクションを鳴らしたてた。わたしははっとなり、歩道ぎわへ跳びのいた。ぼんやりしていて危うく死ぬところだった、と思うと気恥ずかしかった。なにごともないふりをして、動悸が鎮まるのを待った。そして、あらためて踏み出したが、誰かがうしろから引きとめた。

「赤です。変わるまで待ったほうがいいですよ」

井戸の底に反響するような声で、なんとなく聞きおぼえがあった。首をまわしてみると、相手はやはりどこかで会った男だった。

「アンドレイ・ボグドノヴィッチです」と、彼はあらためて名乗った。

信号が青に変わった。ボグドノヴィッチはわたしの肘に手をかけて、いっしょに横断歩道を渡りはじめた。わたしがすぐに彼だと気づかなかったのは、まったく予期しない出合いだったことにくわえて、彼の身なりのせいもあった。アルバート・クレイヴンの家で開かれたパーティのときは、高価そうなスーツを着てイタリア製の靴を履いていた。今日はかなりくすんだ色合いのゆったりした茶のジャケットにダークグレーのズボンという恰好で、足許は汚れの目立つ褐色のローファーだった。ネクタイはなく、数日間着たままのようにも見える白いワイシャツの襟許をあけていた。パーティの席ではすぐに目についたが、今日はすっかり人ごみに溶けこんでいて、人目を引くようなところはどこにもなかった。「ミスター・アントネッリ、昼食をいっしょにどうでしょう？　まえから話したいと思っていたんです」

通りを渡りきっても、彼はまだわたしの肘をつかまえていた。そんなふうにへばりつかれると、行く先も知らされずにどこかへつれていかれようとしているみたいで、なんだか落ち着かなかった。彼の口ぶりからして、これは偶然の出合いではないように思えた。

「法廷にいたのかね？」わたしは彼に向きあい、腕を引き抜きながらきいてみた。

「ええ。いま、向こうは大騒ぎの最中でしょう？」彼はそう言って、思案げにうなずいた。

「そうなんですよ。裁判所からあなたをつけてきたんです。あそこはごったがえしていて、とても話はできそうになかったので」幅広の顔に深くくぼんだ目が輝きをおびた。「それはそうと」と、たしなめるように言った。「さっきは一命を落とすところでしたよ」

口先だけとは思えないその声を聞いて、肘をつかまれて不快に思ったのがやましくなった。「昼食の誘いはありがたいけれど」わたしは丁重に断わりを言った。「あいにく先約があってね。実を言うと」わたしは通りの先へ目を向けながらつけくわえた。「いまそこへ向かっているところなんだ」

ボグドノヴィッチはおだやかな笑みを浮かべてみせたが、落胆の色ばかりではない表情が目をよぎった。彼はまたわたしの腕に手をかけた。今度は肘ではなく手首をつかみ、驚くほどの強さで握りしめてきた。

「あなたとどうしても話したいんです、ミスター・アントネッリ。とても重要なことです」

彼はぶっきらぼうにうなずくと手を離し、わたしの答えも待たず、踵を返して雑踏に消えていった。

わたしは彼が唐突に、しかも強引に面談を迫ってきたことと、どうやら立腹したらしく、いきなり立ち去ってしまったことに驚き、呆然とその姿を見送った。それほど重要なこととはなんだろうか、と考えながら歩きだした。アルバート・クレイヴンの家で会ったとき、彼は妙な目でわたしを見ていた。なにかをわたしに教えたいのだが、人前では話したくない、とでも言いたげだった。だが、かりにそうだとしても、なぜ二週間も待ったのだろう？　ただ電話をすればいいものを、なんのためにわたしが出廷するまで待つことにしたのだろう？　たしかにアンドレイ・ボグドノヴィッチはきわめて興味深い人物だが、かならずしもまっとうな人間ではないのかもしれない、と気になりはじめた。

7

アルバート・クレイヴンは誘いの電話をよこしたとき、もっと早くに連絡しなくてすまなかった、と詫びた。事件のことやわたしの仕事ぶりに興味がないからではない、としきりに言った。とりわけ複雑な民事訴訟にかかりきりで、ほかのことに時間が割けなかったのだという。それもやっと終わった、と彼はうれしそうに言った。彼の事務所がはいっているビルの入口へ足を向けたとき、正面に停まっているリムジンのあけた窓からクレイヴンが手を振った。

「わたしのカントリー・クラブで昼食をとろう」わたしが乗りこむと、彼は明るい声で言った。彼は運転手の肩をかるく叩いて、「マーセド湖へ」と告げた。

彼は上等の革のシートの隅に深々と体を沈めた。なにか言おうとしかけたところで首を振り、ポケットのなかを探しはじめた。

「ああ、これだ」と言って、上着の左のポケットから小さな紙を取り出した。眼鏡を探しながら、書きつけられた文字に目をこらした。

「出ようとしたとき、これが来た。地方検事が電話をよこし、あの話は本気だから、きみがもっと話し合いたいのなら、至急、電話をしてくれ、と伝言を残したんだ」

クレイヴンにはわたしの表情の意味するところがわからなかった。「おかしいのかね？」

「トンプソン判事の部屋で協議をしたときは、答弁取り引きにはいっさい応じない、と彼は言ったんです。で、法廷を出ようとするときになると、判事の前で言ったことは忘れてくれ、とくる。それから二分もすると、裁判で争う、死刑を求めるにはそれしかないから、と声明を発表する。で、今度は、オフィスへ帰ると早々、ほかで言ったことは本気にしないでくれ、と言ってきたようです」

クレイヴンはさもありなんというように、口許に笑みを浮かべた。「ハリバートンの言うことは猫の目のように変わるのさ。昔からそういう男だ。効果を狙ってものを言う、そう思っているからじゃないんだ。この一件をとことん利用してやろうと思っているのさ。といっても、彼がこの先数箇月間、全力を尽くして闘う気でいる、という意味ではないよ」

わたしは言った。「三週間です」

「殺人事件の公判が三週間？」クレイヴンは驚いたようだったが、すぐにわけを悟った。「ハリバートンはもっと時間が必要だと言ったが、トンプソンは認めようとしなかった。そうだろ？」クレイヴンは興味津々という顔だった。

そのとおり、と答えると、彼はにっこりと笑った。

「あの二人はまさしく犬猿の仲だからな」と言ったが、それを遺憾に思っているふうではなかった。

わたしはそうなった原因をきいてみた。

彼はわけありげな笑みを浮かべて身を乗り出した。「あまりに長いこといがみあっているから、当人たちもなぜそうなったかは知らんだろう。しかし、わたしは知っているよ。彼らは地方検事局で同時にスタートを切った、二人ともロースクールを出たばかりだった。新米検事補の常で、二人とも最初は軽罪を担当させられた。数箇月後、ハリバートンが昇進し、重罪を扱うようになった。トンプソンはそれから一年あまり待たされたんだ」

クレイヴンは窓外へ目を向けた。リムジンは車の流れを縫って、市外へ向けて走っていた。わたしは彼が目をもどして、ハリバートンとトンプソンが憎みあうようになったいきさつをさらに話してくれるのを待った。だが、やっとふり向いた彼が口にしたのは天気のことだけだった。

「二人のあいだにはなにがあったんです？」わたしはきいてみた。「なぜあれほど不仲になったんです？」

「いま話したとおりだよ」彼は肩をすくめた。「ハリバートンが先に昇進したからさ」

「それが理由ですか？　それだけなんですか？」

彼の目には慈愛にも似た表情があった。人間は愚かなことを、恥ずべきことをするものなのだと、あきらめ、悲しんでいるように見えた。

「考えてみたまえ、それはたいへんなことなんだ。トンプソンとハリバートンは野心に燃える若者だった。ところが世に出て早々――いや、人生の最初に、といってもいいだろう――優劣を判定されてしまったんだ」

クレイヴンはわたしの目を見すえて、さらに体を寄せた。「トンプソンはどんな思いだっただろう？　きみならどんな気分になったと思う？　それを恨みに思わなかったろうか？　不公平だと思わなかったろうか、いや、それどころか……えこひいきの見本だと考えなかったろうか？　じゃあ、逆の立場から考えてみよう。ハリバートンはどんなふうに感じただろうか？　それで彼はまえより謙虚に、野心を抑えるようになったろうか？　常に自分が成功をおさめるとはかぎらない、と考えただろうか？　きみも彼に会った。最初のあれがトンプソンに対する彼の見方や態度になんの影響も及ぼしていないように見えたかね？　今日その場にいた人間なら、二人が一生敵対しあう関係にあることは容易に察しがついただろうと思うね」

アルバート・クレイヴンというのは、広く浅いつきあいをしている友人たちの前で、なにかうがったことや突飛な意見を口にすることしか考えていない、中身のない気どりやだとわたしは思っていた。だが、彼が人間性に対して、ふだん見せる皮相な楽観主義とはまったく異質の洞察力を持ちあわせていることがわたしにもわかりはじめてきた。

マーセド湖に着いた。クレイヴンは、二時間後に迎えにきてくれ、と運転手に告げた。クラブハウスの正面には、カリフォルニア州のいたるところで見られるように、ジェレミー・フラートンの死を悼んで半旗が掲げられていた。旗は真昼の微風にゆるやかに揺れている。クラブハウスは木造の平屋で、奥へ長く延びている。そのはずれのほうから間遠な話し声が聞こえてきた。四人のゴルファーがスコアを数えながら十八番ホールからロッカールームへ向かうところだった。ゴルフシューズのスパイクが舗道をゆっくりと打つ音があたりに響いた。

アルバート・クレイヴンはみんなと知り合いだった。カフェテリアほどの広さの食堂にはいり、クレイヴンの専用席も同然らしい、いつも彼が坐るテーブルへ行き着くまでに、五、六回は立ちどまって彼の旧友と言葉をかわした。ウィークデイとあって、席は半分も埋まっていなかった。四十まえの男がいるとしたら、実際よりも老けて見えるタイプだろう。女といえば、落ち着きはらった動きで慣れた仕事をこなしている中年のウェイトレスたちだけだった。アルパカのセーターを着た、グレーの髪の男二人が酒を賭けてダイスを転がしているバーカウンターがなかったら、老人ホームの食堂と見まがいそうだった。

アルバート・クレイヴンが四半世紀余も独占している席は、床から天井まで届く二面のガラス窓が合する、いちばん奥の隅にあった。外へ目をやると、樅と糸杉の林のあいだをどこまでも延びる、日差しに照らされた緑のフェアウェイが見える。遠くのほうで一人のゴルファーがクラブを振りきり、わたしには見えないボールの行方を目で追っていた。

「そこから向こうになにが見える？」飲物の注文を終えたクレイヴンがきいた。

「ゴルフコースのほかに、という意味ですか？」

「うん、そうだ。誰が見ても見えるのはそれだ。ばかなことをきくと思うだろ？　なかを見まわしてみたまえ。みんな長年ここへやってきて、ゴルフをし、昼食をとり、酒を飲み――なかには飲みすぎるのもいるがね――つくり話をし、嘘をつき、自分の暮らしぶりを吹聴しあう。しかし、すぐこの向こうで」彼はショットを終えたゴルファーがのろのろと歩きだしたあたりを指差した。「起きたことを話題にする者は一人もいないはずだ。あそこが、ジェレミー・フラートンはもちろん、ボビー・ケネディより以前に、カリフォルニアで最後に上院議員暗殺事件が起きた場所なんだ」

ウェイトレスが飲物を持ってきた。クレイヴンは彼女の名前を添えて礼を言い、歩き去っていくうしろ姿を見まもった。

「いい女だな」彼はそう言いながら一口飲んだ。

「じつは」と、晴れやかな顔でまた話しはじめた。「誰もおぼえていなくても責められはしないだろうがね。だいぶまえのことなんだ」本題にはいるまえから顔がほころびはじめていた。

「だいぶどころではないな。南北戦争以前のことなんだ……一八五九年だ。正確にいえば九月十三日。当時、ここにゴルフコースはなかった」と、世間に知られたらコースの価値を落としかねない暗い秘密でも打ち明けるようにつけくわえた。「そのころはここにはなにもなかったんだ。サンフランシスコとサンマテオの両郡の境界上に湖があるだけで。だから彼らはここをその場所に選んだのだろう。人里離れているし、当局がやめさせようとしても、どっちの管轄か決めかねるだろう、という魂胆もあったのかもしれない。そう、正確には殺人ではないんだ……決闘、カリフォルニアでは最後の、銃を使って人前でおこなわれた決闘だ。決闘したのは、驚くなかれ、州最高裁判事のデイヴィッド・S・テリーと、上院議員のデイヴィッド・ブロデリックだ。二人とも民主党員だった。だが、わたしの友人の共和党員たちはそうは考えないだろうが、それが事の説明になるわけではない。上院議員のブロデリックは奴隷制反対論者、テリー判事はカリフォルニアの民主党のなかで、当時、南部びいきの〝任侠派〟と呼ばれていた一人だった」

クレイヴンはそこで言葉を切ってまた一口飲むと、明るいブルーの目を大きく見ひらいた。

「判事は攻撃的な性格だったらしい。抑えがきかないんだ。ついに奴隷制反対派に侮辱的な言葉を投げつけはじめた……上院議員は理性的な人だったようだが、判事のことを〝見さげはてた下衆野郎〟と呼んだ。人一倍、南部人意識の強かった判事にはその一言で充分だった。彼は上院議員に決闘を申し入れた。のちに、銃は判事の仲間が用意したとも、上院議員の銃には反応の早い触発引金がついていた、とも言われたが、確かな事実は判事の銃が完璧に機能したということだけだ。上院議員はその日に、一八五九年の九月十三日の早朝に、撃ち殺された。あそこで、いまあの男がパッティングをしているあたりで」

「判事のほうはどうなったんです？」わたしは赤いピンフラッグが揺れている、はるか遠くのグリーンへ目をやりながらきいてみた。

「彼の名誉のために言っておくと——あるいは不名誉かな、それは見る者次第だが——判事は自分の信念を守りとおした。戦争が始まると、彼は南軍にくわわり、准将まで昇進した。実際にどんな活躍をしたのかは知らないがね。だが、戦後まで生き延び、カリフォルニアへもどってストックトンへ引きこもった」

クレイヴンはしばらくしてまた話しはじめた。「この話にはまったく意外な結末があるんだ。テリーはかなり暴力的な性格だったか、常人以上に政府に恨みを持っていたにちがいない。上院議員を決闘で倒してちょうど三十年後の一八八九年に、彼は連邦最高裁判事を撃とうとした。スティーヴン・フィールドという、当時かなり名の知られた判事を。事件はラスロップの停車場で起き、テリーはスティーヴン・フィールドのボディガードに殺された」

さっきのウェイトレスがやってきてクレイヴンの肩を叩いた。

「メニューをお持ちしましょうか？」彼女は長いつきあいを物語る笑顔で彼を見おろしながらたずねた。

「マーガレット」クレイヴンは彼女の手を叩いた。「ジョーゼフ・アントネッリを紹介しておこう。しばらくわれわれのところにいるんだ」

挨拶が済むと、彼女はウィンクしながら言った。「この人の言いなりになってビーンスープを頼まなくてもいいのよ」

「しかし、わたしはいつもビーンスープと決めているんだ」クレイヴンは肩を彼女のヒップにこすりつけながら言った。「よし、いいだろう」彼はわたしをちらっと見て告げた。「わたしはビーンスープをもらおう、だけど彼にはハンバーガーを持ってきてくれないか。アントネッリさんの大好物らしいから」

クレイヴンは彼女がゆっくりと厨房のほうへ歩いていくのを名残りおしげに見送った。「二十年まえ、彼女がここで働きはじめたころは、彼女と寝られるなら女房を捨ててもいいと男たちは思ったものだよ」彼は目をわたしにもどした。「そうしたのもいるがね」

わたしは椅子に背をあずけなおし、しばらく彼に目をそそいだ。「マリッサの相談に乗ってやっているんですね？」

「ああ、マリッサね。彼女はわたしのお気に入りだよ。まさか彼女を奪うつもりじゃないだろうね」

彼はさっと手を伸ばしてわたしの手首をつかんだ。その手はやわらかくてしなやかで、ごつごつしたところはどこにもなかった。「いや、冗談だよ。長年のつきあいなんだ、マリッサとわたしは。わたしが彼女に対していわば父親のような感情を持っているとしたら、それは彼女が――そう、まわりにいる大方の女性よりはるかに興味をそそるからだ」

彼は眉根を寄せて、いまの自分の言葉を反芻した。

「いまのはかならずしも正しくないな」彼はまた話しはじめた。「ほかの女性たちも――わたしのまわりには女性がけっこういるんだよ――とてもすばらしいし、いまああ言ったけれども、彼女たちもみんなたいそう興味深い。しかし、マリッサがときにひどく突飛な言動をすることを考えるとたいそう意外なんだが、そうした一面はともかくとして、まやかしなどとは無縁なのはマリッサだけのように思えるんだ」

このほうが彼の言わんとするところに近かった。クレイヴンは自分の言葉に気をよくして、跳ねるように椅子に浅く坐りなおした。

「わたしのまわりにいる女性のなかで――いずれにしても、三十五を過ぎた女性のなかでは――大がかりな美容整形の世話になっていないのは彼女一人だ。知っているかね？」彼は口許におどけた笑みを浮かべてつづけた。「いわゆるわたしの友人たちの大半が行きつけの個人病院を持っていることを？　そこには緊急時用の出入口まであるんじゃないだろうか。週末のダメージを修復してもらうために、日曜の夜や月曜の朝に駆けこんでこられるようにね。そうとも！」小さな目が場ちがいな輝きをおびて踊った。「彼女たちがいつも病院に寄付するのはなぜだと思う？　脅迫されてやっているんだよ！」彼は大きな笑い声をあげた。

「わたしはマリッサが好きだ」彼は急に真顔になって言った。「心から好きと言えるのは彼女だけだろう。ほんとにそうだろうか？　うん、たぶんそうだろう」

クレイヴンは、そのとおりだと言ってくれる者はいないだろうかと探すように、食堂内を見まわした。目がわたしにもどった。

「それはきっと金のせいなんだ」

「金のせい？」わたしは戸惑って聞き返した。

「いまは金の世の中だ」彼はうつろな声で言った。顔から曇りが消え、一夜漬けの美容整形の話をしたときの生きいきとした表情がもどってきた。

「これもまた、マリッサがわたしのまわりのほかの女性たちとまるでちがう点なんだ。この都会《まち》の女たちは――いや、彼女たちは総じて、男どもの虚栄心に訴える天性の才を持っている、とだけ言っておこう。年配の、金持ちの男たち、という意味だがね。彼女たちはじつに狡猾に、その才能を活用する。年配の男たちを誘惑するだけじゃなく、彼らと結婚するんだ。で、男はだいぶ年上と決まっているから、亭主は先に死に、たいへんな金を遺すことになる。彼女たちの頭のよさには感嘆のほかない。考えてもみたまえ。社会的な地位はそのままだ、亭主の名前を以後も名乗るわけだから。ほしいものはなんでも手にはいる、亭主の金も手許に残るわけだから。なによりもいいのは、再婚相手の年配の男にはいつでも不自由しないということだ。もちろん、再婚したら」彼は内緒話めかしてつけくわえた。「新しい姓を名乗るが、旧姓も残す。だって、よく知られた名前の持つ利点を手ばなすいわれはないだろ――はっきりいえば、金と結びついた名前ならなおさら。そのうち」彼は笑いだし、上体を起こして両手を膝に置いた。「自分の姓がわからなくなるのがいるんじゃないかと心配だよ！」

クレイヴンの目が外の旗のように揺れた。彼はあるかなきかの小さな顎をひとしきりさすった。

「マリッサはまるでちがう。自分で金を稼いだんだ」口の端に笑みがあらわれはじめた。「彼女が金持ちだとは知らなかっただろ？　うん、もちろん知らないはずだ。彼女が金のことなど口にするはずがない。そうとも。しかし、事実そうなんだ。それも夫から手に入れた金じゃないことははっきりしている。離婚後、独りで事業を始めたんだ――誰の手も借りず、自分の才能だけを頼りに。衣料品業界で、ごくささやかにスタートを切った……やがて店を一軒持ち、二軒、三軒と増やし、いまや大チェーン店だ」

「大チェーン店」わたしは啞然となってくり返した。「店のことは言ってました。万人の道、という名だと」

クレイヴンは笑いだし、彼女が経営するそのチェーン店の名を知らない者はいない、と言った。そう聞いて、彼女に惹かれる気持ちがまたいくぶん増したかどうかはともかく、いっしょにいるうち驚くほど親密感を抱くようになった彼女とは別人の話を聞くような気がしたのは確かだ。なんだか裏切られたような気分だった、彼女がそれを話してくれたらよかったのに、と。ひょっとしたら、裕福な身であることを話したら、わたしがあまり好感を抱かないと考えたのだろうか？

ウェイトレスがやってきて、クレイヴンの前にはビーンスープのボウルを、わたしの前にはハンバーガーとコールスローがちょっぴり盛られた皿を置いた。彼女はクレイヴンのシャツのカラーにナプキンをはさみ、胸の前にひろげた。彼は礼を言うでもなく、その間も話しつづけた。そして、スプーンにすくった熱いスープを吹いてからそっと口へ持っていったが、ちょっと顔をしかめ、冷めるのを待つためスプーンを置いた。

「わたしがメンバーになったときからメニューは変わっていないんだ。スープも変わっていない。十年か二十年まえに大量にこしらえておいたものに、毎日ちょびちょびなにかを足しては掻きまわしているんじゃなかろうか」彼はふたたびスプーンを手にとり、さっきとおなじ手順をくり返してから飲みはじめた。

「今日、裁判所の外であなたの友人のアンドレイ・ボグドノヴィッチと出くわしましたよ」わたしは言った。「しかし、偶然じゃないんです。わたしをつけてきたんです。どうしても会って話したいことがある、と言ってました。どんなことか、なにか心当たりがありますか？」

クレイヴンは驚いたようだった。「きみをつけてきた？」

「裁判所からね。話があるのなら、なぜ電話をしてこなかったんでしょう？」

わたしにはいま自分用の電話がないからだろう、とクレイヴンは言った。地方検事のように伝言を残せばいい、とわたしは言いかけたが、クレイヴンがまた口を開いた。

「きみは忘れているよ。彼は元スパイだ。電話ではあまり話さんだろう」

「ランチの誘いぐらいのことでも？」わたしにはまるで納得がいかなかった。

「しないさ、他人に知られたくなければ」彼は真剣な顔で言った。

クレイヴンはスープを掻きまわしていたが、スプーンを置いた。「わたしはアンドレイを昔から知っている、六〇年代の終わりごろからね。ソヴィエト領事館にいたんだ。しかし、彼は保守的な連中の集まる社交の場によく出入りしていた。当時の彼を想像してみるといい……いまより若いが、ヨーロッパ風の洗練されたところも、朗々とした、教養を感じさせる声もいまと変わりがなかった。彼と知り合った人間はみんな彼がコミュニストであることを忘れ、ロシア人だということしか意識に残らないんだ。彼はトルストイやプーシキンをはじめ、ロシアが産んだ偉大な作家たちのことを語った……マルクスやレーニンのことは決して口にしなかった。政治のことも。一言も。彼はKGBだったんだ。それはまちがいない。だが、それでもどこへ出しても恥ずかしくない立派な人物だと、わたしはずっと思っていた。われわれとは反対の陣営にいたんだ、それだけのことさ。かならずしもみずからの意思でそっちを選んだわけではないと思うがね」

「しかし、結局は自分で陣営を選んだんじゃありませんか？　亡命したんですから」

クレイヴンは顎のすぐ下で両手の指先を打ちあわせながら、窓外に延びるフェアウェイから、判事がかつて上院議員を撃ち殺した場所だという、赤いフラッグが揺れるグリーンへと目をさまよわせた。

「事実上、陣営は一つしか残っていなかったんだ」クレイヴンは冷静な声で言った。「彼は亡命したのかな？　さあ、どうだろう？　こっちに残ることにしただけだ、と彼は言っている。これだけははっきり言える……彼は決して嘘はつかない、一方、決してほんとうのところは語らない。それだけではない」彼は窓外を見つめたままつづけた。「決して答えを言わない……一見答えと見える問いを投げかけるだけだ」クレイヴンは首をまわしてわたしと目を合わせた。「ケネディ暗殺事件の話がいい例だ」

わたしもあの晩のボグドノヴィッチの話は忘れていなかったし、その話しぶりもおぼえていた。

「J・エドガー・フーヴァーのことも」

「うん、そうだ」クレイヴンはうなずいた。「彼はなにも言ってはいない、そうだろ？　しかし、言ったような印象を確かに残した。それが彼のやり口なんだ……以前からの。アンドレイ・ボグドノヴィッチは魅力的で聡明な男だ、また誰にも負けないほど博識だ。そして隠蔽の天才でもある。彼がどんな用できみに会いたいというのか、大いに興味をそそられるね」

話はしだいにボグドノヴィッチのことからそれていき、わたしがサンフランシスコに滞在して公判の準備をする間の事務的な事柄についての取り決めへと移った。わたしの報酬だけでなく、すべての必要経費もクレイヴンが支払うことになっていた。彼はかならず守ってほしいという条件を一つだけつけた。ジャマール・ワシントンの母親が弁護士を探すのに手を貸したこと、わたしのいとこが事務所のパートナーである縁で、オフィスを使わせていること、この二点以外は、クレイヴンの関与をいっさい口外してはならない、というのである。わたしの報酬はヨーロッパ系の銀行にある彼の口座から支払われることになった。

「この町には友人が大勢いるのでね」としか彼は言わなかった。ローレンス・ゴールドマンもその一人か、とはきくまでもなかった。

わたしたちは外へ出た。いま駐車場へはいったばかりのリムジンが玄関へやってくるのを待っているとき、目立たないようにしていなくてはならないが、手出しをしてはならんということはないし、そのつもりもない、とクレイヴンは言った。

「きみの評判はよく知っている。きみが勝ち方を心得ているということも。しかし、この件はまたべつだ。相当数の人間を巻きこむことになる。ジェレミー・フラートンはかなりの数の人間の人生に影響を及ぼしたんだ。真相をほんとうに知りたいと思っている者はそう多くない。きみとしてはそういう人間たちとフラートンについて、すこし知っておく必要がある、あの夜、実際にはどんなことがあったかをはっきりさせようとするからにはね。その点では、わたしが多少の手伝いはできる。気を悪くしないでくれるといいが」彼はリムジンの後部席に乗りこみながらつけくわえた。「すでに済ませてしまったんだよ」

「なにをです?」わたしはシートのうしろに腕を載せて彼に顔を向けた。

「手助けをしようとしたのさ。一つ手配を済ませた」彼は顔をそむけて窓外へ目を向けた。

「ジェレミー・フラートンの未亡人、メレディス・フラートンにきみが面会できるように」

クレイヴンはその件についてはそれ以上話そうとしなかった。固い顔で窓の向こうを見つめつづけているのを見れば、わたしから問いかけられるのを望んでいないことも察しがついた。車は無言のわたしたちを乗せて走りつづけ、タイヤが路面をこする低い音だけが聞こえた。ふっくらとしたクレイヴンの頬はいまや血色のよさを失い、生気のない土気色に変じていた。一瞬、どこか具合が悪いのかと思ったが、老人の場合、すこし疲れるといっぺんに年があらわれるものだと思い出した。彼はなにか言おうとするかのように口を開いたがじきにまた閉じ、次には目をつむった。車内は単調な走行音に満たされた。クレイヴンは眠ってしまったのかもしれない。わたしは独り笑いながら目を転じ、市内に近づいた車の窓の向こうを流れていく店や家々をながめた。

「生まれたときからここに住んでいるが、いまだにこの都会《まち》には惑わされる」と彼が言うのが聞こえた。声がまた驚くほど力強くなっていた。

ふり向くと、彼はオフィスビルの立ち並ぶあたりを手で示していた。車はマーケット・ストリートを横切り、パウエル・ストリートを行くケーブルカーのうしろで待機していた。

「この都会《まち》は実際にあるのだろうか、すべては幻ではないのだろうか、と思うことがある。知っているかね」彼はこれを聞けばなにを言いたいかわかるだろう、というようにつづけた。「わたしの祖母は二人とも一九〇六年の地震を経験している。片方の話では、地震がおさまったあと、パレス・ホテルに投宿中だったエンリコ・カルーソーがホテルのバルコニーにあらわれ、みんなを鎮めるためアリアを歌ったそうだ。もう一人の祖母は、彼はバルコニーに出てきたものの、まだひどくおびえていて、口を開いたものの声が出なかった、と言い張っていた」

運転手はクレイヴンの事務所があるビルの前で車を停め、ドアをあけた。「ミセス・フラートンとの約束は今夜なんだ」と、クレイヴンは建物にはいりながら教えた。「六時だ。急な話でまことに申しわけない。ほかにどうしようもなかったんだ。彼女は明日、ここを出ていくというし、いつ帰ってくるかは神のみぞ知るだ」彼はちょっとためらってからつけくわえた。「彼女のことで噂を聞いても、いっさい信じてはいけないよ。その生き方からして、じつに非凡な女性だ。彼女はこれまで、ほかの女にはとうてい耐えられそうにないことに耐えてきたんだ」

8

教えられたのはまさにサンフランシスコの精華とでも言うべき住所だった。スプレックル、スタンフォード、ハンティントンといった、一時期、カリフォルニアの大部分を支配し、そしてアメリカ全土でもすくなからぬ支配力を有した一族は、みんなそこに、かつては湾をほぼ一望できた、市街を見おろす高台に居をかまえた。そこまで徒歩で登るのはまず不可能だが、車を使う彼らには歩く必要はなかったし、車を持つ余裕のない人間にはそもそも無縁の土地だった。後年、石造りの古い建物を壊して、フェアモントやマーク・ホプキンスといった新しいホテルが建てられると、駐車中の車が自然発車して坂の下まで転がり落ちるのを防止するため、縁石に対して直角に駐車することが許されるようになった。コンクリート舗装の歩道には、背をかがめ、首を低くして登る歩行者が転倒した場合に備えて、摩擦による抵抗をあたえると同時に指先をひっかけられるように、洗濯板のようなくぼみがつけられた。

かつては、押し寄せてくる霧で歩道がつるつるする夏の土曜の夜に、ボビーと二人でよくここへやってきたものだった。ハイヒールにタイトなドレスという恰好の背の高い女たちが、子供が手摺につかまるように、階段状に列をなして駐車した車のフロントフェンダーに手をかけながら通りを下ってくるのをながめるのだけが目当てだった。サンフランシスコの魅惑と神秘はすべてここに、ノブ・ヒルのてっぺんに凝集しているように思える。

わずか五、六ブロックの距離だが、タクシーを停めて乗りこみ、窓の向こうの眺めに見入った。暮れ方の光を浴びて、ビルの角張った線はやわらぎ、通りをそぞろ歩く人々の顔は赤い輝きをおびていた。丘のいちばん上まで行くと、ダークグリーンの日除けがある建物の正面でタクシーは停まった。わたしはなんのいわれもないのに料金の倍のチップを運転手に渡して降りた。そして、しばらくその場に立ち、自分はいま若返って、ノブ・ヒルに住む金持ちの女性とこれからデートするところだ、と幻想を楽しんだ。タクシーが走り去っていくと、坂の下のグレース大聖堂へ目を向けてみた。ゴシック風の尖塔を備えているにもかかわらず、設計者はなんの皮肉もこめずに、〝真にアメリカ的な大聖堂〟と形容した。金にあかせて模倣したもの、という意味だったのだろう。

ミセス・フラートンはお待ちしている、部屋は最上階だ、とドアマンから言われた。エレベーターはきしったりうめいたりしながら昇りはじめた。いま地震にあうとしたら、このエレベーターのなかよりもっと不運な場所はないだろうか、と考えてみた。ちょっと揺れるたびに不安がつのった。サンフランシスコを載せて動いている構造プレートがずれた瞬間——それは一秒先に起こるかもしれない——棺桶めいたシャフトのなかを通っている、鋼鉄をよりあわせたケーブルがほどけはじめ、次にはぷつんと切れるところが目に見えるような気がした。十四階に着いて、開いたドアから踏み出したときは、船を降りて大地を踏みしめたような心地だった。

ジェレミー・フラートンは有名人だった。生前もその写真は飽きるほど見かけたが、死後はそれこそあらゆるメディアで目にした。だが、事件との関連で流された写真でも彼の妻の姿を目にしたことは一度もない。ジェレミー・フラートンは四十六歳の誕生日まで数箇月を残して死んだ。結婚は一度だけだし、まだずいぶん若いうちに結婚しているから、妻とは年がほぼおなじだろうと思っていた。議員が殺害された夜にあったパーティの席での彼女のふるまいを聞いていたから、もっと若くてもっと美しい女に夫を奪われてもしかたのない年になったのではないかという思いに苦しむ、自信喪失気味の、容色衰えかけた女をわたしは想像していた。目の前にあらわれたのは予想とはまったくちがう女性だった。

くすんだブロンドの髪は額からまっすぐうしろへ撫でつけられ、薄い色の目はきらきらと輝いていた。その容貌から若いころの美しさは失われているとしても、たぶんいまのほうが魅力的なはずだ。その顔立ちにはどこか高貴なところがあって、繊細な感覚とたぐいまれな知性の持主であることを告げていた。見知らぬ者同士が集まった席で、誰もが近づきになろうとしてまわりに集まってくるような女性だ。

「ようこそ、ミスター・アントネッリ」

彼女はなんでもないその一言をいかにも優雅に口にした。彼女が置かれている状況を知らなかったら、悲嘆のさなかに無遠慮に踏みこんだのではなく、招かれてやってきたような気分になったかもしれない。

彼女はわたしをリヴィングルームへ通し、いっしょに一杯どうか、と勧めた。

「あなたがわたしに会いたいとおっしゃっていると聞いてうれしかったわ、ミスター・アントネッリ」彼女はわたしにグラスを差し出しながら言った。「あなたが弁護を引き受けた若者が夫を殺したんじゃないことはわかっているんです」

彼女はソファを勧め、わたしが腰をおろすのを立ったまま待った。

「ジェレミーは、自分と肩を並べられる者はいない、邪魔だてする者はいない、と思っていたの。ある意味では、自分は永遠に生きると思っていたんじゃないかしら」彼女は言葉を切って、わたしの目を探った。「あなたもそういう人間は知っているでしょ、ミスター・アントネッリ?」

その口調は、当然わたしも知っている、それが二人のあいだの絆になる、おたがいの欠陥を暗黙のうちに認めることになるのだ、と言っているかのようだった。

「ジェレミーはふつうの人とはちがったの」

彼女は目をあちこちへさまよわせながら室内を歩いた。

「ジェレミーはすごく頭がよかった」と、わたしに目をもどして言った。「そう書いた記事はあなたも読んだことがないはずだけど、ほんとうなの。アメリカ人は真摯な人間を信用しないの、ミスター・アントネッリ。ジェレミーは、文学や美術のすばらしさは認めるが、ほんとうのところは大衆が読んでいる本や聞いている音楽のほうが好きだ、と思いこませていたの」

誇らしげな、あるいは傲然たると形容してもよさそうな表情が顔をよぎった。それから、だしぬけに笑いだした。

「彼のやり口をご存じ？　彼はよくスピーチをしたけど、かならず誰か――たとえばリンカーンやチャーチルといった――有名な人間の言葉を自分で選んで挿入したわ。そして、独特のはにかんだような笑みを浮かべて言うの、『わたしのスピーチライターたちは自分の頭のよさをわたしに見せつけたがるんですよ』」

彼がなにをしていたのか、もうおわかりでしょ？」と、彼女はつづけた。いかにも夫のほんとうの姿を知ってもらいたい、というように。「彼は自分の考えどおりにスピーチをしていた、真摯にね。そしてそれを、〝ほら、わたしだってみなさんより頭がいいわけじゃないんですよ〟と見せかけるようにやっていたの。でも、それだけではないわ……もっと大事なことを言っていた。〝わたしたちは世界一頭がいいわけではないかもしれないが、人が話したときには真摯に受けとめなくてはいけない〟とも言っていたのよ。聴衆たちに、自分自身の声に耳を傾けさせようとしていたんじゃないかしら。誰もがほんとうに真摯になれる、自分独りの世界である心の奥底で思っていることを、もし口にできるなら口にしたときの声に」

メレディス・フラートンは向かいのソファに腰をおろし、あいだに置かれたコーヒーテーブルにグラスを載せた。

「わたしの手で夫を埋葬したの、ミスター・アントネッリ。みんなが……大統領や副大統領や知事が眠っている墓地に。葬儀は通りのすぐ向こうでやったわ」彼女は窓のほうを顎で示した。「グレース大聖堂で。ジェレミーはあそこが大好きだったんです」

彼女はグラスを取りあげて口をつけた。ふとなにかを懐かしむような目になった。

「結婚当初はあの向こうに住んでいたの」彼女は立ちあがると、また窓のほうへ顎を振り、そっちへ向かって歩きだした。彼女が立ったところからはゴールデン・ゲート・ブリッジが、さらにその向こうに目をやれば、湾に沿って弧を描きながら北へ延びる、いまだ人の手が触れていないけわしい丘陵の先の浜沿いにひっそりとたたずむソーサリートの町が見えるはずだ。

「あそこに住んだのは、ジェレミーの政治家としての経歴にとって都合がよかったからだけど、ほかにも理由はあったの」

彼女は窓辺に立ったまま口許にかすかな笑みを浮かべて、夏の日の黄金色の残光を浴びて湾はまだ輝いているものの、かつて夫とともに住んだ土地が暗く陰っていくのを見つめていた。

「『グレート・ギャツビー』を読んだことはおあり、ミスター・アントネッリ？」彼女は外に目を向けたままそうたずねた。おそらく彼女にしか見えないものを見ているのだろう。「緑の灯はおぼえている？　ここがジェレミーの緑の灯だったのよ——サンフランシスコがね。彼はこの都会《まち》に恋したの、ギャッツビーがデイジーに恋したように、金持ちになって、彼女が望むとおりの男になろうと思いつづけた長の年月、見つづけた夢のなかのデイジーに恋したように。ギャッツビーの心のなかでは彼女はすこしも変わらなかった、年をとらず、結婚せず、子供も産まなかった……彼女は以前のままの若い娘だったのよ」ジェレミー・フラートンの未亡人は、ときには聞きとれないほど低くなる声で、ゆっくりと、歌うように話しつづけた。

彼女は窓に寄りかかった。目は憂いに暗く翳り、口許にはかすかな笑みが蠟燭の炎のように揺れていた。

「ジェレミーは無一物で始めたの。この都会《まち》を愛していた、だけど、お金を手に入れ、なにか注目を集めることをして、べつの人間に生まれかわらないかぎりなにもできないことはわかっていた。あそこに、丘の上の小さな家に住んでいたころ、わたしたちは毎晩のように窓辺に坐って外をながめながら、彼があの都会《まち》に愛してもらえるようになるにはどうしたらいいだろう、と考えたものだわ。

ときには夜遅く、バーが閉まり、観光客たちの姿も消えたころ、ソーサリートのメインストリートのはずれまでぶらぶらと歩いていって、湾の黒々とした水の上で都会《まち》の灯が揺れるのをながめた。あなたも一度やってみるといいわ、ミスター・アントネッリ——夜遅くにあそこに立って、ひんやりとして気持ちのいい空気を吸いながら、砂漠にあらわれたバビロンのように、サンフランシスコが湾の真ん中にそびえたっているのをながめるの。

そこには彼の求めるものすべてがあった……彼の青春の町、夢の町であり、そこを離れることなどとうてい考えられなかった。自分の居場所はそこしかない、と思っていたんでしょうね。

横にいる彼が、彼女のことを考えているのがわかったわ——あの都会《まち》のことをね。彼が愛する娘が、金のために選んだ、愛してもいない男と結婚式で踊るのを見ているような気分だったんじゃないかしら——心の奥のどこかでは、彼女がほんとうに愛しているのは自分だと思っていたのよ。

彼がほんとうに望んでいたのはそれだったんじゃないかしら。下院も、上院も、大統領の地位も……手段の一つで——いいえ、ただの手段だったのね。それを求めたのは、市民の注目を一身に集める存在になるため、あの都会《まち》から愛されるただ一人の人間になるためだったのよ」

彼女は腕を組んで立ち、旅が始まった地点にじっと目をそそぎつづけた。その旅ももう終わった。やがて、彼女はわたしをふり向いた。

「彼もまたギャツビーとおなじ最期を迎えたわ」と、しばらく会っていない人間のことを口にするような、奇妙によそよそしい声で言った。「殺された。そして、なぜ殺されたのか、本気で考える者もいない。ええ、みんな葬儀には来てくれたわ、みんないいことを言ってくれた……だけど、彼らはあの人がいなくなって喜んでいるのよ。彼は余所者だったの、ここにいるべき人間ではなかった、彼らの持物を奪おうとしていた、彼らの持つ力と、その力よりずっと大きいものを——自分たちは重要な人間だという意識、彼らの自意識を。殺したのはそういう人間たちのなかの一人よ。わたしはそう思っているわ」

彼女は窓の外へ目を向け、次いで、まだなにか言おうとするかのようにふり返った。だが、ただ首を振っただけだった。

「ほかにうかがっておけることはありますか?」と、わたしはためらいながらきいてみた。

「ご主人はなにか言っていませんでしたか？」

彼女はぴたりと動きをとめた。

「殺される数週間まえ」と、やがて話しはじめた。「ジェレミーはホワイト・ハウスで大統領と非公式に会いました、二人だけで、夜遅くに。大統領は、ジェレミーがオーガスタス・マーシャルを破って知事に当選し、次には彼と大統領選の指名を争うようなことになったら、きみもそう長生きはできないだろう、と言ったそうなの。ジェレミーは、大統領は政治生命のことを言ったんだろうが、そのときの口調からすると断言はできないな、と冗談を言っていたけど」

わたしは相手をじっくり観察して、彼女が知っている事実と、たんに信じたくて言っていることを見きわめようとした。誰でも無意味な死を受け入れたくはない。いくら有名人であれ、通り魔の手にかかって殺されたのでは、国のために命を捧げた場合や、その将来を恐れる権力者たちに殺された場合と、世間の記憶のしかたがちがうのだ。

「どうも妙なの、その後の展開が」メレディス・フラートンは言った。「ジェレミーは無敵だった。だから大統領もひどく気にしていたの。ジェレミーは現職の知事を圧倒的にリードしていて、新聞によく発言が取りあげられる人たちが、オーガスタス・マーシャルが再選を果たすには、彼がはじめて州規模の選挙に勝ったときとおなじことをするしかないだろう、と言いはじめていたくらいだったから」

カリフォルニアの住人でないわたしにはどういうことかわからなかった。

「対立候補の死を祈るのよ」彼女は説明した。「以前、オーガスタス・マーシャルは州司法長官の共和党予備選に立候補したの。相手は現職で、たいそう人気があったから、まったく勝ち目はなかった。そうするうち、予備選の数週間まえに、現職の司法長官が心臓発作で急死したの」

わたしは目を伏せ、適当な辞去の文句を考えた。メレディス・フラートンも夫の死について わたしが知っている以上のことは知らないのだ。わたしは腕時計に目をやって立ちあがった。

「だいぶ遅くなりました。すっかりおじゃましてしまって」

彼女はわたしに顔を向けた。気の毒がるような、かすかな笑みが口許にあらわれた。

「あなたの思っているとおりよ、ミスター・アントネッリ。わたしも誰が夫を殺したか知らないの。その点ではあなたの助けにはならない。だけど、役に立ちそうなことを多少は知っているわ」

一瞬、絶望感にうちのめされたような、淋しげな表情が目に宿った。それはすぐに消え、ふだんの優雅さをとりもどした。彼女にとっては、自分の苦しみに他人を巻きこむのは最大の罪悪なのだ。

「コーヒーを飲みたいわ」彼女は窓辺を離れて歩きだした。「つきあってくださる?」

わたしは彼女について細長いキッチンへはいり、一つしかない窓の近くに置かれた小さな丸テーブルのわきに二つある椅子の一つに坐った。彼女はステンレスのガス台の端に片手を突いて足を交差させて立ち、考えこむ顔で湯が沸くのを待った。やがてヤカンから湯気が吹きだしはじめると、スプーンにインスタントコーヒーを二匙慎重にすくいとって、シンク上方の食器棚から取り出してあった二つのカップの一方に入れた。そして、次には一匙すくってわたしをふり向き、量がそれでいいことを確かめると、もう一つのカップに入れた。

彼女はカップを両手で持ってわたしの向かいに坐った。カップの温もりで気分がなごんだようだった。目を閉じて、ゆっくりと数回、息を吐いた。

「ロバート・ジマーマンと話してみるといいでしょうね――ジェレミーの補佐役をしていた人なの」と、コーヒーをそっと数口飲んでから言った。「あいにく、わたしはあまり好感を持っていなかったけど、彼はジェレミーに献身的につくしていたわ。一昨日、わたしに会いに来たの。もちろん葬儀にも来てくれたけど、その後ワシントンへもどったの。訪ねたいという電話をよこしたのは先週の土曜日。ジェレミーの議会関係の書類の処理についての相談だろうと思っていたけど、まったくちがう話だった。選挙戦の話だったの」

わたしは面くらってカップを置いた。「選挙戦？」

「ジェレミーが出馬していた知事選のね。わたしはそんなことすっかり忘れていたわ、ジェレミーが殺された夜以来というもの。そうでしょ、わたしの頭にそんなことが思い浮かぶはずがないんです！」唇が哀しげな笑みをこしらえた。「だけど、頭にはそれしかないという人もいるの、当然ながら。政治の世界では――あるいは政治の世界に限らないかもしれないけど――人の死が意味することは一つしかないの……それで誰にどんなチャンスがめぐってくるか、ということだけ」

彼女は目をすぼめて、またコーヒーに口をつけた。「ご存じでしょ……〝国王は崩御された、新国王万歳〟。王位継承のときにはそう唱えるのよ。ともかく、ジェレミーは死に、その結果、オーガスタス・マーシャルには大統領になる望みがまだ残された……大統領には二期めを務める望みが残った……ほかの人間にも、知事選にうってでて、その後さらにと——なにを考えるかはともかく——望む道が残されたの」

一言口にするたび、表情が強ばっていくようだった。彼女はわたしの目を見すえて言った。

「誰だと思います、ミスター・アントネッリ？　主人の代わりに、オーガスタス・マーシャルに対抗して知事選にうってでるのは？」

「さあ、わかりませんね」わたしは首をひねりながら答えた。

「ローレンス・ゴールドマンのことはご存じかしら？」

「彼が知事選に出ると？」

「まさか」彼女はばかにしたような顔で言った。「彼は出ないわ——娘が出るんです」

「ご主人の許で仕事をしていた女性ですか？」

「そうです……主人の許で仕事をしていた女性が。アリエラ・ゴールドマンが民主党の知事候補に選ばれるの。州の党幹部たちが今週中に結論を出すことになっているけど、それは形式だけのことなの……すでに決まっているのよ。早々とその画策をしていたんです、ジェレミーが殺された翌日からね。ロバート・ジマーマンがすっかり話してくれたわ。アリエラが日曜に、事件の翌日に彼に電話をかけてきて、選挙戦をいっしょにつづけよう、と言ったそうなの。選対本部長のトビー・ハートにすでに話をしたが、彼も同意した、と。ジェレミーも彼に代わって戦いをつづけてくれることを望むだろう、とも言ったそうよ」

メレディス・フラートンは窓の外へ目を向けた。暗くなった空高くに一番星が輝き、ぐるりと弧を描く湾に沿って灯火がまたたきはじめていた。

「ロバート・ジマーマンはそれを聞いて、なにかが進行していると気づいた。彼女はどういう立場だったかしら、トビー・ハートに選挙戦の継続を進言したとき？　彼女が選挙戦を仕切っていたわけではない……スピーチライターだったのよ」

彼女は目をわたしにもどした。「でも、もちろんそれだけの存在ではなかった、でしょ？　ローレンス・ゴールドマンの娘ですからね。ロバートは悟った……ゴールドマン一家が——父と娘が——戦いを引き継ごうとしているのだと。だけど、彼もそのときは、アリエラが立候補することになるかもしれないとか、その父親が娘を次期知事に、さらには次期大統領にとさえ考えて、力と金のありったけをつぎこむかもしれないとは夢にも思わなかった」

彼女は独り笑いながらカップをしばらく見つめた。

「そんなことはありえない、と思うでしょ、ミスター・アントネッリ？」彼女は顔をあげた。「お金がたっぷりあれば、なんだって買えるのよ」

これまでの彼女の話からは、夫の死でなにか得るところがある実力者たちのうちの何者かがその殺害に関与していることを証明するものはなに一つ出てきていない。ローレンス・ゴールドマン父娘が人の死を積極的に利用しようとしているのは見苦しい真似かもしれないが、わたしが弁護を引き受けている若者からすれば、現知事と大統領が手強い敵がいなくなってひそかに安堵しているであろうことと同様、すこしも助けになることではない。

「あの夜はどうなさったんです？」わたしはカップを置いてたずねた。「フェアモントで開かれたパーティではご主人といっしょでしたね。その後、ローレンス・ゴールドマンのアパートメントにみんなが集まったときは、あなたは同席しなかったんですね？」

彼女は立ちあがってガス台のところへ行った。「もう一杯いかが?」と、言いながら点火した。

わたしは首を振って断わりながらきいた。「なぜいっしょじゃなかったんです――ご主人が車のところへ行ったとき?」

彼女はヤカンを見つめて、ステンレスのガス台に指の爪を打ちつけはじめた。「ディナーパーティのあと、ここへもどってきたんです」と、顔をあげて言った。「ローレンス・ゴールドマンとはいっしょにいる気がしなかったので」

彼女はヤカンに背を向けると、白いタイルの床を足でこつこつと打った。ヤカンに残っていた湯がじきに沸騰しはじめた。

「わたしはローレンス・ゴールドマンが好きじゃなかったの」彼女はスプーン二杯分のコーヒーをカップに入れ、湯をそそいでかきまわしながら、平静な声で言った。「みんなが彼にへつらうのを見ていると鳥肌が立ったわ。金持ちの前に出ると自尊心をなくしてしまう人間が多いのにはあきれるばかりね」

彼女はカップを口のすぐそばに持って腰をおろし、火傷しそうなほど熱い黒い液体を吹いて冷ましてから一口飲んだ。

「あの晩の出来事は聞きました、ローレンス・ゴールドマンの娘との一件は」と、わたしは精一杯さりげなく言った。

彼女はもう一口飲むと、カップを置いてほほえんだ。

「なるほど。おかしいわね、あの晩のことになると、わたしはいまだに嘘をつきたくなってしまう。わたしがばかだったわ。謝ります。そう、あれは事実なの……アリエラ・ゴールドマンはわたしの夫と寝ていたの。ジェレミーにはいつでも女がいたわ。そういう噂はあなたもお聞きでしょ、ミスター・アントネッリ」

わたしは否定しようとしたが、彼女は強くかぶりを振った。

「いいの、ミスター・アントネッリ、いいのよ。でも、あまり彼のことをきびしい目で見ないで」彼女はしきりにまばたきをした。気持ちを抑えようとしているのだ。「そういう人だったんだから」と、挑むように言った。「というか、そういう人になってしまったの」息が荒くなり、手がさっと目許へ伸びた。「ごめんなさい」と口ごもりながら言って、立ちあがった。そして、服の袖を引っぱり、目をぬぐった。

「もう泣くことなんて二度とないと思っていたのに」と、涙をこらえて笑みを浮かべながら言った。「でも、もう彼はいなくなってしまったんだから、そっとしておいてほしいわ」

わたしは立ちあがり、彼女の肩にそっと触れた。「大丈夫ですか？」

わたしの声が聞こえたにせよ、彼女は反応を示さなかった。

「やめなくてはいけない、と彼に言ったわ。以前にも女がいたことは知っていた。だけど、彼女とは別れるべきだと言ったの」と、ますます気を昂らせてつづけた。「彼女は主人を利用していた。もっといけないことに――だからこそ別れるよう言ったんだけど――主人も彼女を利用していた。相手が自分を利用しているように思わせておいて、その父親に近づくための道具に使っていたの。ジェレミーは思いこんでいた。ローレンス・ゴールドマンが必要だ、そのためには娘を通じて近づくしかない、と……彼は見抜いてもいたわ、彼女のほうは、彼を利用すれば自分のキャリアにとって好都合と——望みのものが手にはいると——考えるだろうと」

「ご主人がそう言ったんですか？」わたしはなんの気なしにたずねた。

「わたしにはジェレミーのことがよくわかってました」と、彼女は答えた。「彼ならどんなことをやりかねないかわかっていたんです。ああいう人たちとつきあわせたくなかった、あんなふうに、あれほど親しく。ああいう人間たちとは距離を置いてつきあわなくてはいけないんです」

彼女は一呼吸置いてコーヒーを飲んだ。

「あの夜、わたしがなんであんな真似をしたかわかりますか？　ジェレミーや大勢の人間の前で、なぜあんな愚かしいことをしたか？」

彼女は強くわたしを見すえた、これから口にすることはいまだに自分でも信じられない、とでもいうように。

「彼女が妊娠し、ジェレミーが父親だと言いふらしはじめたからなの！」

わたしには不自然な話としか思えなかった。既婚者の子供をみごもった女が、秘密を墓場まで持っていってくれると信用できる者以外にその事実を打ち明けるものだろうか？

メレディス・フラートンは体を抱くようにして腕を組んだ。まるで感情を体内に封じこめようとしているかのようだった。そして、しばらく床を見つめた。体がこまかく震えだし、じきにぴたっととまった。苦しみの末に学んだことを物語る、不思議な笑みが口許にあらわれた。

「いまわたしたちが生きているのはナサニエル・ホーソーンが描いたアメリカじゃないんです、ミスター・アントネッリ」彼女は顔をあげた。「不倫を犯した女が緋文字を胸につけることはないの。アリエラはその気がなければ妊娠したりする必要はないわ。子供を産もうと決めたのよ、ジェレミーの子供をみごもったと世間が知れば、彼は誰もが妥当だと思うことを——名誉なことではないけれどね——するだろうから。わかるでしょ、ミスター・アントネッリ……大統領の座を狙う人間にとって、離婚はなんとか処理できる問題だけれど、非嫡出子となると簡単にはかたづかない。アリエラが意図して妊娠したかどうかはわからないけど、そうなった以上は、自分がほしいものを手に入れるためにそれを徹底的に利用しようという気なのよ。彼女はジェレミーがほしかったの。彼が力を持っているから。で、彼が死んだ結果、その力を自分で使えることになったと気づいた。だけど、妊娠したままだし、かなりの人間に知れわたっているからどうにもできない。アリエラは子供を産むでしょうね——そうするしかないのよ——そして、生まれたのはジェレミーの子だ、殺されなければ彼はその子の母親と結婚しただろう、と公表するの。そこを切り抜ければ、彼らはまえから結婚していた、ジェレミーの死で彼女は子供をみごもったまま未亡人となった、と世間は思いこむでしょうね」

メレディス・フラートンはテーブルのところへもどって坐り、闇に呑みこまれていく湾に目をやった。

「ほんとに皮肉ね」と、疲れが色濃くにじむ声で言った。「こんなふうに終わるのかと思うと。ジェレミーの死を利用しようと考える人間が、これから生まれる子供は彼の子だと世間に公表するというんだから」

彼女はしばらく黙ったまま窓の向こうを見つめた。そして、笑みを浮かべてわたしに向きなおった。

「ジェレミーは父親ではないわ。ジェレミーが子供を持つことはありえないの。彼には先天的に子供ができなかったのよ、ミスター・アントネッリ」

彼女はもうなまぬるくなったコーヒーのカップを口へ持っていった。飲みおえるとふたたび窓に顔を向け、ゴールデン・ゲートの向こうの黒々とした浜沿いにまたたく灯を見つめた。

「当時はあそこで暮らしていた。結婚して一年とちょっとだった。わかったのはそのころ。そのときからすべてが始まったの。ジェレミーはなによりも望んでいたものを持てないと知ったことで人が変わったようになった。もともと野心に燃えていたけど、向こうみずになった。自分には子供ができない……分身をつくりだすことはできない……だったら自分は唯一無二の存在だ、他人とはちがう人間だ、なにものも自分を破壊することはできない、子供を残すことができない以上、決して自分が忘れられないよう、なにかをしなくてはならない、と考えるようになった。わかるでしょ、ミスター・アントネッリ？　ジェレミーは心底そう思っていたの、そうしないことには自分にはなにもないことになってしまうから、と。

あれはジェレミーの、彼とわたしの秘密だった。ある意味では、それがわたしたち二人を破滅させたのよ。わたしは自分の命以上に彼のことを愛したわ、彼が愛してくれているのも知っていた。子供ができないとわかったときから、すべてが変わってしまった――どちらにとっても。これからいろんなことをかたづけたら、いままで誰にも言わなかったことを公表するかもしれないわ、せめてゴールドマン父娘にこれ以上の嘘をつかせないためにも」

「ご主人は彼女に話していないと？」

「子供ができないことを？　ええ、彼女は知らないわ。でも、言うまでもないことだけど、ある点にかぎれば、それはべつに問題ではないわ。ジェレミーは父親ではない、だったら父親はべつの人間だ、ということになるんだから」

彼女は立ちあがると、さっき迎え入れたときとおなじ丁重な態度で、訪問の礼を言った。そして、玄関までいっしょに進んだが、ドアをあけるまえにわたしに向きなおった。

「気をつけてくださいね、ミスター・アントネッリ。ジェレミーを殺した人間はどんなことでもできるの。彼らは事件が裁判になることをすこしも喜んでいないはずです」

彼女はドアをあけるとエレベーターのほうをちらっと見てからわたしに目をもどした。「こう考えたことはありませんか、警察はあの若者をとめようとして発砲したのではなく、殺すつもりだったのではないか、と？ だったら裁判はなくて済む、そうでしょ？ 世間はその若者がジェレミーを殺したものと考えるでしょう」

9

わたしは翌朝早くから仕事にとりかかり、昼食抜きで、警察と鑑識の報告書、監察医の所見、ジェレミー・フラートンのよく知れわたった政治家としての経歴を要約した、膨大な量の新聞の切り抜き、と読み進んでいった。鉛筆を片手に持って、公式報告書の退屈な文章をがまんしながら読みつづけ、一枚読むごとに、おぼえておいたほうがよさそうな単語や言いまわしを書きとめた。リストづくりの作業は果てしなくつづいた。

フラートンの過去を記した、色の変わった新聞記事まで進むと、鉛筆を置き、かさばるスクラップブックを膝に載せた。著名な人物の断片的な伝記とでも言うべきものだ。目を通すのはこれがはじめてではなかったが、ジェレミー・フラートンの実像を知ったうえであらためて読み返してみた。連戦連勝の選挙戦のさなかに撮られた数々の写真がある。どの写真にも、着ている服やまわりにいる友人や支持者の顔こそちがうものの、勝利を確信したフラートンが、誇らしげに見あげる妻と並んで立っている。だが、いま見ると、自信に満ちたフラートンの姿に、以前には見えなかったものが見えた。

いちばん最近の選挙戦の写真を見ていると、その場の興奮が伝わってくるようで、熱狂した群衆の叫び声が聞こえるような気さえした。そこにジェレミー・フラートンの姿がある、不敗の、無敵とさえ見えたフラートンがいる。いずれは世界で最大の力を持つ男になると確信する一方、自分の子供を持つことは決してないと知ったフラートンが群衆にほほえみで応えている。

スクラップブックを閉じながら思った、夫は子供ができない身であることを口外していないはずだ、と言ったメレディス・フラートンの言葉は正しいのだろうか、と。もしフラートンが生きていて、アリエラ・ゴールドマンから彼の子をみごもったと聞かされたらどうするだろう、とメモをした。そこでまた思いつき、〝では、父親は誰だろう？〟と、その下に書いた。

最初の書類にもどってもう一度読みはじめた。地方検事は、判事の前ではかたくなな態度をとってみせたにもかかわらず、結局、指示されたとおり、わたしが要求した警察関係の資料をそっくりそろえてくれた。だが、中身はわたしの想像とはちがった。わたしは、二名の警官の経歴に、不適切な捜査をおこなうおそれありと疑わせるなにかがあるかもしれないと期待していたのだ……ジェレミー・フラートン殺害に使われ、倒れたジャマール・ワシントンの手からすぐのところで見つかった銃は、警察がそこに置いたのだ、と推測しうるようななにかがないか、と。ところが、マーカス・ジョイナーは市警に勤務して二十三年になるが、処分を受けたことは一度もない。パートナーのグレッチェン・オリアリーは面倒なことに巻きこまれるほど長く勤めてもいない。彼女は事件の六ヵ月まえに警察学校を出たばかりで、当夜が、ジョイナーと組んで三度めの夜間パトロールだった。

夕方近くなり、お手あげの仕種をしかけたちょうどそのとき、仮住まいをしているわたしの部屋のドアからいとこが顔をのぞかせ、一杯やりに行こうと誘った。

角の向こうの店へ行った。なかにいる人間はみんな、ボビーとは名前で呼びあう仲らしい。わたしたちはバーカウンターの向かいにある、壁ぎわのテーブル席に坐った。細長くて天井の高い店内は騒々しく、年のころは六十代と思われる頬のこけたウェイターは、体を思いきりかがめて注文を聞いた。一日の終わりを迎えた金融街のど真ん中とあって、まわりでは帰宅まえの一杯を楽しんだり、ここで下地をつくってから夜の街にくりだそうという、高価そうなスーツに地味なネクタイという姿の中年男たちが最新の情報や最新の噂の交換をしあっていた。

「そのジョイナーという警官だが」と、ボビーが言った。「経歴に汚点一つないというのなら、二十三年も勤めていながらまだパトカーに乗っているのはどういうことなんだ？　なぜ刑事になっていないんだろう？」

わたしはマーカス・ジョイナーについては知らないが、警察のことなら多少の知識はあった。

「上昇するためにはやらざるをえないゲームにつきあうのはごめんだという警官もいるんだよ。また、街に出ているのがほんとうに好きだという者もいる。それにジョイナーは黒人だ。彼が警官になった二十三年まえは、昇進はそう簡単に望めることではなかった」

ウェイターが飲物を持ってきた。わたしが財布を取り出すより先にボビーが二十ドルをテーブルに置いた。

「となると」彼はマンハッタンをすすりながらにやりと笑った。「きみが手に入れたのは、仕事が大好きな正直警官と、修道院から出てきたばかりのうら若き処女なんだな」

わたしはスコッチが喉の奥を焼きながら落ちていくのを待った。

「いや」わたしもにやりと笑った。「正直警官と処女を手に入れたのは向こうだよ。わたしが手に入れたのは、犯行現場から逃走しようとして撃たれた黒人の若者さ、そのすぐそばには凶器の銃が落ちているのも見つかった。ついでに言っておくと、彼が未成年のころ傷害事件を起こしたこともいまさっき報告書を読んでわかった」

ボビーは口を曲げ、眉を釣りあげた。からかうと同時に挑発しているのだ……子供のころにもよくそうやって、彼がとっくに経験ずみのことをわたしもやってみろ、とそそのかしたものだ。

「検察側に勝ち目はないんだろ？」

「とも思えない」わたしはウィスキーを飲み、長々とため息をついた。「あの若者はやっていない。それは確かなんだが」

ボビーは話をそらそうとしなかった。「じゃあ、警官が銃を現場に置いたにちがいない」

警察側の違法行為を立証する必要のない解釈があるはずだった。一日中それを考えていたのだが、どうやら見つかったような気がした。

「警察の言っているとおりだったのかもしれない。彼が銃を手にしていたということもありうる。彼はおびえきっていた。しかも、忘れないでほしいが、撃たれたんだ。彼が銃にはさわっていないと言っているからといって、額面どおりには受けとめられない」

そのときの情景を想像しながら説明をこころみた。

「彼は近づいてくる足音を聞いた。誰かが近くにいるんだ。フラートンを殺したやつかもしれない。このままでは危ないと思って車から飛び出す、その拍子に無意識のうちに銃をつかんだのかもしれない。走って逃げる、銃を手にしたままだ、警官たちは彼を犯人だと思う、姿が見える、銃を持っている。彼は立ちどまる、あるいは逡巡するか、ふり返るかする——まだ銃を手にしたままだ。警官たちは彼が発砲するものと思う、彼らに向かって。警官が先に撃つ」

警察の報告書で読んだこととジャマール・ワシントンから聞いた話が頭のなかでまとまりはじめた。

「警官が発砲のまえに警告するのを聞いていない、と彼は言っているが、記憶していないだけのことかもしれない」

ボビーはわたしを見つめて先を待っているが、話はそれで終わりだった。充分な説明になっていないことは自分でもわかった。わたしは笑いだした。

「あまり説得力はないな、そうだろ? かりにこのとおりだったとしても、彼が置かれた状況はそのままだ……車のなかにいたし、銃を持っていたし、逃走もした」

わたしは、フラートン夫人が夫を殺した犯人はべつにいる、と断言したことを話した。アリエラ・ゴールドマンの妊娠と、父親はたぶんジェレミー・フラートンではない、ということも話しそうになったがやめておいた。ボビーはわたしのいとこだし、全面的に信用しているが、それは明かすわけにはいかないわたしだけの秘密だった。

ボビーはグラスをあけた。「誰も認めはしないが、彼が死んだのを喜んでいる人間はいっぱいいるよ」彼はからのグラスを押しやって乗り出した。「彼のことをくわしく話してくれそうな男を知っている。彼が政界入りしてからのことはほとんど知っているんだ。会ってみるかい？　レナード・レヴァインというんだ。カレッジで同期だった。いまは下院議員で、歳入委員会の実力者だ。知り合ったころは、青白い顔をした痩せっぽちのガキで、まだ歯列矯正器をしていたがね」

ボビーはそう言って笑った。席を立つと、彼はわたしの肩に腕をまわし、また笑い声をあげた。カウンターのまわりの人垣を縫って進み、店を出た。

「レニーのことをすこし話してやろう」ボビーが言った。「キャルでフットボールをやっているころは、みんながわたしと友達になりたがった。あらゆる友愛会から勧誘された。レニーは寄宿舎にはいっていた。わたしがいわゆる親友たちとパーティに出かけ、この世の春を謳歌していたころ」彼は、後悔しているよ、というようににやりと笑った。「レニーは図書館へ行って猛勉強をしていた。こっちが、おれは運動選手として奨学金をもらって入学した、だからフットボールの練習に打ちこむんだ、と自分に言い聞かせていたころ、レニーはせっせと勉強していたんだ。どういうわけで知り合ったかというと、彼がフットボールチームの洗濯を手伝ってくれ、毎日、練習まえにきれいな衣類をわたしてくれたからさ。われわれが彼に礼を言ったと思うだろ？　おれたちは自分が宇宙の中心だと思っていた。カレッジ時代最後のゲームを終えた日には、これで人生は終わった、と思った。リタイヤした人間が、輝かしい過去の恩恵に浴して生きていくみたいに。利口なのはどっちだと思う——われわれと、サポーターの洗濯をしてくれたやつと？」

ボビーはいつものように屈託なげに頭をそらして、歩行者でごったがえすなかをすいすいと歩いた。わたしのほうはついていくのに一苦労だった。「もちろん、レニーの記憶ではまったくちがうらしい。彼は当時もわれわれが大の親友だったみたいな口のききかたをする」ボビーは歩きながらわたしをふり返った。「彼は年に三度、電話をかけてくる、話といえばキャル時代がいかに楽しかったかということだけだ。それから寄付を頼む、とくる」ボビーは首を振りふりまた笑った。「ずっと選挙に出つづけている。降りようとしないんだ」

次の日の朝、ボビーは約束どおり電話をしてくれ、翌土曜日の夜、下院議員と食事をすることになった。議員はチャイナタウンを指定した。

サンフランシスコはずいぶん変わったが、グラント・アヴェニューにある赤と緑の東洋風の門をくぐった先には記憶とすこしも変わらない風景がそのまま残っている。ひんやりとした夜気が流れる、混雑した狭い通りには、あいかわらずいろんな国の言葉が飛びかっていた。ウェイターや店主たちは、いまも顧客相手にはやわらかで丁寧な英語で話しかけ、内々の会話になると、甲高い声で意味不明の言葉をまくしたてる。通りの角にたむろしていた老女たちが、ボビーとわたしにうさんくさげな目をちらっと向けると、声を落としてまたおしゃべりを再開した。わたしには一語も聞きとれなかった。

店に着いてみると、レナード・レヴァインは、ひげをきれいに剃った、つややかな黒い髪の小柄な中国人と握手をしているところだった。もう一方の手はさりげなく相手の肩に置かれている。

「ボビー」彼はわたしたちに気づくとすかさず言った。「わたしの古い友人を紹介しよう、ハーバート・ウォンだ」

ウォンは愛想よくほほえむと、まずボビーと握手をかわし、ボビーが紹介するとわたしの手を握った。

「議員のお友達ならいつでも歓迎しますよ」と、彼は言った。

わたしたちがまだ礼の言葉も口にしないうちに、彼は肩ごしに中国語でどなった。白い上っぱりを着たウェイターがどこからともなくあらわれ、かしこまって立った。

「どうぞごゆっくり」ウォンはそう言うと、ウェイターがうやうやしく一礼して三人の客を席へ案内していくのを見送った。

わたしたちはいちばん奥のテーブルに案内され、濃い赤の革のベンチシートに坐った。そこならまわりを気にすることなく話ができるし、すでにぎっしり埋まった店内をそっくり見わたすこともできる。

「ハーバートはここのオーナーなんだ」レヴァインが説明した。彼は皿の横に置かれたナプキンを丁寧な手つきでひろげ、膝の上に載せた。「ほかにもたくさんの店を持っているがね」

彼は肘をテーブルに置き、指を組みあわせた。そして目をすこしすぼめると、それが習慣となっているのだろうが、店内を隈なく見まわしはじめた。陰気な印象の大きな口が強く結ばれ、鉤鼻の鼻孔がひくっと動いた。

「わたしはここが好きなんだ」レヴァインが店内に目を動かしつづけながら言った。「この店へ来る客は大半がここに、チャイナタウンに住んでいる。ここはわたしの選挙区にふくまれるんだ」彼はそこではじめてボビーに目を向けた。「知っていたかい？」

レナード・レヴァインはダブルカフスのワイシャツに明るい色のツイードのジャケット、タン皮色のズボンにふさ付きのローファーという恰好だった。グレーの長い髪が耳にかぶさり、うなじのあたりではカールしていた。顔は日に焼け、額には深い皺が刻まれている。手の甲にはすこししみが見え、血管が太々と浮き出ていた。ボビーとカレッジで同期だと知らなかったら十歳は年上と思っただろう。

「知らないわけがないだろ」ボビーが言った。「きみがこれまで闘った選挙の半分に金を出してきたんだから」

レヴァインも言葉の応酬にはなれっこだ。言い返そうとしたが、そこでいきなり立ちあがり、テーブルの向こうへ手を差し出した。わたしはまったく気づいていなかったが、知的な目をした魅力的な中年女性がテーブルのそばに来ていた。

「あなたにじかにお礼を言いたかったんです、レヴァイン議員」女性はほほえみながら言った。「あなたがわたしたちのために、わたしたちみんなのためにしてくださったことは決して忘れません」

レヴァインは彼女が背を向け、自分のテーブルに向かって歩きだすまで立ったままでいた。

「移民関係のことでね」彼は腰をおろしながら漠然と説明した。「議員というのはいいものだよ。たまにはほんとうに人の役に立ってやれることがある。いずれにしても」と言って、肩をすくめた。「サポーターの洗濯よりはましさ」

ボビーは上体を乗り出した。「レニー、この際はっきり言っておこう。いいカードを手にしたのはきみのほうだってことは、おたがい知っているじゃないか」

「いいカード！」レヴァインは信じられないことを聞いたとばかりくり返した。「きみはオールアメリカンだった――ブロンドで青い目のオールアメリカンだ」そこで笑いだし、「わたしのほうは」とつづけた。「痩せっぽちで、ひどくシャイで、かりに女の子がわたしがいるのに気づいて〝ハロー〟と声をかけただけで、恥ずかしさのあまり卒倒してしまいかねなかったよ」

ウェイターが議員とわたしの前にスコッチのソーダ割りを置いた。ボビーが頼んだのはライムをしぼったソーダだった。

「きみは優秀だったよ、レニー。きみは将来なにかをなしとげるだろうとみんな思っていた。まあ、きみはキャンパス一の人気者ではなかった――だったらどうだと？　それはきみには有望な未来が待っているということだったんだ。最終学年のフットボールの試合を自分の一番の思い出としてこれから生きていくことになる、そう悟る羽目になるほうがよかったと？」

ウェイターが音もなくテーブルの正面にまたあらわれ、注文を書きとった。彼がもどりかけたとき、レヴァインが飲物のおかわりを頼んだ。わたしのグラスにはまだ半分以上残っていた。

「だけど、きみはすばらしかったよ」レヴァインは片方の膝を革のベンチシートに引っぱりあげた。

レヴァインの声がしだいに遠ざかっていくような気がした。わたしはかつての彼を想像してみた。歯列矯正器をつけた内気な若者が、熱気でむんむんするロッカールームのなかで汗をかきかき、歯を食いしばり、細い腕をしきりに動かして、ちやほやされていい気になった筋肉の塊りがなにかに手間どったといってわめくたび、びくっとなって横目でうかがいながら洗濯物と格闘しているところが見えた。みんな彼が将来なにかをなしとげると思っていた、とボビーは言ったが、それは事実とは思えない。そもそも彼らがレヴァインのことを考えたことなどないと思う。だが、わたしとしてはボビーが彼のことを考えていたと思いたい……みんながボビーを取りまき、彼のことをほめそやしていたとき、そんなのははかないものだと、来年彼がいなくなれば、おなじ連中がまた誰かに群がるのだと気づいていた、と思いたい。

「わたしがキャルを卒業しなかったことを知っていたかい？」

わたしの目がふたたび焦点を結んだ。ほんとうにそう言ったのだろうかと思い、ボビーに目を向けた。いぶかしげな顔をしたレヴァインがまたいきなり立ちあがった。彼は満面に笑みを浮かべて、ハーバート・ウォンが引き合わせにつれてきた男に手を差し出した。「おじゃましてすみませんでした」ウォンは如才なくそう謝ると、金まわりのよさそうな、まだ三十にもなっていなさそうな若い男をつれて下がっていった。

「どういうことなんだ——卒業しなかったと？　ロースクールへ行ったじゃないか」レヴァインが言った。

「最終学年の終わりになっても、卒業に必要な単位が足りなかったんだ。で、それから二年間、プロでプレイした――負傷するまで」

わたしはずっと――レヴァインもきっとそうだろうが――ボビーはたいていの若者にとっては夢物語でしかない青春時代を送ったものと思っていた。だが、事実はそうではないと、彼にとっても人生は誰もが想像したように簡単ではなかったのだと知って、彼に対する見方が変わった。彼もわれわれと似た人間に見えてきたのだ。もっとくわしく話してくれ、とわたしたちは迫った。

「そのときは、これからどうしたらいいかと途方に暮れた――怪我をしてプレイができなくなったときは。弁護士をめざすといい、とアルバート・クレイヴンが勧めてくれた。彼は同窓会にかかわっていた――その縁で知り合ったんだ。アルバートは顔が広い。彼がぜんぶ手配してくれた。州立サンフランシスコ大学にはいって、学位取得に必要な課程をとった。その後、アルバートがロースクールの関係者に口をきいてくれた。そういうわけで親しくなったんだ、アルバート・クレイヴンと」

ぎこちない沈黙がつづいた。レヴァインはグラスの氷をガラガラと揺すって残りを飲みほした。ウェイターが湯気の立つ皿が載ったトレイを持ってもどってきた。ボビーは箸を袋から出し、料理をつつきはじめた。

「多少は人の世話になったかもしれないが」わたしは言った。「それをやりとげるのに誰も手を貸したわけじゃない。自分の力でやったんだよ」

レヴァインもうなずいて言った。「アルバート・クレイヴンの世話になったのはきみ一人じゃない。わたしもずっと世話になっている――最初から、下院議員にはじめて立候補したときから」彼は三杯めのスコッチに口をつけた。「アルバートはわたしの大事な友人だ」彼はわたしに目を向けてつづけた。「フラートンとは用心してつきあうほうがいい、と忠告したことがある」

彼はしばらくわたしに目をそそいでいたが、やがて顔を伏せ、琥珀色の液体がはいったグラスの縁をなぞる自分の指の動きをむっつりと見つめた。

「わたしも政治の世界にはいって長いが」と、顔をあげずに言った。「フラートンのような人間はほかに知らない」

指はグラスの縁に沿って動きつづけ、ときどきとまっては逆にまわったり、じかに触れずにぎりぎりのところをなぞってみようというように、縁のすぐ上を動いたりしている。「フラートンというのは食わせ者だったんだよ」彼は断罪するようにきっぱりと言った。「その生涯に、真実を口にしたことは一度もない。あらゆることで嘘をついた。自分の素姓さえ偽った」

レヴァインはわたしからボビーへと目を動かした。そしてグラスをつかみ、口へ持っていった。

「彼はいろんなものを変えた」彼はグラスを置いて、おかわりを頼むためウェイターの姿を探した。「たとえば名前だ。ジェレミーじゃないんだ」と言って、嘲りの笑いを浮かべた。「ほんとうはジェラルドだ。父親は〝石油業〟をやっていたと言っていた……実際はゴールデン・ゲート・パークの近くでガソリンスタンドをやっていたんだ。母親は劇場関係者だと言っていた……彼女はサンセット地区の古い映画館の会計係だった」

「自分の身辺を実際より飾ろうとする人間はいくらでもいるよ」と、ボビーが言った。

「うん」と、レヴァインも認めた。「しかし、ある一点をほかより強調してみせるというのがふつうのやり方だ……実際よりは大きなことをやったように見せかけたりはする。だけど、都合のいいように事実を変えることはしない。フラートンの場合は一から十まで不正なんだ」

レヴァインは爪に目をやり、親指ですばやく指の先をこすった。「やつは食わせ者どころではなかった」と、いやにものものしい口調で言った。まるで生者が死者に裁きを下しているかのようだ。「盗っ人で、詐欺師だ」

彼は目をあげてわたしを見、反応を待った。なにもないと――すくなくとも、彼が期待したような反応はないと――知ると、不機嫌な顔になった。

「ほんとうだよ」と、さらに言った。

「実際にはどんなことをしたんです？」わたしは彼に観察の目を向けながらたずねた。

レヴァインは詰めものがされた壁に寄りかかり、膝の上で手を組んだ。いやみな薄笑いが顔をよぎった。

「どんなことをしたかって？　なにをしたかよく知ってるわけではない――弁護士の求めに合うようなかたちでは知らない。知っていることといえば、われわれの報酬では、下院のメンバーの大方は――これは働かなくてもいいほどの資産がない連中のことだがね――選挙区にも住まいをかまえているため、ワシントンではアパートメントを共有せざるをえないが、フラートンは七桁の金がないと手が出ない家をジョージタウンに持ち、ここのノブ・ヒルには分譲マンションを、さらには対岸のソーサリートにも家を持っている、ということぐらいのものだ」

彼はグラスの中身をごくりと飲みくだした。グラスを置いたが手からは離さなかった。「彼は金と結婚したわけじゃない、じゃあ、どうしたのか――それだけのものをどうやって手に入れたんだろう？　気前のいい友人たちのおかげ？　そうかもしれない。しかし、そうだとすると、友人たちとはいったい誰か――友人たちはいったいなにが望みなのか――ということが気になる、そうじゃないかね？」彼はわたしをにらみつけながら問いかけた。

「それが誰か、心当たりがあるんですか？」と、わたしは問い返した。

「いや」彼はまた一口飲んだ。「金の出所がどこにせよ、彼は隠しつづけていた」

ボビーはレヴァインが敵愾心をつのらせていくのを興味ぶかげにながめていた。

「飲み過ぎだよ、レニー」彼はレヴァインがからのグラスを持ちあげてウェイターに合図するのを見て言った。

レヴァインはきっとなって彼を見た。「よけいなお世話だ」

ボビーは冷静だった。ゆっくりと乗り出し、レヴァインの手首をつかんで白いテーブルクロスに押しつけた。「おれたちは友達だ――そうだろ？　どういうわけか、フラートンのことを話すと、きみは激昂しはじめる。で、いまはスコッチのソーダ割りの三杯めを――いや、四杯めだったかな？――頼んだ」

ウェイターが酒を持ってきた。レヴァインはどうしたものかと思案するように、しばらくグラスをにらんだ。

「きみの言うとおりだ」彼はちょっと飲んでグラスを置いた。そしてわたしを見て首を振り、微笑した。「きみのいとこの言うとおりだ。わたしは腹を立てている。きみにはなんの関係もないことだがね。さっき言ったことはわたしの本音だよ……フラートンは食わせ者だった――

それも、わたしの知るなかで最悪の……しかも、最後までぼろをださなかった。だからと言って、わたしにできることもないんだがね」そこでなにか思いついたらしく、笑いながらつづけた。「ふり向くたび、記者やらテレビカメラやらインタビュアーがいて、この損失を乗り越えるにはどうしたらいいか、ときくんだ。むかつきをおぼえるね、この先ずっと、食料品屋のレジの列に並ぶたび、タブロイド新聞の一面でフラートンのつくり笑いを目にすることになるかと思うと」

彼はグラスにまた手を伸ばしたが、ドンと叩きつけるように置いて手を離した。

「わたしがなぜこんなに怒るかわかるかね？」彼はテーブルの縁を両手でつかみ、目をぎらぎらさせながら言った。「ほんとうの理由が？　フラートンの代わりにわたしが上院議員の座についていたかもしれないからさ。手を出しさえすれば取れたんだ。民主党の予備選に出さえすればよかった。わたしは勝てただろう。なぜそうしなかったと？　その年の共和党の現職には誰も勝てないだろうと考えたからだ、結果的に下院議員の座を手ばなすことにはなりたくなかったからだ。真実は——掛け値なしの真実は——わたしはあの性根の腐った糞野郎に嫉妬しているんだよ」

彼は口許に愚かしげな笑いを浮かべてわたしたちを見つめた。「驚くべきことではないかね？」と、熱に浮かされたような目で言った。「やつは食わせ者だった、やつはなに一つ信じていなかった。にもかかわらず、どういうわけか内心、自分の力を信じる気持ちはわたしよりずっと強かったんだ。ボビー、正直に言おう」彼はいとこに顔を向けた。「まだガキだったカレッジ時代には、わたしはきみのような人間になりたかった。で、いい年の大人になったいまは、やつのような人間になりたかったと思ってるのさ」

　彼はウェイターを呼んでグラスを渡し、コーヒーを注文した。

「さて、酒は体から追い出した」彼はそう言って、いかにも自然な、明るい笑みを浮かべた。

「わたしがなにかお役に立てそうかな？」

　わたしは単刀直入にきいた。「フラートンの死を願いそうな人間に心当たりはありますか？」

　彼はまたほほえんだ。「彼を生かしておきたいと願った人間を知っているか、という問いなら答えはもっと短くて済むんだがね。しかし、いまの問いには、彼を知っている人間なら誰でも、と答えるしかない。ちなみに、彼の死になんらかのかたちでかかわった人間を知っているか、ときかれたら、ノーと答えることになるだろうね」

「彼はマーシャルに勝てたでしょうか――知事の座につけたと思いますか？」

　レヴァインは間髪を入れず答えた。「まずまちがいなく。きみが理解しておかなくてはならないことがある。フラートンを知っていた者たちは――実際に知っていた、という意味だがね――彼を嫌った。やつはわたしが言ったとおりの人間だった。だけど、彼を知らない人間や、政党の催しなどで彼と会っただけの連中は、みんな彼を好きになった。彼を知らないからこそ好きになれた、偶像視できるから、彼らが望むものをすべて備えているように見えたから、好きになれたんだ。彼はいつ見ても自分のいちばんいいところだけを映してくれる、すばらしい魔法の鏡みたいなものだったんだよ。わたしも彼が何千という聴衆の前で演説するのを見た。みんな彼は自分に語りかけていると思っていた……また、彼の言っていることを聞いて快感をおぼえていた。彼がマーシャルを破って知事の座についただろうか、と？　もちろんさ」

「で、彼が勝ったら、次は大統領選に出ることになったでしょうか？」

「大統領はそう思っていた。フラートンが知事選に出馬表明するまでは、次の大統領選は共和党のオーガスタス・マーシャルを相手に闘うことになると大統領は思っていた。フラートンがそこに一枚噛むことになったと知るや、共和党が立てる候補は変わる、今後の自分の政治生命は党内でのフラートンとの闘いによって決まる、と大統領は悟ったはずだ」

「フラートンは大統領に勝てたでしょうか？」

レヴァインは目を鋭くすぼめて考えた。

「それはなんとも言えない」と、ややあって言った。「タフな闘いになっただろう。いや、苛酷な闘いに。彼らは嫌いあっていた。どちらも相手をよく知っていたからだろう。両者には共通するところがいっぱいあった、おわかりだろうがね」彼は皮肉な笑みを浮かべた。

そこでなにか思い出したようだった。「フラートンが殺されるすこしまえだが、大統領周辺の人物がフラートンにとってはかなりのダメージとなるはずの情報をマーシャルに渡している、という噂が聞こえてきた」

「どういうたぐいの情報を？」わたしは前に乗り出した。

だが、彼はそこまでしか知らなかった。聞き出してもらえるだろうか、と言ってみると、いまとなっては誰も話したがらないだろう、と彼は答えた。気が進まないのだ、とわたしは見た。

「フラートンがそれほどの脅威だったのなら、大統領がなにかしたという可能性はあるでしょうか……？」

レヴァインは口の前へ手を持っていった。顎が動くのが見えた。疲れたような目をしていた。

彼が手をおろすと、口許を笑みがよぎるのが見えた。

「われわれとしては、そういうことがありうるなどとは考えないことになっているんじゃないのかね？」

それだけでわたしが必要とする確証は得られた。また、知りたいと思っている以上のこともわかった。たずねたいことはもう一つあった。

「知事はどうです？」

「つまり、司法長官の身に起きたようなことがあったのではと？」

オーガスタス・マーシャルの最初の政敵が思いがけない死をとげたことに言及した人間は彼が二人めだった。

「彼は自然死だよ」レヴァインはそろそろ時間だとばかり、腕時計をちらっと見ながら言った。「知事について知りたければ、いちばんいいのはハイラム・グリーンを訪ねることだね」

ハイラム・グリーンが何者か、わたしにはさっぱりだったが、いかにも知っているようにうなずいてみせた。

店の表で挨拶をしてレナード・レヴァインと別れると、ボビーは歩道の端に立って靴底を縁石にこすりつけた。

「彼は上院議員の予備選でフラートンに勝てたはずだ、と言っていただろ？」彼は首を振りながら言った。「勝ち目はなかったはずだよ」

わたしたちはチャイナタウンの門に向かって歩きだした。レヴァインから役に立ちそうな話はあまり聞かれなかった。ボビーが励ますように肩に手をまわした。

「ハイラム・グリーンのことを話してやろうか？」

10

年はとっていてもまだ記憶は確かだという超保守派の老人たちにとっては、ハイラム・グリーンがカリフォルニア州史上ただ一人のほんものの知事だった。彼は歴代のどの知事よりも頻繁に拒否権を行使した。しかも、それによって、益を産む富裕層に高額の税を課すのを避け、益を産まない貧困層に州の金が渡るのを阻んだ。不幸にも再選を果たせなかったのは、もっぱら親しい仲間と信頼していたアドヴァイザーたちを巻きこんだ一連の不祥事が原因だった。

前知事はほとんど毎日、ウィルシャー・ブールヴァードから一ブロックと離れていない椰子並木のある通りに建つ、くすんだ赤い瓦屋根に白い化粧漆喰の壁という造りの小さな建物のなかにある事務所に顔を出す。知事の座を去ったあと、ハイラム・グリーンならロサンジェルス市内で十指にはいる、もっと大きな法律事務所のどこにでも迎えられたはずだが、彼には、たとえ自分の金であれ、働いて稼ぐという意識は希薄で、他人を儲けさせるために働く気はさらになかった。これまで金銭面の心配をしたことなどなかった。政治家時代に金の面倒を見てくれた友人たちが、彼好みの家をベヴァリー・ヒルズに建ててくれ、弁護士としての仕事はいっさいしなくてよいという了解のもとに、ある事務所にパートナーとしてくわわる話をまとめてくれた。ニスを塗った事務所の黒いドアにはめこまれた輝く真鍮のプレートには、〈マーティン、シフキン、トムリンソン・アンド・グリーン〉と名前が並んでいる。だが、ここへ法律面の助言を求めてハイラム・グリーンに会いに来る者はいない。

わたしは早朝の便でサンフランシスコを発ち、約束の時間より数分早く彼の事務所に着いた。待合室に人の姿はなく、受付係がいるはずの、スライド式のガラス窓の向こうの机も無人だった。鈍く光る硬材の床の一部を覆うオリエンタル・ラグの上に、オフホワイトのソファが向き合わせて置いてある。ガラスのコーヒーテーブルの上には、たくさんの雑誌がきちんと二つの山に積みあげられている。読むために一冊抜きとって、整然と積みあがった山を乱すのは悪意ある行為となるように思われた。わたしは奥の壁に歩み寄って、凝った金箔張りの額にはいっている水彩画に目をこらした。

「その絵は家内のお気に入りだったんだ」と、明るい声が言った。ハイラム・グリーンはわたしの腕にそっと手を置いた。「お待たせしてすまなかった」

わたしは向きなおって握手をかわした。彼はわたしよりすこし背が高かった。せいぜい一インチほどだが、それでも八十を越した老人としては驚くべきことだった。壮年期にはゆうに六フィートを超す身長だったにちがいない。

「よく来てくれたね」と、彼のほうから申し出たことのように言った。「ひとまわり案内しよう」

はじめての訪問者にオフィス内を見せてまわることが、この老人の最大の楽しみなのだと、すぐにわかった。どこへ行っても彼の写真があった……建物の真ん中を延びる廊下に、図書室に、会議室に、コピー室に、コーヒールームに、といたるところにある……過去五十余年のあいだに撮られた、カリフォルニアの、時によってはアメリカと世界の政治史の一局面を物語る、白黒の写真が。この半世紀のあいだ、なにか重大なことがあった場にはかならずハイラム・グリーンの姿があったかのようだ。額入りの写真の一つでは彼がバリー・ゴールドウォーターと握手している。その隣りの写真ではリチャード・ニクソンと並んでいる。さらにその隣りではロナルド・レーガンと。すこし先へ行くとジョージ・ブッシュと。著名人の顔は変わるけれども、どの写真にもその横にはおなじ顔がある。若かったり、老けていたり、ダークスーツだったり、明るい色の服だったりするが、おなじ顔がおなじ表情で写っている。フィルムの一齣《こま》にすべてが永遠に焼きつけられる一瞬、不死の存在になると信じて、これまでの人生、飽くことなくレンズを見つめつづけてきたかのようだ。

わたしは彼の冗長な独白がつづく間に、薄くなりつつある灰白色の髪を高い額からうしろへきちんと撫でつけた頭が、鳥が虫をつつきでもしているように、ひょこひょこと動くのをながめながらそのそばへ歩み寄った。

「ニクソンは才気にあふれた男だった」彼は当時若手下院議員だったニクソンが、俳優のメルヴィン・ダグラスの妻、ヘレン・ガヘイガン・ダグラスに対抗して上院選に出馬したときの写真に向かってうなずきかけながら説明した。「才気はあった」と、ニクソンとは昵懇《じっこん》のなかだったと言わんばかりの口調でくり返した。「しかし、下院議員であることと大統領であることのちがいを学ばなかったのだ」

グリーンは首を振った。惜しんでいるのか、それとも蔑みに似た感情の発露なのか、判断しかねた。

「品に欠けた。はっきり言って、まるで品というものがなかった」

二歩も進まないうちにまた足をとめ、べつの一枚を指差した。彼が笑顔のロナルド・レーガンと握手している。

「レーガンには品があった」と言って、狡猾そうな笑みを浮かべた。

彼はそこで間を置き、いま口にした二人の共和党員の比較についてわたしに考えさせた。二人ともカリフォルニア出身だ。一人は失脚し、もう一人はだいぶまえに引退した。彼は指を一本立て、わたしの目を見つめた。

「しかし、彼には才気がなかった」と、つづけた。これはめったに明かさない秘密だ、とでもいうように。「かけらも」グリーンは肩をすくめた。「ニクソンの頭脳とレーガンの物腰を備えた人物をわれわれが持たなかったのは残念至極だ。まあ、いつかそういうのがあらわれるだろう」

グリーンはさらになにか言おうとしたが、そこまでにしておくことにしたらしかった。そして、これでわたしのことは信用していいと判断した、とでもいうように、歩きだした。

「それがオーガスタス・マーシャルということはないだろう、もっとも、あの高慢ちきは、自分はいずれ大統領になるよう運命づけられている、と思っているかもしれんがね。いやはや」

彼はそうつぶやきながらわたしを自室へ通した。「この州では、なにか一つ選挙に勝つと、誰もが自分は大統領への道を進むことになると考えるんだよ」

グリーンは胡桃材の大きな机の端に向き合うよう置かれたダークブルーのウィングチェアを

手で示した。そして、これまでもそこに坐って大きな話をいくつもまとめてきたにちがいない栗色の革椅子にゆったりと坐り、わたしに目をそそいだ。最終的には自分が相手に貢献するのではなく、相手をどこまで利用できるかと、わたしのことを頭のなかで値踏みしているのだ。わたしにはわかった、これが彼の生きる歓びになっているのだ。この年になれば、たいていの人間はもうろくし、記憶もあらかたなくして、よだれを垂らして生きているか、もはやなにごとにもあくせくすることなく、家族や友人に囲まれて静かな余生を楽しんでいる。だが、ハイラム・グリーンは頭ははっきりしているし、記憶力もまったく衰えていない。ただ一つの生き甲斐は、余人はその気力も機知も持たない、彼がいま手がけようとしている次の政治的策謀なのだ。

「きみがわたしを訪ねてきた理由はわかっているつもりだがね」彼はわたしの反応を探りながら言った。

「わたしはフラートン殺害事件の弁護人をやっています。有力者たちの裏情報が入手できれば助けになると思いまして」わたしはなるたけさりげなく言った。

グリーンは愉快げに笑った。「じゃあ、わたしにきけば、知事について知りたいことがわかる、と誰かが入れ知恵したんだな?」

「そうです」

「わたしがやつを毛嫌いしていることを知っているからだ」彼は笑みを浮かべたまま言った。

「気にすることはないよ、ミスター・アントネッリ」と、グレーのカシミアのジャケットの袖をさすりながらつづけた。「オーガスタス・マーシャルはわたしを裏切ったんだ。それはべつに感情を害するようなことではない。わたしのように政治の世界に長くいれば、人はかならずいつか裏切るものだとわかるようになる。もうきみも知っているだろうが、ジェレミー・フラートンはその点ではかなり有名だった。しかし、彼は民主党員だ。わたしは彼をまったく知らない。マーシャルは知っている。知っているどころか。彼は文字どおりわたしがつくりあげたんだ。だが、彼はわたしを裏切った、しかも月並みなやり方で。どういうことだったか、話してやろうか？」

断わってもよかったが、彼はどのみち話すだろう。彼の存在の一部をなす話なのだ。権力や名声を持つ人間に裏切られることがなくては大物たりえないのだから。

「ちょうど今日のような、土曜の朝のことだった」今日は土曜ではないのに、そう話しはじめた。「十二、三年まえのことだ、わたしはちょっとした取り決めについて話をしておくため、マーシャルを呼んでおいた。当時の司法長官のことは――アーサー・シーマンだよ――たぶんきみも名前はおぼえているだろ？　知らない？　うん、あの男には才気があった」グリーンはいきなり笑いだした。「不運なことに、ニクソンとの共通点はそれだけではなかったが」

十年余もまえのことだというのに、ついさっき終わったばかりのことを語るように、いまは州知事となった男との会話をくわしく話しはじめた。

「彼は最初のうちは、なんの話をするために土曜の朝、わたしの事務所で二人だけで会うことになったのか、気づかないふりをした。野心家は野心を隠そうとするものでね。なんの話をするために呼んだか、よくわかっているはずだ、とわたしがすくなくとも二度は言ってはじめて――それも渋々ながら――たぶん〝司法長官の一件〟ではないかと思う、と認めた」

グリーンは老いの目立つ口をゆがめて皮肉な笑みを浮かべた。「『うん、もちろんそうだ』と、わたしは言った。『われわれはだいぶまえからきみに目をつけていた』

『わたしは自分を政治家だと思ったことは一度もありません』マーシャルはもじもじしはじめ、脚を組みかえて体を乗り出した。誰もがそうするんだよ」と、グリーンは解説した。「いかにも誠実そうに見せかけたいときには。

『司法長官の務めは果たせるかもしれませんが、自分の信条を曲げることはできません』彼はそうつづけたよ」

グリーンは眉を持ちあげた。「わたしがそういう殊勝な断わりの文句を何遍耳にしたと思うかね？　数えきれんよ。

『われわれはきみになにかを曲げてもらおうとは思っていない』わたしは彼に説いた。『それどころか、われわれに共通の信条の、共和党の信条、司法長官が裏切った信条のスポークスマンになってほしいんだ』

それから、真相を話した——真相に近いところをだな」

グリーンは目を閉じた。記憶を呼びもどしているのだ……当人が知っているかどうかはともかく、その人生に意味をあたえてきた不実の数々を、裏切りと報復の連鎖を。

「『アーサー・シーマンも最初はちょうどこんなふうだったよ』と、わたしはマーシャルに語りかけた。『場所もおなじここだ。彼もいまきみが坐っているところにいた。彼はそれまで公職とは無縁だった、たぶん考えてみたこともなかっただろう。いろんな点で、彼はきみとそっくりだった——弁護士として成功しており、年もほぼおなじだった。彼も関心はあった、だが、乗り気ではなかった——まさにきみのように。そして、恐れていた——きみが恐れているように——政治の世界にはいると妥協を強いられるのではないか、自分の信念を放棄することになるのではないか、と。彼はくそまじめだった。一方、ばかでもあった。いや』わたしは彼がなにか言いだすまえに言った。『きみをばかだとは思っていない。とんでもない』

グリーンは口の端にかすかな笑みをたたえて目をあけた。「彼もご多分に漏れず、ただのおべんちゃらを確かな真実として受けとめる気なのだろうか、とそのとき思ったものだよ。虚栄心は万人に共通の資質だという法則に例外はない、ということぐらい、わたしもとっくに理解していたはずだと思うだろ。すくなくともわたしは例外にはお目にかかったことがない。きみはあるかね、ミスター・アントネッリ?」

無言のまま、意味深長に目を見かわすだけで彼には通じた。

「『まさか』と、わたしはマーシャルに言った。『きみはアーサー・シーマンよりはるかに頭が切れる。いいかね、シーマンがほんとうに恐れていたのは——当人は当時もいまも気づいていないんだが——彼には強い信念が、多少不人気であっても貫きとおすような信念がないということなんだ。人はまわりのみんなが信じていると思えば、なんだって信じる……たいていの人間がそうだ。しかし、きみはそうではない』と、わたしは請けあった。『まったくちがう。だから、われわれも考えていないよ、ミスター・マーシャル、きみに信念を曲げてもらおうとは思っていない。きみがそんなことをするはずがない。ぜったいに』

マーシャルはしゃんと背筋を伸ばすと、わたしの目をまっすぐ見つめて言った。『それは信用してください、知事』

きみにもわかるだろうが」グリーンは表情を変えずに言った。「わたしはそういう挑戦に応じるつもりはなかった。もっと実際的なことに話題を変えた。金のほうは心配ないと話した。一千万でも二千万でも大丈夫、必要なだけ集められる、と。選挙戦を仕切る優秀な人間もいる、と。彼にはとにかく立候補してもらうだけでいいんだ、と。そして、ずばりときいた。『さあ、われわれの候補者になってもらえないか？』

一瞬のためらいもなかった。即座に了承した、わたしもかつて見たことがないほど意欲満々だったよ。そこで、悪いほうの話を持ち出した。

『勝つ見込みがないことはわかっているな？』と。

彼は信じなかった。『見込み薄だとは承知しています』と彼は言った。『しかし、まったく勝ち目がないとは思いません』

『いや、ない』わたしは頑として言った。『勝ち目はない、これっぽちも。皆無だ』

わたしはすでに話したはずのことを説明しようとした……アーサー・シーマンは世間に取り入るために護るはずだった保守派の公約をぜんぶ投げ出した。彼はカリフォルニア一の人気政治家で、票のためなら母親さえ売りかねないインチキ野郎だ、と」

グリーンの口調だと、成功のためならなにを犠牲にしてもかまわないというやり方をうらやんでいるように聞こえた。

「シーマンというのは狐のように狡猾な男だった。わたしはそれをマーシャルに話した。シーマンはその場の方便でなんでも言うし、言うときは本気で言っているのだ、と。シーマンほど際限もなく自己欺瞞をくり返すことのできる男は見たことがなかった。すくなくとも」と、眉を釣りあげて言った。「オーガスタス・マーシャルと出合うまではな」

口許にうっすらと冷笑が浮かんだ。

「シーマンというのは上っ面だけなんだ……その下にはなにもない。かつてはあったんだろうと思うがね。死んでしまったか、なくしてしまったかしたんだ。残ったのは上っ面だけで、それが周囲を完璧に映しだすものだから、誰もが見たいものが見え、聞きたいものが聞こえたんだ。天才の域に達していたよ、まさしく」

グリーンはまたなにか思いついた。彼はわたしに目をそそぎながら顎を掻いた。

「いろんな点で、だがふつうならざるところで、アーサー・シーマンはジェレミー・フラートンにそっくりだった。一方は共和党員、他方は民主党員、一人は保守派と目され、一人はリベラルと目されていたが、それは自分がなにかであると言うためのレッテルにすぎなかった。両者とも、黒白のはっきりしない、肝腎なのはすべての人間に快く受け入れてもらうことだけという、大いなる中間点へ向かって、たえずじりじりと歩を進めていたんだ」

グリーンは、本題からそれたことを詫びるように、手をひらひらと動かした。そのての政治家が彼の座を奪ったことに対する無念さを忘れようとする仕種と見たほうがいいのかもしれなかったが。

「アーサー・シーマンが相手ではマーシャルに勝ち目はなかった。まったく。彼が出馬する目的は勝つためではなかった。わたしはそこのところを説明した——勝つことが目的ではない、シーマンが保守派の支持を失っていることを明らかにしたいからなのだ、と。予備選でマーシャルが四分の一の票を獲得すれば、われわれは目的を達したことになる……三分の一をとれば、シーマンがはじめて弱みを見せたことになる。だが、マーシャルは自分が負けるとは考えたくなかった。こう聞き返さずにはいられなかった、『もし、わたしが勝ったら?』

『きみは負けるんだ』わたしは説いた。『しかし、いいかね、負ける人間は常にいるんだ。シーマンがずっと司法長官の座にいるわけではない。彼はいずれ知事選に、もしくは上院議員選に出る』」

グリーンはいかにもざっくばらんな態度でわたしに向きあっていた。そうやって無数の人間と握手をかわし、無数の嘘をついてきたであろうことは想像に難くなかった。

「『だから、次の機会には』と、わたしはつづけた。『きみは指名をかちとって、選挙にも勝つ、そしたらわたしはきみを司法長官殿と呼ぶことになる。その日が待ち遠しいよ』」

オーガスタス・マーシャルはハイラム・グリーンが望んだとおりのことをした。それまでは政治的にはまったく無名の存在だったが、出馬表明から数週間で、圧倒的な人気を誇る共和党現職の対抗馬としてかなりの知名度を得た。世論調査にその伸びがあらわれていた……出馬表明から一ヵ月後の支持率が十二パーセント、二ヵ月後が十七パーセント、そして三週間後には二十三パーセントに達した。さらに一ヵ月間、大金をつぎこんで精力的な活動をつづけたが、伸びは停まった。数字は二十三パーセントのままだった。マーシャルはまだ勝てると信じてあらゆる手を打ったが、まったく効果はなかった。それから二ヵ月たっても変化はなかった。ハイラム・グリーンの言ったとおりで、彼の敗北が決まりつつあった。マーシャルは決して口には出さなかったが、最初から勝ち目がまったくなかったことをここに至っても悟らないほどばかではなかった。だが、その後、予備選まであとわずか数週間となったとき、誰も――ハイラム・グリーンでさえ――たとえ偶発事としてであれ、計算に入れていなかったことをアーサー・シーマンがした。死んだのだ。

ハイラム・グリーンはなすすべを知らなかった。最後の最後にきて、彼が負けを承知で立てた男が保守派に数年ぶりの勝利をもたらすことが確実になった、ということだけはわかったが。民主党に有望な人材はいたかもしれないが、アーサー・シーマンに対抗して立とうという者は一人もいなかったから、共和党の候補であるマーシャルが圧倒的な勝利をおさめて司法長官の座につくことになるのだ。すべてが終わり、残すはベヴァリー・ウィルシャー・ホテルのボールルームでおこなう勝利演説だけとなったとき、オーガスタス・マーシャルは、ぜったいに勝てないと言って彼を選挙戦に引っぱりだした男、ハイラム・グリーンに向きあった。グリーンはそのときの彼のようすをおぼえていた。マーシャルはうちとけた、いかにも親しげな態度で、満面に笑みをたたえていた。グリーンはこれまでの彼の尽力に対して、マーシャルが礼を言うものと思っていた。ところが口を開くやマーシャルの目がけわしくなった。

「もしわたしが負けていたら」と、彼はグリーンに向かって言った。「次の選挙には誰か別人を探しだして立てるつもりだったんでしょう?」

会場内に響く、マーシャルの名を呼ぶ声はますます大きくなった。彼らはいつものように、新しいリーダーはわれわれの言葉に耳を傾けてほしい、と叫んでいた。マーシャルは胸を張って立ち、誇らしげな笑みを浮かべて手を振った。

「あのときは思ったものだよ」グリーンはつぶやくように言った。「やはり、アーサー・シーマンを亡くしたのは悔やまれることだったのではないのか、と」

オーガスタス・マーシャルは司法長官に選ばれて二年後、見方によっては――すでに政治家としての直感を身につけた彼にとっては、こっちの計算のほうが大事なのだが――次の選挙の二年まえに、二十年間つれそった妻と別れた。ベル・エアの自宅は彼女に譲り、彼は州都サクラメントにある事務所のすぐ近くに持っていた、ワンルームの小さなマンションを住まいとした。

離婚の発表は、ごく私的な不幸な出来事と受けとめられるように、慎重に、ひっそりとおこなわれた。四年後、彼はロサンジェルスで最大の新聞社の社主の娘、ゼルダ・セント・ロジャーズと再婚した。そのニュースは、歴代のカリフォルニア州知事の就任式の大半をしのぐ関心を集めた。新聞やテレビでさんざん書かれたり言われたりしたように、その結婚は新しい力と、現在《いま》をありがたがる土地では富裕な旧家として通用するものの完璧な結びつきだった。カリフォルニアの伝統とのつながりを強調するかのように、彼らは新婚の一夜をカーメルで過ごした。「これだけはその場にいなくてもわかるよ」グリーンは冷やかしの目つきで言った。「彼らはほとんど一晩中、テレビが流す結婚式の模様を見て過ごしたに決まっている。やつがなにも考えずに彼女と結婚したと思うかね？　それから三週間後、やつは知事選に出ると表明した。義父の支援を手に入れたんだよ。玉の輿に乗るのは女だけだと思っていたものだが」

ハイラム・グリーンは立ちあがってキャビネットのところへ歩いていった。そして、白っぽい液体をコップに入れ、スプーンで掻きまわしてから飲んだ。

「潰瘍でね」と、腹を叩きながら説明すると、また机の向こうへもどった。

「オーガスタス・マーシャルが司法長官在任中の八年間と知事に就任してからの四年近くのあ

いだに、何度わたしに電話してきたか知っているかね?」彼は薬をまた飲み、顔をしかめた。「一度もない。クリスマスカードさえよこさない、あの礼儀知らずめは」

彼はグラスを見、それからわたしに目を向けた。「なにか差しあげたいが、土曜で誰もいないんだ」

今日は何曜日か言ってやったほうがいいだろうか、と思ったとき、机の端に置かれたコンソールのブザーが鳴りだした。受付係と思われる、女性の低い声が、一時間後に昼食の約束がはいっている、と教えた。彼はありがとう、と答えると、前言との矛盾にはそ知らぬ顔で話にもどった。彼ほどの年になって、過去の出来事ばかり考えて日を送っていると、毎日が土曜のように思えるのだろう。

「ざっとこんなところだね、ミスター・アントネッリ。以上がオーガスタス・マーシャルのごく単純な過去だ。まったくまわり道をしていない。運を味方にする者もいれば、そうはいかない者もいるということだ」

グリーンは微笑を浮かべたが、声に隠しきれない苦渋の色がのぞいた。自分は政治の世界で悲運を背負ったのに対し、彼が無名の状態から引きあげてやった男はどうなったかを思うと、いまだに腸が煮えくりかえる、とでもいうように。

「アーサー・シーマンはいかにも健康そうだった。死ぬ六週間まえに徹底的な健康診断を受けたばかりだった。父方にも母方にも、心臓に問題を抱えた者はいなかった。タバコは吸わなかったし、酒もめったに飲まなかった。健康には気を配っていた……ジョギングをし、泳ぎ、テニスをしていた。体調は完璧だった。母親でさえ裏切りかねない男だったというのは事実だが

――わたしも裏切られたがね――そういうのは通常、健康に有害なもののリストにははいらないからな。もし、そうなら」彼は笑いを押し殺し、体を小さく震わせながらつづけた。「アメリカの政治家に生きている者はいないだろうし、オーガスタス・マーシャルはすくなくとも十年まえに死んでいたはずだ」

グリーンは膝に手を置いて、しばらく黙った。

「不思議なことに」と、やがてまた話しはじめた。「政治の世界にいる人間はまず死なない――現役のあいだは」ふと皮肉げな笑みが口許に浮かんだ。自身がその運命をまぬかれて長生きしていることを思い出したのだろう。そして、「自然死をとげることはない」と、つけくわえた。

彼は椅子の肘掛けをつかむと、まっすぐ体を起こした。そして、鋭い目でわたしの後方の一点を見つめた。

「アーサー・シーマンのように、誰が見ても健康そのものの男が急死したというのはわたしもそれまで聞いたことがなかった」

彼はわたしに目をもどした。その目には陽性の悪意とでも言えそうな表情があった。一途に進めば望みのものが手にはいる、という考えをいまや幻想として捨て去ったことを喜んでいる表情のようにも見えた。知恵というのは、他人のためになにかをしてやるのはそれが自分にどんな意味を持つかを考えてからすることだ、と悟った人間の表情だった。

「最初はシーマン、今度はフラートン」彼はつづけた。「たしかに不思議な気がする。シーマンが死ななかったら、マーシャルは司法長官になれなかっただろう……また、フラートンが殺されなかったら、知事に再選されることもないはずだ。どちらか一方だけなら、ただの偶然としてかたづけられるかもしれん――そうだろ？　政治の世界では、たいていの人間がそういう偶然のおかげでのしあがっているんだ。しかし、シーマンとフラートンの両方となると、どうなんだろうな。とてつもない幸運が連続したことになる、そうだろ？　かつて例がない、そう断言してもいい。わたしが無分別な人間なら、マーシャルがこれに――どちらか一方に――ひょっとしたら両方に、なにかかからんでいるのではないかと疑う気を起こしたかもしれない」

「無分別なら？」

謎めいた笑みが下唇にあらわれた。「そう」と、彼は答えた。「そういうことはこの国ではありえない、とされているだろ？」

彼は立ちあがり、わたしの腕に手をかけて部屋の出口へと歩きだした。わたしを迎えたときよりは足どりが重く、話す声もいまではすこし聞きとりにくかった。廊下に出ると、まだ南カリフォルニア出身の下院議員だった、黒い癖毛にけわしい目をした、たいそう若いリチャード・ニクソンの額入り写真の前で立ちどまった。起工式の写真だった。ニクソンは五人の男たちとともにゆるやかに弧を描くかたちで並んでいた。全員が銀色に輝くシャベルを手に持ってレンズを見つめている。わたしの腕に置いたグリーンの手に力がこもった。

「このなかに知った顔がいるかね――ニクソンとわたしはべつにして？」

すでに死んだか、いまはそれから五十ほど年をとっている六人の男たちの笑った顔に目をこらしてみた。

「いや、いませんね」

「左端のこの男」グリーンはダブルのスーツを着た、二十代後半か三十代はじめと思われる若い男を指で示した。彼もみんなとおなじように笑っているが、どこか表情がちがった。ほかの五人よりは自信ありげで、力みもなく、自分を印象づけることには関心がなさそうだった。誰なのか、まだわたしにはわからなかった。

「彼こそが、わたしの望みをかなえてくれたかもしれない男だ」グリーンはわたしが不審そうな目をしていることに気づいた。「さっき話したような人物になれたかもしれない男さ」この一時間半ほどのあいだ、ほかの話など出なかったかのような口調だった。「ニクソンの頭とレーガンの物腰。彼はその二つを備えていた——あれほど頭の切れる男はわたしもまず知らない、まわりを見ても、彼ほど魅力のある男はそうざらにはいない。彼なら突き進めたはずだ——知事に、大統領にと。それを阻むものはなかっただろう。彼は勝つために必要なことはすべてやったはずだ。昔からやりたいようにやってきたんだ。選挙にいっさい出なかったのはそれが理由かもしれない」彼は色の変わった写真に目をすぼめて見入りながらつづけた。「いろんなことが表に出るかもしれない、彼としてはぜったいに隠しておきたいことが——それに、ローレンスは昔から金がなによりも好きな男だったからな」グリーンはそう言って首を振った。

「ローレンス？」

「そうだ」彼はわたしに向きなおった。「ローレンス・ゴールドマンだよ。きみも彼のことは聞いているはずだ。彼とは一時はいい友人だったんだがね、マーシャルの最初の選挙戦の資金集めをわれわれがやっていたころは」

「彼が隠しておきたいことというのはどんなことです？」わたしは好奇心を露骨にあらわすま

いとしながらきいてみた。

彼は黙っているには惜しい、じつに痛快な秘密を聞いて笑いをこらえるような顔でわたしを見た。

「ぜんぶだよ」と彼は答え、世間は忘れてしまった一人の男の人生を物語る白黒写真が飾られた壁の前を離れて歩きだした。

日差しが歩道に照りつけ、傾いて立つ高い椰子の木が影を落とす外へ出てみると、ハイラム・グリーンの顔や言葉が、頭のなかでくり返し甦る、昔見た映画のように思えてきた。空港へ着くと、最後にもう一度あたりを見まわしてみた。このよどんだ空気のなかに、グリーンをあれだけ長生きさせるなにかが、彼がいま生きている非現実世界をつくりだすなにかがあるのだろうか、と思った。上空をひっきりなしに飛行機がやってくる。アメリカ人が夢のなかで思い描く有名人の仲間入りを夢見る人間たちを運んでくるのだ、これからも決して出合うことのない見知らぬ者同士を。

わたしは次のサンフランシスコ行きの便に乗った。北へ向かう短いフライトを開始した飛行機が水平飛行にはいると、空港で買った新聞を開いてみた。民主党の知事候補となったアリエラ・ゴールドマンが、ハイラム・グリーンの事務所の薄暗い廊下に並んでいた写真のなかの人物たちのように、明るく笑っている写真がフロントページの右側にあった。彼女が公選に出るのははじめてだが、まだ選挙までは三ヵ月近くあるというのに、オーガスタス・マーシャルにわずか七ポイントおくれをとっているだけだ、と記事は報じていた。新聞を閉じて目をつむり、ハイラム・グリーンの言葉を思い返してみた。最初はアーサー・シーマン、次はジェレミー・

フラートン。ただの偶然だろうか？

11

アルバート・クレイヴンの事務所の人間を総動員し、三つの探偵社を丸抱えにして、ジャマール・ワシントンの友人や縁者全員、大学とアルバイト先で彼を知っていた人間全員に面談をおこなった。そして、たった一つでも内容にくいちがいがあったときは、あらためて話を聞きなおした。銃、銃弾、車をはじめ、法廷に持ち出される証拠はすべて、複数の専門家が調べ、分析し、議論をおこなった。ジャマールがフェアモント・ホテルからジェレミー・フラートンが車内で死んでいるのを発見した地点までの道筋はインチの単位まで計測され、所要時間は秒の単位まで割り出された。出費は惜しまなかった……やれることはすべてやった。そして、いよいよ公判開始の時を迎えた。

開廷を待つ廷内は静かで、ときおりくぐもった咳の音や傍聴人が席に着く物音があがるばかりだった。白いシャツに無地の海老茶のネクタイを締め、地味なグレーのスーツを着たジャマール・ワシントンはわたしの隣りに、陪審員席に近いほうに置かれた木の椅子に坐っていた。最近、歩くときに使う杖はわきの床に置いてあった。薄い褐色のふっくらとした手は膝の上に載せている。彼はなかば閉じたつぶらな目をものうげにゆっくりと動かして、速記者がステノタイプの太いロールをいじるのをながめていた。

予定時刻を十五分過ぎたとき——弁護側、検察側の関係者をはじめ、公判に携わる者は全員、裁判官の怒りを買うのを避けるべく、早めに出廷していた——横手のドアが大きく開いた。高潔だが執念深いジェイムズ・L・トンプソン判事は、足が方向をまちがえたらただちに懲罰を命じてやろうとでもいうように足許に目を据えて、きびきびと裁判官席へ向かった。そして、抱えていた書物や書類をどすんと机に置くと、さっと手を振って、陪審員候補者たちを入廷させるよう廷吏に命じた。

ほどなく法廷後方のドアが開き、二十四人の男女がはいってきた。彼らは集められた羊のようにおどおどと前へ進み、いわば舞台と客席を分ける役を果たしている、木製の仕切り柵のすぐ手前のベンチ二列に坐らされた。

裁判官のご多分に漏れずトンプソン判事もまた、自分にとっての苦役中の苦役といえば、年がら年じゅう検察官や弁護士に悩まされなくてはならないことだと思っている。彼の辞書では両者はばかの同義語なのだ。一方、これも大方の裁判官と同様だが、陪審員に対してははるかに好意的な見方をしている。彼らはこれまで一度も会ったことのない見知らぬ他人であり、奉仕という気高い行為について語り、いかなる場合も公平無私であれ、と説くことができるからだ。また、陪審員たちは判事の一言一句に耳を傾け、どんな命令にも疑いをはさんではならない、とされているからますます都合がいい。

トンプソンは二十四人の陪審員候補者に向かって、久しく会わなかった旧友に対するように挨拶した。そして、好意に満ちた眼差で見つめながら、彼らがこれから負うことになる重大な責務について諄々と説いた。とりわけ目立つこともない生活から突然ひっぱりだされた彼らは、学年の始まりに新しい教師と対面した児童のように、彼が口にする一語一語に真剣に聞き入った。トンプソンはいたわるようにほほえみながら、彼らが評決を求められることになるのは刑事事件だ、と告げた。

トンプソンは笑みを消して、遺憾の念を口許にあらわした。「被告人には第一級殺人の容疑がかけられています」

彼は陪審員候補者たちがニュアンスを把握できるように、一語一語をゆっくりと発しながら被疑事実を読みあげた。読みおわると書類を置き、腕を机に載せて乗り出した。

「被告人は無罪の答弁をしました。それは容疑を否定したということです」

彼はいったん口をつぐむと、目をすぼめて、法壇下方にじっと目をそそいだ。額に刻まれた皺が深くなった。そして、これから重大なことを話すが、決して誇張して言うわけではない、というように、いくぶん緊張気味の声で話しはじめた。

「犯罪の容疑をかけられた者が無罪を主張した場合は、被告人が有罪であることを立証する義務が、合理的な疑いの余地なく立証する義務が検察側に生じます」

彼は陪審員候補者一人一人の顔に目をそそぎながら、二つの列の端から端へと目を動かしていった。

「それはつまり」彼はつづけた。「あなたがたがこの事件にかかわるすべての証拠について説明を聞いたのち、被告人の有罪が――ほぼでもなく、まず確実にでもなく――合理的な疑いの余地なく、立証されたと判断したのでないかぎりは、かならず――かならず、です――被告人を無罪としなければならない、ということなのです」

礼拝が終わったときのように、廷内は一時《いっとき》、しんと静まりかえった。なにが大切で、なにが大切でないか、一点のあいまいさも残すことなく、明らかにされた。その清明な一時に、なにか永遠なるものが人の魂に直接、語りかけたのだ。

トンプソンはまだ彼らに目をそそぎつづけた。彼の責任に委ねられた、また人が罪を犯したかどうかを決する審理の開始にあたって、彼にしか口にすることのできない言葉の重みをいま一度、一同の頭に植えつけておこうというのだ。やがて、その凝視がやわらぎはじめ、体からも力が抜けた。講義はここまで、というように、トンプソンはうなずき、体を起こした。

「では、関係者を紹介しましょう」

トンプソンは検事、弁護人、そして被告人、と紹介すると、関係者の誰かを個人的に知っている者はいるか、と陪審員候補者たちにたずねた。手をあげる者はいなかった。クラレンス・ハリバートンとわたしを知っている者はおらず、ジェレミー・フラートン殺害の罪に問われている若者を知っている者もいないのだ。判事は次に、この事件についてなんらかの考えを持っている者はいるか、ときいた。持っている、と答えた者はいなかった。ほんとうにそのとおりなのか、あやしいものだが。

判事は書記官に、十二人を任意に選ぶよう指示した。名前を呼ばれた男女は、上着やセーターや、毎日の待ち時間の退屈をまぎらすために持ってきた本を手にとって立ちあがり、陪審員席へ向かった。そして、人目を意識したゆっくりとした動きで順々に席を埋め、腰をおろすと、ぎこちなく首をまわして、彼らを注視している顔の海に目を向けた。

最後の名前が呼ばれ、十二人めの陪審員候補者が着席した。あとは検事と弁護人の出番だが、判事はそのまえに、自分の立場を明らかにした。

「これから弁護人と検察官があなたがたに質問をします」と、彼は切り出した。裏庭のフェンスごしに隣人と話すような気安な調子だった。「この手続きは〝ヴォワール・ディール〟と呼ばれています。訳せとは言わないでくださいね」そう言って、ちらっとほほえんだ。「わたしも意味は知らないんです」

陪審員席の数人がうなずいた。微笑を浮かべる者もいた。声には出さないが、全員が笑っていた。

「質問の目的は、あなたがたのなかに、この裁判の陪審を免除すべき理由がある者がいるかどうかを知るためなのです。あなたがたを困らせるためではありません」トンプソンはわたしたちの席に流し目をくれ、わざとらしい笑みを浮かべた。「もし、不適切な質問をおこなった場合は、わたしがそれに対処します」

陪審員たちは顎をあげたり、首をわずかに傾けたりした。椅子に浅く坐りなおす者もいた。全員がなんらかの仕種で、判事が頼りだと承知している――また、彼が検事や弁護士を信用していないのもわかっている――と伝えたのだ。

トンプソンは大きな革椅子に坐りなおした。そして、「ミスター・アントネッリ」と、そっけなく呼ぶと、抱えてきた分厚いフォルダーの中身をあらためはじめた。

わたしは書記官が読みあげた陪審員の名前と番号を書きとった即席のリストに目を落とした。

「うかがいます、ミセス・デレサンドロ」わたしは猪首に太くて短い腕という中年女性に目を向けながら言った。「サンフランシスコに何年ぐらいお住まいですか」

陪審選定のためにおこなう予備尋問《ヴォワール・ディール》は、世の法律家たちが科学の域に引きあげようとしている一技術である。心理学者は、人間の行動を知ることで、どんなタイプの人間がどういう状況でどんな行動をするか予測できるという。陪審コンサルタントという職業はその亜種である。人を説得するための術なら、いわゆる法廷のレトリックからよりも、三十秒のテレビコマーシャルのほうから学ぶことが多いと考える法律家は、そのての専門家に依頼して、陪審に残すべき者と排除すべき者を判定してもらう。彼らは自分の判断力にだけは頼りたくないのだ。しかし、陪審として望ましい人間を自分で見つけられないというのなら、審理の場での彼らの仕事とはなんなのかと問わざるをえない。

「では、サンフランシスコへ越してくるまではどちらに？」と、わたしはたずねた。

もう長い行進が、ときにはうんざりするほど長くなる行進が始まっていた。向かう先は……わたしにもわからない。始まったときにどこへ向かうかわかっていたためしはないのだ。どこに住んでいるのか、どんな仕事をしているのか、どこで育ったか、どこの学校へ行ったか、結婚しているのか、子供はいるのか、といったことをわたしはたずねていく――ディナーの席やパーティで、あるいは機内で隣り合わせになった相手にたずねるようなことを。一つの質問が次の問いに結びついていく――初対面の二人が相手を知ろうとしてかわす会話とおなじだ。

わたしがミセス・デレサンドロに質問をしているのだが、実際は会話をかわしているのだった。彼女の態度に変化があった……会ったばかりの人間と対するときに特有の堅苦しさが消え、大勢の傍聴人が聞き耳を立てていることを忘れてしまったかのように、だいぶリラックスしていた。

わたしは自分の好みの陪審員のタイプは秘密にしており、めったに明かしたことはない。被告に共感を持ってくれそうなタイプにはあまり関心はない。まちがったことは夢にもやろうとは思わない、というタイプのほうにはるかに関心がある。たとえ気に入らない法であっても、法であればぜったいに破らない、と誓うのと同等のことを彼らに求めたいのだ。わたしがほしいのは、被告は有罪だと思えても、法が無罪放免にすべきだというのならそれに従う、という陪審員である。

「これまでに陪審員を務めた経験がありますか？」わたしはほほえみかけながらきいた。

彼女はほほえみ返しながらうなずいた。民事で、それとも刑事で、とわたしはたずねた。彼女にはその区別がつかず、車にはねられて怪我をした人が運転者を訴えたのだ、と答えた。

「民事ですね」と、わたしは言った。「あなたもおぼえていると思いますが、民事訴訟では——ある人が誰かを訴えている場合は——両方が証拠を出します。一方の証拠が、たとえわずかでもすぐれていれば——〝証拠の優越〟という言い方をします——そっちが勝つんです。そうだったんじゃありませんか？」

たしかにそのとおりだった、と彼女は答えた。わたしは相手から一瞬といえど目をそらさなかった。廷内にはわたしたち二人しかいないかのようだった。おたがい相手しか眼中になかった。

「ついいましがた」わたしは親しい人間に話しかけるような調子で言った。「合理的な疑いの余地なく有罪を立証しなければならない、という検察側の責務についてトンプソン判事が説明しましたね。それは、検察側がすべてを証明しなければならない——わたしたち弁護側はなにも証明する必要はない、ということです。あなたが経験した民事の訴訟とはここがちがいます。検察官は被告人の有罪を証明しなければならない……しかし、被告人は自分の無罪を証明しなくていいんです」わたしは両手をひろげ、首を振りながら笑った。「こっちの主張を述べる必要さえないんです。ここに坐って、検察側が主張を展開するのをただ見ていることもできます。証人を呼ぶ必要もなければ、証拠を提出する必要もありません。そうしたことはすべて向こうがやらなければならないんです。わたしはなにもしなくていいんです。さて、あなたにおききしたいのはこういうことです……検察側にこういう責務を——たいそうきびしい責務を——課すのは不公平だと思いますか？　べつの言い方をすれば、検察側が合理的な疑いの余地なく有罪を立証しなければならないのを不公平だと思いますか？」

彼女には一つしか答えようはない……誰であれ答えは一つしかない。それはともかく、重要なのは答えではない——それは質問そのものなのだ、その問いによって、自分がどういう責務を負うことになるのか、彼女も理解しはじめるのだ。

「では、ミセス・デレサンドロ、わたしがいつも陪審員のみなさんにたずねることをおたずねします」

尋問開始以来はじめて、わたしは相手から視線をそらした。陪審員席に坐る一人一人の顔をゆっくりと見ていった。それから、腕をテーブルに置いて、前に乗り出した。

「審理が終わって」わたしは信頼の表情をたたえたミセス・デレサンドロの目を見つめながら口を開いた。「すべての証拠について説明を聞いたのち——そして、陪審員たちでじっくり話し合ったのちに――被告人はたぶん有罪だろうと思えても、検察側がその有罪を合理的な疑いの余地なく立証していないと考えたら、あなたは無罪の評決をしますか？」

それは判事が語ったことであり、わたしが話したことであり、法が求めていることである。彼女のように、アメリカの市民権を得たのがまだそう遠くない昔という、無学な人間はたいてい、法は神聖そのものだと信じている。理屈ぬきにそう思いこんでいる……それに異を唱えるのは不敬なことなのだ。それがわかっている以上、彼女にほかの答えができるはずもなければ、したいと思うはずもなかった。彼女は一も二もなく、なにか疑いが、わずかでも合理的な疑いがあれば、被告人は放免されるべきだ、と答えた。

もうこのころになると、わたしたちは昔なじみの友達のようなものだった。わたしはすっかり自信を持ち、彼女が記入を済ませて提出した質問票に目をやった。

「これによると、お子さんが三人いるんですね。三人ともまだ学校ですか？」

クラレンス・ハリバートンは、もうううんざりだという顔をしていた。あとどれぐらいで異議をはさむだろうか、とわたしも気になっていた。

「異議があるのかね？」と、トンプソンがたずねた。深々と皺が刻まれた顔に怪訝そうな表情を浮かべている。

わたしはミセス・デレサンドロから判事へと目を移し、指示を待った。

「なんに対する異議なんだね、ミスター・ハリバートン？」トンプソンはぶっきらぼうにたずねた。

ハリバートンは立ちあがっていた。両足を開いて立ち、腰に手を当てている。「弁護人の予備尋問の進め方に異議があります」

トンプソンは上体を乗り出した。「もうすこし具体的な異議を出してもらいたいね」

ハリバートンは歯を食いしばって床を見つめた。

「最後の質問に異議があります」彼はややあって言った。わずかに顔をあげ、トンプソンの敵意に満ちた凝視を片目で受けとめている。

判事はいまにも笑いだしそうだった。「子供がまだ学校へ行っているのか、という質問に？」

「そうです」ハリバートンは冷笑を浮かべて答えた。「アントネッリ氏にもそれはわかってるんです」

ない質問です」彼は声を張りあげた。「陪審員としての資格とはなんの関連も

彼は反応を待ったが、トンプソンは黙ってにらむばかりだった。

「ありふれた手口です」ハリバートンはぼやいてみせた。「弁護人はこの陪審員とのあいだに親しい関係を築こうとしているだけなんです。また、ほかの者に対しても、まちがいなくおなじことをするでしょう。そうしておけば、審理にはいってから、彼らが証拠をないがしろにするかもしれないからです。しかも」彼はわたしを横目で見た。「すでに午前中の半分をこの証人の尋問に費やしています。もしこれ以上、彼女と話をつづけるのであれば」と言って、傍聴席へ顔を向けた。「二人は内縁関係と認めてさしつかえないほど長くつきあったことになるかもしれません！」

「わたしとしては残念ですが」わたしはすこし声を張りあげて割りこんだ。「ミセス・デレサンドロは既婚者です」

廷内がどっと沸き、トンプソンは小槌を取りあげた。だが、途中で気を変え、それを打ちつ

けて静粛を命じるかわりに、自然にざわめきが鎮まるのを待った。廷内がふたたび静かになると、彼は眉を持ちあげてわたしを見た。

「そちらからなにか言いたいことは？」

「正直なところ、やましさをおぼえております、裁判長。ミセス・デレサンドロと話せば話すほど、彼女に対する好意がつのるんです」そこで口をつぐみ、すぐさまつけくわえた。「しかし、結婚となると、まだちょっと……」

今度はトンプソンも小槌を使った。

「ただ、わたしは彼女が好きですから」と、彼がなにか言うより先にわたしはつづけた。「はっきり言って陪審員の資格とは直接関係のないことを、いくつかたずねたりしたのかもしれません」そこでいかにもきまりわるげにほほえんでみせ、これからはもうすこし要領よくやるよう心がける、と請けあった。

わたしとトンプソンは見つめあった。彼がわたしの言葉をまったく信じていないことも、それをこっちが気にする必要などまったくないこともわかっていた。

「異議は却下します」彼はそう告げて、昼寝にもどるのを待ちかねていた老人のように、椅子に深く坐りなおした。

ハリバートンはまだ立ったままだった。腕をまっすぐ下におろし、爪が手のひらに食いこみそうなほどきつく手を握りしめている。

「しかし、裁判長！」彼は抗議の声を張りあげた。

法壇上の椅子がカタパルトに変わったかのようだった。トンプソンの姿は高い裁判官席にいったんほとんど隠れたが、次の瞬間、びっくり箱から奇怪な顔の人形が飛び出すように、目をむいたその顔が机の向こうからいきなりあらわれた。

「却下したんだ、ミスター・ハリバートン！　却下だ！　二度とわたしの裁定に異議をはさんだりしないように！」

ハリバートンは頭が震えだすほどにきつく歯を食いしばり、自分の前のつややかなテーブルの表面をにらんだ。

「わかりました、裁判長」彼は薄笑いを浮かべたトンプソンの顔が見える程度に目をあげ、かろうじて聞きとれる声で言った。

トンプソンは首を振りふり体を起こすとわたしに向きなおった。「つづけなさい、ミスター・アントネッリ」

「ありがとうございます、裁判長」わたしはあらたまった態度で答えた。「さて、ミセス・デレサンドロ、あなたのお子さんたちのことですが」

わたしは判事が地方検事に抱く感情と、地方検事が判事に抱く感情につけこむのをためらいはしなかった。わたしは自分の思うように予備尋問を進めることができる。ハリバートンのほうはわたしがなにをしようと打つ手がないのだ。わたしは根気よくつきあってくれるミセス・デレサンドロ相手にさらにいくつか質問をした。陪審員名簿の全員を尋問するにしても、こんなに時間をかけることは許されない場合だってあるのだが。ついに新しい質問を思いつかなくなったので、まえにきいたことを蒸し返した。

ハリバートンもばかではない。わたしは尋問に対する答えにはさして関心はない、そうやって徐々にとりいり、一人の陪審員の信頼をとりつけるのが狙いなのだ、とはっきり見抜いていた。やっとわたしがミセス・デレサンドロの予備尋問を終えると、彼もおなじようにやろうとした。トンプソンが昼食休憩をつげたとき、ハリバートンはまだ彼女に質問をつづけていた。陪審員候補の男女が列をつくって退廷していくと、トンプソンはわれわれ二人を裁判官席のわきへ呼び、もっと進行を速めるよう地方検事に指示した。

「審理にかける日数についてはは言っておいたはずだが。きみのいまのペースでは、最初の証人を呼ぶ時間さえなくなりそうだ。二人ともスピードアップしてもらう必要がある」ほんのわずかであれ、私情をはさんだなどとは思われたくない、というように最後をつけくわえた。

「そのように心がけます」わたしは従順そのものの態度でそう答えた。ハリバートンは歯嚙みをしながらうめいた。

わたしは十二時十五分近くにやっと法廷を出た。昼食の約束はなかったし、あまり腹も減っていなかった。すばらしい日和だった。薄暗い部屋の灯の下で、陰気な法律書を読んで暮らす人生を疑問に思いたくなるような日だ。法廷から出た人間たちが階段を埋めていた。サンドウィッチを食べてる者もいれば、顔を仰向けて、つかのまの日光浴を楽しんでいる者もいる。最上段にあいている場所があったが、あたりに記者たちもいることを思い出した。誰とも話したくなかった、わたしの話を記事にするかもしれない人間とはとくに。どこへというあてもなかったが、その場を離れることにして階段を降りはじめた。

裁判所から一ブロック先で、このまえ車にはねられかけた交差点に出た。今回は信号が青に変わったのをちゃんと確かめ、左右を見たうえで歩道から踏み出した。

「早速、用心を学んだようだね、ミスター・アントネッリ」

またアンドレイ・ボグドノヴィッチがわたしのすぐ横にいた。彼はわたしの腕に手をかけた。気づいたときには、彼に導かれるまま、歩調を合わせて道路を渡っていた。彼は右へ左へと目を走らせた。

「どうしても会って話したいんです」

彼はまだあたりを見まわしていた。予期していた顔があらわれるのではないかと恐れるように、歩道の人ごみをうかがっている。どうしたんだ、とたずねようとしたが、彼はわたしの肩をつかみ、思いつめたような異様な目で見つめた。

「あなたが知っておかなくてはならないことがあるんです。あなたは危険に巻きこまれるかもしれない――きわめて重大な危険に。なにはともあれ、あなたと話がしたい。お願いです」彼は訴えるように言った。「きわめて重要な話です。今日の夕方、わたしの店に来てくれませんか――六時ごろ？」

なにを探しているのかわからないが、彼はふたたびあたりに目を走らせながら上着のポケットに手を入れ、取り出した名刺をわたしの手に押しこんだ。そして、最後にもう一度わたしを見つめると、「じゃあ、六時ごろ」と告げて返事も待たずに歩きだし、角をまわって姿を消した。

恐怖は伝染するものだという説をいまや疑えなくなった。ボグドノヴィッチはいなくなったが、彼がひどくおびえながら目で探していた何者かが、ごく短いあいだとはいえわれわれ二人がいっしょにいるところを見ていたかもしれない。わたしは昼休みの人出でごったがえす歩道を見まわし、それらしい顔を探した。もっとも、その何者かを見かけたはずもないし、見かけていたところで気づいたはずもないのだが。

わたしは歩きだした。歩きつづけながらボグドノヴィッチの表情を思い浮かべ、なにを恐れているのだろう、また、わたしとなんの関係があるのだろう、と考えた。サンフランシスコに知った人間はほとんどいない。ここでなにかをしたこともない。まるで濡れ衣を着せられたようなものだ……自分がやっていないことはわかっている——というか、わかっているつもりだ。

かなりの距離を早足で歩くうち、あれは過剰反応だった、とやっと納得できるようになった。ボグドノヴィッチのことはよく知らないが、彼のやることもすこし大袈裟なのだ。アルバート・クレイヴンの家であったディナーパーティを思い出した。あのときも、彼はみんなを驚かすようなことを、いや、動転させるようなことを言っていた。さらに、彼が裁判所からわたしをつけてきて、雑踏のなかでつかまえ、会って話したいと伝えたのははじめてではないことも思い出した。ディナーのときも、彼がやたらと他人の意見に疑問を投げかけ、ときには相手が本気で信じていることを否定するのを見て、なにか隠しているのではないかと思ったものだった。ソ連の国民としてだけでなく、その政府機関の一員として長い歳月を送ってきた結果、彼がたいそう秘密主義的な、疑い深い人間になったというのはしごくもっともなことかもしれない。

わたしは歩調をゆるめた。緊張が解けはじめ、もう店のウィンドウを覗いても、ガラスにいきなり何者かの顔が映るのではないかと不安を感じることはなかった。腕時計を見ると、もうそろそろ法廷へ引き返す時刻だった。

わたしはゆったりと自分の席に坐った。ジャマールと二言三言かわすうち、陪審員たちがもどってきた。ふたたび予備尋問に立ったとき、アンドレイ・ボグドノヴィッチの奇妙なふるまいをやたら大袈裟に受けとめたことを思い出し、つい笑いだしそうになった。気を引き締めて、次の陪審員の信頼をかちとる仕事にとりかかった。

両陣営とも午前中よりはスピードアップを図ったが、大幅にとはいかなかった。なんとか二人めまでこぎつけたが、トンプソン判事は満足せず、ますます苛立ちをつのらせた。彼は英語を理解しないらしい二人の法律家に重ねて警告するのは時間の無駄と考えたらしく、べつの手を打った。閉廷時刻を迎えると、陪審員たちに向かって、この事件に関してはいっさい話をしないように、と親しみをこめた口調で諭したのち、二日めはたいてい進行が速くなるものであり、陪審選定は今週中に終わるはずだ、と約束したのだ。彼はハリバートンとわたしには目もくれず、持ちこんだ書類を抱えて法壇を去っていった。

五時をすこしまわっていた。わたしはジャマールにさよならを言って、所持品をまとめた。外に出て階段に立ったところで思い出した。アンドレイ・ボグドノヴィッチが言う重大なこととはなんだろうか、と思いながら、ポケットから名刺を取り出して住所をあらためた。

12

名刺にある住所はサッター・ストリートで、ユニオン・スクエアにあるセント・フランシス・ホテルからそう遠くなかった。部屋へもどってブリーフケースを置き、ふたたび表へ出た。四ブロック歩くと、窓に薄れかかった金色の文字で〈輸出入業〉とある、間口の狭い店が見つかった。ドアには閉店の札が掛かっていて、なかに灯も見えなかった。早すぎたのだろうか、遅すぎたのだろうか、と思い、腕時計を確かめた。ちょうど六時、彼が言ったとおりの時刻だ。腹が立ったが、多少ほっとした気分でもあった。ボグドノヴィッチがなにを話したいのか知らないが、結局それほど緊急のことでもなかったのだ。

わたしはまわれ右をして歩きだした。さっさとホテルへもどって、マリッサ・ケインと約束した食事に出かける用意をしたかった。二歩も踏み出さないうちに背後でドアが開き、アンドレイ・ボグドノヴィッチの特徴的な声がそっとわたしの名を呼んだ。彼は暗がりに半分隠れて立ち、急いではいれと手招きした。わたしがそれに従うと、彼はすぐさまドアを閉め、先に立って店の奥へ進んだ。

店のなかには、運びこまれたきり動かされたことのない品々の黴くさいにおいがこもっていた。ガラスのケースのなかには、銅や真鍮製の安っぽい装身具が雑然と並べられている。埃をかぶった大きな壺がいくつもあった。東洋産の絨毯は麻縄でくくって立てて置いてある。ぱっとしない油絵が数点、壁の高いところに掛けられており、金箔張りの木の額の隅に値を記した小さな白い紙がぶらさげてある。どこを見ても、売れないまま残った品が放置されているとしか思えない。なかには、中国やその彼方の土地から高いマストに帆を張った船でサンフランシスコへ運ばれてきて以来、そのままここに置かれているのではないかと思えるような物もある。

いちばん奥まで進み、倉庫——なぜそんなものが必要なのかは謎だが——と思われるドアのわきにある真っ暗なアルコーヴにはいると、ボグドノヴィッチは小さな木の机の上に置かれた金属製のスタンドのスイッチをひねった。机上には注文用紙と送り状と思われる書類がきちんとそろえて置いてあった。この狭い一画が彼のオフィスらしい。彼は机のそばの椅子を顎で示し、わたしがそれに坐ると、向き合うもう一脚に腰をおろした。そして、抽出のなかからロシアのウォッカのボトルと小さなグラス二つを取り出し、一杯どうかと勧めもせずに二つのグラスを満たした。彼はグラスを取りあげるとわたしに向かってうなずき、一息にあおった。わたしは一口飲んで、グラスを机の隅に置いた。

「凍らせておけばよかった」と、彼はすまなそうに言った。

なぜやってきたのか、自分でもよくわからなかった。もう来たのを後悔しはじめていた。すぐに本題にはいることにした。

「わたしに会いたいと言ったね。わたしの身になんらかの危険が及ぶかもしれないとも」

スタンドの灯が机の中央を円く照らしている。スタンドの上方は黒々とした闇で、ボグドノヴィッチの顔もそのなかに呑みこまれていた。目が徐々に暗さに慣れてくると、あらためて彼の顔の造作の異様さを、相手を引きつけるようにも突き放すようにも見える、分厚いまぶたの向こうの一風変わった目を意識せずにはいられなかった。友情あふれる行為と慈悲のかけらもない残忍な行為の両方をやってのけられる男ではないか、という気がした。

「われわれ二人の身が危険なんですよ、ミスター・アントネッリ。アルバート・クレイヴンの家であったディナーパーティの夜以来、つまり、ジェレミー・フラートンの事件はゆきずりの殺人ではないのかもしれない、とわたしがあなたにほのめかしたあの夜以後、何者かがわたしを尾行しているんです。電話もまずまちがいなく盗聴されているはずです」

わたしは大きく息を吸いこみ、ゆっくりと吐き出した。はじめて、いくぶん気がらくになるのをおぼえた。すっかりわかったのだ……彼が裁判所からわたしを——一度ならず二度も——つけてきたのはなぜか、そしてわたしをつかまえると、いかにも切迫したようすで、どうしても話がしたいと秘密めかして訴え、すぐさま人ごみにまぎれて姿を消したのはなぜかが。その威圧的な風貌とは裏腹に、アンドレイ・ボグドノヴィッチは自分がつくりあげた悪魔にとりつかれ、変えようのない過去から、もはや誰も関心はなく、おぼえてさえいない過去から逃げている老人なのだ。彼を見つめているうち、ますます確信を深めた……彼は自分の身に起きることと他人の身に起きることを区別する能力を失った老人だ。わたしの身が危険だと言っているが、みんなが追っているのは彼なのだ。

ボグドノヴィッチは大きな頭をぐいと突き出した。そして、声をあげて笑いだした。低くて太い哄笑が、ハンマーを叩きつけるように闇の向こうの壁に反響した。

「いや、ミスター・アントネッリ、わたしは孤独な老人の誇大妄想になどとりつかれていませんよ！」

わたしは彼の剣幕にひるみ、「そうじゃないんだ」と、抗弁した。「そんなことを言うつもりはまったくない」

「言うつもりはないでしょうな」と、彼は言った。怒りの色はみじんもなかった。「内心そう思っているんです。それは当然でしょう。正常そのものの反応です」彼はあいまいな笑みをちらっと浮かべると、独り言のようにつけくわえた。「正直なところ、わたしは正常な人間の視点からものを見るという贅沢は自分にめったに許しませんがね」

その台詞が自分でも気に入ったらしく、笑みがしばらく口許に残った。やがて、まばたきをし、きっぱりとうなずいた。

「そうですよ、ミスター・アントネッリ、わたしが監視されていることは確かです。また、それがあなたの身の危険を意味することも疑っていません」

彼はウォッカをグラスにつぎなおし、わたしも飲むよう勧めた。彼は今度は一気にあおらず、わたしよりもすくないくらいの量を口にふくんだ。

「いいですか、ミスター・アントネッリ」彼はグラスを見つめて言った。「ジェレミー・フラートンがなぜ殺されたか、わたしは知ってるつもりなんです」

わたしは思った、わざわざ呼び出され、この暗くて陰鬱な店の奥に坐って、また歴史と偶然のちがいについて高説を聞かされるのだろうか、と。

「合衆国上院議員殺害がゆきずりの犯行などということはありそうにない、とあなたが言ったのはおぼえていますよ」

「わたしは一般論を言っているんじゃないんです、ミスター・アントネッリ」彼はグラスから目をあげた。「きわめて特殊なことについて話しているんです。いいですか、ミスター・アントネッリ、わたしはジェレミー・フラートンを知っていたんです……ある意味では、誰よりもよく彼を知っていたと思っています」

どういうわけでフラートンを知ったのだろう、と不思議に思った……また、そんなによく知っていたというのもなぜだろう?

「彼が下院議員に初当選したときから知っているんです。少年っぽさが彼の売り物だったが、わたしはよく知っている、その仮面の下のジェレミー・フラートンは、良心のかけらも持たない冷酷非情を絵に描いたような男でした」

彼は口をちょっと歪め、皮肉げな笑いを浮かべた。かつてはボグドノヴィッチ自身も、いまジェレミー・フラートンを入れてみせた、芳しからぬ人間の部類に属していたのではないだろうか、と思った。

「ふつう考えるほど簡単なことじゃないんですがね、ミスター・アントネッリ——自分を信用している人間を裏切ることは。われわれのような人間はたいていそういうことをしますよ、それはわたしも見てきました。ただ、たとえやるにせよ、仕方がなくてやるんです。そしてそのあと、やったことを正当化するんです、ほかに方法はなかった、生き残るためにやったことだ、誰かを護るためにやったことだ、おなじことが言える行為はほかにいくらでもある、と自分に言い聞かせて。ジェレミー・フラートンはそんな気苦労とはまったく無縁だった。躊躇なく人を裏切ることができた。驚嘆すべき才能を持ちあわせていた、人を切り捨てることにかけては、まるでそんな人間は存在しなかったかのように忘れてしまうことにかけては——相手がいったん用済みとなってしまえばね」

彼がなんの話をしているのか、わたしにも徐々にわかりはじめた。ただ、それがなにを意味するのか、どう発展するのかは不明だった。

「わが国の上院議員だったジェレミー・フラートンがKGBにとりこまれていた、と言いたいのかね？」

「いや、ミスター・アントネッリ、そんなことは言ってませんよ。われわれはジェレミー・フラートンをとりこんだりはしていません……彼のほうから近づいてきたんです。下院議員に初当選して一年もたたないうちに。当時の彼はカリフォルニア出身の若手下院議員で、なんの特権も持たず、重要な委員会に所属するわけでもなかった――選挙区以外ではまったく無名の陣笠代議士の一人でした。しかし、彼には陣笠代議士以上のものに、はるかに上のものになってみせる、という野心があった。彼が特異だったのは、野心があっただけではなく――野心家ならワシントンにいっぱいいますからね――せっかちだった点です。彼はすべてをなにかの手段と考えるタイプでした。わたしは毫《ごう》も疑いませんね、彼は下院議員に当選が確定するまえから、上院議員をめざすにはどうしたらいいか、と早くも考えていたはずですよ。

彼がわれわれのところへ来たんです、ミスター・アントネッリ……われわれがとりこんだのではなく。最初にこう言いました、将来の両国の関係改善に向けて、私的な話し合いをこれから持ちたい、と。度胆を抜かれましたよ……新米の下院議員が、アメリカの国務長官が裏取り引きを持ちかけるようなことを言うんですから。わたしはそもそもそれで興味をおぼえたのかもしれません、その臆面のなさに。彼はまた、驚くほど物知りでした……アメリカとソ連の関係の現状だけでなく、ロシアの歴史、ロシア革命、ソ連経済の仕組み、といったことについてよく知っていたんです。昔から関心があったというふりをしていました。そうだったのかもしれませんが、その後、知ったところによると、彼はいわゆるのみこみが早いタイプだったようです。冷酷非情な人間でしたが、並はずれた頭脳の持主でもありました。

話し合いを持ちました――なんと十回余も！――広範囲にわたって、思いついたことを次々と話題に取りあげて。ただ、彼の立場を危うくするようなことにはいっさい踏みこむのを避けました。やがて、何箇月かすると、下院議員では政策になんの影響力も持てない、と欲求不満を訴えはじめ、上院議員になれば、両国がもっと理解を深めるよう動くことができる、と言うようになりました」

ボグドノヴィッチはいかにも狡猾そうな目でわたしを見た。「われわれも子供じゃないんですよ、ミスター・アントネッリ。彼がカリフォルニアで有権者に向かってしきりに上院選出馬の可能性を口にしているのは知っていました。彼にとっての唯一の障害が金であることもわかっていました」

ボグドノヴィッチはそこで間を置き、ウォツカを飲んだ。そしてグラスを置くと、口許をゆっくりとぬぐった。

「思うに、われわれは求愛の儀式というやつをやっていたんでしょう。おたがいおなじものをほしがっているのはわかっている。そのまわりをいっしょに踊りながら、しかるべき道へと導いていったんです。われわれは彼に金を渡しました……大金を――何年かにわたって数百万ドルを。われわれが彼の選挙資金を提供したんです、いや、彼が自分の信用で資金を集められるようになるまで、われわれが面倒を見てやった、というほうがいいでしょう。われわれの金がいつもどれぐらい選挙資金にまわっていたのかはわからない。彼がどれぐらい自分で使ってしまったのかも。それはどうでもいいんです。彼がはじめてわれわれの金を受け取ったときから、これでダンスは終わり、両者は永遠に結ばれた、と双方とも理解したんです。フラートンは悪魔と契約をかわしたと。いや、ひょっとすると、悪魔と契約をかわしたのはわれわれのほうだったのかもしれませんがね」彼はそうつけくわえて、遠くを見るような目をした。

「歴史の本を読むことはありますか、ミスター・アントネッリ?」ややあって彼はそうたずねた。

「多少は」

「トゥキュディデスは?」

「うん、だいぶ昔に」

「アルキビアデスはしばしばアテネの敵を利することをしたが、それはもっぱら、最終的にアテネの支配者となるためにしたことだった、と書かれていたのをおぼえていますか? ジェレミー・フラートンがまさにそうだった。彼はわれわれと取り引きをしたが、いずれは自分を傷つけることなくわれわれに歯向かうすべを見つけだすにちがいない、とわたしにはわかっていたのではないかと思います」

「彼のほうの取り引きの材料とは?」わたしはウォッカを飲むボグドノヴィッチにたずねた。「あなたたちは彼に金を渡した——彼は見返りになにを渡したんです?」

「彼以外には渡せないものを……アメリカ政府内部の実際の仕組みについて教えてくれたんです。われわれとしては相手にまわしている人間のことをできるかぎり知っておきたかった……彼らの強みと弱みを、誰が仲間で誰が敵かを。フラートンはそういうことを教えてくれた。ときには、われわれは自分の国の政府内で起きていることより、あなたがたの国の政府内で起きていることのほうに通じているんじゃないか、と思うこともありましたよ。フラートンは一流の観察眼の持主でした」

「で、彼は引き替えに金を手に入れたわけだ」

「いや、金だけじゃありませんよ、ミスター・アントネッリ――それが彼のいちばんほしがっていたものであることは確かですが。こっちのことも多少教えてやりました。上院議員に当選したジェレミー・フラートンが、たちまちのうちに外交委員会一の情報通として認められるようになったのは偶然じゃないんです」

ボグドノヴィッチがこういう話をでっちあげる理由は一つも思いつかない……だが、いままでの話とフラートンの死をはっきり結びつけるものもわたしには見えてこない。

「わたしにはまだよく――」

「もう明らかでしょう？　ソヴィエト連邦が崩壊して以来、クレムリン内部で実際なにが起きていたのか知ろうと、いろんな人間が公文書館のなかを漁っています。フラートンの名前や、彼に渡った金について言及した報告書かメモかファイルが誰かの目にとまるのは時間の問題だったんです。こういうことです、何者かがそれを見つけた、だから彼は殺されたんです」

「しかし、なぜ殺されたんだろう？――彼が向こう側のためになにかやっていたのなら――また、誰が？」

ボグドノヴィッチは蔑むように口を歪めた。「フラートンは〝向こう側〟のためになにかしていたわけじゃありませんよ、ミスター・アントネッリ」と、声を強めて言った。「彼はいつも自分のためにやっていたんです――自分一人のために」

奇妙な言い種のように思えた。彼はいま、フラートンは測り知れないほど価値のあるものをソヴィエト側に渡した、と言ったばかりだ……それなのに、フラートンにそれをやらせた動機には侮蔑しかおぼえないらしい。諜報のプロとしての目だけで判断しているのではないのだ。彼らのあいだになにがあったのかはわからないが、ボグドノヴィッチはなにかわけあって、きわめて個人的な視点から事態を見るようになったらしい。

「彼はソ連から金を受け取っていた」わたしは蒸し返した。「彼はスパイだったわけだ。ただ、だからと言って、彼を殺そうと考える者がいるだろうか？　その事実を知ったのなら、政府に通報してもいいし、それを材料に彼を脅してもいい——しかし、なぜ殺すんだろう？」

ボグドノヴィッチはわたしを世間知らずと思ったらしい。「ただの上院議員ではなく、大統領にもなろうかという人物が、何年もソヴィエトのために働いていたとわかったら、この国ではどんな反応が起こると思います？　大統領はフラートンを嫌っていた。再選をめざす際、民主党の予備選で彼を負かす可能性のあるのはフラートンだけだと、大統領にはわかっていた。かりに予備選でフラートンを負かしても、精力を使いはたし、本選では敗れてしまうかもしれない」

ボグドノヴィッチはわたしが言おうとしていることを明確にしてみせた。わたしは言った。

「だとすると、大統領側はフラートンの秘密を知ったら、それを使って相手を破滅に追いこもうと考えただろう。彼を殺して殉教者をつくりだすのがいちばんまずい、と」

ボグドノヴィッチはグラスを差しあげ、傷でも探すようにくるりくるりとまわした。

「一九五〇年にこの国であったことをおぼえていますか？　マッカーシー上院議員が根拠のない告発をくり返すにつれて生じた恐怖と疑惑の大波を？　いまもききましたね……フラートン

が生きていて、これがすっかり明るみに出たらどうなったと思います？　ソ連のために働いていた大物政治家はフラートン一人だと世間は信じるでしょうか？　大統領の属する党の主要メンバーが売国奴だったと知ったら、彼の政敵はどういう挙に出たと思います？　スパイ容疑で逮捕されたアルジャー・ヒスの事件が、数十年にわたってこの国の政治に悪影響を及ぼしたんです――しかし、ジェレミー・フラートンとアルジャー・ヒスではくらべものにならないでしょう？　ちがいますね、ミスター・アントネッリ、彼らはそれを使ってフラートンの転落を画策したりはしなかったでしょう――彼を追放したはずです、永遠に。その方法は一つしかありません。それならあとくされがない、ちがいますか？　大統領はもうその座を脅かされることはない、そのうえ、倒れた英雄に対する世間の悲しみと同情をそっくり自分に集めることになる」

彼はグラスをさらに持ちあげ、ひねるようにまわした。「あと気にしなければならない人間は二人だけです」と言ってグラスを置き、わたしを見てほほえんだ。「彼らがジェレミー・フラートンのことを知れば、わたしのことも知るはずです……で、わたしのことを知れば、あなたをほうってはおけなくなるでしょうね」

「わたしを？　彼らがなぜわたしのことを気にするんです？」

ボグドノヴィッチはまるで同情するような目をわたしに向けた。「あなたはフラートン殺害事件の弁護人であり、犯人は依頼人ではないことを本気で証明しようとする唯一の人間だから――さらには、向こうはあなたがわたしと面識があることを知っているから。彼らとしてはあなたがなにかを知っていると考えざるをえない、それがなんであれ、ほうっておくわけにはいかないんです。あなたには誰よりもよくわかっているはずですがね、ミスター・アントネッリ。人を殺すときの鉄則は、目撃者を一人も生かしておかないことじゃないですか？　わたしが道で最初に声をかけたとき、歩道から踏み出したとたん車にはねられそうになったでしょう。あれはただの偶然だったと思いますか？」

たしかに筋は通っている、たいそううがっている。もうたくさんだった、こんなのは妄想以外のなにものでもない。フラートンのことに関しては信用していいかもしれないが――彼に渡っていた金についてはそれで説明がつく――大統領までが殺人に関与していたとする陰謀の存在を信じろというのだ。長いあいだ秘密主義と策謀の世界で、腐敗と暴力の世界で生きてきた報いだ……アンドレイ・ボグドノヴィッチは自分の影におびえる、誇大妄想にとりつかれた老人なのだ。

わたしは腕時計を見た。だいぶ時間がたっていることに驚いたが、それを隠して、話を聞かせてもらったことに礼をいい、さっさと腰をあげた。ドアの前まで行くと、ボグドノヴィッチはわたしの肩に手を置いた。

「わたしの話を信じていないのはわかりますよ。それもむりもないと思います。しかし、ジェレミー・フラートンについての話はすべて実証してみせられます。いずれにしても」彼はそろそろとドアをあけた。「くれぐれも気をつけてくださいよ」

わたしは歩道に立つと、大きく息を吸いこんだ。埃やよどんだ空気を鼻孔から追い出したかった。そのブロックのはずれでは、人々が歩道の端に立って信号が変わるのを待っていた。これまでに二度あったように、ボグドノヴィッチが追ってきて腕をつかむのではないか、と思った。わたしは立ちどまってふり返ってみた。

じつに不思議な光景が目に飛びこんできた。すべてが静止したように見えた。歩道を行く人々が、厚紙を切り抜いて人の形をつくり、空間を埋めるためにそこに置かれているように見えた。車は道路の真ん中に駐車しているかのようだった。なに一つ動かない……すべてがその瞬間にぴたっと動きをとめた……そして次の瞬間、まばたきすらしないうちに、鼓膜をつんざきそうなすさまじい音があがり、目もくらむオレンジ色の閃光が通りを走り、空に向かって吹きあげた。わたしは全身が痺れたようになって、いまアンドレイ・ボグドノヴィッチと別れてきたばかりの店が割れたガラスと裂けてよじれた鉄だけとなり、その向こうから炎が一気に吹き出るのを呆然と見つめた。

わたしは麻痺したようになってその場に突っ立ち、通りがかりの男女が茫然自失状態で血を流しながらうろうろと歩きまわるのを、なすすべもなく見まもるばかりだった。ふりしぼるような悲痛なサイレンの音がしだいに大きくなる。真っ赤な消防車が角の向こうからあらわれた。二人の消防士がうしろの手摺につかまっている。逆方向から警察の車がやってきた。野次馬が集まりはじめ、口々に、なにがあったんだと問いかわしているのが聞こえた。

ボグドノヴィッチは死んだ――あの爆発では助かるはずがない。あのとき店をあとにしていなかったら――あと一分でも残っていたら――わたしもバラバラになって吹き飛ばされていただろう。ボグドノヴィッチは警告しようとしていたのに、わたしは彼の言うことをまったく信用しなかった。フラートンを殺した連中が彼を殺そうとするだろう、と言っていたのだ――いや、狙われているのは彼だけではないと。

動悸が速くなった。まわりにひしめく野次馬の顔へ目をやり、わたしをつけ狙っているようなやつはいないだろうかと探してみた。その場を離れ、なるたけ人目につかないように、ビルに沿って歩きはじめた。ホテルへもどろうかと思ったが、それではボグドノヴィッチの店へはいるところを見ていた何者かに投宿先を知られてしまう。クレイヴンの事務所へ行くことも考えたが、もう七時近くになるから誰も残っていないかもしれない。めざす場所は、安全そうな場所は、一つしか思いつかない。

頭を下げ、ポケットに両手を入れて、ともすれば駆けだしそうになるのをこらえて、早足で歩いた。パウエル・ストリートにはいると、セント・フランシスの前をそのまま通り過ぎて、マーケット・ストリートの高速湾岸鉄道《バート》の駅まで歩きつづけた。切符を買うとエスカレーターでホームへ降り、ボビーの家があるオリンダまで行く電車のやってくるのを待った。これまでは気にもとめなかったことが、いまや不吉な意味合いをおびて見えるようになった……見知らぬ人間とちらっと目が合ったり、電車がはいってきてドアが開き、疲れた通勤客の列が前へ動く拍子に隣りの男と体が触れるたび、どきっとした。

やっと目当ての電車がはいってきた。わたしはすぐさま乗りこんだが、あとをつけてきた何者かが見まもっているにちがいないと考え、ドアが閉まりだすのをじっと待ち、閉まりきる直前に飛び降りた。十分後に次のがはいってくると、混みあう車内に体を押しこみ、疲れた通勤者たちの汗ばんだ手のあいだに腕を伸ばし、手摺につかまった。電車は駅を離れ、市街と湾の下に延びるトンネルの闇のなかにはいった。まわりといっしょになって揺られながら、この見知らぬ人間たちのなかにわたしに危害をくわえようとたくらむ者がいるのだろうかと、伸ばした腕とうなだれた頭で埋まったまわりをうかがってみた。そのうち、スピードをあげて走る電車の車輪のゴトン、ゴトンという大きな音が、自分の心臓の鼓動のように思えてきて、それがとまったら、静寂だけでなく死も訪れるのではないかという妄想にさえ駆られた。

湾の向こう側に達すると、電車は夕日がまばゆく輝くなかに飛び出した。速度が落ち、わたしの鼓動もそれにつれてゆるやかになった。確かなことをことごとく歪めて疑わせ、疑いにすぎないものをすべて確かな事実と見せかけた恐怖は自然に消えてゆき、ふくれてゆく安堵の思いがそれにとってかわった。無事だった……なにもおびえることはなかったのだ。次の駅で降り、地下をくぐって反対側のプラットホームへまわり、サンフランシスコへ引き返す電車を待った。やってきた電車はほとんどからだった。わたしは窓ぎわの席に坐った。通路側の席に乗客が残していった夕刊の第一面があった。折り目のすぐ下あたりにあるジェレミー・フラートンの写真が目にとまった。記事の冒頭には、殺された上院議員の〝トップ・アシスタント〟だった民主党の州知事候補、アリエラ・ゴールドマンが現職のオーガスタス・マーシャルとの差を徐々に縮めつつある、とあった。両者はいま数字の上ではデッドヒートをくりひろげていた。

電車は湾の下を抜けるトンネルにはいった。そのとき、何者かがローレンス・ゴールドマンの娘を現知事の対抗馬に据えようと考えたのはいつのことだろうか、と思った。フラートンの未亡人は、それは夫の死が公表されたときだと断言していた。いろんなことがあったいまでは、それ以前に始まったことではないかという気がする。

わたしは座席の隅にもたれて腕を組み、闇のなかを突き進む電車の窓に映る自分の姿を見つめた。まともとは思えないことばかりだ。意味などいっさいないものに意味を見出そうとしているからだ、と思いたくなってきた。もう昔のことだが、名前は知らず、いまでは顔もおぼえていない連中と何日も飲みつづけ、夜明けまえの灰色に静まりかえった人気のない通りを歩いていたときにおぼえた気分に似ている。夜更けの熱狂と壮大な計画は死して灰となり、残ったのは、ぼんやりとした恥ずかしさと、いったん落ちこんだら二度とあがってこられないとわかっている、底なしの孤独感だけだった。

13

わたしはセント・フランシス・ホテルの階段を駆けあがった。彼女はロビーで待っていた。

「申しわけない」彼女が立ちあがって近寄ってくるのを見てわたしは謝った。

カンカンになって当然なのに、彼女の目に怒りの色はまったくなかった。わたしの身になにかあったのかとひどく心配しているようだった。

「しばらくレストランで待っていたんだけど、あなたが来ないものだから、なにかあったんじゃないかと胸騒ぎがしてきたの」彼女はわたしのそばまで来ると、案じるようにわたしの目を覗きながら言った。「なぜかはわからないんだけど、夕方、アンドレイ・ボグドノヴィッチが事故にあったと聞いて――」

「聞いた……？　ニュースで？　くわしいことがわかったのか？　ほんとうに事故だった

と？」

彼女はそれには答えず、わたしの手をとると、「あなた、大丈夫？」と張りつめた声できいた。「具合が悪そうよ。どうしたの？　なにがあったの？」

わたしは手を引き抜き、彼女の腕をつかんだ。そして、「あとで話す」と言って、いまはいってきたばかりの玄関から彼女をつれだした。「さあ、話してくれ。ガスかなにかの爆発事故だったのか？」

マリッサは首を横に振った。「いいえ、爆弾の一種だろうと言ってるわ。何者かが仕掛けたんだと」

「で、ボグドノヴィッチは？」わかってはいるが念のためきいてみた。

彼女はすぐには答えを口にできなかった。「死体が見つかったわ」と、ちょっと間を置いて答えた。「というか、その一部が」

数ブロック歩いて、何度か食事をしたことがあるレストランへはいった。ナパ渓谷へのドライヴは四ヵ月近くまえのことになるが、あの日以来、わたしたちは中年の男女らしいつきあいを重ねていい友人になった。それ以上ではない、ただの友達だ。わたしには新たなロマンスを求める気持ちはないし、わたしの見るかぎり、彼女のほうもそうらしい。彼女といっしょにいると楽しいし、彼女もわたしといっしょにいるのが好きらしいのがうれしい。世間一般が重要視するものがマリッサにはばかげたものに見える……そして、逆説的に、ひどく深刻と見えるもののなかに、明るく受けとめるべきものがあると考えている。

席に坐ると、わたしはすぐさまスコッチのソーダ割りを頼み、一息に飲みはじめた。

「なにがあったの？」マリッサはますます不安をつのらせ、またたずねた。

「あれがあったとき、あそこにいたんだ。彼といっしょに、話をしていた」

彼女は手をわたしの腕に置いて押さえつけ、グラスをテーブルに置かせた。

「誰といっしょに？　誰と話をしていたの？」

「彼とだよ……あれがあったときに」なぜわからないのか不思議だった。

「落ち着いて、ジョーゼフ。ちゃんと話して。どこにいたの？」と、彼女はおだやかな声で言った。

相手にはまるで通じないことを言っているのだろう、とわたしも気づいた。自分が見たもの、思ったことを彼女にわずかなりと伝えるには、いったいどう話したらいいだろうか、と思った。

「今日の午後、昼食休憩で裁判所を出たら、アンドレイ・ボグドノヴィッチがあらわれたんだ。どうしても会って話したいという……わたしの身が危険だというんだ。わたしは本気にしなかった――すくなくともその場では、あとですこし考えてみるまでは。だけど彼はどうしても会いたい、夕方、六時に家に来てくれと言った」

マリッサは目を丸くした。「彼のところへ行ったの？　いっしょだったの――アンドレイ・ボグドノヴィッチと？」

「うん。あそこにいたんだ――彼といっしょに。そこを出て――ちょうど交差点まで行ったとき――あれが起きた。ひどかった。現実の出来事とは信じられなかった、彼の話を聞いた直後だっただけになおさら。これが一部始終だ。だから、どうしても逃げ出さなくちゃならないと思ったんだ」

マリッサはいぶかしげな目で首をかしげた。「逃げ出す？」

そこでわたしの考えはそれ、市内へもどる電車のなかで頭に浮かんだことを思い出した。

「きみはジェレミー・フラートンのことを実際にどの程度知っていたんだ？」

彼女はわたしの強い語調に驚き、すぐには言葉が出てこなかった。どう答えたらいいのかと、しばらく考えていた。

「まえに話したとおりだけど」と、ためらいながら口を開いた。「知ってはいたけど、それほどよく知らないわ。彼がはじめて下院議員選挙に出たときに知ったの。ボランティアで選挙を手伝ったわ。ローレンス・ゴールドマンの家であったパーティのときみたいに、なにかの催しで顔を合わせれば向こうが思い出してくれる程度には親しかったわね。でも、あなたが知りたいのはそんなことじゃないでしょ？」

「きみが知ったころ――彼が下院選にはじめて出たころ――彼には金があったかい？」

マリッサは眉根を寄せ、口をぎゅっと結んで考えこんだ。

「いいえ」と、ややあって答えた。「なんとか選挙を闘うくらいの資金はあったけど、金があると言えるような状態ではなかった。彼が乗っているのは四ドアの古い車で……バックシートがいつも選挙用の書類で埋まっていたのをおぼえているわ。家は持っていたけど小さかった――とくにどうという家ではなかったわ。なぜ？　なぜこれが重要なの？」

ウェイターが注文をききに来た。わたしはスコッチのおかわりを頼んだ。マリッサが心配そうな顔をした。

「二杯しか飲まないことにしている」と、わたしは安心させた。「まだそう長いことではないけど」

それだけでは真相を語ったことにならないとマリッサは見抜いていた。彼女は謎めいたところのある目を見ひらき、口をわずかにあけて、わたしが省略したことを言うのを待った。

「一年まえからだ」わたしは白状した。「それまでは大酒を飲んでいた」

ウェイターが料理と二杯めのスコッチを持ってきた。わたしはグラスに口をつけたが、にわかに飲む気をなくした。グラスをテーブルに置きながら、レナード・レヴァインが飲みすぎるのをボビーがたしなめたことを思い出した……下院議員はそれまでもジェレミー・フラートンのせいだと言いたげだったが。

これまで数時間のあいだ、わたしの頭はめまぐるしく回転していたが、マリッサが発する強い力のおかげで徐々に冷静を取りもどしつつあった。

「その後フラートンがあれだけの金を手に入れたのはどういう事情によると思う？」わたしはフォークにとったスパゲッティを口へ持っていきながらたずねた。

わたしはスパゲッティを三口食べ、一休みして彼女が答えるのを待った。彼女はテーブルの向こうから手を伸ばし、わたしの口許についたトマトソースを丁寧にぬぐってくれた。

「フラートンがどうやってお金を手に入れたかは知らないわ。ただの推測だけど、彼のような地位に、つまり合衆国上院議員になれば、支援者ができて、投資のうまい道を見つけてくれたりするんじゃないかしら」

「ボグドノヴィッチは、フラートンはソ連から金を受け取っていたと言っていた、何百万という金を渡したと」わたしは一息にしゃべった。「そんなことがありうると思うかい？　きみは彼を知っていた――彼にそんなことがやれたと思うかい、ソヴィエトに自分を売るなんてことが？」

彼女はまず否定のそぶりを、すくなくともその説を疑うようなそぶりを見せた。だが次には、しぶしぶながら考えなおしたふうだった。

「彼はわたしがカレッジのころつきあっていた男の子を思い出させる、と話したでしょ――二人とも心のなかに詩人がいるように見える、だけどそれはまがいものじゃないかという気もした、と。もし、ジェレミー・フラートンがそれしか方法はないと考えたとしたら……」

マリッサはゆっくりと顎を持ちあげた。悲しげな笑みが口許をよぎった。

「あるいは、とにかくそれをうまくやりおおせると考えたのかもしれない。彼にはそういうところがあったのよ……自分はルールの適用を受けない人間だという意識が。彼の本質から出たことかもしれない……ふつうの人間なら考えもしないし、考えてもやろうとはしないことをやってみせたかったのかもしれないわ」

彼女はまたほほえんだ。なんなのかはっきりとはわからなかったが、さっきとはちがうふくみの感じられる笑みだった。

「あなたにもすこしそういうところがあるんじゃないかしら」と、彼女は言った。「どう？」

わたしは否定しなかった。そうしておいたほうが、謎めいて見え、彼女の気をそそるはずだと思ったからだろう……だが、それを話題にしたくなかったのも事実だ。

「ボグドノヴィッチはフラートンが殺された理由はそれだと考えていた――誰かがその秘密を知ったからだと。それでわたしに会いたがっていたんだ。フラートンを殺した何者かが彼を殺すと思いこんでいた──彼だけじゃなく、フラートンがソ連から金をもらっていたことを知った者はみんな狙われる、と。フラートン殺害は政治的な暗殺だというんだ。黒幕は政府だと──ホワイト・ハウスだと──彼は思っていた」

わたしはもうすこし食べてフォークを置いた。

「わたしは本気にしなかった。彼はすべての出来事の背後に陰謀を見る、誇大妄想にとりつかれた老人だと思った。アルバート・クレイヴンの家に招かれた夜──わたしたちが知り合った夜だよ──彼がケネディ暗殺についてあれこれ憶説を並べてみせたことをおぼえているだろ？彼が黒幕はJ・エドガー・フーヴァーとFBIだとほのめかしたのを──すくなくともそういう口ぶりだった──おぼえているかい？だから、彼がフラートンが殺された理由を語り、われわれ二人に危険が及ぶと言いだしたときには──」

「二人に危険が？」彼女はびっくりして聞き返した。

「フラートンの行為について知っていて、それを実証できそうな人間は彼しか残っていない、だから危険なんだ、とボグドノヴィッチは説明した」

「あなたが危険だというのは？」

「わたしがフラートンの事件の弁護人で、なんとしても真犯人を突きとめようとするはずだから……また、向こうがわたしをつけていたら、ボグドノヴィッチと会ったことがわかる。彼が知っていることをわたしに話したかもしれない、そうなったらほうっておくわけにはいかない。彼はそう言ったが、わたしは信じなかった」

「でも、いまは信じてるんでしょ──ああいうことがあったから？」マリッサは皿を横へ押しやった。

「疑いはいっさい消えた、爆発が起こって、ガラスが飛び散り、炎が吹きあげるのを見たときには。どこへ逃げたらいいのか、どうしたらそこへ早く着けるか、と考えたときには、もうまったく疑わなかった」

そこでふと思いつき、わたしは笑いだした。いままでそれに気づかなかったのがなんとも愚かしいことに思えたのだ。

「逃げることしか考えられなかった。それはジャマール・ワシントンが、最初の面会のときわたしに言ったことなんだ。彼の言ったとおりだ……まず考えるのはそれさ、それしか考えられないんだ。すくなくともわたしはそうだった。ジャマールはほかのことも考えられた、人助けができるかもしれないと思ったんだ。彼だってわたしと同様におびえていた、だが彼はその恐怖を打ち負かした……わたしにはできなかった」

彼女は同調しなかった。すくなくとも、同調しまいとしてくれた。

「状況がおなじじゃないわ。彼に勇気があったことは疑わないわ、とても勇敢よ、たいていの人より勇気があるわね……だけど、彼の場合は、誰かに殺されるかもしれないと考える理由はまったくなかったのよ……車のなかにはいり、いきなり明かりで照らされるまでは。そこで自分の身が危険かもしれないと思い、誰もがやるようにした……逃げようとしたのよ」

ウェイターがやってきたのでコーヒーを頼み、皿がかたづけられる間、会話を中断して待った。ウェイターがもどっていくと、マリッサは顎を持ちあげ、首をちょっと傾けた。そして、わたしがなにをしたにせよなんの問題もないのよ、というように、しばらく無言で見つめた。

「話してくれなかったけど――べつに話す必要はないんだけど――一年まえに決心するまで、なぜそんなにお酒を飲んだの？」

わたしはこれまで、どうしても知っておいてもらいたい人間数人にごく断片的なことを話しただけで、誰にもその話はしたことがなかった。だが、いまふと、マリッサにはすべてを話してしまいたいという強い衝動をおぼえた。

「ハイスクール時代の初恋の女性にまた恋をしたんだ。長いこと会わなかったんだが、再会してみると、昔となにも変わっていないみたいだった。あのころからは長い時間が過ぎていたが、わたしたちは結婚することにした。ところが、その矢先、恐ろしいことが起きた。彼女が、ジェニファーが病気に、重い病気にかかったんだ。まるで自分の内部に消えてしまったみたいだった、外界との接触を断とうとする人間がブラインドを降ろした暗い部屋にこもってしまうように。

毎週一度、病院に彼女を訪ねた。陽気がいい日には、ドライヴにつれだした。そのうちなにか変化があって、彼女が突然、正気にもどり、すべてがもとのようになるんじゃないかと思いつづけた。医者の言うとおりだと――彼女が帰ってくることは二度とないと――悟ったときから、酒を飲みはじめた。承知のうえのことだった……酔っぱらいたかった、正体をなくしてしまいたかった、消えてしまいたかった――彼女が消えてしまったように。そうすれば、彼女が見つかると思ったのかもしれない。また、そういうときもあった、ぐでんぐでんになったときには、ほんとうに彼女と巡りあえたような気がすることがあった。夜中にべろべろになって帰宅し、暴れながら家のなかを歩きまわり、もう隠れるのはやめて出てこい、と彼女に向かってどなったのをおぼえているよ」

わたしは口をつぐむと、こみあった店内を見まわし、楽しそうに食事をしている客をながめた。

「酒に溺れたのは自己憐憫のせいもある。また、ほんとうのところ、死のうが生きようがもうどうでもよかった。とっくに死んでいるのに、自分ではまだ気づいていなかったのかもしれない」

マリッサはわたしの頬にそっと触れた。彼女はしばらくのあいだなにも言わなかった。

「どうしてやめられたの？」しばらくしてたずねた。「どうやって強さを見つけたの？」

「自分でもわからない。本能かもしれない、生存本能だろう――わたしがそうなったのは自分のせいだと思ってジェニファーが苦しむだろう、そう考えたのかもしれない。友人に長くＡＡ（断酒会）にはいっていた男がいるんだ。彼はジェニファーを知っていたし、事情がよくわかっていた。わたしをＡＡへつれていこうとしたが、わたしは他人にそんなことを話したくなかった、見知らぬ人間に話すなんてまっぴらだった。ある日、彼はわたしを見つけると――わたしが彼にはでに一発見舞ったあとのことだが――酔いがさめるまでいっしょにいてくれて、次に飲みたくなったときは、そのまえに彼に電話をするよう約束させた。以後、何度も電話したよ」

「でも、やめなかったんでしょ。自分で限度を決めたのよ、禁酒するかわりに。それはたぶん――」

「わたしは自分がアルコール依存症だとは思っていない……子供が十戒をくり返し唱えるよう

に、更生プログラムをだらだらとつづける気はなかった……また、深酒をやめるには酒を断つしかない、という考え方が正しいとも思わない。フリンは——というのが友人の名前だ、ハワード・フリンだ——利口な男だから、それをわたしに押しつけたりはしなかった。かわりに、二杯以上は飲まないと約束させたんだ」

じつに不思議だった、マリッサのその表情がわたしに及ぼす効果ときたら。彼女の目を見つめるのは、自分の良心を見つめるようなものだった。

「ある日、彼はわたしといっしょに病院へ行った。そして、わたしがジェニファーにそれまでのことを話し、そうなった理由とフリンとの約束について語るのを横で聞いていたんだ。ばかげていると思うだろ？　わたしの言葉は彼女の耳には届かない。だが一方、彼女にはわかっている、とわたしは思っていた……わたしが話すまえからわかっている、と。フリンには彼との約束をわたしが守ることはわかっていた……だが、彼女との約束を破るくらいならわたしは死んでしまうだろう、ということも彼にはわかっていたんだ」

それですべて語りつくしたが、わたしはそこでそれまで——すくなくとも意識しては——考えていなかったことをつけくわえた。

「ハワードは見込みちがいをしている。わたしはまたやりかねないんだ——酒で自分を失いかねない——しかし、ともかくここまでは約束を守っている」

今日一日の出来事がいまになって心身にこたえはじめた。エネルギーを使いはたしてしまったような気分だった。しばらく経験したことのない疲労をおぼえた。

「ベッドで横になったほうがよさそうね」マリッサが同情するように、また心配するように言った。「だけど、もうホテルにはいないほうがいいと思うわ。あなたが直観的にとった行動が正しかったんじゃないかしら……ボビーの家へ行けばよかったのよ」

わたしは反論しかけたが、彼女の表情がそれを封じた。

「いとこにおびえていると思われたくないんでしょ?」彼女は目でかるくわたしをからかった。レストランを出て、ホテルに向かって歩きはじめた。マリッサはわたしの腕をとった。あけたままのバーのドアから、煙ったようなサキソフォンの音が流れ出ていた。店はどこもまだ忙しく商売をしていた。抜け目なさそうな顔の店員たちがカウンターごしに乗り出して、二度と出ない掘り出し物だと、いろんな品を指差している。疲れた目の観光客や、子供をしっかりつかまえた肥満体の女性たちが、スエットシャツやTシャツや、鮮やかな色の野球帽や安っぽいプラスチックのマグが置かれたなかを歩いている。鉛筆やペナントや絵葉書もある。どれにも、サンフランシスコの名か、コイト・タワーやゴールデン・ゲート・ブリッジをはじめとする、市の象徴となったいくつかの名所の写真が付いている。わたしたちはホテルの側へ通りを渡った。角まで行くと、マリッサは立ちどまってわたしの袖を引っぱり、ホテルは安全ではないと思う、とまた言った。

「すぐ先に車を駐めてあるの。必要なものを部屋から取ってきて。ホテルの前で待ってるから。わたしがボビーのとこまで送るわ」

断わる隙をあたえずに彼女はつづけた。「そうしてもらえると、わたしも安心なの」

オーヴァーナイトバッグに要りそうなものをいくつか投げこみ、ブリーフケースを手にとった。ロビーへ降りたところで、急ぐあまり、誰かが電話でメッセージを残しているかどうか、確認を忘れていたことに気づいた。フロントにたずねてみた。アルバート・クレイヴンがかけてきていた。わたしは礼を言って踵を返した。

「訪ねてきたかたも二人いらっしゃいます」

わたしはふり返った。「訪ねてきた?」

「男のかたが二人、一時間ほどまえに。記者だとおっしゃってました」

「名前は言ったかね?」

フロント係は首を振った。「あとでまた見えると言ってました」

わたしは詰め寄った。「人相をおぼえているかね?」

「年は四十ぐらいだと思います。申しわけありませんが、ちょうど忙しかったものですから」

「出ていくところを見た?」

「たぶんお帰りになったと思います」彼はわたしのうしろで待っている客に目をやりながら答えた。

裁判についてわたしになにかしゃべらそうとして電話をしてくる記者はいっぱいいるが、ホテルまで訪ねてきた者は一人もいない。

マリッサは車のエンジンをかけたまま待っていた。

「あなた、大丈夫?」彼女は車を出すと言った。

「うん、大丈夫だ」

「記者ではないと思うの?」わたしの話を聞くと、そうたずねた。

「なんとも言えない。しかし、殺し屋でもないと思う。わたしをつけ狙っているのなら、ホテルの人間に顔をはっきり見せたりするはずがないだろ？」

車がベイ・ブリッジを走りだすと、彼女は携帯電話でボビーにかけた。

「出ないわ」と、耳に電話を当てたまま言った。「外出中なのかも」そこでほほえんだ。「もしもし。マリッサよ。あなたのいとこをつれていくところ。今晩、泊まるところが必要なの。うちを勧めたんだけど」彼女は前方に目を据えたままふくみ笑いをした。「彼はちょっと恥ずかしがりやなの」

彼女はわたしをからかうのがいかにも楽しげな顔で、電話を差し出した。「あなたと話したいそうよ」

「いまのは嘘だよ、ボビー。勧められてはいない」わたしは運転に集中しているふりをしているマリッサに目をやりながら言った。「わたしが頼んだんだが断わられた、というのがほんとうのところだ。じつはね、心配させたくはないんだが」わたしはまじめな声にもどって言った。「ちょっとした問題が生じた。そっちへ着いたら説明するよ。ホテルにいるのはよくないとマリッサが言うんだが、どうもそうかもしれない」

ボビーはわたしが来るのは大歓迎だ、と言い、好きなだけいていいんだ、とこのまえの誘いをくり返した。〝長ければ長いほどけっこう〟という言い方をしたが。

マリッサは道を知っていた。ただ、ボビーの妻が死んでからは一度も訪ねていない、とつけくわえた。

「ときどき彼女を訪ねていたの」

「ボビーは彼女の死をどうやって乗り越えたんだろう？」

なぜマリッサにそんなことをきいたのか、自分でもわからない。いとこはなんでもわたしよりうまくやってのけられる、というこれまでの思いこみが揺らぎはじめたせいかもしれない。彼をよく知れば知るほど、彼もまた人の子で、失敗もするし、あまり自慢にできないこともやってきた、と知るのは避けられないことなのだろう。少年期を過ぎた人間なら誰でも、後悔せずにはいられないことを言ったりしたりしてきているはずだ。誰にも良心はあるのだ。

マリッサはしばらく答えなかった。車はフリーウェイを離れ、オリンダの丘陵地帯へはいる手前にあるゴルフ場を通り過ぎた。そこで、彼女は口を開き、わたしには意外なことを言った。

「ボビーはそういう話をいっさいしなかったわ、すくなくともわたしには。正直なところ、彼がもし誰かに話していたら驚きね。彼は個人的なことはまったく口にしないの。一種の世捨て人で通してきているのよ」

マリッサはごく自然なハンドルさばきで急なカーブを次々と走り抜けた。目は道路に向けられているが、彼女が見ているのはなにかべつのものだった。

「物事はボビーが考えていたようには進まなかったのよ。あるいは、どう進んでいるのか知ったときには、もうなにをするにも手遅れだったのかもしれない。そういう人もいるのよ」マリッサは話が通じているかどうか、ちらっとわたしを見た。「彼らはただ流れに合わせて生きているの、毎日毎日——向こうからやってくるものをすべて受け入れて。だからといって成功者になれないことはないの、すくなくとも世間一般の言う成功者にはなれるのよ……だけど、彼らにとってはそれは大した意味は持たない。わたしの父がそういう人だった。わたしが昔からボビーをとても好きなのはそのせいかもしれない……二人はよく似ているの。二人ともカレッジを卒業するまえからわかっていたんじゃないかしら、自分たちにはこういうすばらしい人生が訪れることはもう二度とない、と。父は戦後間もないころ、イェールでフットボールをやっていたの。最後の年、アイヴィー・リーグで優勝したときはキャプテンだった。その後、ウォール・ストリートでビジネスマンとして成功し、たいていの人から見れば一財産と思えるものを築いた。だけど、父はずっと過去ばかり見ていたんじゃないかと思うわ、できるものならもう一度あのころにもどりたい、と願って。ボビーもそうなんじゃないかと思うの。彼は明るくて魅力的な人だけど、心の底では、すべてどうでもいいと思っているんじゃないかしら。とにかく自分の最善をつくしてやりすごせばいい、そうやって人生を送っていけばいい、としか考えていないんじゃないかと思うの」

ボビーが屋外の明かりをつけてくれてあった。彼は邸内道にはいった車の音を聞いて、玄関ドアをあけた。

「きみも寄っていったら」と、ボビーはわたしのバッグを受け取りながらマリッサに声をかけた。

「帰らなくちゃいけないの」彼女はわたしを見ながら答えた。

ボビーはおやすみ、と彼女に言ってドアに向きなおった。

わたしはボビーのあとに従おうとしかけて思いなおした。マリッサはバックで車を出そうとして、後方へ目を向けたところだった。わたしは笑いながら窓を叩いた。彼女は窓を下げると、わたしを見つめて待った。わたしは体をかがめ、彼女の口にかるくキスした。「ありがとう――いろいろと」と、わたしはそっと言った。

わたしが車のそばを離れると、彼女は頭をのけぞらせて笑い声をあげた。

「ボビーに言っておいて」笑い声が闇のなかに消えていくと、彼女は言った。「わたしが彼のいとこをちょっと好きになりだした、って」

わたしはなにか言おうとしたが、うまく口がまわらず、彼女はそれを見てまた笑った。「もう行って」彼女はわたしをどぎまぎさせてすっかり悦に入っていた。

ボビーはドアを閉めると、すぐさまわたしをからかいはじめた。「彼女はきみに気があるらしいな」

ただのいい友達だ、とわたしが言うと、そんなのは真っ赤な嘘だ、とボビーは言った。「彼女の声でわかったよ。家へ泊まれとは言わなかったかもしれないが、きみがそう言えばノーとは言わなかったはずだよ。ほんとさ」ボビーは自信ありげな顔で言った。「わたしは彼女を知ってるんだ」

「それはどういう意味だ？」わたしはボビーが不快なことをほのめかしたのかもしれないと思い、ちょっとむっとなってきいた。

「きみが考えているような意味でではないよ」ボビーはゲストルームのほうへ歩きだした。部屋にはいるとわたしのバッグをベッドに置き、バスルームはそこだとドアを示した。「来いよ」彼は言った。「ビールをやろう」

キッチンテーブルに坐り、それぞれ壜から飲んだ。ボビーが着ている黄褐色のローブがはだけて脚がのぞき、膝頭をほぼ一周する傷跡が見えた。彼にフットボールを断念させた傷だ。また、マリッサの言が当たっていれば、その傷を負ったときから、自分の人生の大半はもう過去のものだと彼は考えはじめたことになる。

「マリッサはずいぶんいろんな男とつきあいがあったが、そういうつきあいかたはしていないよ」ボビーはビールの壜を置きながら言った。「長くつきあった相手は一人もいない。これだけは言えるよ、彼女があんな目を男に向けるのはこれまで見たことがない、いましがたきみが車を降りたときのことだがね。

彼女ならきみに似合いだ」彼はまたボトルを口へ持っていった。「きみの人生にも誰かが必要だよ」と、一口飲んでつけくわえた。

ボビーは本心から言っているのだとわからせるため、しばらくわたしを見つめた。それから、今日どんなことがあったのか、なぜマリッサは市内にいたのではわたしの身が危ないと考えたのか、とたずねた。わたしは洗いざらい話した。アンドレイ・ボグドノヴィッチと知り合ったいきさつを。彼が二度、路上で接近してきたことを。彼が語ったフラートンの秘密と、われわれ二人に危険が及ぶ、と彼が言っていたことを。わたしはまったく本気にしなかったが、爆発を目撃したあとは、彼の言葉どおりではないのか、と思ったことを。わたしたちは——正確には話すのはわたしで、ボビーは聞き役だったが——何時間も話した、深夜まで、わたしにはもうなにも言うことがなくなるまで。

14

翌日も、翌々日も、陪審選定のための予備尋問がつづいた。わたしはいつものように次々と質問をくりだして、候補者たちの信頼を獲得すべく努めた。質問はこれまできいたこととおなじだった。陪審員たちの生活や信条についてたずね、いつもかならず、有罪が合理的な疑いの余地なく立証されていないと思ったら、無罪の評決をするか、ときいた。初日との唯一のちがいは、トンプソン判事の不吉な光をおびた目を意識して、すこし迅速を心がけたことと、おなじような質問をくり返すのを避けたことぐらいのものだった。

判事が陪審選定の期限と命じた金曜日を迎えた。ここまでは予定どおりに進んでいた。予備尋問を開始して一時間後には、弁護側、検察側双方とも、理由不要の忌避をおこなう権利を行使しつくしていた。理由付き忌避を申し立てるのでないかぎりは、つまり、偏見や予断が認められるという主張が可能でないかぎりは、次に呼ばれる人物が、十二人めにして最後の陪審員となるはずだった。わたしがききたいことは一つしかなかった。かつてどこの陪審員もきかれたことのない質問だと、わたしは重々承知していた。

「おききします、デウィットさん、ジョン・F・ケネディを殺したのは誰だと思いますか？」

地方検事は椅子から飛び出した。「異議あり！」彼は大声をあげた。「常軌を逸した質問です！　どこから見ても関連がありません……陪審員の資格にも、審理事実にも、本件と関連すると思われるいかなることにも！」

クラレンス・ハリバートンがトンプソン判事の気に入っている人間だったら、あるいは、多少のことは大目に見てやってもいい、と考えられる相手だったら、判事はなにかべつのことをきくように、とわたしに指示し、一件落着となっていただろう。だが、彼はハリバートンを嫌っている。ほかに方法はないと納得するまでは、どんなことであれハリバートンを利するようなことはしない、と思うほど嫌っている。

「たしかにかなり変わった質問だね、ミスター・アントネッリ」トンプソンは眉を寄せ、戸惑い顔で言った。

「そうでしょうか？」わたしはどこが変わっているのかさっぱりわからない、とばかり聞き返した。「まあ、そうかもしれません。言い換えさせてください」

わたしは陪審員に顔を向けてほほえんだ。黒い髪を油でぺったりと撫でつけた、三十代なかばの男だった。腹が大きく迫り出し、色の褪せた赤い半袖シャツがきつそうだ。

「じゃあ、こうききましょう……暗殺はリー・ハーヴェイ・オズワルドの単独犯行だったのか、それとも陰謀の一部だったのか、どちらだったと思いますか？」

ハリバートンは処置なしとばかり両手を持ちあげた。「裁判長！　これは……いや、質問の意図がわたしにはわかりません！」

トンプソンの顔を見れば、彼にもわかっていないことは明らかだった。だが、まだわたしにストップをかける気はなかった。

「ミスター・アントネッリ、これはどういう趣旨の質問なのか、説明してもらえないかね？」

「裁判長、これは殺人事件の公判です。被告人は」わたしは無表情で隣りに坐っているジャマール・ワシントンにちらっと目をやった。「無罪の答弁をしました」

トンプソンは、だからどうしたという顔でわたしを見つめ返した。「うん、それで？」

「それで、現に犯罪が発生したことはわかっているわけです。ジェレミー・フラートン上院議員が犯行の犠牲となって殺害されました。被告人は自分はやっていないと主張しています。すると、当然ながら、誰か別人がやったということになります」

トンプソンはわたしの主張を理解しようとこれ努めていたが、そうすればするほど頭が混乱するらしかった。彼は目をすぼめ、唇を思いきり左へ歪めた。

「フラートン議員を殺したのは誰か別人だという被告人の主張とジョン・F・ケネディ暗殺事件のあいだにどんな関連がありうるのかね？　なにはともあれ、二つの出来事のあいだにはほぼ四十年の隔たりがあるではないか」

「おっしゃるとおりです、裁判長」わたしは首を振っている地方検事を横目で見ながら言った。「それなのに、いまだに真犯人はわかっていません。しかし、それはさておき、わたしがデウィット氏にきこうとしたのは、このような事件の場合、つまり被害者が合衆国上院議員にしてカリフォルニア州知事候補で、さらには将来は大統領候補まちがいなしという人物であった場合、その殺害をただのゆきずりの犯行にすぎない、と簡単に考えていいものだろうか、ということです」

ハリバートンは逆上していた。顔は真っ赤で、目玉はいまにも飛び出しそうだった。

「裁判長」激昂のあまり、言葉がうまく出てこなかった。「弁護人は関連性のあるとは思われないことを先にたずね、今度は陪審員相手に自分の主張を展開しようとしています！」

トンプソンは、ささやかではあるがこれは検事の勝ちと認めた。彼はハリバートンのほうへ身を乗り出し、同情の笑みらしきものを口許にこしらえた。

「すこし気を鎮めたらどうかね」彼はなだめるように、おだやかな声で言った。だが、いまのハリバートンの精神状態からすれば、暴力行為への呼び水ともなりかねなかった。

「双方ともわたしの部屋へ来てもらおうか」と、トンプソンは言った。ハリバートンはまだ口がきけず、息さえもままならなかった。

トンプソンの机の前に坐るころには、地方検事の顔の色は正常にもどり、怒りは冷静をよそおった仮面の向こうに隠されていた。法廷という人前を離れたため、トンプソンの態度にも変化があった。宿敵をやりこめるときとは勢いがちがうものの、彼はわたしを糾弾した。

「いいかね、アントネッリ、わたしは長年裁判官席に坐ってきたが、あのような奇妙きわまりない質問は耳にしたことがない。『ジョン・F・ケネディを殺したのは誰だと思いますか？』」

彼はわたしの調子を真似て、節をつけて言った。「きみにはわかっていないのかもしれんな」

彼は医者が患者を診るように、すぼめた目でわたしを見すえながらつづけた。「たぶんオレゴンあたりではやり方がちがうんだろう。しかし、こっちでは、弁護側がとち狂ったことをするのは、被告人がイカれているときだけだ――弁護人がイカれた真似をすることはない！」

ハリバートンがそれを聞いて多少は満足したにせよ、それを楽しむ暇はあたえられなかった。

「で、そっちだが」判事は冷笑を浮かべた。「立ちあがったときは、裁判所に対して言うべきことがなくてはいかんのだ。ところがそうではない――きみは義憤をぶちまけてみせるばかりだ。そんなことをしてなんになる？　陪審員によくわからせるよう、アントネッリがちょっとしたスピーチをすることもある。きみにはもうすこしよくわかっておいてもらいたいね……わたしはきみに代わってきみの仕事をしてやるつもりはないんだ。陪審員が、被告人は無罪にちがいない、なぜなら――アントネッリが遠まわしに言おうとしているところをわたしなりに解すると――この事件は政治がらみの暗殺にちがいないからである、というスピーチを聞くのはべつにかまわない、ときみが言うなら、わたしのほうはそれでいっこうにかまわないよ！」

ハリバートンの顔から血の気が引いた。彼は口をぐいと結び、手をぶるぶる震わせて、感情にまかせて口走るまいとこらえた。

「以後、気をつけます、裁判長」彼は法廷での決まり文句に逃げ道を見つけ、やっとそう口にした。

「よろしい」トンプソンはきっぱりとうなずいた。「こういうことはもうたくさんだ。やるべきことに集中しなくてはならない。やっと陪審選定が終わったからには――」

「こちらはまだ最後の陪審員に尋問をおこなっていませんが」と、ハリバートンが言った。

「心配無用、その機会はあたえるとも」トンプソンはじれったげに言った。「しかし、そう長くはかかるまい、きみが」と、うんざり顔でつけくわえた。「アントネッリを真似て、リンカーン暗殺についてたずねでもしないかぎりは」

トンプソンはそこで口をつぐみ、苦虫を嚙みつぶしたような顔で床を見つめた。そして、椅子の上でもぞもぞと動くと、目をあげてわたしを見た。彼は首を振りふり、つぶやくように言った。「『ジョン・F・ケネディを殺したのは誰だと思いますか？』それについてはもう聞きつくしたと思うがね」

われわれは法廷へもどり、いかにも礼儀を心得ているかのような態度で以後の予備尋問を進めた。最後の陪審員にわたしからきくことはあと一つしかなく、ハリバートンは三つ四つきいただけだった。選ばれた陪審員たちは宣誓をおこなった。トンプソンはくだけた調子で、みなさんに対する最初の命令は、今日はもうこれで帰ってよろしいということだ、と告げた。そして、事件のことを話題にしてはならないというおさだまりの一言をつけくわえて、五人の男と七人の女からなる陪審を月曜の朝まで解放した。その日から、彼らに、彼らだけに、ジャマール・ワシントンの生死の判断が委ねられる正式事実審理が始まるのだ。

陪審員たちが一列になって退出していくと、ジャマールがわたしにたずねた。「うまくいくんでしょうか、ミスター・アントネッリ？」

わたしはおなじことをこれまで数えきれないほどきかれてきた。陪審選定の手続きを終えるたびにそうきかれた。この不可解な手続きになにか意味を見出そうと気を揉む依頼人たちから。法廷で人生の半分を過ごしている法律家にとっては死ぬほど退屈でも、不幸にもわが身が裁かれることになったと知った気の毒な人間たちにとっては、これは理解不可能な謎なのだ。たずねられるたび、わたしはおなじように答えてきた。彼らが聞きたくてならない、うまくいくよ、という一言を。彼らは、万事順調だ、なにも心配することはない、とわたしに言わせたいのだ。明日は、さらにその先には、心配なことが待っているかもしれないが、たとえ短いあいだでも、いまは、今日は安心していい、これまでと変わらないよ、と。

「うまくいくんでしょうか？」ジャマールがくり返した。澄みきった茶色の大きな目には期待の表情がある。

わたしは「うまく」と言って口をつぐんだ。そして、にやりと笑ってみせた。「いや、こっぴどい目にあわされるだろうよ」

彼は一瞬、なんのことかわからないという顔をした。だがすぐに冗談だと悟り――というか、そう解していいと思ったのだろう――笑い声をあげた。彼の安堵の思いがわたしにも伝わってきた。希望を持ちたいのは誰しもおなじなのだ。

わたしとしてはこのままにしておくわけにはいかなかった。わたしは彼の肩を叩いた。「かなりいい陪審だと思うよ。公平のようだし、興味も持っているらしい。それがなにより重要な場合もある。つまり、彼らは知りたがっているんだ。まだ心を決めてはいないんだよ」

彼を拘置所へつれもどすため保安官補が待っていた。

「次の出廷までにまたお会いできますか？」と、ジャマールがたずねた。

わたしがまだ答えないうちに、彼の目がわたしの後方へ動き、これまで見たことのない表情が顔に浮かびはじめた。ジャマールはいつも礼儀正しく、これまで――すくなくともわたしに向かっては――不機嫌な顔を見せたことはまったくないが、ある種のよそよそしさが、相手とのあいだにわずかだが、はっきりと距離を置くという、知的な人間特有の堅苦しさがあった。だがいま、そうしたところが一瞬のうちに消え、すっかり気を許したような表情があらわれた。

彼の視線を追ってふり向いてみると、じつに印象的な風貌の女性がいた。わたしがジャマールの母親だろうと察したのは、彼に向ける眼差のせいにちがいない。二人はあまり似ていなかった。いや、一目では似たところが見つからないほどちがっている、と言ったほうがいいだろう。肌の色がまったくと言っていいほどちがう。ジャマールは明るい褐色だが、母親は真っ黒なのだ。顔は文字どおり黒光りしていた。突き出た頬骨の上のぴんと張った皮膚は、磨いた黒檀のように輝き、黒い目には強い光がたたえられている。漆黒の髪はこめかみからうしろへ引っぱって、うなじで結んでいた。横に張った肩は細く、腕は長く優雅で、指もほっそりとして長かった。わたしも女性を目にしてこれほど呆然となったことはかつてない。吸い寄せられた目がなかなか離れなかった。

メアリー・ワシントンは傍聴人でごったがえすなかを通り抜けて息子のすぐそばまで進み、仕切り柵のところでじっと待っていたのだ。わたしは保安官補の目をとらえた。

「ちょっとだけ彼女を息子といっしょにさせてやってくれないかな？」

ジャマールの母親は低い仕切りごしに乗り出し、息子の体に腕をまわした。保安官補は横を向いて、二人が二言三言かわすのを待った。そして咳払いをすると、前へ踏み出してジャマールの肩に手を置いた。別れの時だった。

わたしはジャマールの母親に自己紹介し、これまで会えなくて申しわけなかった、と謝った。

「だいぶまえから連絡をとろうとしていたんです。伝言も残しました。わたしが会いたいと言っていると伝えてくれるようジャマールにも頼んでおいたんですが、たぶん……」

そこで、これではとんだ間抜けだと気づいた。まるで共通の友人からさんざん話を聞かされていた人物にパーティでめぐりあったみたいに、やっと会えてよかったとまくしたてているが、彼女は殺人容疑で裁かれる息子を持つ身なのだ。彼女は頭を毅然と起こして、わたしがしゃべりおえるのを待っていた。

「ジャマールを助けていただき、ありがとうございます、ミスター・アントネッリ」彼女は低いがよく通る声で言った。

「どこかへ行って話しませんか？」わたしはテーブルに向きなおって、所持品をブリーフケースにもどしはじめた。

「だめなんです」と、彼女は言った。

わたしはいつならいいかとたずねようとしてふり返った。だが、彼女はすでに、取り残された数人の傍聴人のわきを通り過ぎて出口へ向かっていた。

あけはなしのドアを通して、廊下にひしめく報道陣が投げかける問いにハリバートンが冷静に応じている声が聞こえた。わたしは書記官室に通じるわきのドアから出ることにした。だが、二歩も踏み出さないうちに、廊下の記者たちが押し寄せてきた。テレビカメラのぎらつく照明がそのすぐあとから追ってくる。カメラは廷内へはいることを許されていないが、裁判官がいなくなったいま、彼らを外に留めておくすべはなかった。わたしは書記官室の閉まったドアへ目をやった。気をそらずにはおかないほど近い、あとほんの数歩だ……だが、いちもくさんにそのドアへ向かったら、新聞や地元のテレビで報じられるのは、なにか隠しごとでもあるように逃げだす被告弁護人のうしろ姿だ。わたしはまわれ右をして彼らに向きあった。そして、まっすぐ歩きつづけて廷内後方のドアから廊下に出た。記者たちは口々に問いかけてくる。言い方はさまざまだが、ききたがっているのはおなじことだった。

「ジェレミー・フラートン殺害はほんとうに政治がらみの暗殺だと見ているんですか？」

なるたけ慎重に答えようとしたが、すでにわたしの手には負えない事態になっているような気もした。

「ただの可能性にはとどまらない、と言っているように聞こえますが」と、べつの記者が言った。

「殺人事件の場合は」わたしは相手を見つめ返しながら答えた。「被害者の死によって益を得るのは誰か、とふつう考えます。フラートン議員の死によって多大な益を得る人間は大勢います」

記者は走り書きをしていたノートから目をあげた。「知事のところに、それとも大統領のところに？」

すでに危険地帯に踏みこんでいる。その種の推測にもとづく議論に引きこまれるわけにはいかなかった。べつの記者の質問に応じようとしたが、時すでに遅かった。

「マーシャル知事を証人として呼ぶことにしたのはそのためですか——彼がフラートンの死になんらかのかかわりがある、と考えたから？」

場が静まりかえった。わたしがなんと答えるかと、全員が固唾を呑んで待っている。そういた記者の素姓はわからないが、驚くべき情報源を持っているらしい。召喚状はつい昨日発行されたばかりで、それが送達されたことはわたしもいまはじめて知ったのだ。わたしは驚きをあらわすまいとしたが、記者は満足げに小鼻をひくつかせた。小柄だが屈強そうな男で、意地の悪そうな口をしている。会ったことはないが、わたしを嫌っていることはわかった……毛嫌いしている。

「本件に関連のある証拠を保有していると考えたから、知事を喚問したんです」なにも言っていないに等しいことに誰も気づかないよう祈りながら、わたしは早口に答えた。祈りは通じなかった。

「どういう証拠です？」と、うしろのほうで声があがった。

「知事がフラートンを殺したと？」べつの声が叫んだ。

「再選を果たすにはそれしかないとマーシャルは考えたと？」

「大統領はどうなんです？」

わたしはどの問いにも答えを拒み、両手を持ちあげて、全員が黙るのを待った。

「以下のことはわかっています——被告のジャマール・ワシントンはフラートン議員を殺していません。つまり、犯人はべつにいるということです。ジェレミー・フラートンがとても野心的な人間で、ほかの有力な政治家にとって脅威であったこともわかっています。弁護側は、そうした有力者は誰で、ジェレミー・フラートンが生きていた場合、彼らがなにを失うことになったかを示す証拠を提示するつもりです」

わたしは記者たちが口を開くより先にまた手をあげ、首を横に振った。「いま言えることはこれだけです」

わたしは向きを変え、大急ぎでその場を離れた。

一足ごとに怒りがつのり、それから逃れようというように、どんどん早足になった。感情が昂るあまり、裁判所の出口に達するまで、ボビーがすぐうしろについてきていることに気づかなかった。

「傍聴に来たんだ。すばらしいできだったよ」彼はそう言ってわたしを励ました。「なにをそうカッカしてるんだ？」

「報道陣の質問に答えざるをえなくなったのは失敗だったんだよ」

「ケネディ暗殺についてたずねたのは、これも暗殺事件だと世間に思わせるためだったんじゃないのか？　あの陪審員にたずねたとき、そういうふくみがないとは言わなかった」

もちろん彼の言うことは当たっている。腹立ちの原因は質問攻めにあったことではない、わずか二つの、肝腎な疑問の答えが手許にないからだ……誰が、なぜ、ジェレミー・フラートンを殺したのか、の答えが。

日差しの明るい外へ出ると気分も変わりはじめ、いまやっていること、あるいはやろうとしていることも、それほどの苦役ではないように思えてきた。裁判所から数ブロック先に小さなレストランがあった。二人ともさほど腹は減っていなかったが寄っていくことにした。気のない笑みを浮かべたウェイトレスが鉛筆を手にやってきたが、飲物だけでいいと言うと、その笑みはたちまち消えた。

「彼女の感じのよさはトンプソン判事なみだな」と、わたしは笑いながら言った。そして、ボックス席に背をあずけて坐り、苦笑まじりに首を振った。「彼は大したご仁だよ」

ボビーはみずから法廷に出たことは一度もない。彼は興味津々という顔で、彼をはじめ傍聴人たちがじっと坐って待たされている間に、法の専門家の用いる高尚な専門用語を駆使して、なにか微妙な問題について話し合いがおこなわれたんだろう、とたずねた。

「判事室で？」わたしは笑いながら聞き返した。人はみんな、自分がいない場所では実際以上に興味深いことが話されたと思うものらしい。「大した話じゃないよ。トンプソンは、わたしはイカれていると言い、ハリバートンをばか呼ばわりした。わたしのことをそう言ったからといって、彼を責められないがね。ケネディのことをきいたあの質問は……」

「狙った効果はあったんだろ？」ボビーは熱っぽく言った。「法廷じゅうが緊張したみたいだった。みんながきみに目を向け、次はどうなるかと待ち受けた」

「あれはやめようかとも思ったんだ」わたしは打ち明けた。「まえもって考えていた……やるべきだと思った……しかし、あれは独りきりの夜中の二時に思いつく一大名案のたぐいなんだ。翌朝、目がさめ、単調な日常に直面すると、夜更けに思いついたときほどいい考えとは思えなくなる。夜中には想像力がたくましくなって、いろんなことが現実とは大ちがいのように思えるんだ」

「だが、そういう深夜の思考がないと、あまり冴えない日中を過ごすことになる、そうだろ？」ボビーはそういう体験なら自分にもある、という顔で言った。「あれが効いたんだよ。あれで、フラートンのような人間が——きみの言い方に従うと——〝ゆきずりの犯行〟の犠牲になって殺される、などということがあるだろうか、と誰もが考えはじめたんだ」

むっつり顔のウェイトレスがボビーにはアイスティーを、わたしにはコーヒーを置いて、伝票をテーブルに落としていった。

「で、次には、それを明らかにする証拠をわたしが示せないのはどういうわけか、と考えはじめるんだ」わたしは苦い顔でコーヒーをすすりながら言った。

「なぜあの質問をしようと思い立ったかわかるかい？　子供のころの思い出話をしているとき、

祖父から学んだことがある、ときみは話した。喧嘩はするな、だけど誰かが仕掛けてきたら、またそいつが自分より大きかったらなおさら、まず先にパンチをくりださなきゃならない、そうしないと二度とチャンスはないからだ、と。わたしはあの質問をしなくてはならなかった、ああいう考えを陪審の前に持ち出す機会はあのときしかなかったからだ――フラートンの事件はただの殺人ではない、と彼らにわからせる機会は。しかし、理由はほかにもある、裁判とはなんの関係もないことだ――いや、大ありかもしれない。ボグドノヴィッチの言うとおりだとしたら――彼はフラートンの秘密を知ったために殺されたのだとしたら、おなじ理由からわたしも始末しなくてはならないと何者かが考えたとしたら――あの質問をすることで、向こうは行動を手控えるかもしれない、わたしの言ったとおり、あれは暗殺で、隠蔽工作がおこなわれたのだ、という印象を世間にあたえるのを避けるために、と思ったんだ。だから、こう解釈してもらってもいい、あの質問をしたのは弁護のためというより、臆病風に吹かれたからだ、自分の身になにかあるのではないかと恐かったからだ、と」

ボビーは顎をあげ、疑わしげにわたしを見た。「知事を喚問したのもおなじ理由からだと――臆病風に吹かれたからか？」

「いや、わたしがばかだからだ。ほかに打つ手がなかった。大統領を呼ぶわけにはいかない、しかし、なにかしなくてはならない。フラートンがたしかに脅威となる存在だったことを陪審に示してくれる証人がどうしても必要だ。正直なところ、わたしには主張できることがないんだ。証拠がなに一つない、あるのは動機だけだ。大統領以下、フラートン抹殺の動機を有するものはいくらでもいる。フラートンが死ねば大統領は指名を争わなくていいし、知事は十一月の決定的な敗北を避けられる」

「そして、アリエラ・ゴールドマンには知事への道が開ける」と、ボビーがつけくわえた。

「それはボグドノヴィッチの死の説明にはならないだろうな」

「しかし、彼が殺された理由はまだはっきりしていないんだ。きみが知っているのは彼から聞いたことばかりだ。しかも、きみはその話を信用しなかった――そうだろ？ きみの直感どおりだったとしたら――彼がつくり話をしていたとしたら？ ジェレミー・フラートンと金の話はでっちあげだったとしたら？ かりにその部分は事実でも、それを突きとめたのは第三者だったかもしれないじゃないか。アンドレイ・ボグドノヴィッチは誰に殺されても不思議じゃない――ホワイト・ハウスの刺客がやったとは限らない。彼はＫＧＢに長くいた、痛い目にあわされた人間はいくらでもいるだろう。そのうちの誰かが復讐に乗り出したとは考えられないか？ 政府がからんでいるとしても、ロシア政府だったかもしれないじゃないか。いまは民主主義者となったロシア人のなかには、共産主義者だった時代に彼らがなにをやっていたか、元スパイにしゃべらすわけにはいかない、と考えたのもいるかもしれない」

わたしが勘定を払い、ボビーが車を駐めてあるところへ向かって歩きだした。

「明日のことは忘れていないだろうな？」駐車場の入口まで来るとボビーが言った。

忘れてはいなかったが、アルバート・クレイヴンの船で湾を周回して午後を過ごすよりは、なにかべつのことをしたかった。

「ところで」彼は係員に駐車券を渡しながら言った。「ジャマール・ワシントンと話していたたいへんな美人は誰なんだ？」

「知らないのか？　ジャマールの母親だよ——アルバート・クレイヴンの知り合いだ、昔からの」

ボビーは肩をすくめた。

「アルバートには古い知り合いがたくさんいるんだ。しかし、あの女性が？　いや、わたしはこれまで一度も会ったことがないよ」

15

わたしとマリッサが着いてみると、アルバート・クレイヴンは桟橋で待っていた。つい笑みが浮かび、吹きださなければいいのだが、と思った。わたしと会うときのクレイヴンは、いつも黒っぽいスーツを着て、シルクのシャツの上にいかにも高価そうだが地味なネクタイを締め、やわらかそうな革でできた、よく光るイタリア製の靴を履いていた。そういう恰好をしているときの彼は、富と力を持つ、たたきあげの成功者に、ほしいものはなんでも手に入れられるが、自分が必要としないものはちゃんとわきまえている人物のように見えた。そういう印象の大方が着ているものから生じていることにはわたしも気づいていなかった。

今日の彼はダークブルーのポロシャツに白いショートパンツという恰好だった。だが、まだ正午まえだというのに、ポロシャツは汗でべっとり肌に貼りつき、ショートパンツからは瘤のような膝とひょろひょろした青白い脚が露出していた。その小さな頭や撫で肩やたるんだ腰まわりの肉を見ても、週末の散歩に出てきたよぼよぼの老人としか見えない。

ボビーは先に来ており、舵輪のうしろに立って、最近つきあっているローラという若い女性と話していた。彼女の短い髪は茶色で、肌がよく日焼けしているせいで目も黒っぽく見えた。彼女動きはしとやかで、わたしたちに紹介されても、ほほえんだきりでなにも言わなかった。彼女がマリッサと話しながらたえずボビーに目をもどすのを見ているうち、わたしも彼女に好感をおぼえた。

クレイヴンはデッキチェアに倒れこむように坐り、額の汗をぬぐった。ボビーが操るボートはマリーナを出て、徐々にスピードをあげながら湾の沖へ向かいはじめた。

「きみはほんとうに知事に召喚状を出したのかね？」クレイヴンが飛沫に目をしばたたきながら言った。「昨日、ニュースで聞いたが、いまだに信じかねているよ」そこで、ぱっと顔が明るくなった。「どうだね、わたしのボートは？」と、迫るようにたずねた。「以前はヨットを持つのが夢だった——世界一周の航海がしてみたかった——ところが、だめなんだ。船酔いするんだ。こともあろうにな。それで、このボートにした。ときどき湾に出るんだ——今日みたいに、おだやかでいい日に。ほかの日には、マリーナに停めてあるこれに乗って、ゆっくりと揺れるのを楽しむんだ。いい気分のものだよ、とても気持ちが安らぐ」

クレイヴンは遠くを見る目になった。頭を倒して、顔に風を受けた。

「アンドレイ・ボグドノヴィッチのことを聞いたときには、なんとも悲しかった。気の毒に。わたしはあの男が好きだった、きみも知ってのとおり」クレイヴンは体を起こすと、わたしを見つめて強い調子で言った。「誰がやったのかも、動機も、警察にもさっぱりわからないらしい。彼には敵はいっぱいいただろうと思うがね」

ボビーは舵輪のところにいるから、われわれの話し声は聞こえない。マリッサとローラはギャリーへ降りている。知りたいことがあったが、いまをおいてはたずねる機会がないかもしれない。

「メアリー・ワシントンはどういう人なんです?」

クレイヴンはとぼけようとした、なんの話かわからない、とばかり。

「古くからの知り合いだ、親しい友人だ、と言ってましたね」わたしは彼のほうへ乗り出しながら言った。「力になってやりたいんだ、と」

「そうだよ」と彼は答え、それでわたしが納得するだろうか、それとも、もっと話せと迫る気だろうか、とようすをうかがった。

「じゃあ、なぜ彼女はわたしに会いに来なかったんでしょう? なぜ電話に返事もよこさなかったんでしょう? 彼女は昨日、裁判所へ来ました。わたしが彼女の姿を見たのは昨日がはじめてです。それなのに、話をしようともしませんでした。わたしは彼女の息子の弁護をしようとしているんですよ、いったいなんのつもりなんでしょう、わたしに会おうともしないなんて?」

「彼女をあまり責めないでやってくれ」クレイヴンは言った。「ちょっと変わってるんだ」

彼はまだなにか言いかけたが、そこへギャリーからマリッサがあがってきた。彼女は鉄の手摺につかまり、もう一方の手で風にあおられるタン皮色の帽子を押さえた。

「もっとスピードが出るんでしょ？」彼女はボートの性能をよく見せてくれ、とばかり、陽気な声でボビーをけしかけた。

ボビーがエンジンの出力をあげ、船尾が沈んだ。鋤に起こされた二本の畝のように、長い航跡が後方に延びた。ボビーはさらにスピードをあげながらボートを四分の一回転させ、またもとにもどした。横揺れがしばらくつづき、マリッサは楽しそうだったが、クレイヴンは目をつぶってうめき声を洩らした。

ボビーはスピードを落とすと、肩ごしにふり返って、岸に沿って立ち並ぶ化粧漆喰塗りの家々を横にいるローラに指差してみせた。ピンク、黄、青、緑、白、とさまざまの色に塗られた家々が、湾岸に延びる道路に沿って、棟を接して並んでいる。

「ここからでもご自分の家がわかりますか？」と、ボビーはクレイヴンに向かって叫んだ。

「もちろん」と、クレイヴンはふり返りもせずに答えた。

「ここからだとまるでちがって見える」と、ボビーが言った。

ボートはスピードを落としながら岸に近づき、メイソン砦のいまは使われていない埠頭をゆっくりと通り過ぎた。土曜とあって、店々は人出でにぎわい、レストランの外には行列ができようとしていた。

「あれはほんとうかね？」クレイヴンがわたしの肩を叩いて言った。「知事を喚問したというのは？」

「彼のところへ一週間電話をかけつづけたんです。一度も返事がありませんでした。昔からの決まったやり方があるんですよ、アルバート……内々の話し合いがいやだというなら、法廷へ出て話してもらおう、となるんです」

クレイヴンは革のケースをあけて金縁眼鏡を取り出し、赤くなった鼻の上にそっと載せた。

「相手が知事となると、やり方もすこし変わるんじゃないのかね？」

ボートは岸からだいぶ遠ざかっていた。スピードもあがっており、風が激しく吹きつけた。わたしは大声で答えた。

「あなたはそう思うんですね」

クレイヴンは体をかがめ、耳をわたしのほうへ寄せた。「なんだって？」

「あなたはそう思うんですね」わたしはどなった。

彼はもうなにも言おうとしなかった。聞こえたようとうなずくと、またデッキチェアに背をあずけた。

ボートは次々と波頭へ突っこんでいき、船体からドーン、ドーンという鈍い音があがった。ベイ・ブリッジの下に差しかかった。はるか頭上の鉄骨のあいだから、走っていく車が玩具のように小さく見えた。それをながめているうち、ボビーが祖父から聞いたという話を思い出した。わたしは思わず微苦笑を浮かべていた。

「下へ落ちるまでにはそうとうかかるだろうな」と口にしてみたが、横にいるクレイヴンにも聞こえないはずだった。

橋の下を通過するとヤバ・ブエナ島に沿ってまわり、その東側を通ってふたたびベイ・ブリッジをくぐりぬけ、平たいトレジャー島の岸に並ぶ陸屋根の建物を横に見て進んだ。島から遠ざかったところで波が高くなった。舳先《へさき》が高々と持ちあがったかと思うと次には水面に叩きつけられ、押し寄せる冷たい塩水でみんなずぶ濡れになった。わたしは単調にくり返される荒々しい海の動きに茫然となりながら、白く濁ったような緑色の海面を見つめ、風と水と広々とした空と、無人の丘しかなかったころのここはどんなだったろうか、と思った。

ボビーは北へ舳先を向け、エンジェル島へ向かった。この島とソーサリートの距離は、いちばん近い地点では半マイルたらずしかない。島が太平洋からの潮流をさえぎってくれるおかげで、ボートはすべるように静かに進んだ。マリッサは立ちあがると、ずぶ濡れの体を見おろして首を振りふり笑った。そしてギャリーへ消えたが、すぐにふわふわの厚手のタオルで顔を拭きながらあらわれ、わたしにも一枚渡すと、また下へ降りていった。しばらくすると、首にタオルを巻いた恰好でギャリーからあがってきた。手にはダークグリーンのボトルと数個のグラスを持っていた。

「ランチにしましょうか?」彼女はそう言うと、みんなにグラスを渡しはじめた。

ボビーはボートのスピードを落とし、岸へ近づけた。そしてコンクリートの桟橋から二十ヤードほどのところでエンジンをニュートラルにし、アイドリングさせた。しだいに小さくなって消えてゆく航跡がひたひたと船体を打った。前方のもっと岸に近いところでは、五、六隻のカヌーが両端に水かきのあるオールを激しく動かしてスピードを競っている。浜の水ぎわでは、ヒスパニックの若い女が、われがちに手を出す上半身裸の三人の子供にサンドウィッチを手早く渡そうとしていた。

親子の向こうへ目をやると、一目では全貌をとらえきれないほど巨大な、なんとも陰惨な感じの建物があった。これを見ておぞけをふるわない人間はいないだろう。四階建ての大ビルだが、効率重視の殺風景な十九世紀建築のおぞましさを後世に伝えるため残されてでもいるようだ。黒ずんだ黄色い煉瓦の一つ一つが気の滅入る物語を語りかけてくるかのようだ。

「こんなものがあったなんて知らなかったわ」と、マリッサが言った。彼女はクレイヴンにグラスを渡し、二つをわたしに持たせた。「持っていってくださる？」と言って、ギャリーへ降りていった。

わたしは足を持ちあげると体をずらし、座席の横に頭をもたせた。サングラスをはずして顔を太陽に向け、浜辺で遊ぶ子供たちの笑い声に聞き入った。湾で波に揉まれたおかげで、心の強ばりがほぐれていた。いまは五感に身を委ねていられた。ゆるやかな風になぶられる顔に日差しの温もりが感じられる。ボートの心地よい揺れも。塩気をふくんだきれいな空気を吸いこむ、自分の息の音が聞こえる。

マリッサの声が聞こえたが、なにを言っているのかはわからなかった。目をあけたものだろうか、なにか返事をしたものだろうか、と考えた。べつに急いで決めることでもなさそうだった。すると、額に彼女の温かな指が触れた。

「はっきり言って、彼をどうするつもりなんだね？」

わたしは起きあがり、あたりを見まわした。クレイヴンは脚を伸ばしてキャンバスチェアに坐り、ぽこんと出た腹の上に食べ物を盛りあげた紙皿を載せていた。

「彼を並の証人とおなじように、ただ証人席に坐らせるわけにはいくまい、どうだね？」

「もちろんです」わたしは低い声で答え、皿を渡してくれたマリッサにウィンクした。

アルバート・クレイヴンはまわりに人を集めるのが好きだ。とりわけ女性を。女たちがまわりにいると、感情がこまやかになり、ますます気持ちが寛くなるらしい。思わせぶりを言うのが根っから好きなのだ。浮気者だが、誰にも害をあたえることはない。

「これはアントネッリの仕事だが」彼はまずマリッサを、そしてローラを見て言った。「結局わたしがなにもかもやっているんだ。彼の仕事は裁判所へ出かけていくことだけだ。一方わたしのほうは、きみの友人のジョーゼフが相手にしている暇もないらしい、とても重要な人間たちからの電話をすべて受けなきゃならない」

クレイヴンはピンク色をした顔にいかにも哀れっぽい表情を浮かべてみせた。そして、サンドウィッチにかぶりつき、口許をぬぐった。

「いまや手一杯だ」彼は長いため息とともに言った。「受付係か、広報担当にでもなったような気分だ」

「それでランチが長くなるんだ」ボビーがにやにや笑いながら言った。

クレイヴンは手をひらっと振ってその冷やかしをしりぞけた。「ランチの席ではみんながこの裁判の話をしたがる。街じゅうがこの話でもちきりだ。そこへもってきて、きみが知事を喚問したものだからよけい」彼はいわくありげな目でわたしをちらっと見てつけくわえた。「それはそうと、知事の周辺はそうとう腹を立てているよ」

「周辺というのはわたしが電話をしても返事をよこさない連中のことでしょう。知事とその周辺は、殺人事件の裁判の話は知事個人にとって迷惑だと思っているようです」

クレイヴンはうなずいた。「個人というより、政治家として迷惑だ、と言ったほうが適切だろうがね」

ボートはゆるやかなうねりに乗って、あがったり下がったりした。クレイヴンはワインを一口飲むと、長いステムをつまんでグラスをまっすぐ持ち、船体の下の湾の動きに合わせてワインが揺れるのをじっと見つめた。

「あれがなんだか知りたいだろう」彼はマリッサに目を向け、だしぬけに言った。そして、こんなものがあるとは知らなかった、とさっき彼女が言った、埃に覆われた陰気な建物のほうへものうげに手を振った。

「ああいうのはマンチェスターの平野やペンシルヴェニアの丘陵にありそうだと思うだろ？——産業の発展期に建てられた工場、貧しい賃金労働者を収容する煉瓦造りの監獄みたいだと。あたりの全住人が——年代を問わず、男も女も子供も——明日一日の糧にしかならない賃金を得るため、来る日も来る日も起きているかぎりは働きつづけた工場みたいだと。しかし、あれは工場なんかじゃないんだ」

脚を組んで斜め坐りをしたマリッサは、陸地からは死角になる島の一画をながめやった。

「湾に出たことはあるし、エンジェル島のこっち側をボートでまわったのもはじめてじゃないけど、これを見たとしても記憶にないわ」

クレイヴンは彼女の言葉に興味をおぼえたようだった。「きみの家からどれぐらいの距離だと思う？」

「直線距離で？　一マイルたらずじゃないかしら」

「だが、これがここにあることを知らなかった……で、いま見たわけだが、きっと不思議に思っているにちがいない、こんなに大きなものがここに、どこからも見えないが、わずか一マイルたらずのところに昔からあったのに、これについてはなにも知らないのはどういうことだろう、と」

ボビーは缶のコーラをぐいと飲んだ。「話のポイントは、アルバート？　わたしもここにこんなものがあるのは知りませんでしたね」

「ポイント？　この話にポイントがあるかどうかは知らんよ」クレイヴンはのんびりとした口調で楽しげに言った。「じつに奇妙なことだと思っただけだよ――われわれがいかにまわりを知らないかと、物事はわれわれの想像といかにちがうかと、つい目と鼻の先で起こったことをわれわれがまったく知らないのはどういうことかと」

「外見からすると」ボビーは廃墟と化した長方形のがっしりした建物に目をそそぎながら言った。「大昔の建物というわけではなさそうだ」

「なんなんです？」ローラが恥ずかしそうに言った。「というか、なんだったんです？」

「ここがエリス島だったんだよ」クレイヴンは答えた。「西海岸のエリス島という意味だがね。約三十年ほどのあいだ、ここが移民の上陸地になっていたんだ。やってきたのは、アイルランド人やイタリア人やドイツ人でもなければ、ロシア人やポーランド人でもない。ここからはいったのはアジア系移民で――主に中国人だが――東海岸の移民たちがマンハッタンのロワー・イースト・サイドにある住まいへ向かい、ニューヨーク市内の搾取工場で働くことになったのに対し、彼らは収容所へ入れられ、それから鉄道建設の作業員として送り出された」

彼は海岸のすこし先を漠然と指で示した。「船は毎日のようにやってきた」

クレイヴンはゆっくりとワインを飲みながら、人気のない静かな浜を見つめた。かつてそこは、帆船や蒸気船がひしめき、聞いたことのない物音や見たことのないものの奔流に驚き、目をぱちくりさせている中国人たちであふれかえっていたのだろう。

「あれはサンフランシスコの大いなる幻影を――呼びたければ、謎と呼んでもいい――構成するもろもろを寄せ集めたものだ。いまここへやってくる人間たちはなんでもなりたいものになれると思っている……どんなことでも可能だと。中国人たちはほかに生きるすべがないからここへやってきた。彼らは溶けこめず、白人たちのように目立つことなく暮らせなかった……彼らは外国人扱いされ、それを受け入れて暮らした、分離した状態で。いまでもそうやって生きている者もいる。チャイナタウンはサンフランシスコの一部だが、サンフランシスコが一部といえどチャイナタウンのなかに存在するとは思えない」

高速フェリーの航跡が押し寄せてきてボートを揺さぶった。つぎたしたばかりのワインがはね、クレイヴンの手にこぼれた。彼は笑いながらグラスを持ち替え、親指をなめた。

「うん、わかっているよ」彼は話にもどった。「いまでは世の中も変わった。中国人たちが年季奉公人のように扱われることはない。だが、長いこと、そういう状態に置かれていた。そのころのこの町はわたしの友人、ローレンス・ゴールドマンのような連中の持物だった、実際とはちがう人間をよそおって生きている連中のね」

クレイヴンの目は、東洋の変わった病気の侵入を防ぐためすべてのアジア系移民が検疫を受けさせられた、陰気な煉瓦造りの建物にそそがれていた。

「想像できるかね？　中国人たちは先祖について、何千年もさかのぼる家系について語る――いまはともかく、昔はよく語っていたものだ。曾祖父母四人の名前をぜんぶ言える者はわたしのまわりには五、六人もいない。ローレンス・ゴールドマンがそのなかにふくまれないことは確かだ。ローレンスは〝サンフランシスコの旧家の出〟だと言っている。ただの金持ちではないんだ。そう、彼は伝統を担う一人と言っていいだろう。たしかにそうだが、新聞に書かれるような伝統ではない」

「彼の祖父は警察署長だったんじゃないですか？」と、マリッサが口をはさんだ。

クレイヴンはワインを一口飲んだ。彼は小さな丸い口の端に皺を寄せて、いかにも老獪《ろうかい》そうな笑みを浮かべた。

「そうだ」彼はグラスを見つめて答えた。「で、それがいまのローレンスの身分の、いわば見苦しくない核となっている……サンフランシスコの名門の一員だという主張の根拠、と言ってもいい。もちろん」彼は目をあげてつづけた。「当時、名門を自任していた連中は、警察署長を家に迎えるのはご免こうむる、と思っただろうがね。まあ、その話はあとにしよう。ローレンスの祖父はサンフランシスコの警察署長だった。ローレンスは、病院や博物館や美術館といった、市にとって大事な施設の起工式に出るたび、祖父が始めた社会への貢献を自分も真似てみようとしているだけだ、と言って、自分が大事な役を果したことを隠そうとする」

クレイヴンはまた老獪そうな笑みを浮かべて、わたしたちの顔を順ぐりに見ていった。「そう言うことで」と、彼は解説した。「ただの成金ではないという箔がつくわけだ。

ローレンス・ゴールドマンの祖父、ダン・オブライエンは十二年間、市警に勤めたのち一九二〇年に署長になった。興味深いのは警官になったとき――一九〇八年のことだが――彼はすでに三十三歳だったことだ。どこの生まれで、それまでの三十二年間なにをしていたのか――

それは誰も知らん。彼は署長を十二年ほど務めた。子供が一人いた、ケイトという女の子だが、なんでも自分の思うようにやらないと気がすまないという、頑固で、気性の激しい娘だった。彼女の夢は俳優に、映画のスターになることだった。

彼女はハリウッドへ行った。端役で出演するうち、だんだんいい役がつくようになった。サイレント時代に十本あまりの映画に主演したが、彼女がついにスターの仲間入りをしたのは、映画に音がつくようになったときのことだった。彼女は一度聞いたら忘れられない声の持主だった……そのやわらかで、官能的な声は聞く者の頭にすべりこみ、そこにとどまる、とめられない、いや、とめたくないレコードのようにくり返される。彼女は史上初の本格的なトーキー映画に出た。『ジャズ・シンガー』だ。映画の観客がはじめて耳にしたのはアル・ジョルスンの声だった。初の全編トーキーの長編映画はそれから数箇月後、おなじ一九二七年につくられたと思う。ケイト・オブライエンはそれに出演した。ローレンス・ゴールドマンの父親も。

それが縁で、ローレンスの両親は知り合った、史上初のほんものの映画のセットで」クレイヴンはふと口をつぐみ、「ほんものの映画か！」と大きな声で言い、低く笑った。

「ティム・キャシディ。この名前を聞いたことあるかね？」彼はボビーからわたしへと目を移しながらきいた。「彼は休むことを知らない、貪欲な若者だった。ニューヨークで育った。キャシディというのは芸名だ。本名はゴールドマンといった」

「どうして名前を変えたんです？」マリッサが慎重にワインをつぎなおしながらたずねた。

「映画のためならみんな名前を変えたのさ」と、クレイヴンは答えた。「それが幻影の一部だ、別人になるための一要素だった。しかも、ユダヤ人であれば」彼はマリッサの手をかるく叩いた。二人は意味ありげな目で見かわしあった。「いずれにせよ、アメリカ人はユダヤ人のカウボーイというのにはまだ慣れていなかったからね。

ネイサン・ゴールドマンは――それが彼の本名だ――ニューヨークで育ち、外科医をめざしていた。だが、第一次大戦中に二年間、軍務につき、フランスで実戦を経験した。復員してきたときには目標をなくしてしまっていた。戦争が彼を変えたんだ。それまでの信念は揺らぎ、平凡な生活にもどることはできなくなってしまった。あの戦争は大勢の人間を同様の目にあわせたようだがね。彼はニューヨークを出てカリフォルニアへ向かった。そして、何十本というサイレント映画に出た。やがてトーキー時代が到来し、彼はスターになった。最初の本格的トーキー映画に出演して以後、第二次大戦が勃発するころまで、ティム・キャシディは当たりまちがいなしの映画に出つづけた。ぜんぶ西部劇で、もちろん彼が主役だった。

彼はケイト・オブライエンと一九二八年か一九二九年に――どっちだったか忘れてしまったが――結婚した。数年間は――つまり一九三〇年代なかごろまでは――二人はアメリカでもっとも有名なカップルだった。サンフランシスコの新聞は彼らのことを書きたてた。どの記事も、彼女が警察署長、ダニエル・オブライエンの娘であることに触れていた。彼らは週末にはたいていこっちへ来ていたようだ。当時、ロサンジェルスには夜を楽しむ店があまりなかったんだ。ハリウッドの人間はみんなこの町へやってきた。LAを金曜の午後に出発して日曜の夜にまた向こうへもどる、スターライトと名づけられた汽車があった。サンフランシスコにはナイトクラブがいっぱいあり、週末にはどの店もハリウッド・スターたちでいっぱいになった。このころのことだよ、エロール・フリンとメルヴィン・ベリが大の親友になり、二日ぶっつづけで飲みとおしたり、いまなら刑務所入りではすまないようなことをやらかしていたのは。だが、世間もそれを喜んでいた……その華やかさを、有名人たちの顔を見ることを、彼らがふつうの人間たちといっしょになって、ふつうの人間とおなじように、ただ楽しむために無害な脱線行為をくりひろげるのを。

「そう、そこが肝腎なところだ……誰もがお楽しみを求めていた、ここへ来ればそれが手にはいったんだ。サンフランシスコは規制のゆるい町だった。やりたいことはなんでもできた、その対価を払う金さえ持っていれば。警官たちの考え方はちがった――対価については。誰でも親しい仲になれた――警察が分け前をもらってさえいれば。そのゲームについてはみんな理解しており、誰もがルールどおりにやっていた。警察の健全性をおおっぴらに問うてはならない、というのがルールの一つだ」

クレイヴンはゆっくりと立ちあがった。そして、不安定な足どりで舷側まで歩いてわたしと並ぶと、光が降りそそぐ島へ目を向け、しだいに影が濃さを増してゆく暗緑色の木立をながめた。

「市民としての義務という大いなる幻影はずっと消えることがなかった。オブライエンが死ぬと、新聞は〝市がもっとも愛した警察官〟という呼称を彼にささげた。大勢の市民が葬儀に参列した。彼らはオブライエンが一介の警察官の給料で、いかにして百万ドル近い遺産を残すに至ったか、という法外な話を信じた、というか、信じたふりをした」

クレイヴンは深呼吸をして塩分をふくんださわやかな空気を肺に取りこむと、両腕を伸ばし、頭を右へ左へと倒した。そして、にやりと笑いながら女性二人を見おろした。

「百万ドルだよ、それも時代は一九三四年だ。いまならいくらぐらいの価値があるかわかるかね？　わたしにもわからないが、一千万ドル、あるいは二千万ドルと考えてもそう見当ちがいだとは思わない」

わたしは船縁にかけていた手を離し、足をひろげて立った。「ローレンス・ゴールドマンの富の起点はそれだったんですか？　警察の汚職？」

クレイヴンは梟のような目をわたしに向けた。「いや、ちがう。汚職などなかった。警察署長は〝無私の愛情〟から蓄財をおこなったんだ。そう、新聞はそういう表現をした……娘夫婦に対する、父親の〝無私の愛情〟と。こういうことだよ」彼はマリッサがつぎなおしたワインのグラスに手を伸ばしながら言った。「善良なる警察署長は娘夫婦の金遣いの荒さが気になってならなかった。このままでは、役者をやめるころには二人とも文なしになってしまうのではないかと心配だった。そこで彼は二人から金を、巨額の金を借りはじめた……新しい車を買うから、家を買い替えるから、あれに投資するから、これに投資するから、と思いつくかぎりの理由を並べて。で、言うまでもなく」彼は薄い眉を持ちあげた。「二人はいつでも同意した、二人とも金にはもともと無頓着だから」

クレイヴンはいたずらっぽい笑みを浮かべてキャンバスチェアに腰をおろした。そして脚を組み、膝の裏側の静脈瘤を隠した。

「話によると」彼はふと暗い目になって言った。「ダン・オブライエンは何年かのうちに莫大な額の金を二人から借りたそうだ。で、署長は警官の制服を着た聖者のような人間だから、借金の名目にしたようなことにはいっさい金を使わなかった。そう、彼はそれを、全額を蓄えておいた。信託資金にした、百万ドル近い金を。受益者は、ただ一人の孫、ローレンス・ゴールドマンだ。

すばらしい話だろ？」クレイヴンは感に堪えないというように首を振りふり言った。「ただし、言うまでもないことだが、この話には真実の一片もふくまれていない。オブライエンは娘と義理の息子からビタ一文借りてはいない。盗んだんだ、すべて――リベート、賄賂、裏金だ……金のある連中に好きなように楽しい時を過ごさせる非合法な事業に警察がかけた関税のようなものだ。署長は大笑いしながら死んでいったにちがいない。彼は生きているあいだはいい暮らしをし、大金持ちとして死んだ、しかもそれを他人の金でやってのけたんだ。また、まわりの連中は彼の正体を知っていながら――ある意味ではみんなおなじ穴の貉《むじな》だったんだ――彼を買収した者も、彼に買収された判事や政治家も、彼のことをほめそやし、彼の名前を彫った記念碑を建てるしかなかった。

彼が自分の娘を犯罪の隠れ蓑に利用したことに気づいた者はいなかった、あるいは、いたとしても問題にはしなかった。彼女とカウボーイ俳優のその夫は、涙ぐんでほほえみ、彼が深謀遠慮によって二人を破産の危険から救ってくれたことをうなずいて認めるしかなかった。彼らはやむをえずカメラマンや記者やニュース映画のカメラの前に立って、自分たちがいかにいいかげんに金を使っていたか、彼が求めるままに金を渡していたが、彼が車を買い替えなかったことにも、家を新築しなかったことにも気づかなかった、と話の空白部分を埋めるための説明をおこなう羽目になった。自分たちは無思慮だった、ほうっておけばただ一人の子供になにも遺してやれなくなるような無責任な生活をしていた、と世間を納得させるために、最高の演技力を発揮してみせなければならなかった。彼らはカメラを見つめて、ダニエル・オブライエンのおかげで、息子は幸いにも両親に頼らなくてすむことになり、とても感謝している、と言うしかなかった」

「で、その後は？」と、わたしは先をうながした。

「娘と義理の息子かね？　なにもいいことはなかった、気の毒ながら。数年後の一九三〇年代後半にケイト・オブライエンは死んだ、かなり不可解な状況で。警察は夫に疑いをかけた、という噂があった。しかし誤解しないでくれ、警察はそんなことはなにも言ってはいない。いっさいなにも言っていない。撮影所のなかでなにかあったんだろう。その種のスキャンダルが洩れるのは誰も好まない。しかし、ティム・キャシディは二度と仕事をしなかった。いずれにしても、もう彼の時代は終わりかけていたし、彼を見かけなくなったことに気づいた者もほとんどいなかった。彼は黙って姿を消した。身を隠したのでもないし、街から去ったのでもない。実際なにもしなかった。二十年ほどして死ぬまで、ベヴァリー・ヒルズの家にずっと住んでいた。しかし、この国から出ていったも同然だった。以後、一本の映画にも出ていない」

クレイヴンは立ちあがって伸びをした。

「どうしてそういうことになったのかは知らない。たぶん彼は嘘に引きこまれたことを恨んでいたんだろう。あるいは」クレイヴンは声をひそめてつづけた。「あの悪辣な老人が彼の一人きりの子供の父親がわりを演じたことを恨んでいたのかもしれない。わたしは以前から、オブライエンが娘を利用して孫の人生における支配的な男の地位を獲得したことには、ちょっぴり近親相姦めいたところがあるように感じている。

いずれにしても」彼はきびきびとした声で言った。目にも輝きがもどった。「遠い昔の話だ。はっきりしているのは、祖父の犯罪のおかげで、ローレンス・ゴールドマンは世に出た若いころからたいそう裕福な身分だった、ということだけだ」

「彼は知っているのかしら？　つまり、祖父のことを？」と、マリッサがたずねた。

「昔のことだが、父親がローレンスにすべてを話した、ローレンスはそれ以来、家を出て、父親とは二度と会わなかった、という話を聞いたことがある。しかし、わたしに言えるのは、彼から父親の名は一度も聞いたことがない、ということだけだ」

マリッサの口許に謎めいた笑みがちらっとあらわれた。「お祖父さんと似た立場に置かれたことを皮肉だと思わないかしら、彼も娘が産む父親のいない子供の男親がわりになるんだから」

「ローレンスがなにかを皮肉に思うことなどまずないさ」クレイヴンはそっけなく言って、舵輪のうしろへまわった。「今度はわたしの番だ」彼はボビーを横目で見てそう告げた。

彼がスロットルレヴァーを倒すとうがいのような大きな音があがり、ボートは島の岸辺を離れはじめた。煉瓦造りの荒涼とした建物は遠ざかり、ボートがエンジェル島の端に達すると視界から消えた。

ボートは島の向こう側へまわり、ソーサリートの沖へ出て、外海からはいってくる潮の流れに乗った。赤銹色のゴールデン・ゲートの向こうから黄金色の日差しが照りつけてきた。黒いウェットスーツのウィンドサーファーたちがボードのマストにつかまって、白みをおびた緑の大波の上をすべっていくのが、人類がここで活動を始める以前からこの地に生息し、人類の死滅後もここに残る、羽根を持った珍種の昆虫のように見えた。

16

ボートが無事、桟橋につながれると、わたしとマリッサはほかの三人とマリーナで別れ、ゴールデン・ゲートを走り抜けてソーサリートの彼女の家へ向かった。彼女がシャワーを浴びて着替えをする間、わたしは家の裏手のテラスに坐って湾をながめながら、サンフランシスコの街を離れてベイ・ブリッジをくぐり、トレジャー島をまわってアルカトラズ島の沖の、あの見捨てられた建物があるエンジェル島の向こう側まで行った、今日一日の船旅をふり返った。いま、くすんだ紫色の光のなかに見えるのは、狭い水道の向こうに浮かぶ鞍の形をした島影だけだった。ここに一生住んで、毎日外をながめていても、あの廃墟と化した陰気な建物はもちろん、島の向こう側になにがあるかはまったくわからないのだ。

肩に置かれるマリッサの手の感触でわれに返った。

「わたしの家が気に入った、ジョーゼフ・アントネッリ？」彼女はそう言いながらワインのグラスを差し出した。

わたしは立ちあがって木の手摺に寄りかかり、チョコレートブラウンの柿板《こけらいた》で覆われた家をながめた。枠を白く塗ったガラス窓の横には、ダークグリーンの鎧戸が釘を打って固定してある。緑青《ろくしょう》が浮いた銅製の樋が、柿板張りの急傾斜の屋根の庇に沿って延びている。テラスには白い手摺がめぐらされ、赤いゼラニウムがいっぱいに植わったオレンジ色の陶製の植木鉢が端のほうに並べてある。

「すばらしい家だ」わたしは向きを変えて肘を手摺に載せ、切り立った山腹と道路を見おろした。道は町の中心を貫いたあと湾岸に沿って延びている。眼下のヨットハーバーのすぐ先に、夜を迎えて帰港を急ぐ数隻のヨットが見えた。

「この家に何年ぐらい住んでいるんだね？」わたしはグラスをぶらさげるようにして持ち、湾に目をやったままたずねてみた。

「十八年」と、マリッサは答えた。彼女もわたしの横に立って暗さを増してゆく湾をながめていた。「離婚後は七年」

彼女はグラスを口へ持っていった。一口飲んで、ほろ苦い笑みを浮かべた。

「彼はガールフレンドをとって、わたしはこの家をとったの」

彼女が男に捨てられるというのはちょっと考えにくかった。たいへんな美人なのに。それに、ふつうはとるにたらないと考えがちなことを、なにか謎めいた、特別なことに思わせてしまう想像力を持っている。すばらしい女性だが、彼女ももう若くはない。若さとほんものの魅力のちがいを見わける段になると、男が愚かになることはめずらしくはないが。

「いま、なにを考えていたの、わたしが出てきたとき？　あの向こう側にあるもののことを考えていたんでしょ？」マリッサがエンジェル島のほうへ目をやって言った。

「うん」と、わたしは答えた。わたしがなにを考えていたか、彼女が見抜いたこともう意外ではなかった。すでにそれを予期するようになっていた。

彼女は白いブラウスと綿のフレアスカートに着替えていた。履いているのはモロッコ革のサンダルだった。その髪はジャスミンの香りがした。

「それと、アルバートが話していたローレンス・ゴールドマンのことも？」

「うん、それも」

彼女は体をかがめると、枯れたゼラニウムを植木鉢から引き抜き、茎をつまんでくるくるとまわした。

「アルバートが語った彼の祖父の話をおぼえているだろ？」警察署長だったダン・オブライエンがかつては市を牛耳っていたという話だ、とわたしは説明した。「わたしの祖父も彼に金をつかませていたんだと思う」

わたしはボビーから聞いたことを話した。祖父が刑務所入りか贈賄かの選択を迫られたこと、祖父が金を捨てて体面をとったのがあいにくだった、と二人で嘆いてみせたことを。彼女はわたしの腕に手を置いた。

「じゃあ、ローレンス・ゴールドマンの資産の一部はあなたのお祖父さんから盗んだお金なのね。だったらどういうことになるのかしら？　お祖父さんが事業の才覚がなくて、あまりお金儲けができなかったら、賄賂で刑務所入りを逃れることはできなかったし、ダン・オブライエンはあれほどのお金を手に入れることはできなかった。で、彼が大金を蓄えていなかったら、ローレンスもとうていいまのようないい身分ではいられなかったはずね……そうなると、ジェレミー・フラートンもそれほど彼に関心を持たなかっただろうし、彼の娘に対してもなにもしーゼフ・アントネッリ。すくなくとも、あなたの一族のせいよ」

マリッサは手摺からさがり、値踏みするような目でわたしを見た。「でも、あなたが考えているのはそんなことじゃない、でしょ？　こう考えてるのよ、なんらかの仕返しをして――ローレンス・ゴールドマンになにかしてやって――彼の祖父があなたたち一族にしたことの埋め合わせをさせてやることができたらすばらしいだろう」

「彼の祖父の話を聞く以前から、ローレンス・ゴールドマンというのは好きになれそうにない人物だと思っていた。しかし、彼にはあまり興味はない……彼の娘のほうにずっと興味がある。彼女がすべての鍵を握る中心人物のように思えるんだが、わたしの知っていることといえば――ローレンス・ゴールドマンの娘であることをべつにすれば――フラートンのところで仕事をしていたこと、彼と関係を持っていたこと、彼の子供をみごもったと思っていることぐらいのものなんだ」

マリッサは怪訝そうな顔でわたしを見た。「彼の子供をみごもったと思って、い、る？　つまり、そうじゃないってこと？」

ジェレミー・フラートンの未亡人から聞いた話は誰にも口外していなかった。だが、わたしはマリッサのことはいまでは全面的に信用していた。彼女となら、胸のうちで自分に語りかけるように、気らくに、誰にも聞かれることはないと安心して話ができる。断片的な数語で、表情の変化で、かすかに語調を変えたり、ほんのすこし強調してみせるだけで、おたがい完璧に理解しあえた。

「ジェレミー・フラートンにはできないんだ……」

「子供が？　メレディス・フラートンがあなたにそう話したの？　そんなことまで話すとは、あなたのことをよほど信用していたのね」

黒い水面に反射するサンフランシスコの街の灯が、湾を越えてこっち側まで届きそうだった。ジェレミー・フラートンの未亡人が、彼ら二人がまだ未来を自由に思い描いていた土地に目を吸い寄せられるかのように、たえず窓の向こうを見つめていたのを思い出した。

「彼女はわたしに『グレート・ギャッツビー』を読んだことがあるか、とたずねた。結婚したばかりのころ、夜中に二人して岸辺まで歩いていき、向こうの街の灯をよくながめた、と言っていた。それが、ギャッツビーがデイジーの家のあるほうを、桟橋にともる緑の灯をながめる光景を思い出させたそうなんだ」

「彼はそういう目をしていたわ」彼女はすこし考えてから言った。「なにかを夢見ているような目をしていた、自分には手に入れられないと、いや、望むこともかなわないものだと、心のどこかではわかっているなにかを」

マリッサは顔をあげ、髪を掻きあげた。「ある意味では誰もがそういうことをしているんじゃないかしら。わたしも子供のころは、自分の身に起きそうなことや、自分が将来やることをよく考えたものだわ」

彼女は笑った。自嘲気味の笑い声だったが、未来を夢見ていた若いころの自分を思い返して、目が輝いていた。自分が求めた人生を彼女は後悔していないのだ。

「わたしは人の注目を集める人生を、誰もがわたしのそばへ寄ってくる人生を夢見たものだよ」

わたしは彼女の腕をとって引き寄せ、手を握った。闇に包まれたテラスの床を見おろし、彼女のサンダルの爪先に触れるまで足を近づけた。湾から昇ってくる微風にあおられて、スカートの裾がわたしの膝にひらひらと触れた。

「ジェレミーはギャツビーとおなじことをしていたんだ。自分が愛するものに愛してもらうため、これからやりたいこと、この先起こることを、あれこれと夢見ていた。それはすこしも理解に苦しむことではない。よくある話さ……自分にはまだその力も、金も、名前もない、そういう家柄でもない、だから愛するなにかを自分のものにできないんだ、と考える若者はいつの時代にもいる。その結果、道を踏みはずして、どうしてもならなくてはならないと考えた人間になるため、どんなことでもやるわけだ。ギャツビーは盗っ人になった……ジェレミーはたぶんもっとひどいものになった……二人とも、ほかに方法はないと考えたからだ。誰しもそういうことをするんじゃないだろうか？　ほかに方法がないと考え、思ってもみなかったことをするんだ」

マリッサはわたしの頬にそっとキスし、それから鼻に皺を寄せて笑った。

「あなた、塩の味がするわ。シャワーを浴びたらどう？　外へ行くのはやめて、ここで過ごすことにしない？　夕食はなにかつくるわ。わたしの料理もそうひどくはないわよ。ほんとよ」

彼女はスライディングドアのほうへ二歩進んで立ちどまった。「それから、食事をしながらローレンス・ゴールドマンの娘のことを話してあげるわ」

外へ食事に出かけるつもりだったから、わたしも着替えは用意してきていた。それから三十分後には、グレーのズボンとブルーのオックスフォードシャツに着替え、ダイニングルームのテーブルの前に裸足で坐って、じつにおいしいリングイーネの二皿めをフォークに巻きつけていた。

「調子はよくなった？」つややかな黒いテーブルの向こうに坐ったマリッサが言った。彼女は皿をわきへ押しやって、リースリングワインのグラスを唇へ持っていった。

思ったより腹が減っていた。わたしは返事がわりにうなずいて食べつづけた。彼女はわたしが食べおえてフォークを置くまで、満足げな顔で見まもっていた。

「アリエラ・ゴールドマンのことを」わたしはナプキンで口をぬぐうと、そううながした。スクリーンドアから夜風が吹きこみ、テーブルの真ん中に置かれた蠟燭の小さな炎が一瞬ゆらめいた。マリッサは、話したいことがあるのだが話していいものかどうか決めかねている、とでもいうように、しばらく無言で考えこんだ。わたしは目で問いかけた。

「わたしの離婚の理由について、すっかりあなたに話したわけじゃないの」と、しばらくして彼女は言った。

彼女はワイングラスの底に両手の指を添えて持った。そして、その向こうに謎の答えがあるかのように、透明なクリスタルグラスにじっと目をそそいだ。その謎とは、ある程度の歳月をいっしょに過ごした二人の人間のあいだに起きたことにまつわるものなのだろう。

「わたし乳癌だったの」彼女はワイングラスを見つめたまま言った。「乳房切除の手術を受けたわ。それが離婚の原因じゃないけど——いいえ、そうだったのかもしれない。自分でもよくわからないわ。実際にはそれがわたしたちの結婚を長びかせたんだとは思うけど。彼は夫婦の関係を維持する義務があると感じたんじゃないかと思うの」

奇妙な笑みが彼女の口許をよぎった。

「そういうことを考えてみたことない？」彼女は目をあげてわたしを見ながら言った。「別れたいと思っている。ある晩、それを切り出すつもりで帰宅する。だけど、まだなにも言わないうちに、相手が——夫なり妻なりが——ひどく悪い知らせがある、と言いだす。癌だと、だけど末期ではない、まだいまのところは、と。回復の見込みは充分にあると医者は言っている、すぐに治療を受け、また——この〝また〟が事態を一変させるものだと思わない？——二人が勇気を保ちつづけ、冷静に対処しさえすれば、と。そう聞かされた相手の心をどんな思いがよぎると思う？　うしろめたさ、自責の念、後悔、かしら？　後悔だとしたら、なにを悔やむのかしら？　自分が今夜、切り出すつもりだった話の内容に、それとも、もっと早く、病気のことを知るまえに、離婚が自分本位の行動だということになるまえに、言っておけばよかった、と思って？　これはなかなかむずかしい問題よ、そうでしょ？　なぜなら、当然のことだけど彼が——まずどんな場合でも——彼女のことを大切に思った時期はあるはずなのよ……彼はその女と結婚したんだから、でしょ？　また、いまでも彼女に多少の好意は持っているかもしれない、彼女の身が心配になることだってあるかもしれない。

夫は努力したわ。ほんとうによくやった。だけど、わたしの本心を言えば、そうしてくれないほうがよかった。そのほうがわたしの気持ちは傷つかなかったでしょうね。彼に好きな人がいると知っていたら、わたしの気持ちはもっとらくだったと思うわ。わたしの病気で彼の気持ちは変わらなかったのに、そんな芝居をしてもらうよりは。知っていればよかった。彼には言わなかったはずよ。わたしにもそれくらいの自尊心は残っていたはずなんだから」

わたしは手を伸ばして彼女の腕をとった。彼女は首を振った。

「大丈夫よ。ほんとに。説明しておかなくちゃならないことがあるから話しているだけなの。これを言っておかないと、ローレンス・ゴールドマンの娘についてこれから話すことをわたしが知った事情があなたにはわからないから。

離婚後、ある人と知り合ったの。最初の店を開いた直後に。店に勤めてもらったの。わたしたちは親しくなった。彼女とはいまでもいい友達よ」

マリッサはわたしの目を探った。わたしがちゃんと理解したかどうかを探っているだけではなかった。彼女のほうも理解の色を認めたと、わたしに知らせることが大事なのだ。「あのころのわたしはあまり魅力的じゃなかった……それに、孤独だった、思ってもみなかったほどの孤独感にさいなまれていた。ポーラは――ポーラ・ホーキンズは――すごく気づかってくれた。ある夜……ええ、ああいうことはそれまで一度もしたことがなかったわ。あのとき一度だけ」

挑むような光が目をよぎった。

「後悔はしてないわ――恥ずかしいとも思っていない――でも、二度としないということははっきりしてるの。ポーラもそれは理解したわ。彼女は非難めいたことはいっさい口にしなかった。ポーラはわたしを慰めたかったのよ……それに、彼女にはほかに好きな人がいたの、カレッジのころからつきあっている相手が」

わたしは彼女の目でわかった。「ローレンス・ゴールドマンの娘だろ？」

彼女の肩から重しが取りのぞかれたように見えた。マリッサは自分について、決して誰にも話したはずのないことをわたしに打ち明けた。彼女はいままでにも増して、わたしを信用してくれている。わたしが思うには、彼女にとってそれに劣らず大事なのは、わたしも彼女を信用しているとわかっていることなのだ。彼女はふとほほえむと、からになったわたしのグラスにワインをつぎ、次いで自分のも満たしなおした。そして、両手を添えてグラスを持ちあげると、ゆらめく蠟燭の炎がつくる影がワインの色を変えるのに見入った。

「アリエラほどうぬぼれの強い人間は見たことがない、とポーラは言っていたわ。ポーラの口ぶりからすると、まずまちがいないんでしょうよ。彼女の母親もそれを認めていたわ。アリエラが生まれたとき、ローレンス・ゴールドマンは四十代なかばだった。彼はその年齢からして、子供は大人の前に顔は出しても、やたらと口はきいてはいけない、という昔ふうの考え方の持主だったのね。アリエラはポーラに、いちばん最初の記憶というのは、母親に手を引かれて、螺旋階段を二階の寝室からリヴィングルームへ降りていったときのことだ、と話したそうよ。パリパリに糊のきいた、ピンクの小さなドレスを着て母親の横に立ち、部屋を埋める見知らぬ人間たちを見つめた。客はみんな男で、ブラックタイを締め、楽しげに笑いあっている。やがて、母親がぎゅっと手を握ったので、彼女は教えられたとおり、かるく膝を曲げて、小さな震え声で、『みなさんようこそ、今夜はゆっくりお楽しみください』と精一杯明るく言った。それが練習したとおり話した最初ではないか、と彼女は言っていたそうよ」

マリッサはワインを一口飲んでグラスをテーブルに置くと、ほっそりとした長い指をその縁に載せた。蠟燭の火影が瞳に映った。指がグラスの縁に沿って動きはじめた。

「ほんの子供のころから、彼女はまさしくローレンス・ゴールドマンの娘だったのよ。成長して、ディナーパーティの場にちょっとした明るさを添える存在ではなくなったあとも、その事実が彼女を特別な地位に置いた。誰もがローレンス・ゴールドマンになにかを求めていた——彼の同意やら許しやらを。もちろん、彼らはその娘の助けになるためなら労を惜しまなかった」

グラスの縁をなぞる指の動きがとまった。彼女は頭を起こし、冷やかすような目でわたしを見た。

「そんなふうにして育った人間を知っている？」

わたしはふくみ笑いをしながら首を振り、ワインを飲んだ。

「子供のころにわたしが見たタキシード姿といえば、ダウンタウンの映画館で切符を受け取っていた男だけだよ」

彼女はいましばらくわたしを見つめたのち言った。「あなた、お金を持った人間が好きじゃないのね？」

「好きな金持ちも何人かはいる」

「金持ちのどういうところが嫌いなの？」彼女はなおも言った。

「連中は金のことしか考えない、連中の注意集中時間はきわめて短い傾向がある、ということもあるが、わたしは金が人格と直接結びついた例をこれまで見たことがないんだ」

「お金があれば自由が買えるわ」と、マリッサは言い返した。

「なにをする自由が——それを使う自由？　クルージングに出かける自由？　ゴルフをする自

由？　家や車を買い替える自由？　なんであれ、それがそんなに必要なものだろうか？　しかし、金はいくらでも使える、そうだね？　食事のたびにたらふく食べれば病気になる、そういうのは大食いと呼ばれる。毎日、人事不省になるまで飲んでいれば、アル中と呼ばれることになる。しかし、使いきれないほどの金を持っていれば――なんと呼ばれるだろう？　切れ者、成功者、天才、みんなの手本、と呼ばれても、もう誰も貪欲とは呼ばない」

彼女はやり返す用意をしていた。「じゃあ、ちょっとした財産と言えそうな額の報酬で冤罪事件の弁護を引き受ける弁護士はどう呼ぶの？」

「切れ者、成功者、天才、みんなの手本」わたしは気どってゆっくりと言い、ネックの細い緑色の壜に手を伸ばした。

「そう！」彼女は一本とったと満足げな顔で言った。

「どこまで話したんだったかしら？」と、彼女は言った。「そう、大金持ちの娘として育ったら、と話していたのね。それが彼女の人格にどう結びついたかはともかく、アリエラは幼いころからお金とはどういうものか理解していたようね。お金のせいで――父親のお金のせいで――まわりがいつでもなんでも、彼女の望むようにしてくれるのを知っていたし、その理由もわかっていたの」

マリッサは頰杖を突いた。「その点を考えてみて。あなたのお父さんは医者、わたしもとても恵まれた環境に育った……だけど、二人とも自分の家が金持ちだとは思わなかったはずよ――アリエラのようには。わたしたちの両親のお金を見て、わたしたちのご機嫌をとろうとした人間はいなかった。わたしたちが夢中になった相手が、あるいはただ友達になりたいと思った相手が、こっちが願っているほどにはわたしたちのことを好きになってくれないと知ったときはショックでしょうけど、すくなくともそれで、自分がどういう存在なのかがわかるわ。アリエラは最初から自分にはちがうところがあると知っていた。奇妙なことを言うと——当人は気にしてないようだけど——彼女はそれを糧にして成長したの。そういうことを考える年齢に達するまえから、他人とどれだけ親しくなるかを決めるのは自分だと知っていたのよ。ある意味では王権のようなものなのね。継承できる力があれば、それは当然自分のものになると誰しも考えるはずよ。

ポーラはアリエラが彼女を友達に選んだ理由をちゃんと承知していたわ。カレッジで知り合ったとき、アリエラが何者か知らなかったのは彼女だけだったからよ。ポーラはローレンス・ゴールドマンの名前を聞いたことがなかったの」マリッサは大きな目をすぼめて集中し、考えをまとめながら話した。

窓の向こうでは、対岸のサンフランシスコの灯が闇のなかで踊っていた。空はミッドナイトブルーに変わり、人里から半マイル離れた洋上に浮かぶエンジェル島が、海底の隆起によって浜に打ちあげられた幽霊船のように黒々と見えた。

わたしは黒い漆塗りのアールデコ調の椅子にゆったりと坐り、マリッサの口が、微妙な意味を伝える手の小さな動きと、目にあらわれるかすかな表情の変化と見事に連動しながら、言葉を紡ぎだすのをながめていた。

「今年の早春のことだけど、ポーラがわたしをランチに誘ったの。ゴールドマン一家と週末をいっしょに過ごしたときのことを話したい、と言って。アリエラはヨーロッパから帰ったばかりだった——モンテ・カルロからそう遠くない、イタリアの小さな町へ、ジェレミー・フラートンといっしょに行っていたんですって。ポーラは二人をつきあいの最初から知っていたの。アリエラはなんでもポーラに話していた——たいていなんでも。親友だから……それ以上に親しい仲ね、まさしく。それはともかく、ポーラは金曜の夕方、彼女を空港で拾い、ウッドサイドの邸へ行ったの」

マリッサの語るのを聞いていると、すべてが目に見えるようだった……アリエラの姿が、邸のようすが——そのときの情景がそっくり。人目につかない十二エーカーの敷地に建つチューダー様式の邸は、ローレンス・ゴールドマンの持家のなかで、終《つい》のすみかと呼ぶのにいちばんふさわしいものらしい。彼がそこに家を建てた数年後に、一帯は世界一地価の高い住宅地に変わった。サンフランシスコのまずまず裕福な階層が半世紀ほどまえに夏の別荘として建てた飾りけのない建物は壊され、所有者の住み心地よりは、彼らがそうしたものを持てる身分であることを誇示する設計の建物にとってかわられた。ゴールドマンの邸は曲がりくねった細い道路からはだいぶ離れて建っているうえ、枝をからみあわせるようにしてそびえるオークの木立が視界をさえぎり、その隙間から急勾配のスレート屋根がかろうじて見てとれるが、その家の住人がプライヴァシーを求めているということのほかには、外部からはなに一つわからない。

ポーラはしばしばそこを訪れていた。彼女とアリエラはノックをすることも、なかにいる誰かを呼ぶこともせず、玄関からはいった。分厚い木製のドアを閉めると、なめらかな白い大理石の床にバッグを置いた。そして、厨房から洩れる女たちのくぐもった話し声を聞きながら、鏡板張りの広い廊下づたいに、ダイニングルームの反対側にある別棟へ向かった。一室のドアがわずかに開いていて、聞きちがえようのないローレンス・ゴールドマンの声が漏れていた。

アリエラはもうすこしドアを押しあけて父親の横顔を覗き見た。彼はふかふかの椅子に坐って、なにかを問いかけるように、角張った長い顔を前へ突き出していた。大きくて薄い唇に、相手をやさしく励ますような、かすかな笑みが浮かんでいた。表面が革張りになったアンティークの机に両肘を載せてまっすぐ前方を見つめ、いかにも大事な会話だというように、押さえたおだやかな声で電話の相手に話しかけている。

「わたしは新博物館建設資金として百五十万集めると約束した」と、彼は言っていた。「そのうちの二十万をなんとかきみに出してもらえないかと思うんだが」

ゴールドマンは二人が戸口にいるのに気づいた。彼は送話口を手で覆った。

「お帰り」彼はなかへはいれと、娘とその友人に手を振った。

彼はおそらく話を始めたときとおなじ、悠揚迫らぬ調子で会話を終えた。「ああ、ありがとう、チャールズ。きみが協力してくれることはわかっていたよ」

彼は受話器を置くと、電話の横に置いてある安っぽいはぎとり式の用箋に走り書きをした。

「やあ、ポーラ」彼は愛想よくほほえみながら言った。親しい友人であれ初対面の相手であれ、その笑みには変わりがない。「万事うまくいっているかね？」と、日焼けした血色のいい頬に娘のキスを受けながらたずねた。

「ええ、お父さん、とてもうまくいってるわ」

ゴールドマンは無言でうなずいた。「ちょっとしたギャンブルだが」と、ややあって言った。「そう心配することもない。マーシャルよりははるかに勝算がある」

「はるかにね」と、アリエラも調子を合わせた。

「ニースからのフライトは順調で、すこしは眠れたんじゃないかと思うが。あと一時間ほどで客たちがやってくるだろう。クリストファー・ボーデンはもう来ている。彼はいま自分の部屋で電話中だ。このまえの話はおぼえているな」ゴールドマンは部屋を出ていこうとする娘に言った。「ダウンタウンの開発計画に彼の手助けが必要なんだ」

ボーデンはゴールドマンと密接なビジネス上のつきあいがあるニューヨークの投資会社のパートナーだった。ゴールドマンよりはだいぶ若く、金に劣らず女も好きだ、という評判をとっていた。

十二組のカップルがディナーに招かれていた。十分たらずのうちに、二十四人の客が相前後して到着した。なかにはまえまえからの約束をキャンセルしてやってきた者もいた。リヴィングルームと同様ダイニングルームからも、鉛の桟を入れた高いガラス窓ごしに、プールのあるパティオとその向こうのテニスコートと厩舎が望める。長方形のテーブルは部屋の端から端へ達するほど長い。ローレンス・ゴールドマンはいつものように壁を背にして坐っていた。彼が話をしている間に、客の関心が屋外へそれないようにと考えてのことである。彼の向かい側にはアリエラがクリストファー・ボーデンと並んで坐っていた。

四十代なかばという年恰好の丸顔の女性が、ゴールドマンの妻のアマンダの姿がないのが残念だ、と言った。ゴールドマンの目が彼女へと動いた。

「家内も来たがっていたんだが、葡萄園のほうへ準備をしに行っていて、あいにくもどってこられないんです」

ゴールドマンは、なにか意見を述べるでもなく、また質問をするでもなく、とりとめのない会話から始めて、全員に関心のある話題へと手ぎわよく誘導していった。テーブルを囲んだ客のなかには、ベイ・エリアでヴェンチャー・ビジネスに投資して大成功をおさめた者や、世界でも指折りのハイテク企業のトップが混じっていた。

「諸君もご存じだろうが」彼はもじゃもじゃの白い眉を持ちあげた。「ムーアの法則では、マイクロプロセッサーの計算パワーは物理的限界に達するまで倍増しつづけるという」

彼はそこで間を置いた。室内は静まりかえり、聞こえるのは濃い青から黒へと色を変えていく空を見つめて屋根の上で鳴く、一羽の鳩の低い鳴き声だけだった。

「わたしにはムーアの法則が正しいかどうかはわからないが」ゴールドマンは長い顔をゆっくりと動かしてテーブルを見まわした。「ゴールドマンの法則なら多少は知っているし、その法則にまちがいがないことは保証できる」

彼はふっくらとした指を面取りしたグラスの縁にまわし、水を一口飲んだ。そして、ナプキンで口許をぬぐうと、また話しはじめた。

「ゴールドマンの法則によれば、最終的には、つねに経済が政治を打ち負かす。政府が経済の発展にとって重大な障害となったときは、早晩、政府が変わらなければならない。もっと具体的に話そう。理屈はともかく、現実的には建設の可能な土地がいま不足している」

ゴールドマンは椅子に背をもたせると、ひろげた指を打ちあわせはじめた。

「今後の経済の発展は、政府の管轄下にある土地のいくらかを民間の開発に委ねるよう政府を説得できるかどうかにかかっている」

ゴールドマンはもう一度テーブルを見まわしてうなずくと、ナイフとフォークをとって食べはじめた。それっきり、デザートが出されるまで口を開かなかった。

「もうご存じだろうが、わたしの会社は」彼は一口食べただけのチョコレートムースをわきへ押しやって、また話しはじめた。「アーカディアの近くにかなりの資産価値がある造成用地を所有している、セコイアの森で有名な国立公園のすぐ隣りに。その土地と、ずっとすくない面積でよいからこのすぐ北の州立公園の一部を交換してほしい、とこれまで三方面に働きかけてきた。われわれの見るところでは、その面積でもこの先二十年間の開発需要を満たすだけの広さがある。言うまでもないが、みなさんにはこのプロジェクトに最初から、計画段階から完成まで、くわわってほしいと思っている」

彼はふくよかな手を返し、顔を起こして質問を待った。

トーマス・マルローが口を開いた。S＆Pの格付けで上位五百にはいる企業を相当数集めても及ばないほどの価値を有する――と、新聞は言っている――ソフトウェア会社の創始者にして最高経営責任者という、三十六歳の男だ。「ローレンス、すでに働きかけをおこなったそうですね。はっきりするにはあとどれぐらいかかるんです？」

ゴールドマンと長年つきあい、その間に、彼が不快感を抱いたときの、ほとんど目には見えない表情の変化を経験から知った者しか、いまその口の隅がかすかにひくついたことには気づかなかっただろう。もう彼女の存在を誰も気にしないほど頻繁にこの家を訪ねているポーラはすぐに気づいた。トーマス・マルローのほうは、いま相手の顔を一瞬よぎったのは、ごく簡略化したほほえみだろう、と解した。

「おわかりだろうが、連邦政府は保有地を増やしたがっている」ゴールドマンはまぶたを半眼に開いて客を見ながら言った。「一方、州政府はわれわれが求めている土地を手ばなすことにあまり乗り気ではないんだ」

マルローはばかにしたように笑いながら頭を振った。「州政府は足し算もちゃんとできないらしい。この取り引きで――いくらでしたっけ？――ざっと十から十二倍の土地が手にはいることもわからないとは！」

ゴールドマンは両手をテーブルの下におろして、ゆっくりと眉を持ちあげた。

「もちろん、大きさだけが価値の尺度になるとはかぎらない」彼はそっけなく言った。「しかし、そんなことより、二つの政府を相手にするとなるとかならず直面する政治的な問題があるんだ。今回はその二つの政府を支配している政党がそれぞれちがうため、問題が複雑になっている」

彼はいましばしマルローを見つめたのち、ほかの客たちに視線を移して説明した。「ご承知のように、わたしはこれまで全力をあげてオーガスタス・マーシャルを支持してきた。しかし、いまの状況で考えるとなると、ジェレミー・フラートン支持にまわらざるをえない。みなさんにもおなじようにしてもらいたいと思っている」

彼は笑みをたたえてテーブルを見まわした。そして、いつもなにかを約束させるときの手口で、善意の下に脅迫を忍びこませた口調でつけくわえた。

「そうしてくれると、状況はがらりと変わるんだ」

彼はいまの発言を全員がじっくり考えたと見てとると、明るく笑いながら言った。「しかしこれは、わたしの娘をオフィスに入れるだけの才覚が上院議員にあるからではない」ゴールドマンはテーブルの向かいにいるアリエラをまっすぐ見た。「ただ、娘が彼のスピーチ原稿の大半を書いているという事実は、彼が正しいことを話すだろうと期待する理由にはなりうると思う」

最後の客が帰っていき、クリストファー・ボーデンが挨拶をして部屋へさがると、ポーラとアリエラはゴールドマンのいる書斎へはいった。フランスからの長旅と、客に愛想をふりまきながら長い夜を過ごしたことで、アリエラは疲れきっていた。彼女は父親の机のわきに置かれた、どっしりとした茶の革椅子にぐったりと坐り、イヤリングをはずしはじめた。ゴールドマンは二人に背を向けて、机のうしろの書棚に並ぶ本の背表紙に手を走らせはじめた。

「これだ」彼は一冊の薄い本を抜きとった。「おまえも読んでいるにちがいない」彼は娘に向きなおった。「オルダス・ハックスリーの『すばらしい新世界』だ」

ゴールドマンは椅子に腰をおろして脚を組むと、本を開いた。大きな口のあたりに老獪そうな笑みがあらわれた。唇の端がさがって、なにかを蔑みながら楽しんでいるような顔になった。やがて首を振りながら目をあげ、本を閉じると一度うなずいた。

「まちがいなくおまえも読んでいるはずだ」彼は本を机に置いた。「これが今度のことをよく説明してくれる」

「今度のことを?」アリエラはイヤリングをはずしながら疲れのにじむ声で聞き返した。

ゴールドマンは漆黒の闇に閉ざされた窓外へ目を向けた。

「技術者によって動かされる世界だ。現実に起きていることだ、もちろん。今夜やってきた者たちは――技術者だ。彼らはもう橋はつくらない、コンピューターをつくる……だが、その知力はおなじだ。彼らはすべてをじつに単純で厳密な言葉で見る。点から点へと動いて、すべてをより小さく、より速く、より反復性を持つよう変えていく。深さもない、ニュアンスもない、理解もない、包括的な見方などというものはまったくない――すべてを数字の機能に変えることへの、あの恐るべき熱中癖があるばかりだ。彼らはすべての人と人を結びつけることで、全体的な知性のレベルを――社会的ＩＱと呼ぶ者もいる――向上させる、というようなことを口にする。彼らは〝社会〟が知るであろうことが増えるにつれ、個人が理解することは減る、ということがわかるほどには利口ではない。彼らの言うこの〝新しい経済〟においては、誰もがスペシャリストになる、だんだん減っていくものについてどんどん知識を増すスペシャリストに。世の中は巨大な一つの蟻塚になる、全員が協力して働いてめざましい効率性を達成し、その結果、すべての人間が本質的にはおなじになってしまうだろう。もう個人などというものは存在しない。おもしろい人間はいなくなる、ユニークな人間はおろか。すべてを包みこむ大いなる同一性が生まれ、抑圧を感じる意志が存在しないからますます抑圧的になるだろう」

彼はしばらくのあいだ黙りこんで外を見つめていた。やがて、はじめてそこにいたことに気づいたとでもいうように、部屋の反対側の暖炉わきのソファに坐っているポーラに顔を向けた。

「きみも今夜は楽しんでくれただろうな」と、彼は親しみのこもった声で言った。

ポーラは返事をしかけたが、ゴールドマンの目は彼女からそれて娘へと移った。

「連中の強欲さにはあきれるばかりだ！」彼は慨嘆した。口許に狡猾そうな表情がのぞいた。

「おかげでやりやすくなるようなものだ、そうだろ？」

「彼らはお金を手にしてまだ間がないからそれがわからないのよ」アリエラは辛辣な口調で言った。ポーラにはちょっと苛立っているようにも聞こえた。「彼らにわかっているのはお金の数え方だけよ」

ゴールドマンはうなずいた。「うん、まさしく」

彼は椅子をまわしてアリエラと正対した。「さて、次期知事にして将来の大統領の話を聞かせてもらおうか」

アリエラは疲れきっていて頭を起こしているのもままならないようだった。「なにを知りたいの？」彼女はもう張りをなくした声でそう言い、靴を脱ぎはじめた。

「彼が恋人としてどういう男かということにはあまり興味はない」ゴールドマンは語気鋭く言った。「もちろん、おまえがそれしか話したくないというなら聞いてもいいがね！」

アリエラは片手に靴を、もう一方の手にイヤリングを持って立ちあがった。「そんな言い方をされるいわれはないわ」

ゴールドマンはすぐさま謝った。「おまえの言うとおりだ――たしかにそうだな。さあ」と言って、彼女が立ちあがったばかりの椅子を手で示した。「もうすこしつきあってくれ」

アリエラは父親の言葉に対する腹立ちをまだ顔にあらわしたまま、いかにも不承不承というように椅子に浅くかけた。

「それほど話すこともないわ。お父さんの言ったとおりよ。ジェレミーは、今後二年間で大統領から指名を奪いとるため知事選に出馬したの。大統領が二期めを終えるまで待つと、副大統領が指名を獲得するだろう、と彼は考えているの。お父さんの見方は正しいわ……いまの知事を破ったら、方向転換をし、余勢を駆って現大統領を倒そうというわけ」ゴールドマンは彼女がまた腰をあげるのを見ながらうなずいた。「わたしの目にも、なにかを待つような男には見えなかったよ。どうなんだ」彼は背を向けかけたアリエラに言った。「彼はおまえのために妻を捨てる気なのか?」

アリエラはふり向き、顎をつんとあげた。その口の端が、さっきポーラがローレンス・ゴールドマンの顔に見たのとおなじように、ひくついていた。

「わたしのために男が妻を捨てるのはこれが最初じゃないでしょ?」

アリエラはドアに向かって一歩踏み出したが、向きを変えて父親のそばへもどった。そして、腰をかがめて彼の頬にキスした。

「もう遅いわ。今日はクタクタなの。わたしは寝るけど、お父さんも寝《やす》んだほうがいいわ」

ゴールドマンは立ちあがり、彼女の腕を叩いた。「これからニューヨークへ電話をしなきゃならない。そのあとすこし本を読もうと思う」彼ははでな表紙のハードカヴァー本を指差した。表紙にはゴールデン・ゲート・ブリッジの絵がある。「またサンフランシスコの本だ」と言ってため息をついた。「わたしはその種の本はぜんぶ読むんだ」彼はいま部屋へはいってきたばかりの人間を見るように、ポーラへちらっと目を向けた。「理由は自分でもわからない。ちゃんと書けているのは一冊もない」

アリエラは机の隅に置かれた時計へ目をやった。

「こんな時間にニューヨークへ電話を? 向こうは朝の四時十五分よ」きっと時間のことを忘れているにちがいないと思い、アリエラは忠告した。

「わかってる、待ってはいられない話なんだ」

ゴールドマンは受話器をとってかけはじめた。彼はポーラを見、また娘に目をもどした。

「おまえたちのどちらか、あのマルローという男の会社の名前をおぼえていないかね？」

ポーラが教えると、彼は送話口を手で覆い、ありがとう、じゃあ二人ともおやすみ、と言った。そして、両肘を机に載せると、まっすぐ前方に目を据えた。

「やあ、ハーバート。ローレンス・ゴールドマンだ。こんな時間にすまない」彼は声の高さも速さも変えず、ゆっくりとしゃべった。

アリエラはポーラといっしょにドアの前まで進み、そこで立ちどまって父親の話に聞き入った。ゴールドマンの話はきわめてあからさまだった。

「まずいつものように噂から始めろ……マネジメントに問題がある、売れゆきが落ちている、収益が予想を下まわっている、といったことだ。こっちの持っている分から売りはじめろ、その後、下がるところまで下がったら、トーマス・マルローを追い出す立場につけるだけの数を買い取れ」

ポーラが泊まる部屋はアリエラの寝室のすぐ隣りだった。ドアの前で別れるとき、明日の朝八時に乗馬に出かける約束よ、とアリエラが念を押した。ポーラは六時に目がさめたが、寝なおす気にはなれなかったので、キッチンへコーヒーをもらいに行くことにした。ローブをはおって部屋を出て、廊下を進みはじめた。クリストファー・ボーデンが使っているゲストルームの前に差しかかったときドアが開いた。その向こうにはシルクのナイトガウン姿のアリエラが立っていた。アリエラは仰天して立ちつくし、表情がおびえから恥ずかしさへ、次には反発から侮蔑へと、くるくる変わったように見えた。アリエラは一言も言わずにポーラの前をかすめるようにして自分の部屋へはいっていった。いっさいはつかの間の出来事で、ポーラは一瞬、ほんとうに彼女の姿を見たのか、それとも自分が寝ぼけていたのだろうか、と思ったほどだった。

マリッサはグラスにほんのすこし残っていたワインをわたしのグラスについだ。

「ポーラは倫理的に善し悪しを判断するような人じゃないの。彼女はアリエラがジェレミー・フラートンと関係を持っていることを知っていた……だけど、アリエラが彼を愛しているからだろうと思っていたの。アリエラは彼女のことも愛してくれていると思っていた……彼女が、ポーラがアリエラを愛しているほどにではないだろうけど、それでもいいと」マリッサは悲しげな笑みを浮かべた。「だけど、アリエラがクリストファー・ボーデンの部屋から出てくるのを見て――彼女が知り合ったばかりの男と寝たのを知って――それは父親がボーデンの助力を必要としているからやったことだと悟った。その結果、すべてがちがって見えるようになった。ポーラはただ傷ついただけではなかった……腹が立った、自分自身に。ゴールドマン親子にとっては、他人はすべて、自分たちが必要とするものを得るための道具にすぎないのだと、なぜ最初に気づかなかったのか、と」

マリッサは窓へ目を向け、黒々とした湾に映るサンフランシスコの街の灯を見つめた。「乗馬に出かけるため厩舎でアリエラと落ち合うことになっていたけど」しばらくして彼女は口を開いた。「ポーラは荷物をまとめて邸を出た。それ以来、アリエラとは一度も口をきいていないそうよ」

わたしはマリッサを手伝って皿を運び、キッチンをかたづけた。最後のグラスをしまうと、彼女はわたしに向きあった。

「ローレンス・ゴールドマン親子の話はもうたくさん。もっと楽しい話をしましょ。あなたとわたしのこととか」

からかうような楽しげな笑みが彼女の口許をよぎった。

「今夜は泊まっていってもいいわよ——よければ。そうしてもらえるとうれしいわ」

17

わたしがもうすこし臆病な生まれつきでなかったら、あるいは、ときに理性を欠いた働きをする自分の心を制御するすべを学びとっていたら、アンドレイ・ボグドノヴィッチがあの爆風と炎に吹き飛ばされた瞬間わたしをとらえた恐怖から回復するのにそれほど長い時間は必要としなかったかもしれない。わたしはセント・フランシス・ホテルを引き払い、いとこの家の客になった……外出する際はルートと時間を変えた……どこかで見た顔はいないかと、雑踏ですれちがう見知らぬ他人の顔に目をこらした。わたしは知恵をしぼって用心に用心を重ねた。だがそれでも、いくら予防措置を講じても、あの一風変わった、謎めいたところのあるロシア人が死ぬまえよりもわたしの身の危険が増したという明確な事実はなに一つなくても、なにか変だという感覚から逃れることはできなかった。うしろをふり返って、歩道を行く通行人や、毎日、法廷を埋める傍聴人に目をやるたび、誰かがわたしを見まもっているばかりでなく、その何者かはわたしがその瞬間、彼のことを考えているのを知っている、という不気味さをおぼえた。

クラレンス・ハリバートンの冒頭陳述は終わりに差しかかっていた。だがわたしは、これから陪審にどう話そうかと考えるどころか、検察側のテーブルに対して斜《はす》に坐り、傍聴人の顔に目をこらしていた。

「そして、みなさんが証拠についてすべて説明を聞いたときには」と、眠気をもよおすような声で地方検事がどこか遠くでしゃべっているのが聞こえた。「検察側はその責任を果たし、被告人ジャマール・ワシントンの有罪は合理的な疑いの余地なく立証された、と納得されるはずです」

わたしは、彼らはどういう人間なのだろう、なにが目的でここへ来ているのだろう、と考えながら、傍聴席に坐る顔を見ていった。そのなかの一人はわたしがここにいるから来ているのだ。だが、そいつは何者なのか？　さらに言えば、誰がそいつをここへ送りこんだのか？

「ミスター・アントネッリ？」とトンプソン判事が、長年の法廷生活で身につけた、内輪同士のくだけた調子で呼んだ。「いまここで冒頭陳述をおこないますか？」

「えっ？」わたしははっとなってわれに返った。

トンプソンは陪審員席へ顔を向けると、にやりと笑った。

「いや、いいんだよ、ミスター・アントネッリ」彼はまのびした口調で言った。「きみはミスター・ハリバートンの冒頭陳述のあいだ居眠りをしていたが、自分の冒頭陳述はどうするのだろうか、居眠りをつづけることに決めたのか、と気になっただけなんだよ」

わたしは照れ笑いを浮かべて、陪審員席の前に延びる手摺へゆっくりと近づいた。自分の失態を利用して点をかせがないといけない。

「わたしはいま、自分はしばらくのあいだ一種の昏睡状態に陥っていたのかと思いました。ついいま公判が始まったばかりだと思っていたのに、気がつくと、わたしの耳には最終弁論と思えるものを地方検事がしゃべっていたんです。証人の話を聞いた記憶もなければ、顔を見たおぼえもないのはどういうことだろうかと不思議でした。そのとき、わたしも冒頭陳述をおこなうか、と裁判長からきかれ、やはり昏睡状態に陥っていたわけではないのだ、と気づきました。ほっとする一方、だとすると、ハリバートン氏はこれで公判は終わりとお考えらしいが、そうではなく、これが公判の始まりであることをみなさんにわかってもらわなくてはならない、と思いました」

わたしは床に目を落として、陪審員席の前をゆっくりと歩いた。端まで行くと向きを変え、地方検事をふり返った。

「ハリバートン氏はフラートン議員のことについていろいろ話しました。わたしの知るかぎりでは、彼がみなさんに語ったことはすべて事実です――ただし、議員が死んだときの状況を除いては、ということです」

わたしは被告のほうへ目をやった。ジャマール・ワシントンはわたしたちの席に、陪審員席にいちばん近い椅子に坐っていた。陪審員たちはわたしの視線を追った。

「地方検事は被告人のことも語りました。わたしが数えたところでは七回、冒頭陳述で被告人のことを〝冷酷な人殺し〟と呼んでいました」

わたしはそこで充分な間をとり、ジャマールの整った顔立ちを、その聡明そうな目を、陪審員たちにじっくりながめさせた。

「彼はあまり〝冷酷な人殺し〟のようには見えないんじゃありませんか、どうです？」

わたしはそれから二十分にわたって、黒っぽいスーツに無地のネクタイという恰好のジャマールがかしこまった態度で聞き入る前で、サンフランシスコで生まれ育ったたいていの黒人の子供たちがたどる運命について、彼らが銃か麻薬で死ぬべく生まれてくるようなものであることを暗示するよく知られた数字を引き合いに出しながら、語りつづけた。彼らが生きながらえる確率は驚くほど低く、まともな生活を送る可能性はゼロに等しい。だが、ジャマールは生きながらえただけではない……たいていの人間がやろうとさえしないことを、これまでの短い半生でやりとげてきた。わたしはメモを見ることなく、彼の学業成績をくわしく明かしたうえで、ハイスクール入学時から、バークレーへ優秀な学生として通っていながら、犯してもいない罪で逮捕されたその日まで、自活のために一日も休むことなく働きつづけていた事実に陪審員の注意を喚起した。

「だから、あの日、彼は仕事を終えて帰宅するところだったんです」

わたしは陪審に向きなおり、皮肉げに微笑しながらつづけた。「この〝冷酷な人殺し〟は、フェアモント・ホテルで開かれたディナーパーティの仕事から解放されたばかりだったんです。千人近い人間が、何千ドルという金を払って、ジェレミー・フラートンにとってはそれが最後となったスピーチを聞くために集まったパーティです。ジャマール・ワシントンはそのスピーチを一言も聞いていません。彼が鍋や皿を洗っている厨房は音がやかましくて、ほとんどなにも聞こえないんです。

彼は皿洗いの仕事が済むと、宴会場を次の催しに備えてかたづける仕事にくわわりました。その夜は八時間以上も働いたんです。しかも、朝の七時から午後の三時過ぎまで、医学や化学といった、この〝冷酷な人殺し〟が修得しようとしている学問にうちこんだあとに」

わたしは辛辣な目で廷内を見まわした。ハリバートンは気づかないふりをした。

「この〝冷酷な人殺し〟は」わたしはうなじに手を当て、床を見おろしながらつづけた。「被害者の財布目当てに人を殺すつもりだった、と検察官が指摘した人物は、日中は勉強し、夜は働いて家に帰るところだったんです」

わたしは手をうなじから離し、顔をあげた。

「彼はこの晩だけは家に帰れませんでした。人助けをしようとしたため帰れなくなったんです。なんとも気の毒なことに、背中から銃で撃たれたため、帰れなくなったんです」

言葉は、意識しなくても、勝手に、おのずと口から出てきた。びっしり書きこんだメモや、忘れないようにと、何日もかけて準備した長いリストや、わたしの読みにくい走り書きが並んだ、隅がぼろぼろになった黄色い用箋は、すべてテーブル上に置いたままか、ブリーフケースのなかにしまわれたままになっていた。

「はたしてわたしたちのなかに、あの夜のジャマール・ワシントンとおなじことがやれる者がどれほどいるでしょう？　顔の前に伸ばした手もろくに見えないほど濃い霧に包まれた街のなかを深夜に歩いていて、ほんの数フィート先で銃声があがるのを聞いたとしたら、彼がとったような行動をとれる者が何人いるでしょう？　いざとなれば正しいことをやるだろう、とわたしたちは考えたがります……誰かが危険に、それもたいへんな危険に巻きこまれていたら、全力をつくしてその命を救おうとするだろう、と。子供を救うために火に包まれた家へ飛びこんでいくことを想像します。爆発音を聞いて、自分の身の危険もかえりみず、生存者を探して現場へ踏みこんでいくことを想像します。誰でも想像はします。なかには、そういう状況に出くわせば、そのとおりにする者もいます……しかし、たいていはしないんです。たいていは目をそむけ、誰かが——警察か消防士か救急隊が——やってくるのを待ち、通報した人間は、それで精一杯のことをしたように思ってしまうんです。

ジャマール・ワシントンは銃声を聞きました。彼は逃げだしませんでした、みなさんやわたしならたぶん逃げだしたでしょうが。彼もむしろそうしたほうがよかったんです」わたしは陪審員たちの目をゆっくりと見ていった。「彼がもっと臆病だったら、それほど勇敢でなかったら、撃たれずに済んだはずなんです……命の危険を招くこともなかったでしょう……手術台の上に九時間も横たわり、まずは一命をとりとめるための、次には脚が不自由にならないようにするための手術を受けなくて済んだんです。ほかでもない、自分が助けようとした男を殺害したと疑いをかけられ、こうやってここへ呼ばれて、わが身の弁護をする羽目になることもなかったんです」

わたしは陪審員席の端へ進み、手摺に手をかけて上体をかがめた。

「しかし、彼は自分の身がどうなるかは考えなかったんです——誰かが助けを求めているかもしれない、としか考えなかった。ためらわなかった——一瞬たりとも。助けに向かったんです、ただちに。ハンドルにぐったりともたれている人影が見えた。助手席側のドアをあけてなかへはいった。相手の喉に手を当てて脈を探ってみた。その男は死んでいた。誰なのか、身許を知ろうとした。上着のポケットから財布を取り出した。そのとき、車の床に銃が落ちているのに気づいた」

わたしは手摺にさわりながら、陪審員席に沿ってゆっくりと歩きだした。

「突然、明かりが霧を突き破った。そこで彼ははじめて恐くなった、心底から。ついいま人が殺されたばかりだ。犯人は立ち去っていなかったのかもしれない……ずっと、そこに、車の向こう側にいたのかもしれない……ひょっとしたら彼も殺されるかもしれない！」

わたしは陪審員席の向こうの端まで行くと、手摺に両手を突いて乗り出した。

「彼は車から飛び出しました！　全力で走った！　逃げないと命が危ない！　彼にはそれしか考えられなかった——その場から離れることしか！　誰だってそれしか考えられないはずです。そのとき、すべてが真っ暗になった。背後から撃たれたんです。銃声は聞こえなかった。なにも聞こえなかったんです」

わたしは向きを変えて陪審員の前を離れ、ジャマール・ワシントンの横のあいている椅子へ向かった。静まりかえったなかにわたしの靴の革底が床をこする音だけが響いた。もう一つのテーブルではクラレンス・ハリバートンがさかんにメモをしていた。

検察側の最初の証人は市の検死官だった。瘦身、猫背で、こけた頰に落ちくぼんだ目という容貌のルーパート・C・ヒッチコック医師は、大儀そうに証人席に腰をおろした。ハリバートンは医師の学歴と経歴についての型どおりの質問から始めた。医師は力のこもらない声でけだるそうに答え、ハリバートンは一再ならず、もっと大きな声で答えてほしいとうながさざるをえなかった。

被害者の死そのものについて問われはじめると、医師はやっと無気力状態から脱した。致命傷についてくわしく語るよう求められると、もうさながら躁状態で、図を描きながら、ジェレミー・フラートンの右のこめかみからはいった銃弾がその頭蓋を突き破り、鋭く尖った骨片を残しながら脳を切り裂いていったさまを説明した。即死だった。ジェレミー・フラートンは頭部への一発の銃弾で死亡したのだ。

「ミスター・アントネッリ？」トンプソン判事がたずねた。「この証人に反対尋問をおこないますか？」

ヒッチコック医師は上体を乗り出し、両手を交互に握ってはまた開いた。なんでもどうぞというように、自信ありげな笑みが小さな口のあたりにあらわれようとしていた。

「いいえ、裁判長」わたしは首を横に振りながら、さもどうでもよさそうに言った。「この証人にきくことはありません」

ルーパート・ヒッチコックの手から力が抜けた。浮かびかけていた笑みははかなく消えていった。彼は証人席から体を引っぱりだし、法廷後方のドアから出ていった。

わたしはテニスの試合の観客のように、地方検事と彼が呼んだ専門家証人のあいだでおこなわれる質問と答えのやりとりをながめた。証人にとっては、法廷へ呼ばれるたびにやっていることで、どんな展開になるかは予測のできることだった。立証責任——口を酸っぱくして説明されても、この言葉になにか意味があるのかどうかはなかなかわからないが——は検察側に課せられた義務である。検察官は言い分をはっきりさせなければならない……犯罪の構成要素をすべて証明しなければならない……なに一つ、やり残してはいけない。わたしはとっくに、合意によって手続きを簡略化しないほうが得策だと学んでいた。検察側が誰の記憶にも残りそうにないこまごましたことを長々とたずねて陪審を退屈させたいのならやらせておけばいい。それがある段階までつづけば、陪審員のなかに反感を持つ者が出てくるかもしれない。さらには、向こうが呼ぶ証人が増えれば増えるほど、あの検死官のように、なにかミスを犯したり、反感を買ったりして、その信用性を容易に崩せる者が出てくる可能性が増すのだ。

検察側の主張は単純だった……ジェレミー・フラートンは、被告人が警察官に撃たれたのちそのかたわらの歩道上で発見された拳銃によって、至近距離から撃たれて殺害された。これ以上に単純明快な主張はない。これまでに呼ばれた証人は七人だけで、尋問には三日もかからなかった。わたしは一度も質問しなかった。

木曜の朝、トンプソンは裁判官席に着くと陪審に愛想よくほほえんでから、次の証人を呼ぶように、と地方検事に指示した。

「州民側はグレッチェン・オリアリー巡査を呼びます」ハリバートンは型どおりに告げた。

わたしはルーズリーフの黒いノートを開き、ページを繰って探す箇所を見つけた。そして、証人が宣誓をおこなう間に、警察の報告書と二名の巡査の経歴に関する資料からの抜粋に急いで目を通した。

警官の黒い制服を着て、銃を納めたいかつい革のホルスターをベルトにつけていても、グレッチェン・オリアリーはあまり警察官らしくは見えなかった。茶色の髪はショートにしている。目も薄い茶色で、顔にはそばかすが見える。芝居で警官の扮装をした女子大生といったところだ。だが、証人席に坐ったとたん、そんな印象は消えうせた。彼女は背筋を伸ばしてしゃちこばって坐ると、口をきっと結んでハリバートンをまっすぐ見つめた。容疑者を逮捕しようとするときも、そういう目で相手の動きを油断なく観察するのだろう。そのぴたりと静止した坐りかたは猫を連想させた。そのさまを見れば、彼女がきわめて敏捷な動きができることを疑う人間はいないだろう。

わたしは彼女が検事の予備的な質問に答えるのを聞いているうち、資料で読んだ、彼女がはじめてパトロールに出た夜の出来事を思い出した。家のなかで騒ぎが起きているという通報で、彼女とパートナーが駆けつけてみると、酔っぱらって暴れる夫に殴られた妻が、血だらけになって床にうずくまっていた。夫はナイフを取り出した。オリアリーは警棒の一撃で男の手首を砕いた。

ハリバートンの質問はジェレミー・フラートン殺害当夜のことに移った。オリアリーは大きすぎも小さすぎもしない声ではっきり答えていたが、落ち着きを保とうと意識しているようすがちょっぴりのぞいていた。彼女が口にする単語は明快で、話しぶりは強調や興奮とは無縁だった。目にしたもの、耳にしたものをありのままに語っていた。それに色をつけるのは聞く者の心理だった。

マーカス・ジョイナー巡査と日課のパトロールをおこなっているとき、銃声にまちがいないと思われる音を聞いた、と彼女は証言した。ジョイナーは回転灯をつけ、アクセルを踏みこんだ。

「どっちから聞こえた？」サイレンが鳴り響くなか、ジョイナーがどなった。

オリアリーは首をまわしながら霧のなかをうかがった。

「うしろからよ！」と、彼女は叫んだ。「このブロックのどこか。うしろのあのあたりよ！」

証言によると、ジョイナーは左をふり返り、パトロールカーを横すべりさせながら角を曲がった。次の交差点でまた左折した。その先の通りに近づくと、彼は斜め前方のシヴィック・センターのあたりへ目をこらし、発砲のあった地点を探した。なにかが霧のなかからあらわれた。彼は急ブレーキを踏んだ。オリアリーの肩がダッシュボードにぶつかり、のけぞった頭は助手席側の窓にぶつかった。車は歩道へ乗りあげて傾きながら進み、街灯の支柱をこすったのち、激しく揺れながら道路へもどった。オリアリーの視野の端に、いま車がはねそうになった歩行者があわててわきへ逃げていくのが見えた。

彼らはシヴィック・センターのまわりの二ブロック四方を一周した。ジョイナーは最後の交差点で右に急ハンドルを切った。

「どこなんだ？」彼は息を切らしながらどなった。「どこだったんだろう？」

「わからないわ」オリアリーもどなり返した。「そんなに遠くだったはずはないけど」

ジョイナーはスピードを落とし、じりじりと走らせた。それからじきに、青い回転灯を消し、霧の立ちこめる道路の真ん中に車を停めた。動くものはなく、物音も聞こえなかった。通りは静まりかえっていた。

「なにか見えるか？」ジョイナーが張りつめた声で言った。

オリアリーは思いきり身を乗り出して、彼女の側の路上に駐車している車に沿って目をこらしてみたが、白い濃霧のせいでほとんどなにも見えなかった。彼女は銃が納まっている革のホルスターをまさぐり、ストラップをはずした。

「だめ、なにも見えないわ」彼女は徒労と知りつつまだ霧のなかに目をこらしながら言った。

ジョイナーは車を数ヤード先までゆっくりと走らせた。

「あれはなんだ？」彼が正面を指差して緊張した声で言った。

オリアリーもすでに見ていた……あるいは、見えたと思っていた。霧のせいでいろんな錯覚を起こしそうだった。霧の幕は一瞬、持ちあがったかと思うと、次の瞬間にはまた彼らをすっぽりと包んでいた。いままた、つかのまながら視界が晴れた。交差点の向こう、彼女の側に、黒っぽい色の大型のベンツが縁石ぎわに駐まっていた。ハンドルにもたれかかっている人影が見える。ジョイナーは車を停め、ダッシュボードの下の懐中電灯を手にとってドアをあけた。

オリアリーも外に出て、ジョイナーがそろそろとベンツのほうへ進んでいくのを見まもった。彼は交差点を半分ほど渡ったところで逡巡し、まず銃を抜き、次いで懐中電灯をつけた。漏斗《じょうご》状に広がる細い光が薄い灰色をした霧を突き抜け、運転席側のドアをとらえた。男の頭は傾いて窓に寄りかかっており、顔の横がガラスに押しつけられていた。頭は激しい勢いで投げ出されてそこに激突したらしい。あたり一面に飛び散った粘つく血で、顔はガラスに張りついたようになっていた。

ジョイナーはさらに近づいた。オリアリーも銃を抜き、近くの建物の入口あたりにまだ何者かが潜んでいた場合に備えて、助手席側の向こうへ目を据えて、ジョイナーの右側に位置を保って進みはじめた。ジョイナーが運転席側のドアに手を伸ばした。何者かがフロントシートにがばっと身を起こし、助手席側のドアに飛びついた。ジョイナーははっとなって後退し、懐中電灯から伸びる光の筋が灰色の絹のような霧のなかを狂ったように踊った。オリアリーはすぐさま膝を突き、両手で銃をかまえた。懐中電灯の光が革のジャケットを着て黒い毛糸帽を目深にかぶった男が彼女の目の前を角に向かって走っていくのをとらえた。

公開の法廷で証言しているからか、そのとき彼女をうねりのように襲ったはずの感情はいまはかけらも見られなかった。そういう危険に直面した経験のない者には想像もできないような、激しい神経の緊張、動揺をおぼえただろうが、彼女の話しぶりからはそれもまったくうかがえない。彼女は質問を最後まで聞いてから、落ち着いたおだやかな声で話しはじめ、話しおわるとかならず陪審に顔を向けた。一語一語がゆっくりと、細心の注意を払って、完璧な配列で口にされた。

「わたしは車にもっと近づこうとしていました」と、銃を撃つ直前の状況について説明した。「被疑者が走りだしたとき、わたしは交差点を半分ほど渡っていました。彼はわたしを見ました。わたしのほうへ向きなおろうとしました。銃を持ちあげていました。撃つ気なのだとわかりました。わたしが発砲し、被疑者は倒れました」

奇妙に聞こえた。〝撃った〟でもなければ、〝引金を引いた〟でもない。〝発砲した〟と言った。警察の訓練マニュアルを読んででもいるようだ。彼女が読まされた箇所にはどう書かれているか目に見えるような気がした……〝警察官が命の危険を感じた場合は正当防衛のため発砲が許される〟

ハリバートンは直接尋問を終えた。トンプソンが反対尋問でたずねたいことがあるか、ときいた。

「若干ございます」わたしは恐縮したような口調で言って立ちあがった。

ハリバートンが根気よく勇気づけた結果、彼女はいまではリラックスしたとは言えないまでも、すこし力をぬいて証人席に坐っていた。だが、わたしが自席のテーブルの端をまわって彼女のほうへ向かいはじめると、しゃんと坐りなおし、緊張気味に、また待ちうけるかのように、わずかに上体を前に出した。

「地方検事はずいぶんたくさんあなたに質問をしましたね。実際わたしにはおぼえきれないくらいです」わたしは処置なしというように肩をすくめた。「そこで、ちょっとあなたに助けてほしいんです。あなた自身の言葉で、あの晩の出来事をもう一度話してもらえませんか。ぜんぶというわけじゃありません……ジョイナー巡査がパトロールカーから出たあとのことだけでいいんです」

彼女はわたしから目をそらさなかった。わたしが話しおえると、ゆっくりと、整然と、自分が見たこと、したことについて語りはじめた。

「ジョイナー巡査が問題の車に近づいていきました。彼が運転席側の窓へ明かりを向けました。人の頭が見えました。次にガラスについている血が見えました。そのときだしぬけに、頭がもう一つあらわれたんです――助手席側に。ぽんと飛び出したんです。それから助手席側のドアがぱっと開き、その男が歩道を走りはじめたんです、角へ向かって」

彼女はそこでいったん言葉を切り、一つ息をした。表情に変化はなく、なにを思っているにせよ、顔にはあらわれていなかった。

「わたしは車にもっと近づこうとしていました。被疑者が走りだしたとき、わたしは交差点を半分ほど渡っていました。彼はわたしを見ました。わたしのほうへ向きなおろうとしました。銃を持ちあげていました。撃つ気なのだとわかりました。わたしが発砲し、被疑者は倒れました」

言いちがえたところは一ヵ所もなく、落とした言葉は一語もなかった。わたしはいまの話に異常な点はまったくない、というふりをした。

「なるほど、なるほど、わかりました」わたしは靴に目を落としながら言った。

そして、次にたずねるつもりだったことを忘れてしまったとでもいうように、自分の席にもどって黒いノートを繰りはじめた。

「わたしとあなたは初対面ですよね？」わたしは顔をあげて問いかけた。

「ええ」と、彼女はそっけなく答えた。

わたしはほほえんだ。「しかし、話をしたことはありますね？」

彼女にはなんのことかわからないらしかった。

「おぼえていませんか？」わたしは笑みを浮かべたままたずねた。「わたしが電話をしました。事件のことについて話ができるだろうか、と問い合わせたんです」

彼女は警戒の表情でうなずいた。

「すみません、返事は声に出して言っていただかないと。速記者が書きとらないといけないんです」

「はい」オリアリーはしぶしぶ答えた。「電話があったことはおぼえています」

わたしは指を当ててひろげているページに目をやった。

「で、そのときのあなたの返事をおぼえていますか？」と、目をあげてたずねた。

彼女の顎のあたりに、ふつうなら見逃してしまいそうな、かすかな強ばりが認められた。

「その件はあなたと話したくない、という意味のことを言ったと思います」

「ええ、たぶんそう答えるだろうと思っていました。しかし」わたしは自嘲めかした短い笑い声をあげ、陪審に目を向けてつけくわえた。「わたしの記憶では、聞こえたのは受話器を叩きつけるように置く音だけでした」

オリアリーは身じろぎもせずわたしをにらみつけていた。

「いや、それはべつにどうでもいいんです。いまこうして話ができるんですから。それに、最近のわたしの記憶力では」わたしは無念の笑みを浮かべてみせた。「あのときあなたが話してくれたとしても、たぶんなにもおぼえていないでしょうし」

わたしは、もう昔やったようにはできない、いずれにしても以前のようにうまくできないことだけは確かだ、と恥じるように首を振ってみせた。

「じゃあ、おききします」わたしは自信なげに切り出した。「ジョイナー巡査と同乗してパトロールに出かけた夜、つまり事件のあった夜ですが、それはあなたが警察官になってどれぐらいたったころのことでしたか？」

「三ヵ月です」

「三ヵ月？　じゃあ、警察官として現場に出るのははじめてのようなものだったんですね？」

「もちろん、はるかに経験ゆたかな警察官といっしょにパトロールカーに乗っていたんですね？」

「はい、そうでした」

「ジョイナー巡査は警察官になってもう――」

「ジョイナー巡査の経歴についてはのちほど明らかにするつもりです」わたしは途中で口をはさんだ。「いまはあなたのことだけをうかがいたいんです」

わたしは法廷正面を横ぎって陪審員席の前へ進んだ。そして手摺に寄りかかると、腕を組んで証人をじっと見つめた。

「人を銃で撃ったのはあれがはじめてですか？」

「はい」

「で、あの夜は霧がとても濃かったと証言で言いましたね？」

「はい、そうでした」

「また、車の運転席にいる人間の姿が見えたのは、パトロールカーが数ヤードの距離まで近づいたときだった、と証言しましたね」

「はい、そのとおりです」

「また、こうも言いましたね、被告人が逃げようとした際、あなたに向きなおったところだけでなく、手に銃を持っているのもはっきりと――」

「はい」彼女はわたしが言いおわらないうちに答えた。「見ました」

わたしはいかにも苛立ったように、両手をさっと持ちあげた。「すみません。急ぎすぎました。すっかり焦ってしまって」

わたしは彼女のほうへ歩み寄りながら詫びた。「申しわけありません、どこまでうかがったのか忘れてしまいました。いいでしょうか？　もう一度、話してくださいませんか？——もちろん、あなた自身の言葉で——ジョイナー巡査がパトロールカーを出たあとのことを正確に」

記憶というのは奇妙な甦りかたをするものだ。その裁判のことはロースクール時代に本で読んだが、以後はまったく読み返してもいない。オリアリー巡査の証言を聞いても、ニューヨークの搾取工場と労働者たちの共同住宅の話をエンジェル島でアルバート・クレイヴンから聞いていなかったら、たぶんその話を思い出すことはなかっただろう。それはロースクールで誰もが読まされる、トライアングル・ブラウス社なる搾取工場で起きた火事をめぐる裁判の話である。数十人の女性が犠牲になった。この裁判で、弁護士は相手側証人が直接尋問で述べたことをもう一度くり返させた。証人が一語一句違えずくり返すと、もう一度やらせた。証人が三度もまったくおなじように話すのを聞けば、その話が嘘であることは誰の目にも明らかだった。

グレッチェン・オリアリーにとっても三度めだったが、わたしに矛盾を指摘されまいと気にするあまり、おなじ台本に密着しすぎるとはるかに大きな危険が待っていることには気づいていなかった。

「いいですよ」彼女は自信ありげに答えた。「さっき話したとおり、ジョイナー巡査が問題の車に近づいていきました。彼が運転席側の窓へ明かりを向けました。人の頭が見えました。次にガラスについている血が見えました。そのときだしぬけに、頭がもう一つあらわれたんです——助手席側に。ぽんと飛び出したんです。それから助手席側のドアがぱっと開き、その男が歩道を走りはじめたんです、角へ向かって。

わたしは車にもっと近づこうとしていました。被疑者が走りだしたとき、わたしは交差点を半分ほど渡っていました。彼はわたしを見ました。わたしのほうへ向きなおろうとしました。銃を持ちあげていました。撃つ気なのだとわかりました。わたしが発砲し、被疑者は倒れました」

彼女が話しおえたとき、わたしは驚きに目を丸くしていた。

「答えてください、オリアリー巡査、今日ここでおこなった証言の練習を手伝ってくれたのは誰ですか？」

「誰も手伝っていません！」彼女は激しい剣幕で言った。

「ほう！　ぜんぶあなた一人で考えたんですね」わたしはあきれはてたとばかり首を振った。

「質問は以上です」わたしは快哉《かいさい》を叫びたいところだったが、無表情を保って自分のテーブルへ向かった。

18

「次の証人を呼びなさい」翌朝、トンプソン判事は裁判官席へ向かいながら、尊大に手を振ってそう命じた。

クラレンス・ハリバートンは判事が高い背もたれのついた革椅子に坐るまで待った。

「裁判長、州民側は――」

トンプソンは片手をあげてさえぎった。

「みなさん、おはよう」彼は陪審に顔を向けてほほえんだ。

トンプソンは持参した書類を並べはじめた。すぐに顔をあげ、苛立ったような声で言った。

「証人を呼ぶのかね、呼ばないのかね？」

ハリバートンの歪んだ唇が開き、目が当惑と侮蔑にきらっと光った。

「州民側はマーカス・ジョイナー巡査を呼びます」と、彼はやっと言った。

両手を重ねて証人席の椅子に浅く坐ったマーカス・ジョイナーは、注意深くて隙のない人間のように見えた。また、わたしの見るところ、その態度はいかにも気らくげだった。身長はゆうに六フィート余あり、猫背ぎみだ。長い腕と猪首の持主で、顔にはあばたの痕がある。アーモンド形の細い目は盛りあがった頬骨のほうへ目尻が下がり、分厚い唇は両端が下を向いている。全身に力がみなぎっているという印象だが、声は驚くほどおだやかで低かった。

「ハリバートン氏の質問に対するあなたの答えについておたずねします」わたしは反対尋問でそうきいた。「あなたがベンツのほうへ向かったとき、オリアリー巡査にはパトロールカーに残るよう指示した、とあなたは答えたように思います。このとおりでしょうか？」

ジョイナーは法廷のヴェテランだった。証人のなかには、質問を理解するとすぐさま答える者もいる……彼は最後の一語の余韻が消えるまで待った。

「はい、そのとおりです」と、彼は答えた。

わたしは証人と真っ向から向き合う陪審員席のいちばん端に立った。片手をポケットに入れ、もう一方の手で上着のボタンをいじった。

「そう指示した理由は？」

「通常の手順です」ジョイナーはわたしをまっすぐ見て答えた。「なにか問題が生じた場合を考え、一人が助けを呼べる場所にいたほうがいいんです」

わたしは彼が言っていないことを補った。「パトロールカーの無線で助けを要請するんですね？」

「そうです」

「しかし、オリアリー巡査はあなたが言ったように車内に残らず、駐車中の車のほうへ向かいはじめたんですね？」

彼はためらいなく答えた。「ええ。しかし、彼女はまだ必要なら助けが呼べるくらい、パトロールカーに近いところにいたんです」

「しかし、彼女はあなたの言ったようにはしなかった、そうですね？」わたしはなおも言った。

「あなたは車内に残るようにと指示したんです」

「彼女は自分に求められる行動をとったんです」彼も頑固に言った。

わたしは手をポケットから出して、証人席へ近づいた。「彼女は被告人に向かって発砲するまえ、なんらかの警告、命令、あるいはあなたたちが警官である旨を被告人に伝える言葉を発しましたか？」

「その暇はありませんでした」

「暇がなかった？　彼がオリアリー巡査に銃を向けていたからですか？」

「そうです。彼女には選択の余地がなかったんです」

わたしはもっと相手に近づいた。「彼がオリアリー巡査に銃を向けるところを見ましたか？」

一瞬のことながら、ジョイナーの目がすぼまった。「いいえ。わたしは車の向こう側にいたんです。車の陰になって見えませんでした。それに」彼はつけくわえた。「ひどい霧でしたし」

「実際、あまりに霧が濃くて、ほんの数フィートのところまで近づいてはじめてジェレミー・フラートンの死体が見えた。そうなんですね？」

「そうです。いま言ったとおり、あの夜はひどい霧だったんです。正確にはあの朝ですが」

わたしは彼が話す間、じっとその顔に目をそそぎ、話しおわったあともしばらく見つめたままでいた。そして、またポケットに手をつっこむと、きびすを返して自席へ向かった。

「すると」わたしはひろげたノートに目を落としながら言った。「あなたはオリアリー巡査が警告するのを聞いていないし、被告人が彼女に銃を向けるのを見てもいないんですね」わたしはノートを閉じて顔をあげた。

「彼女が発砲したとき、被告人に近いほうにいたのはあなたがたのどちらですか？」

ジョイナーはすこし考えた。

「わたしだったろうと思います、多少なりとわたしのほうが近かったのではないかと。しかし、さっき言ったように、車の陰になっていて、向こう側は見えませんでした」

「ええ、そう言いましたね」わたしはテーブルの隅に指を打ちつけながら言った。「あなたの身長は？」

「六フィート二インチです」と彼は答え、わたしの意図を察してすぐつけくわえた。「しかし、彼がフロントシートに跳ね起き、助手席側のドアをあけた瞬間、わたしはしゃがんだんです」

「警察にはもうどれぐらい？」

「二十三年です」

「二人のあいだではあなたが上級者だったんですね」

「ええ、そうです」

わたしはテーブルの向こうへまわり、椅子の背に両手をかけた。

「なぜオリアリー巡査が発砲したのか、あなたは不審に思った、そうですね？」

「ええ」ジョイナーは表情を変えずに言った。

「ええ？」わたしは困惑の笑みを浮かべてくり返した。「ええ？　それだけですか？　詰問しなかったんですか――なぜ撃ったのか、ときくぐらいのことはしたんじゃありませんか？」

「ええ」彼はわたしを見つめ返して答えた。「ききました」

わたしはしばらく待った。彼がそれっきり黙りこんでしまったのは答えをいやがっているからだ、と陪審が推測したころを見はからってまたたずねた。「で、彼女はどう答えましたか？」

「彼女は被告人が」彼はたくましい腕をジャマール・ワシントンのほうへ突き出した。「撃とうとして向きなおったから発砲した、と言いました」

「あなたは救急隊がやってきて被告人を病院へ搬送するまでのあいだに応急処置をおこなったんですね？」

「はい」と、ジョイナーは答えた。

「あなたが彼の命を救ったわけですね」

それは質問ではないし、ジョイナーも答えなかった。わたしは椅子から手を離して歩きだし、通りすがりにうしろからジャマールの肩をかるく叩いた。

「さて、あなたがここにいるのは」わたしは陪審員席の前で足をとめた。「そもそもあなたがジェレミー・フラートンの死体を発見したのは、銃声と思われる音を聞いたからですね？」

ジョイナーは坐ったまま身じろぎし、膝までをぴっちり覆う磨きあげた黒い革の長靴がきしいった。

「そうです」と、彼は答えた。

「銃声があがったと思われるあたりへただちにパトロールカーを向けた、そうですね？」

「とは言いきれません。銃声は後方のどこかであがったように聞こえたので――」

「そこで、次の角を――シヴィック・センターのところを――左折し、センターをぐるりとまわって、発砲があったと思われる通りへ出た」と、わたしはじれったげに口をはさんだ。「銃声を聞いてからジェレミー・フラートンの死体がある車を見つけるまでに、あなたの推測ではどれくらいの時間が経過していたでしょう？」

相手がまだ答えないうちにわたしはつけくわえた。「これまでの証言からすると、ぐるっとシヴィック・センターをまわったあと、あなたは車のスピードを落とし、じりじりと進みながら、誰もが想像を絶するほど濃かったと言うあの夜の霧のなかを探したんだそうです」

ジョイナーは首をひねり、口をぐいぐいと動かしながら時間の見当をつけようとした。「二分たらずだったと思います」と、ためらいながら答えた。そして、「ええ、それくらいです」

と、確信ありげに言いなおした。

「二分近くも！」わたしは驚いたとばかり首を振りながら大きな声で言った。「わたしには腑に落ちません。二分近くも」と、また言って、戸惑い顔で陪審をちらっと見た。

わたしは横目でジョイナーを見ながら、陪審員席の前をゆっくりと歩いた。

「ジョイナー巡査、あなたの知るところでは、強盗に銃を突きつけられたら、被害者はたいてい金を差し出すんじゃありませんか？」わたしは不思議でならないという顔で、ぴたっと立ちどまった。「何者かがわたしの顔に銃を突きつけたら、わたしはまずなんでも言われたとおりにするんじゃないでしょうか？」

「ときには抵抗する者もいますが、あなたの言うとおりです……ふつうはそうします」

「抵抗？」わたしは信じられないというようにきき返した。「銃を顔に突きつけられているのに？」

マーカス・ジョイナーはそこではじめて微笑を浮かべた。「そういうこともありますよ。利口な真似じゃありませんが、実際にあるんです」

「そうですか」わたしは言った。「では、ジェレミー・フラートンは強盗に襲われ、その過程で撃たれた、と仮定してみましょう。彼は抵抗したのか、しなかったのか。抵抗しなかったのだとすれば、金を、財布を、差し出したあと撃たれたことになる。そう考えていいですね？」

「そうなると思います」ジョイナーは認めた。

「しかし、財布を渡したあと撃たれたのなら、相手は撃ったあとすぐに逃げだしたはずです。それから二分もその場にとどまったりはしないでしょう、どうです？」

ジョイナーは上体を前に倒して両手をこすりあわせた。「ええ、たぶん」

「ところが被告人はそこにいた。そうですね？　あなたたちが駆けつけたとき、銃声を聞いてから二分後に。だとすると、もし彼の犯行なら、ジェレミー・フラートンは抵抗したにちがいないということになります。しかし、彼が抵抗し、その最中に撃たれたのなら、被告人が彼を撃ったあと、その場で――二分も――ぐずぐずしているなどということがあるものでしょうか？」

ジョイナーが答えるより先にわたしはつづけた。「こう考えるのが正しいんじゃありませんか、ジョイナー巡査？　強盗が首尾よくいかず、襲われた人間を撃ったのなら、犯人は手当りしだいになにかを奪うかもしれないが、逃げだすまでにその場で――あなたは何分と言いましたっけ？――二分も費やしたりしないんじゃないでしょうか？」

「それは不自然です」ジョイナーも認めるしかなかった。

「まったく不自然です。死人の上着のポケットから財布を抜きとるのにせいぜい数秒しか要しないのであればなおさら」

ハリバートンが立ちあがっていた。「異議があります！　アントネッリ氏は質問ではなく弁論をおこなっています」

わたしは判事の裁定を待たなかった。証人から目をそらさなかった。

「車のキーは差しこんでありましたか？」と、わたしはきいた。ハリバートンは肩をすくめて腰をおろした。

「ええ、そうでした」

「エンジンはかかっていた？」

「いいえ」

「エンジンはかかっていなかったんですね？　ボンネットが暖まっているかどうかは調べましたか？」

「調べました。冷えていました。エンジンはしばらくかかっていなかったようでした」

「車のドアはロックされていなかったんですね？」わたしは彼が答えおわらないうちにたたみかけた。

「はい」

「四つとも？」

「はい」

「あの型のベンツの場合は、運転席のドアをあけると、ほかのドアもあくんじゃないですか？こう言い換えます、ぜんぶのドアのロックがいっぺんにはずれるんじゃありませんか？」

ジョイナーは首を横に振った。「その点は調べました。あくのは運転席のドアだけです。ほかのドアのロックをはずすボタンがコンソールにあります」

わたしはそれをしっかり頭に刻みつけておきたいというように、彼をじっと見つめた。「べつの言い方をすると、運転者がそのドアをあけて乗りこむ。ほかのドアは――三つとも――ロックされたままなんですね？」

「ええ」

「すると、運転者が乗りこんでも、誰かがそのまま助手席にはいるということはできないんですね？」

「ええ」ジョイナーは認めた。「運転者にほかのドアをあけさせればべつですが」

わたしは陪審に向きあい、気どった調子で話しはじめた。「あなたが誰かを襲おうとした場合、相手に車から出ろと言わず、自分を車内に入れろと命じるほうがいい、というわけですね。真っ暗ななかで襲うより、最新のベンツの、革張りの内装をほどこした煌々と明るい車内でやるほうがいいというんですね？」

「裁判長！」ハリバートンが声を張りあげた。

「申しわけありません」わたしは漠然と裁判官席のほうへ手を振った。「では、ジョイナー巡査」わたしは目に垂れかかってきた髪を払いながら言った。「あの夜の天候に話をもどしましょう。霧が立ちこめていた――そうですね？」

「はい」

「顔のすぐ前もよく見えなかった？」

「ときどきものすごく濃くなりました」

「交差点の向こうに駐まっている車がよく見えなかった、そうですね？」

「そうです」

わたしは被告側テーブルの縁に尻をもたせ、足首を重ねて立った。左腕を腹にまわして右の肘をその上に置き、親指と人差指で顎をさすった。

「で、あなたもジョイナー巡査も、彼女が被告人に向けて発砲するまえ、なんらかの警告を――一度も――叫んではいないんですね？」

「言ったように、その暇がなかったんです。彼が銃を持ちあげ――」

「しかし、あなたは実際にそれを目にしてはいない、そうですね？」

「ええ、しかし――」

「そればかりか、あなたたち二人のどちらも、発砲以前になにも言わなかった、そうですね？」

ジョイナーにはその問いが理解できなかった。彼は無表情にわたしを見て説明を待った。

「自分たちが警官であることを告げなかった、そうですね？」

「そんな暇はなかったんです。わたしが懐中電灯で死体の顔を照らした瞬間、彼が車から飛び出したんです」

わたしはテーブルから体を離し、すばやく証人席に詰め寄った。「だから、被告人にはあなたが殺人犯ではなく警官だということを知るすべがなかった、そうでしょ？」

「彼が殺人犯なんです！」と、ジョイナーは言い返した。

わたしは裁判官席へさっと目を向けた。いまのは答えになっていない、と訴えかけたところで、彼が恰好の材料を与えてくれたことに気づいた。

「それはあなたの推測ですね？　彼が車のフロントシートから飛び出した瞬間、彼が殺人犯だとあなたは推測したんです」

「彼は現場から逃げたんです」

「あなたが知りえたところからして、彼は殺人犯から逃げようとしていた、と考えることもできるんじゃありませんか、ジョイナー巡査？」

「いや」彼は大きな声で言った。「それはありえません。彼は銃を持っていたんです」

「ああ、なるほど――銃をね」わたしは向きを変えながら言った。「こうは考えられませんか、ジョイナー巡査、この若者はロックされていないドアをあけ――誰かが出ていったばかりだからロックははずれていたんです――車内にいる人を助けようとした、とは？　で、床に落ちている銃に気づいた、あなたたちの足音を聞いた、霧の向こうから照らしてくる明かりが見えた、それで――犯人がもどってきたと思い――パニックを起こして逃げた、とは考えられませんか？　また、こうは考えられませんか、ジョイナー巡査、彼はすっかり動転していたため、銃を手にとって飛び出し、走って逃げようとした、とは？」

わたしは首をまわしてジョイナーの目を見た。

「こうは考えられませんか、彼は銃をオリアリー巡査に向けたのではなく、一瞬ふり返って、追ってくるのは誰か、距離はどれくらいか見ようとした、オリアリー巡査はそれを見て、彼が向きなおって撃とうとしたと思った、とは？」

ジョイナーは、当人が知っているただ一つの事実とははっきりとしたつながりのない質問に答えを強いられているとでもいうように、それは考えられないことではない、としぶしぶながら認めた。わたしは陪審員席の手摺をつかみ、さも不快げな表情を浮かべた。

「あなたは経験ゆたかな警察官ですね？」と、きびしい声でたずねた。

彼は侮蔑の目でわたしをにらんだ。「二十三年の経験があります」

「あなたが事件を捜査するときは、あらゆる可能性を考えることになっているんじゃありませんか？」

「わたしは刑事ではありません――」

「警邏を担当する巡査ですね。パトロールカーを運転している。ええ……それはよく知っています」わたしはじれったげに口をはさんだ。「現場に到着したら、目撃者全員に話をきくんですか――それとも、あなたの推測する事態と一致することを言う人間だけに話をきくんですか？」

ジョイナーは腹立たしげな目で、ぶっきらぼうに答えた。「目撃者全員に」

「そうでしょうね。では、もう一度、つきあってください。被告人はジェレミー・フラートンを殺害していないと仮定します。そうではなく、あなたたちとおなじように銃声を聞いたとします、ただし何ブロックか離れたところで聞いたのではなく、数ヤードのところで聞いたとします。それを聞いて、助けに向かったとします。そうすると、彼がなぜ車のなかにいたのかが説明できるんじゃありませんか？」

ジョイナーはもうだいぶ長く証人席に坐らされているので疲れはじめていた。苛立ちが態度にあらわれていた……自分の能力や個性に関係する質問を聞き流せなくなっている。わたしの質問を聞いているうち、両端の下がった口に皮肉の笑みがあらわれはじめた。

「ええ、だろうと思います」

「また、霧がそんなにも濃かったとすれば、そしてあなたたちが警官であることをまったく告げなかったのだとすれば――それが彼が逃げようとしたことの説明になるんじゃありませんか？」

彼はひどく不快な印象をあたえる笑みをうかべ、「ええ」と、うなるように答えた。

「で、彼がパニックに陥ったとすれば――誰でもそうなると思いますが――それが車内にあった銃を手にとったことの説明にならないでしょうか？」

「ええ」ジョイナーは嘲りを声にこめて答えた。

わたしはしばらく彼を見つめ、彼が懐疑的になっているのはなぜだろうかと考えるように、床に目を落とした。そして、ゆっくりと顔をあげ、彼をまた見つめた。

「しかし、それが説明にならないとすると、銃が歩道に、彼のすぐそばにあったことの説明はあと一つしかないことになりますね？ あなたかオリアリー巡査がそこに置いたんです」

ジョイナーは怒りもあらわに否定しようとした。

「質問は以上です」わたしはもうたくさんだとばかり手を振りながら言った。

再直接尋問をおこなうか、と判事がまだきかないうちに、ハリバートンは憤怒に体を震わせながら立ちあがった。

「あなたが質問に答えようとしているときに、弁護人は打ち切ってしまいましたね」彼は一気呵成に言った。「あなたが答えようとしていたことを言ってみてください！ あなたかオリアリー巡査が車内から銃を持ち出したんですか？」

「いいえ、二人とも持ち出していません」

「二人が銃を動かしていないのなら」ハリバートンはいくぶんふだんの調子に近づいた声でたずねた。顔色ももとにもどっていた。「なぜ発見された地点にあったんでしょう？」

ジョイナーは椅子に坐りなおし、陪審に顔を向けた。「被告人がそこに落としたんです」

ハリバートンはジョイナーの視線が自分にもどるまで待った。

「人を殺して逃げ、銃で撃たれたあとに、ですね？」

「異議あり！」わたしは椅子から飛び出して叫んだ。

判事は逡巡し、わたしに目を向けて説明を待った。

「いまのは結論を臆断するものか、複合的質問のいずれかです」わたしは言った。「いずれか一方でも許されないものであり、両方あわせると意味が不分明になります」

トンプソンは微笑した。「わかりやすい言葉で、ミスター・アントネッリ」

「地方検事は〝人を殺して逃げ〟と言いました。これは彼が立証すべきことを推測するものです……結論を臆断するものです。そうではないというのなら、二つの質問をしていることになります……被告人は撃たれたあと銃を落としたのか、というのが一つ……被告人は人を殺したのか、というのがもう一つ」

トンプソンは首をかしげてすこし考えた。

「そのとおりかどうかはわからないが」と、彼はしばらくして言った。「その議論にこれ以上時間をかけたくない」彼はハリバートンに顔を向け、質問を言い換えるように指示した。

ハリバートンは肩をすくめ、なにごとかつぶやいた。

「ジョイナー巡査」彼はたずねた。「銃は被告人が撃たれたあとに落とした地点で発見されたんですか？」

「はい。歩道に倒れている彼の手からすぐのところで見つけました」

ハリバートンは口のあたりに薄笑いを浮かべて、腕時計のガラス蓋をこすった。彼は陪審に向きあった。

「アントネッリ氏はあなたにいろんな可能性を示しましたね」彼は陪審に目を向けたまま話しはじめた。「それをもう一度、検討してみましょうか、ただ、順序を逆にして？」彼は証人に向きなおった。「銃は被告人が撃たれたあとに落とした地点で発見された、そうですね？」

「はい」

「言い方を換えると」ハリバートンはわたしをじろりと見た。「あなたは弁護人が言ったようなことはしていないんですね——証拠をこっそり置くというようなことは？」

「はい」ジョイナーはきっぱりと、また挑むように、ゆっくりと首を振った。「われわれはしていません」

「では、被告人は——アントネッリ氏がくり返し言うように——なんの罪もない通りがかりの人間だったと仮定すれば、パニック説だけが、彼が撃たれたとき銃を所持していたことの説明として残されることになります」

ハリバートンは陪審員席のすぐそばへ移っていた。彼は手摺に腰をこすりつけながら、証人に向きなおった。

「あなたの長年の警察官としての経験からして、人がたとえパニック状態だったにせよ、銃を、装填された銃を、殺人の凶器として使われたばかりの銃を、拾いあげて振りまわしながら道路に飛び出すなどということがあるものでしょうか？」

「いや、まずないでしょう」ジョイナーはすぐさま答えた。

「しかし、あなたたちが銃を〝置かず〟、彼が〝パニック〟状態で拾いあげたのでもなければ、説明は一つしかないことになりますね？」

ジョイナーにはその説明とはなんなのか、話してもらう必要はなかった。「銃は被告人のものだったんです。それで議員を撃ち、手にしたまま車から飛び出して逃げようとしたんです」ハリバートンは陪審に顔を向けた。「ええ、そうです。では」彼は証人に目をもどした。「アントネッリ氏のほかの質問にもどりましょう……発砲地点へもどるのに要した時間のことです。アントネッリ氏は――たしか、一度ならず――〝二分〟と言いました。しかし、わたしの記憶では、あなたは〝二分たらず〟と言っていたと思います。どっちだったんです？」

「二分たらずです」

「そうですか」ハリバートンはそれこそが知りたかったことだ、とばかり言った。「それで、二分にどれくらいたりなかったと思います？」

「はっきりしません」ジョイナーは正直に言った。

ハリバートンはうつむいて彼のほうへ歩きだしたが、陪審員席と証人席の中間で立ちどまった。

「車を高速で飛ばして追跡した経験はありますか？」彼は顔をあげてきいた。

「何度も」

「思いがけない事故に巻きこまれたときに似ていませんか？」

「どういうことかわかりかねますが」

「すべてがスローモーションで動いているように見えるんです」と、地方検事は説明した。

「なるほど。ええ、そんな感じです」

「それは、集中しきっているからです。そういう状態でしょう？」ハリバートンは証人席へ近づいた。「小さなことまでひどく鮮明に見え、そのせいでずいぶん長い時間にわたって起こったことのように思えるんです。いや」彼はすぐさま言いなおした。「時間が停まったように思える、そうでしょう？　で、実際には数秒間、あるいは一秒にも満たないあいだの出来事が、永遠につづくかのように思える。そういうものじゃないですか？」

ジョイナーはハリバートンが話しだしたときからうなずいていた。「ええ、そうです」彼はそう答えながら思い出したらしく、言いおわるまえに陪審に顔を向けた。

ハリバートンは証人のすぐそばまで近づくと、証人席の椅子の肘掛けに手を置き、もう一方の手を腰に当てた。彼は陪審員たちを見まわした。

「すると、あなたは二分たらずと言いましたが」彼はおもねるような調子で言った。「実際にはもっと短かったかもしれませんね？」

ジョイナーは嬉々として肯定した。

「ひょっとしたら一分少々というところだったかもしれない」ハリバートンは思わせぶりに陪審にちらっと目をやった。

いまやジョイナーはそれでまちがいないと思いこんでいた。

「あなたはパトロールカーのスピードを思いきりあげて走らせていた」ハリバートンは相手の記憶を喚起するためつけくわえた。「あやうく歩行者をはねそうになったほどのスピードで、そうですね？」

ジョイナーは顎を引き、安堵の息を吐き出した。「危ないところでした」

「あなたは目一杯スピードをあげて急行した——迅速に現場へ駆けつけた」ハリバートンはつ

づけた。「アントネッリ氏はパニックについて、パニックが人にとらせる行動について、いろいろ話しました。どうなんでしょう、ジョイナー巡査、〝なんの罪もない通りがかりの人間〟だけがパニックを起こすんでしょうか、それとも、犯罪者もパニックを起こすことがあるんでしょうか？」

「誰でもパニックは起こします」ジョイナーは心得顔で答えた。

「パニックに陥ると、時間の感覚をなくすんじゃないでしょうか？　もっと具体的に言いましょう。あなたの警察官としての経験からして」ハリバートンは向きを変え、陪審のほうへ歩きだした。「議員を撃ったあと興奮状態にあった彼が、被害者の財布を抜き取り、現金やクレジットカードといった、価値のあるものを必死で探すうち、時間のたつのを忘れてしまった、ということはありうると思いますか？」

「充分ありうることだと思います」

ハリバートンは陪審員席の端で足をとめ、証人をふり返った。「べつの言い方をすれば、人を殺してしまった直後、ひどいパニックに襲われ、本来の目的であった現金や時計といった金目のものを奪うことのほかは、ほとんどすべて忘れてしまう、ということもありうるんじゃないでしょうか？」

わたしは立ちあがり、異議を叫びたてた。「いまの質問は扇動的で、推測を求めるものであり――」

「撤回します」ハリバートンは手をひらりと振ってそう告げ、くるっとまわって陪審の前を離れた。「質問は以上です」

再反対尋問をおこなうかと判事がたずねた。立ったままだったわたしはまっすぐ証人席へ向かった。

「あなたはいま、銃は被告人が撃たれて倒れた地点に落ちていた、と証言しましたね。しかし、銃が彼の手に握られているところは見ていないんですね?」

「ええ、しかし――」

「警察が証拠を置くことはあるんじゃありませんか、ジョイナー巡査?」

「異議あり!」わたしの背後にいるハリバートンが大声をあげた。

「検察側はいましがたこの証人に、彼もしくはオリアリー巡査が銃を置いたのか、とたずねました、裁判長」わたしはジョイナーに目を据えたまま言った。「証人は置いていないと答えました。そういうことはまったくおこなわれていないからなのか、とたずねる権利はあると思います」

「認めます」と、トンプソンは裁定した。「しかし、慎重に」

「ジョイナー巡査」わたしはききなおした。「犯罪の捜査において、警察が証拠を置くという話は聞いたことがありますね?」

「もちろん」彼は認めた。「そういうことは聞いたことがありますが、わたしは一度も――」

「八年まえのあなたのパートナー――ロートン巡査です――彼はまさしくそういうことをやって有罪判決を受けました。証拠に手をくわえることはまぎれもない犯罪なんです。そうですね?」

ジョイナーは椅子の上で体重を移しかえながら、仏頂面でうなずいた。「彼がそういうことをしたのはわたしと組んでいたときのことじゃありません」

わたしはすぼめた目で彼を見すえた。「あなたは証拠に手をくわえもしないし、決して自分の証言を変えるような人ではないんでしょう。ただ、わたしが、銃声を聞いてから車のハンドルにつっぷしているジェレミー・フラートンを発見するまでの所要時間をきいたとき、あなたは二分近く、と答えました。しかし、いま、あなたは地方検事の親切な手助けを得て、じつは一分もかからなかったのだ、とわれわれに思わせたがっているようです。どうなんです、ジョイナー巡査、銃声を聞いた瞬間、あなたはパニック状態に陥ったんですか?」

その問いは彼の意表を突いた。「わたしが！　いや、そうは思いません」

「じゃあ、交通事故などに巻きこまれた人間の心理とまったくおなじだったわけではないんですね?」

わたしはわずかの間も置かず、「以上です、裁判長」と言って、証人席を離れて歩きだした。

トンプソンは廷内を見まわしてから、陪審に目を向けた。

「みなさん、もう二時近くです。当法廷にはほかに審理予定があります。とりあえずこれで休廷とし、月曜の朝、再開することにします」

19

街の絶え間ない騒音と渦巻く色彩のなかに立ってみると、五感が一週間の眠りからさめたような気がした。ここ数日、言葉を、証人のしゃべる言葉を、網にかかった幽霊のような漠とした思考の目には見えない表象である言葉を聞いて、その意味をつかもうとすることばかりをっていたのだ。どの言葉も、最初に聞いたときは鮮明でも、同一人物のほかの言葉やべつの証人の言葉と比較するため思い出してみようとすると、とたんに最初の鮮明さをなくしてしまう。言葉を聞くのも、自分でそれをあやつるのも、もううんざりだった。

わたしは歩きだした。べつに行きたいところがあるわけではなく、なるたけ裁判所から遠く離れたいというだけで、なんの目的もなかった。審理のことを頭から締め出したかった……これまでのことをすべて忘れてしまいたかった。なかんずく、証人たちが話したこと、言おうとしていたことを頭のなかで思い返すのをやめたかった。それは堂々巡りをくり返すことになるだけになおさらまずかった……これまでに聞いた証言をくり返し思い出して、もっとましな答えを引き出すにはどうしたらよかったろうか、と考えたり、この先呼ばれる証人に対する質問とそれに対する答えのさまざまな変形を際限もなく想定しはじめることになるのだ。検察側はあと一人の証人を予定していた。そのあとはわたしが弁護側の主張をおこなうことになる。主張の根拠といえば、ジャマールの人間性と、犯人はジェレミー・フラートンを脅威に感じていた政治的野心を持つ大物だ、という証明不可能な、わたしのかってな断定だけだ。

わたしは人の流れについて、先へ先へと歩きつづけた。いまどのあたりを歩いているのかも、どの方向へ向かっているのかも頭になかった。そのうち、はっとなって立ちどまった。勘が働いたのか、ただの偶然なのかはわからないが、つい一週間まえ、アンドレイ・ボグドノヴィッチの命を奪った爆発によって焼け跡となった建物の向かい側に立っていた。建物の前には、上から残骸が落ちてくるおそれがあるため、歩行者の保護用にベニヤ板で囲いをしてあった。その向こうでは作業員たちが解体作業を進めている。わたしは車の流れを縫って向こう側へ渡り、あの夕方、ここを見たときはどんなだったろうか、と思いながらしばらく作業をながめた。ボグドノヴィッチは暗がりに身を隠してわたしを待っていたのだった。

店の奥の、倉庫の扉わきにあった狭いアルコーヴへ向かう通路を目で追ってみた。一瞬、目を疑った。扉はまだ残っていた。壊れた蝶番一つで壊れた柱からぶらさがっているが、無傷だ。よじれた鉄骨やコンクリートの破片のなかに原型をとどめているものといえばそれだけだった。写真で見たことのある、竜巻がなにもかもぺしゃんこにして通り過ぎたあとに、建物は見当たらないのに、どういうわけか無傷で残った煉瓦造りの煙突を思わせた。

叫び声が聞こえた。わたしに向かって叫んでいるのだった。ヘルメットをかぶった、たくましい体つきの男が瓦礫の山の横に立って、高く持ちあげられたパワーショベルのバケットを指差し、そこをどけともう一方の手を振っていた。わたしはわかったと手を振りかえして後退し、向きを変えて歩きだした。

交差点で信号が変わるのを待ちながら、あの晩やったようにふり返ってみた。光景がそのまま甦った……赤っぽいオレンジ色の火球が吹きあがる。次いで耳を聾する轟音が響いて、市内から音という音が消えてしまったかのような錯覚に一瞬、陥る。ふつうは戦場でしかおこなわれないような冷酷な行為の犠牲となってアンドレイ・ボグドノヴィッチは殺された、と慄然たる思いのうちに悟る。

ボグドノヴィッチは死んだ。誰が殺したのかはわからない、ジェレミー・フラートンの場合と同様。ボグドノヴィッチは、フラートンを殺した何者かが彼の命をも狙っていると思いこんでいたが、わたしには二件の殺人が同一人物の仕業だとは断言しかねるし、またその疑いはあるにせよ、そもそも両者のあいだにつながりがあるのかどうかも確信が持てない。通りをぶらぶらと歩く間、なにかを見落としている、という漠とした思いが頭を離れなかった。わたしには証明ができない事実ではなく、もっと基本的ななにかだ。ちがう見方、ちがう視点、すべてに新しい光を当て、ほかの考え方では得られなかった解釈に導いてくれる、わたしが考えてもみなかったなにかだ。一度しか会ったことのない人間の顔や、何年も聞いたことのない名前を思い出そうとするのに似ている。思い出せない以上は知っていたのだ、というあの奇妙な感覚だ。

歩き疲れたのでサッター・ストリートの事務所へもどった。頭にひっかかっている、その漠然としたなにかのことをボビーに話してみようとしたが、机から顔をあげた彼を見て、まず彼のほうからなにか話があるのだとわかった。

「レナード・レヴァインが死んだよ」ボビーは信じられないというように首を振った。

わたしは彼の前の椅子に坐った。「なにがあったんだ？」

ボビーは肘を机に載せて乗り出し、電話のほうへ顎を振った。「今日、電話をくれとレニーから言われていた。きみと話したあと、彼に電話をしたんだ。おぼえているだろ？　きみがボグドノヴィッチから聞いたフラートンの一件を彼に話した。信頼できる人間がホワイト・ハウスにいる、と彼は言った。彼らがその件についてなにか知っているかどうか調べてみる、と言っていた」

わたしは息苦しさをおぼえた。口のなかが乾いてきた。

「殺されたのか？」

ボビーもそこまでは知らなかった。「車にはねられたんだ、ゆうべ遅く、ジョージタウンで。レストランを出てすぐに」

「ひき逃げだろ？」わたしは直観的にそう思った。

ボビーは電話に向かってうなずいた。「向こうはそう言っていた」

「これは殺人だよ、ボビー。レヴァインはホワイト・ハウスへ電話した、フラートンのことを話した、で、いまは死体だ。ボグドノヴィッチを殺したのとおなじ理由で、連中が殺したんだ……いっさい知られるわけにはいかないんだ、フラートンが——大統領とおなじ政党に属する議員が——ソ連のスパイだったとは」

ボビーがそれはあやしいと思っていることは目を見ればわかった。むりもないことだ。「そう」わたしは立ちあがった。「それは証明できないよ……まったく不可能だ……だけど事実だよ、ボビー、わたしにはわかるんだ」

そこで気がかりなことが思い浮かんだ。「彼はきみの名前を出さなかったんだろうね？　ホワイト・ハウスの誰に話したにせよ――ボグドノヴィッチのことを誰から聞いたかは言わなかったと思うんだが？」

「うん」わたしが彼のことを心配していると知って、ボビーは微笑しながら言った。「レニーはわたしの名前は出さないと言っていた」

「彼が誰に話すつもりだったかはわからない？」

「うん、彼が信頼できる人間が二人いる、ということしか聞いていない」

わたしたちはしばらく無言で見つめあった。もうボビーも悟っていた、何者かがレナード・レヴァインを裏切ったのは事実だが、彼が死んだのはひとえにボビーを信用したからなのだ、と。

「わたしが電話をしてくれと頼んだんだ」わたしは彼に思い出させた。「ホワイト・ハウスがなにを知っているか、調べだしたかったのはわたしなんだ」

ボビーは体の向きを変え、膝に手を置いて窓の向こうへ目をやった。湾の向こう、雲一つない真っ青な空の下に、暮れ方近い初秋の日を浴びてバークレーの丘がちらちらと揺れて見えた。

「カレッジ時代、わたしは彼のことなど気にとめたこともなかった。自分のやっていることに夢中で、洗濯場にいるチビにかまっている暇などなかった。はっきり言うと、だいぶあとになるまで名前も知らなかった、彼が下院議員に当選し、自分が何者かわたしにわからせるまで。最初はおかしかった、こっちがまったくおぼえていない男がわたしのことをとてもよくおぼえているものだから。やがて、当時のことを考えるようになり、彼に対する見方が変わった。洗濯場にいたチビではなく、カレッジ時代から独自の考えを持って勉強に励み、ひとかどの人物に、わたしなど及びもつかない立派な人物になった男、と見るようになった。だけど、彼のほうはあいかわらず当時とおなじようにわたしのことを見ていた。あの晩、彼が話すのを聞いただろ？」ボビーはちらっとわたしをふり返って言った。「きみも電話を聞いているとよかったんだが。ボグドノヴィッチから聞いたというフラートンの話をわたしが伝えるのを聞いていたら、わたしが彼に大きな恩を売ったと思っただろうよ。彼がフラートンのことを食わせ者だと言っていたのをおぼえているだろ？　あの話はそれを証明するものだ、しかもレニーにとっては、彼がフラートンに抱いている敵愾心はたんなる嫉妬や劣等感によるのではないことを意味する。だから、レニーはなにがあっても、あれを世間にはっきり明かしてみせるつもりだったろうと思う」

ボビーは椅子を揺らしながら、レナード・レヴァインのことに、不思議なまじわりかたをした彼ら二人の軌跡に、思いを巡らしていた。

「忘れるところだった」わたしが出ていこうとすると、彼が言った。「アルバートから伝えるよう頼まれていたんだ、知事のところから電話があったんだ。知事がきみに会いたいそうだ」

「どこで？　いつ？」

「今夜。六時半に、きみがこのまえまでいたホテルで。知事はなにか用があってこっちへ来てるんだ」と、ボビーは説明した。「わたしが知っているのはそれだけだ」

ボビーは机の向こうから出てきて、わたしの肩に手を置いた。「これに引きこんでしまったのを後悔しているよ」

「こっちは平気だよ」と、わたしは応じ、そのいかにも自信ありげな口調にわれながら驚いた。

「それにきみが引きこんだんじゃない。わたしが自分で決めたんだ」

ボビーはにやりと笑い、わたしの目を探るように見た。「きみは昔からわたしが思っていたようには利口じゃないのかもしれないな」

わたしがドアのところまで行くと、ボビーが言った。「いいか、ジョー、いまのは本心から言ったんだぞ。きみを引きこんだのを後悔している。きみはわたしにとって弟のようなものだ。きみの身になにも起こらないことを願っている。レニーについてきみが言ったことが当たっているかどうか、わたしにはなんとも言えない。ただ一つ言えるのは、用心しろということだけだ。きみの仕事について、どうこうしろと言うつもりはないが、無用な危険は冒さないでくれ」

わたしは六時すこし過ぎまで事務所に残って、検察側が呼ぶ予定の最後の証人に対する反対尋問の内容をじっくり考えてみようとしたが、すこしも集中できなかった。レナード・レヴァインのことに、自分のものになるはずだと思っていた地位をさらっていった男に対して抱いていた彼の敵愾心――と形容するしかない――のことに、つい考えが行ってしまう。フラートン自身はなんとも思っていなかったが、彼によって人生を狂わされた者がいたのだろうか？　妻は彼を愛していた。フラートンのほうは彼女に対してどんなことをしたのか……彼自身の不倫の殉難者に仕立てた。妻のほうは、夫はいつでも最後には彼女のところへ帰ってくる、と自分を偽って慰めることしかできなかったのだろう。驚くべきは、彼女がそれを受け入れていたことだ。彼のことを終始変わらず受け入れていたのだ、それゆえにいっそう彼に対する愛が深まったようにも見える。メレディス・フラートンがほんとうに立派な女性なのかばかなのか、わたしにはわからない。だが、これだけは疑う余地がない……彼女は終始、夫に忠実だった。だからこそ、長年のあいだ、自分自身にも忠実でいることができたのだ。非運なレナード・レヴァインをふくめて、フラートンのしたことや、やろうとしたことによって、大なり小なりおのれの限界を悟らされたほかの者はみんな、とうてい彼女のように高潔ではいられなかった。彼らがフラートンに激しい憎しみをおぼえたとしても不思議はない。

六時十五分にタクシーを拾い、いくらも離れていないセント・フランシスへ向かった。宿泊していた数週間のあいだ、寝に部屋へあがるまえに夜更けの一杯をやりに寄るのを習慣にしていたバーの入口へ目をやりながら、ロビーを通り抜けた。エレベーターの真鍮製のドアが並ぶ前に立つと、部屋番号をメモした紙を取り出して見なおし、またポケットにもどした。知事の部屋があるフロアに着くと、腕時計を見た。六時半だった。ネクタイをなおし、上着の襟を引っぱり、ドアをノックした。

三十そこそこらしい、骨ばった体つきの男があらわれた。明るい茶色の髪を真ん中からやや横で分けている。

「どうぞ、ミスター・アントネッリ」と、彼は言った。

平板な、ちょっと鼻にかかった声に気どりが感じられた。彼は手を差し出そうとも名乗ろうともせず、わきへどいた。スイートはとてつもなく大きく、一週間ぶっつづけのパーティが終わったあとのようにちらかっていた。アルコールとタバコの不快なにおいが部屋中にしみついている。コーヒーテーブルの上の灰皿には吸い殻が盛りあがっていた。クロム製のカウンターにはくしゃくしゃのカクテルナプキンと氷の溶けかけたグラスが散乱している。

「先に客がありましてね」若い男はそう説明し、閉じた口のあたりにちらっと笑みを浮かべた。

「なにかお飲みになりますか？」

わたしは薄い黄色のソファの真ん中に坐った。あけてある寝室のドアの向こうに、ユニオン・スクエアと遠くのベイ・ブリッジにつづく細い街路を見おろす窓が見えた。男はカウンターのところへ行き、それまで飲んでいたらしいグラスを取りあげると、手首をかるく動かして氷を鳴らした。

「知事はなぜ証人喚問されたのか知りたがるはずです」

わたしはゆっくりと首をまわし、相手の目をまっすぐ見た。

「知事本人に喜んで説明しますよ」

相手はまばたきもせず、目をそらしもしなかった。若いが、重要な地位にあるのだ。わたしがばかでそれに気づかなくても、彼は気にもしないだろう。

「あいにく知事は結局あなたに会えなくなりましてね」謝るつもりなどまったくない、というように彼は言った。

「きみの名前は？」わたしはソファから立ちあがった。

「キャヴァノー。リチャード・キャヴァノー。知事のスタッフです」

「いいかね、ディック、わたしは自分が知事に会いたくてやってきたわけじゃないんだ。知事がわたしに会いたいと言っている、ときみのところから電話があったので出向いたんだ」

「それがあいにく土壇場でスケジュールに変更があったので、代わりにわたしがお会いするよう言われたんです」

わたしは一言も信じなかった。

「きみが喚問されているわけではないんだよ、ミスター・キャヴァノー」わたしはドアへ向かって歩きだした。「それに、きみと話をしに来たのでもない。来週になれば、知事のほうからわたしに会いに来られる——法廷へね」

「どうなんです、ミスター・アントネッリ」彼はわたしがドアをあけると言った。「ハイラム・グリーンは知事のことを、クリスマスカードもよこさない〝礼儀知らず〟だと、ほんとうに言ったんですか？」

ふり返ってみると、リチャード・キャヴァノーの、全体とちょっと不釣り合いな口を嘲りの薄笑いがよぎるところだった。

「彼がすぐに電話をかけてきたんです、たぶんあなたはまだ彼のオフィスの前の歩道にたどりついていなかったでしょう。彼はまず自分の口からわれわれに聞かせたかった、とくに知事についてどう話したかを。彼を喜ばしてやりましたね、ミスター・アントネッリ。おかげで彼は大物ぶることができた、まずあなたに、次には知事に。ハイラム・グリーンにはもうそういう機会がない。知事が彼の名前をおぼえていたことさえわたしには意外でした」

わたしもにやりと笑い返した。「これまでに聞いた知事の評判からすると、わたしにも意外だよ」

エレベーターでロビーへ降りていくうち、いまのあしらいに対する怒りも徐々にさめた。これをマリッサにどう話してやろうかと考えた。彼女はおもしろがり、わたしも釣られてそう思うだろう。わたしも知事のあの鼻持ちならないスタッフとおなじ年ごろには、おなじように、やたら大物ぶりたがるうぬぼれやだったことを思い出させるかもしれない。

すれちがう人間の顔にすばやく目を走らせながら、大理石の柱があるロビーを抜け、正面玄関へ出るカーペット敷きの階段を降りた。ドアを押しあけたところで気が変わり、なかへもどった。

「いつものやつを?」わたしが革のスツールに坐るとバーテンダーがきいた。わたしはうなずき、変わりはなかったか、とたずねた。

「ええ、ミスター・アントネッリ」彼はスコッチとソーダをミックスしながら答えた。わたしは札を一枚カウンターに置いた。

「これは店のおごりです」彼はそう言って、カウンターの向こうのステンレスのシンクからグラスを取り、タオルで拭きはじめた。「しばらくぶりですね。よくまた来てくださいました」

カウンターの端では、身なりのいい中年の男が一杯の酒を前に時間つぶしをしている。奥のテーブル席では、髪の白くなりかけた女性二人が、足許にショッピングバッグをいくつも置いておしゃべりにふけっている。

「今夜は暇そうだね」わたしは一口飲んで言った。

「遅くなればどっと押しかけてきますよ」彼はグラスを持ちあげてしげしげと見ながら言った。「政治のことはご存じでしょう。知事のための資金集めのパーティをいまやっているんです。あとでみんなやってきますよ」

彼はべつのグラスをとりかけてやめ、カウンターに乗り出すと、軽蔑口調で囁いた。「知事がここへ一杯やりに来る、するとみんなついていくんです。彼が飲みおえて出ていく、するとみんな出ていく。まるでレミングの集団です。群れから出ようとするのは一人もいない。知事が冗談を言う——全員が笑う。誰かがなにか言い、知事の顔から笑いが消える、すると全員が恐ろしい病気持ちでも見るような目でそいつを見る。やつはわざとそうするんだと思いますがね——わざと恥をかかせるんです——仕切っているのは誰かを全員にわからせるために」

彼は体を起こし、グラスをとった。カウンターの端にいた上等な身なりの男は腕時計に目をやり、からになったグラスの横に金を置いて出ていった。

「わたしはフラートンに投票したでしょうね」バーテンダーがグラスを磨きながら言った。「彼はそういうくだらん真似はしません」

彼は持ちあげたグラスをくるりとまわし、ほれぼれとながめた。

「あの晩、彼がやってきたのは、ほかの客がみんな引きあげていった直後のことでした」

マリッサとの食事の約束に遅れたくなかった。わたしは時計を確かめて立ちあがった。「えっ？」わたしはカウンターの縁をつかんだ。「いま、なんと言った？」

バーテンダーはきょとんとした目でわたしを見た。

「あの晩、フラートンが来たと言った。あの晩とは？　殺された夜のことかね？」

「そうですよ。夜中の十二時を三十分過ぎたころでした。もう店のなかをほとんどかたづけたあとでした」

「彼独りで？」

「いや、二人でした。あそこに坐りました」彼はカウンターからいちばん遠い隅の席を顎で示した。いま女性二人が坐っているテーブルのすぐ向こうだ。

「二人で？」

「そうです。彼のところにいた女……いま代わりに選挙に出ている女です。おわかりでしょ
――ゴールドマンの娘です」

「確かかね？」

「ええ、彼女でしたよ、まちがいなく。長いコートを着て、髪をアップにし、それからサング
ラスをかけてました――人に気づかれたくないというように。誰なのか、わたしは知りません
でした、新聞やテレビで写真を見るようになって、はじめてわかったんです。彼女でしたよ、
確かに」

「どれぐらいここにいた？」どういうことになるのだろう、と考えながらそうきいてみた。

バーテンダーはタオルを肩に掛け、両肘をカウンターに載せた。「はっきりしませんが――

二十分くらいでしょう、たぶん。一杯ずつ飲んで、出ていきました」

「いっしょに？」

「ええ、いっしょに」

「ところで……二人はどんなふうに見えた？」

剛そうな、灰色がかった黒い眉がわずかに持ちあがり、細くてまっすぐな鼻の上方へ寄った。

「つまり恋人同士のように見えたか、ということですか？　そうは言い切れませんね。二人の
あいだにはなにかあるようでした、それがなんであれ、楽しそうには見えませんでしたね」

「しかし、いっしょに出ていった？」

「ええ」彼はそう答えて、カウンターに坐ったカップルに目を向けた。

わたしはさっき置いた十ドル札を取りあげ、代わりに二十ドル札を置いた。

「ありがとう」と言って、カウンターを離れた。

ホテルの正面の日除けの下に立って、事件のあった夜、ジェレミー・フラートンとアリエラ・ゴールドマンはなんの話をしていたのだろう、なぜフェアモントで会わず、セント・フランシスへ来たのだろう、と考えながらタクシーを待った。

「ミスター・アントネッリ？」と、どこか前のほうで呼ぶ声がした。

顔をあげると、ダークブルーのスーツを着てサングラスをかけた、肩がいかつく張った筋骨たくましい男がわたしに目をそそいでいた。彼は黒のリムジンの横に立っていた。彼は話しかけながらドアハンドルに手を伸ばしていた。

「あなたと話したいという人間がいるんです」

相手の目は見えないが、声に不気味な響きがあった。しかも手を伸ばせばすぐ届くところにいる。

「それはどういう人なんだね？」わたしは走りだすつもりで通りを見やった。

「自分の目で確かめてください」男は車のドアをあけた。

わたしには後部席の向こう側に坐っている人間の脚しか見えなかった。一瞬、好奇心が恐怖を打ち負かした。わたしは半歩踏み出し、顔を見ようと前かがみになった。いきなり腕をつかまれ、背中を押された。そのまま車内に押しこまれ、ドアが閉まった。あわてて向きを変え、肩をドアに叩きつけた。ロックされていた。車は急発進して縁石を離れた。

20

暗い後部席の端にゆったりと坐っているのは、わたしにはまったく見おぼえのない、ぼってりとした丸顔の男だった。男は分厚いまぶたの下をゆっくりと動く目でわたしを見つめながら、心配することはなにもない、とくり返した。

「きみとちょっと話がしたいだけなんだ」

わたしは唖然として相手を見ていた。上着のボタンははずしており、ふくれあがった白いシャツがベルトを隠している。腹があまりにも巨大なせいで、ネクタイが、カラーにはさんだままはずすのを忘れたナプキンのように見える。わたしはその巨軀に圧倒され、彼の車に力ずくで押しこまれ、監禁されたも同然の状態であることを一瞬忘れた。

「話がしたいのなら、事務所へ電話をしてアポイントメントをとってくれ。さあ、車を停めさせて、すぐにわたしを降ろせ！」

男は表情を変えなかった。いや、まったくの無表情を保ちつづけている、と言ったほうが適切だ。ありあまる肉のせいで、表情をあらわせないだけのことかもしれないが。目は皮膚の襞にすっぽり囲まれてよく見えない。口もだぶついた肉がじゃまをして、笑みを浮かべたとしても見てとれそうにないし、上機嫌なのか敵意を持っているのかも察知できそうにない。

「とにかくリラックスしてドライヴを楽しんでくれ」彼は言った。「そう遠くまでは行かない」

心臓は早鐘を打ち、頭はめまぐるしく回転していた……だが、たとえできたとしても、リラックスなどしたくなかった。怒ったままでいたかった、そうしていないかぎり、背骨をじりじりと這いのぼる恐怖心に負けて、またぞろ臆病風に吹かれそうなのだ。

「よし、いいだろう」わたしはなかばどなるように言った。「なんの話をしたいんだ？」

「ジェレミー・フラートンのことを」男は息を切らしながら答えた。「それと、きみのことだ、ミスター・アントネッリ」

彼はほとんど体を動かさないように見えた。両手を指先をつけて膝の上に置き、二本の親指をくるくるまわしているが、動きといえば、見ているほうがいらいらしてくるその動作ぐらいのものだった。つかみかかって喉を締めつけてやろうか、と思った。目の端で助手席をうかがうと、わたしを車に押しこんだ、角張った顎の男がバックミラーで後方を油断なく観察していた。

「そもそも、あんたは何者なんだ？」わたしは勇気を失うまいとして言った。

男の口は閉じられていて、鼻孔から息が吸いこまれる拍子に、甲高い音があがった。

「好奇心旺盛な観察者、と言っておこうか」

「で、いったいなにを観察しているんだ？」

「人の行動だよ。魅力的な観察対象だと思わないかね、ミスター・アントネッリ？　たとえばきみの行動だ。きみの経歴についてほんの概略しか知らない者でも、きみの人生を羨望の目で見るだろう……途方もない成功をおさめた弁護士だ、一度も——ほとんど——負けたことがないので有名だ。だが、そのきみがここへ、サンフランシスコへやってきて、きみにもわれわれにも勝ち目がないことがわかっている裁判の弁護を引き受けた。これはきみの行動様式のようなものなんだ、そうだろ、ミスター・アントネッリ？　きみは瀬戸際に立たされるのも厭わず危険を冒す、たいていの人間はそんなことをしない、というのがそういう真似をする唯一の理由だ。ほかの人間とおなじだとは見られたくないんだ、そうだろ、ミスター・アントネッリ？自分はほかの人間とはちがう、と思いたいんだ。きみは結婚したことはないが、自他ともに認める——と言っていいと思うが——女好きだ。一度、婚約したが、不幸な結果に終わった、そうだろ？」

わたしはかっとなり、恐怖を忘れた。「その話をどこまで知ってるんだ？」

「きみが婚約した女性は、まことに気の毒なことに施設に入れられたことを知っている。言ったただろ、ミスター・アントネッリ、わたしは好奇心旺盛な観察者なんだ」

くるくるとまわる親指の苛立たしい動きがとまり、両手はだらりと膝の上に置かれた。彼は顔をそらし、しばらく窓の外を見つめた。坂の頂上に差しかかっていた。青々とした木立に囲まれたゴールデン・ゲート・パークが、はるか下方に見える海へ向かって延びている。

「陪審選定の予備尋問できみはたいそうおもしろい質問をした。おぼえているだろ？」彼はまぶたになかば隠れた小さな目を、ものうげに、ゆっくりと弧を描くようにしてわたしにもどした。「誰がジョン・F・ケネディを殺したと思うか、とたずねた。あれはとても効果的だったと思う」

車内は暗さを増し、男のシルエットは、しだいに大きくなりながら下降していく一つづきの輪でできているように見えた。彼が法廷へ来ていたら、わたしが気づかなかったはずはない。傍聴人たちの顔を確かめはじめる以前から、その存在に気づいたはずだ。

「傍聴していたのか？」わたしはちょっとした好奇心から、というようにきいてみた。

「われわれはずっと観察していたよ」と彼は答え、わたしはその奇妙な口ぶりが気になった。おもしろがっていると同時に、双方の認識に大きな隔たりがあることに憮然としているようでもあった。

わたしがアンドレイ・ボグドノヴィッチの話を疑っていたにせよ、また、自分は何者かに尾行されている、わたしの身も同様に危険だ、と言ったのを真に受けなかったにせよ、いまやそうした疑念やためらいはすべて消え失せた。わたしの向かいに坐っている巨体の持主が、ボグドノヴィッチの死は無論、たぶんフラートンの死にも、なんらかのかたちで関与している、という絶対の確信がそれを打ち負かしてしまった。

「あの質問がなぜそれほど効果的だったかわかるかね、ミスター・アントネッリ？」彼は暗がりのなかに単語を一つ一つ響かせるように、ゆっくりと言った。「ダラスのあの日以来、この国の人間はみんな、どんな事件でも――きみの言葉を借りれば、〝ゆきずりの犯行〟だと明らかな事件でも――その裏には、理由をはっきりさせてくれるなんらかの陰謀が存在するにちがいない、と考えるようになったからだよ」

「なんらかの陰謀は存在しない、と言いたいのか？　フラートンの死はゆきずりの犯行によるものだと？」

「わたしはきみになにか言いたくてここにいるわけではないよ、ミスター・アントネッリ。誰が上院議員を殺したのかは知らないし、ひどくぶしつけな言い方だが、わたしにはそんなことはどうでもいいんだ。きみもわたしもフラートンの正体は知っている」

彼はあてずっぽで言っている。わたしがフラートンについてなにをつかんでいるか知らないし、そもそもなにか知っているかどうかもわかっていないのだ。

「残念ながら、なんの話かわたしにはわからない」わたしはさも気がなさそうに答えた。

彼はいかにもばかにしたようにわたしを見た。どうやら表情をつくれるらしい。

「わたしはまじめな話し合いができると思っていたんだがね、ミスター・アントネッリ。きみには感服していたんだ。きみがまじめな人間であることはわかっている。これは肝に銘じておいてくれ、わたしをばか扱いしたところで、得るところはなにもないぞ。わたしはばかではないんだよ、ミスター・アントネッリ」

そう警告すると、正体不明の相客は前へ身を乗り出し、運転席の男の耳許でなにか囁いた。リムジンは次の角で左へ折れ、糸杉の並木の下を走る二車線道路に出た。糸杉はどれも太平洋からの風で曲がってしまっている。走っているのはゴールデン・ゲート・パークの入口へ通じる道路だった。

「きみはジェレミー・フラートンのことをすっかり知っているんだよ、ミスター・アントネッリ。知らないとは言わせない。アンドレイ・ボグドノヴィッチがきみに話したんだ。まさか否定はしないだろうな。きみが彼と話をしたことは知ってるんだ……彼の店で会ったことはわかっている。きみはあそこにいたよ、ミスター・アントネッリ……ボグドノヴィッチが不運にもあの事故で命を落とす直前まで」

「事故！」わたしは大声をあげた。「自分はばかではないと言ったが、わたしをばか扱いするのは平気らしいな！」

表情を欠いた顔には、すくなくともわたしに察知できるような変化はあらわれなかった。目を閉じて首を振ったのが、わたしの言葉に対する、外見上のただ一つの反応だった。「もしかしたら事故ではないかもしれない」彼はまた目をあけて言った。「ただ、彼が殺されたのだとしても、わたしはなんの関係もない。ボグドノヴィッチはもはや誰にとっても脅威ではなかった。彼になにができた？　きみに話したことを世間に公表するのか——ジェレミー・フラートンが以前ロシア人から金を受け取っていた、と？　誰がそんな話を信じる？　やつにどんな証拠が示せた？」

彼は明白なことを見落としている。

「おたくはそれを突きとめた」わたしは言ってやった。「ボグドノヴィッチから聞いて知ったわけではない。モスクワに記録があるんだ——KGBのファイルが」

男は息を吸いこみ、鼻孔がひろがった。濡れた唇が優越感に震えるかに見えた。

「そういうファイルがかりにあったとしても」と、満足げに言った。「もはや存在しないことはきみにも推測できると思うがね」

歩道よりいくぶん広い程度の道の前方に、起伏する広大な芝生と巧みに刈りこまれた観賞用の木々が見えてきた。はるか前方には、円形の大きな野外音楽堂のいまは無人の椅子の列が見えた。左手遠くには、水族館と科学博物館のある灰色火山岩造りの建物から出てくる最後の見物客の姿がちらほらと見える。リムジンは速度を落として静かに停まった。「しかし、フラートンが死ぬまでは、そのファイルは破棄されなかったはずだ、そうだろ？　フラートンの生前は、彼が大統領になる可能性をつぶそうとする者には、それはとてつもない価値を持つものだったはずだから——そうではないかね？」

彼はわたしを強く見すえた。忘れかけていた恐怖がまた背筋を這いのぼりはじめた。

「フラートンを殺したやつは、みんなのためになることをしてくれたんだ。すべてが明るみに出たかもしれない——洗いざらい。そのときには、どんなことになったと思う？　ほかの政治的スキャンダルとはくらべものにならない事態が生じただろう……彼は名誉を失墜して引退するが、それから数年後に——いや、わずか数箇月後かもしれない——」目が愉快そうに光った。「自分の無分別を謝罪し、まず世間の赦しを得、次にはまた人気を盛りかえす。いや、これはそうはいかない。フラートンは反逆罪に問われただろう。裁判がおこなわれるが、いったいどんな証言が出てくるかは神のみぞ知るだ……そして、彼は刑務所送りになる。それがこの国にどんな影響を及ぼすと思う？　しかし、幸いにも、われわれはそのトラウマに、無用なもろもろの不快な思いに苦しめられることはもはやなくなった。やつは死んだ。やつの正体をいま探りだしたところで、誰になんの益がある？　それを立証する証拠がないにせよ、主張だけでは——ジェレミー・フラートンが金のために国を売ったと示唆するだけでは——百害あって一利なしだ。いろんな人間を破滅に追いやることになるんだよ、ミスター・アントネッリ。もちろん、それはきみもわかるだろう。彼の妻を、彼の友人を、彼を信用した何百万という人間を破滅させることになる。そっとしておくほうがいい、そう思わないか？」

わたしは首をまわして、決して信用して本音を明かすわけにはいかないとわかっている、正体不明の人物を見つめた。

「フラートンは死んだ、だから誰の気持ちも傷つけないよう、真相は隠しておくべきだ、と話すために、わたしをセント・フランシスから拉致したのではないはずだ」

「わたしがきみと話をしたかったのは、きみがジェレミー・フラートン殺害事件の裁判で弁護をおこなうに際して、すこし視野をひろげてものを見てくれると、たいそう感謝する人間がいるということを伝えるためだ。たいそう感謝するんだよ」

わたしは答えを探ろうと、相手の目をじっと見すえた。「たいそう感謝してくれるという誰かさんだが……ホワイト・ハウスもそのなかにふくまれるのかね？」

彼は返事をしなかったが、それはどうでもよかった。かりに否定したところで、わたしは信用しなかっただろう。黒幕は、すべての背後にいるのは、ホワイト・ハウスなのだ。

「きみは負けるよ、ミスター・アントネッリ。もちろん、それはきみにもわかっている。きみほど優秀な弁護士に、すべての証拠が依頼人を指差していることがわからないはずがない。きみは負けるんだ……問題は負け方だ。あの質問——ケネディ暗殺についてきいたあれだよ——ああいうのは人を不快にさせる……誰もがあれこれ勘ぐりはじめる。あれはやめてもらわなきゃならない。どんなふうに弁護するかはきみのかってだ……だが、きみは誰のためにもならないことをやっている——さらには、自分をひどく苦しめることになるかもしれないことをね——陰謀だの隠蔽だのという主張をおこなうことで」

「自分をひどく苦しめることになる？」わたしは彼をにらみつけた。

男はふたたび運転手になにか囁いた。車はまた走りだし、数分後には公園を出て、ゴールデン・ゲート・ブリッジの方向へ向かっていた。

「アンドレイ・ボグドノヴィッチが事故で死んだのか、あるいは殺されたのか、わたしには皆目見当もつかない……また、いま裁判にかけられている若者の犯行ではないとしても、ジェレミー・フラートンを誰が殺したのか、わたしにはさっぱりわからない。しかし、誤解しないようにな、ミスター・アントネッリ……きみがちゃんと自分の仕事をして、あとは法律どおりに事が進むようにしていればたいそう寛大な人間たちも、きみがやるべきことをやらなかったら、罰をくわえることを一瞬といえどためらわないぞ」

「べつの言い方をすれば」わたしは口のなかがからからになっているのを意識しながら言った。「あんたはフラートンの死にもボグドノヴィッチの死にも無関係だが、わたしを殺すのは平気だ、ということだな？」

彼は首をそり返らせて笑った。「きみは最終弁論の天才らしいな、ミスター・アントネッリ」不気味な高笑いが消えていき、男の目はまっすぐ前方へ据えられた。どこへ向かっているのか、目的地へ着いたらどうなるのか、わたしにはまったく見当がつかなかった。車がゴールデン・ゲート・ブリッジを渡りはじめると、男はやっと口を開いた。

「罰として考えると、死は過大評価されている、死だけではということだが。そう思わないかね、ミスター・アントネッリ？」食事の席の会話のような、うちとけた口調だった。「死に方なんだよ、問題は、そうだろ？　当人がいちばん恐れるのはなにか、それをまぬかれるためなら、自殺もふくめてなんでもする、人を殺してもいい、と思うような死に方とはどんなことか、肝腎なのはそれを知ることとさ。それが死を罰として考えるときの要諦だ。オーウェルの『一九八四年』は読んでいるね？　ウィンストンが鼠をひどく恐がっていたのはおぼえているだろ？ビッグ・ブラザーがそれを知って、彼にどんなことをしたか思い出さないかね？」

彼はふたたび目を前方へもどした。「あれはわたしには忘れられない」と、低い声でつづけた。

運転手はリムジンをじりじりと外側の車線へ近づけ、スピードを落としはじめた。

「きみはなにが恐い、ミスター・アントネッリ？」

わたしは答えなかった。ゼラチンでつくったような、造作のはっきりしない男の顔に、そのとき微笑が浮かんだような気がした。ゆっくりと進むリムジンのわきをほかの車がびゅんびゅんと追い抜いていく。わたしはおびえを顔に出すまいとしたが、そうすればするほど恐怖はつのった。

「高いところが恐いという人間は大勢いるよ、ミスター・アントネッリ。それは知ってるだろ？」彼はわたしに目をもどして言った。「彼らはまっすぐな線の上を何マイルでも歩くことができる……すこしもふらつかずに。ところが高所に立つと、幅が歩道ほどあっても、いまにも転落するんじゃないかと思うものなんだ。わたしはそのての恐怖心とは無縁だが、だからといって恐いものがないわけではない……わたしなりに恐いものはある――誰にだってある。打ち明けようか？　わたしがいちばん恐いのはなにか？　生き埋めにされることだよ。それを想像しただけで体が震えだす」

車は停まった。わたしの側のドアロックがいきなりはずれた。いまいるのは、黒々とした冷たい湾の水面から数百フィート上方の、橋の真ん中あたりだった。わたしの横の黒い窓ガラスがすこし下がり、風が顔に激しく吹きつけた。

「高いところが恐いかね、ミスター・アントネッリ？」男は期待するような、不気味な声で言った。

正直に答える気になれなかったのは、名誉にかかわるからではなく、自分の臆病さに腹が立ったからだ。

「いや、そんなことはない」と、わたしは答えたが、嘘だと相手が見抜いたことは疑いようがなかった。

「じゃあ、あとは歩いて帰ってもらってもかまわないな」彼はわたしの前に腕を伸ばしてドアを押しあけた。

「どこへも歩いて行く気はない。さっきわたしをつかまえたところへもどしてくれ」

無言で助手席に坐っていた男がいきなり銃をわたしの顔に突きつけた。わたしはそろそろと銃へ目を向け、両手がはっきり相手に見えるようにして車から出た。突風が吹きつけ、思わずよろめいた。

「ほら、ミスター・アントネッリ、これを持っていってくれ」と、いまではなじみになった声が言った。男はあけた窓へ腕を伸ばしていた。ぼってりとした手に分厚いマニラ封筒をつかんでいた。「きみはこの裁判に負けるよ、ミスター・アントネッリ。フラートンの件を持ち出したところで助けにはならん」車が動きだした。「そのうちまた会うことになるよ、ミスター・アントネッリ……ほんとうだとも」

わたしはその場に立ってリムジンのテールライトを見つめていたが、背後から迫ってくる車のクラクションの音であわてて飛びのいた。歩道へあがると、手摺をつかんで動揺がおさまるのを待った。下を見ないほうがいいことはわかっているので、サンフランシスコの街のほうをふり返った。一マイルも離れていないが、そうやって見ると、自分が地球をまわっているような気がした。地球が太陽のまわりをまわるにつれて、いまにも街が地平線の向こうへ消えてしまいそうだ。方向を変えて、橋の北端へ、黒々として輪郭のはっきりしない丘陵へ目を移した。手摺からかたときも手を離さず、そっちへ向かって歩きだした。

　突風が吹きつけるたび、車が通過して橋が震動するたび、びくっとなった。臆病者は死ぬまえに何度も死ぬ、と教科書に出ていたじゃないか、と自分をからかい、実際にその教訓が必要となったときはなんの役にも立たないではないか、と声をあげて笑った。すれちがう歩行者たちは、頭のおかしな男と思ったにちがいない。わたしは片手を振りまわしながら吹きつける風に向かってどなり、わたしを攫《さら》ったあの男に、脅された末、死ぬよりも恐ろしい目にあわされたことに、それさえなければ脅しにあうこともなかったわが身の臆病さに、怒りをぶつけていたのだ。

　だが、そうやって激しい怒りにわれを忘れていたおかげで、高所にいることの恐怖、足許で震え、風にあおられて左右に揺れる橋の上を歩いていることの不安はどこかへ行ってしまい、べつのことを考えていた。仕返しをしてやりたかった……あの醜悪なデブに、生き地獄の恐怖とはこういうものだと教えてやりたかった。やがて、自分がシャベルを手に持ち、生き埋めにされると知ったやつが手で棺桶の蓋を叩く音を聞きながら、墓穴に土を投げこんでいるところが見えてきた。

復讐のなまなましい光景を思い描くことには一種のカタルシス効果があった。さっきまでよりは気分がよくなった。速く歩けるようになり、そのうち手摺を離しても平気になった。風も弱まり、橋のたもとに近づくと、あの吐き気をもよおしそうな横揺れもやっととまった。

橋を降りると、老人の運転するピックアップを停めて乗せてもらった。老人はわたしの車が故障したものと思ったようだ。ジャケットにネクタイという恰好のヒッチハイカーにはめったに出合わないだろうからそれも当然だ。家まで送ってやると言い張るので、いまではちょくちょく泊まることのある家への道を教えた。

マリッサはピックアップが邸内道をやってくる音を聞いて玄関へ出てきた。わたしがトラックから降りるのを見て、彼女は笑い声をあげた。

「どうしたの？」老人に別れの挨拶をするわたしの乱れた服装を見て、彼女はそうきいた。

家のなかへはいり、彼女が飲物を用意してくれる間に、さっきの出来事を話した。ありのままをくわしく話したが、わたしの心理についてはいっさい口にしなかった。恐ろしい思いをしたことを彼女の前では認めたくなかった。そうやって、彼女に見せたいところだけを見せていると、命乞いをしなかっただけでも多少は勇気があったのだ、という気がしてきた。

「どうかなりそうなほど恐ろしかったでしょうね！」殺す気なのかと思ったこともある、と話すと、彼女は大きな声でそう言った。

すべてが終わり、自分の身になにごともなかったいまは、さっきは押さえつけようと必死だったあの恐怖もさほどなまなましくは感じられなかった。

「というより、腹が立った」と、わたしは言った。

彼女は首を傾けた。熟考するときの仕種だ。その目に吸い寄せられるような気がした。「恐ろしくなった自分に腹が立ったの？　それとも、恐怖を押さえつけるにはそうするしかないから腹を立てたの？」

彼女は返事を求めてはいなかった……答えを知りたくてきいたわけではないのだ。自分に対してはなにも隠す必要はない、とわからせたくて言ったのだ。さらには、彼女の前ではわたしに隠しごとなどできっこない、と言いたかったのかもしれない。

「渡してよこした封筒にはなにがはいっていたの？」マリッサはわたしのすぐ前のダイニングテーブル上に置いてあるマニラ封筒を手で示しながら言った。

わたしは受け取ったきりすっかり忘れていた。中身は見ていないし、なんだろうかといぶかる気も起きなかった。あけてみて、さっきあけなくてよかった、とまず思った。あけていたら、ますます恐怖がつのるだけだったろう。

「これを見てごらん」わたしは中身をぜんぶテーブル上に出した。

何十枚という写真で、どれにもわたしが写っていた。撮られた順番はすぐにわかった。ぜんぶひろげたうえで、古い順に並べていった。

「わたしがはじめて出廷した日から監視していたんだ」わたしは最初の一枚を顎で示した。

「正式に弁護を引き受けた日から」

アルバート・クレイヴンの事務所がはいっているサッター・ストリートのビルの前に立つわたしを撮ったのがある。セント・フランシスにいるわたしを写したのもある。さらに不気味なことに、通りでボグドノヴィッチと話しているところが二度とも撮影されている。わたしたちが湾内のクルージングへ出かけた日に撮ったクレイヴンのボートの写真まであった。

「わたしの行動をぜんぶ撮っている、行く先々で」わたしは首を振りふり言った。「ボビーの家も撮っている。それからこれを見て」わたしは一週間たらずまえに撮られたモノクロ写真を指で突いた。「われわれがテラスにいるところを写している」

わたしがアンドレイ・ボグドノヴィッチの店を訪ねた日の写真もあった……一枚はわたしが店へはいっていくところ、もう一枚は出たばかりのところを撮っている。

「この二枚でなにを伝えたいんだと思う？」マリッサが言った。

「あともうすこしでわたしも消すところだった、と言いたいんだろう」わたしはふてくされたように肩をすくめてみせた。

彼女は勢いよく首を振った。「ちがうわ、わからない？　向こうはあなたがあそこにいたことを知っていたのよ。彼らが店を爆弾で吹き飛ばしたのなら、なぜあなたが立ち去るまで待ったの？　真相をあなたに伝えようとしているのかもしれないわ――アンドレイ・ボグドノヴィッチを殺したのはべつの誰かかもしれないわ。いずれにしても、一つだけははっきりしているわね、そうでしょ？　この連中はあなたを死なせたくはないのよ」彼女はテーブル一面にちらばる写真の上で手をひらひら動かした。「この写真がなにを物語るというの、向こうは好きなときにあなたを殺せた、ということのほかに？　それが謎じゃないかしら――なぜ殺さなかったの？」

その謎ならわたしには解けそうだった。「もしわたしが殺されたら、判事は審理無効を宣言する。ほかの弁護士が事件を扱うことになる。ぜんぶ一からやりなおしだ。だが、もっと重大なことになる。また殺人事件が起きたことになる、ジェレミー・フラートンを殺したのは権力を持った何者かだ、と主張していた弁護士が殺されるんだ。そうなったら調査が始まるだろう」

マリッサは首をかしげて唇を嚙んだ。思い悩むような目をしていた。

「彼らはあなたを殺すつもりはない……あなたをおびえさせたいのよ。裁判のことではなく、彼らのことをあなたに考えさせたいのね。あなたが負けたら被告人の若者がどうなるかということより、あなたが勝ったらどういうことになるのかを心配させたいのよ」

21

「州民側はアリエラ・ゴールドマンを呼びます」クラレンス・ハリバートンが立ちあがって告げた。

検察側の最後の証人であるローレンス・ゴールドマンの娘は、ダークブルーのスカートにジャケットというシンプルな恰好で法廷へはいってきた。鳶色の髪はやわらかな曲線を描くようにかるく触れる長さだ。彼女の背後で扉が閉まり、テレビカメラのライトとカメラマンのフラッシュを締め出した。廷内の視線を一身に集めていることを意識して、落ち着きはらっていた。アリエラ・ゴールドマンは見知らぬ人間たちの注視には慣れっこなのだ。彼女は木製の仕切りに設けられたゲートを通り抜けた。

地方検事は手っとりばやく進めた。彼はまず、アリエラ・ゴールドマンがフラートン上院議員の許で仕事をしていた期間と、おもな職務を手ぎわよく聞き出した。そして、「議員が殺害された夜、あなたが彼とともにいたのはその職務の一環でしたか？」とたずねた。

膝をきちんとつけて椅子に斜めに坐った彼女は、にっこりとほほえんで答えた。「はい、大方は。あの晩、彼がディナーパーティでスピーチをおこなったときは、わたしはたしかに彼のスピーチライターとして同席したと言っていいかと思います。その後、父のアパートメントであった集まりについてはなんとも言えませんが」

「ええ、なるほど」ハリバートンもほほえんだ。「そこには——お父さんのアパートメントには——議員が帰るまでいらしたんですね？」

「はい」

ハリバートンはノートの上にひろげてある質問のリストに目をやった。専門用語をまじえた証言をおこなった証人はこれまで数人いたが、彼がそういうことをするのははじめて見た。地方検事は、ローレンス・ゴールドマンの娘に対する直接尋問のあいだは、なに一つなりゆきまかせにするつもりはないのだ、まえもって書き出した質問の順番といえども。「で、あなたがフラートン議員を彼の車のところまで乗せていったんですか？」

「はい、そうです」彼女はすらりと答えた。

「そういうことをした理由をお答えいただけますか——どうして議員を彼の車まで送っていかれたのかを？」

アリエラ・ゴールドマンは上体を一方へ寄せて肘を椅子の肘掛けにそっと載せると、陪審のほうへ目を向けた。

「ミセス・フラートンが先に帰られたので、議員が車を駐めてきたシヴィック・センターまで送ってあげなくてはならなかったんです」

彼女が答える間、ハリバートンはリストに目をやって確かめていた。

「では、なぜ議員は車をそこに駐めたのでしょう、パーティのあったホテルや、ほんの数ブロック先にあるご自分の住まいにではなく？」

彼女は腕を肘掛けの向こうへ垂らした。背筋をやや反らしかげんにしてまっすぐ坐ると、顎を持ちあげた。ハリバートンが言いおわるまで待ち、それから品よくほほえみ、目の前の一点を見つめたのち、陪審に顔を向けて答えるのが決まりだった。

「シヴィック・センターに議員のオフィスがあったんです。あの日もいっしょにオフィスへ行き、パーティでおこなうスピーチの見直しをしました。彼は完璧主義者のようなところがあって、すべてがきちんとしていないと気が済まなかったんです。何度も見直しをして、手直しをしました。会場へ行かなくてはならない時間になっても、まだ満足しませんでした。会場へ着くまで議員にスピーチの準備をしてもらうため、わたしの車で行くことにしたんです。帰りに送っていかなくてはならなかったのはそのためです」

「議員を車から降ろされたのはだいたい何時ころでしたか？」

「一時ころだったと思います」

「それからどうされました？」ハリバートンはリストから目をあげてきいた。

「彼を降ろしたあとですか？　わたしは父のアパートメントへもどって寝みました」

ハリバートンはノートを閉じた。「議員を降ろしたあと、彼が自分の車へ乗りこむところを見ましたか？」

「はい」と、彼女は答え、すぐに言いなおした。「いいえ。ドアをあけるのを見て、わたしは車を出したんです」

彼女は下唇を震わせはじめた。口が強く結ばれ、痛恨の表情をこしらえた。

「それがいけなかったんです、あんなふうにさっさと立ち去ってしまったのが――霧があれほど濃かったというのに。彼がちゃんと乗りこんで、ライトをつけるまで見届ければよかったんです」声が大きくなった。「エンジンをかけるまで待てばよかったんです。車が走りだすまで待って……無事帰るのを見届けるべきでした。そうしていれば、こんなことにはならなかったんです！」と、気丈にも涙をこらえながら言った。

ハリバートンは検察側テーブルの前へ移っていた。彼は証人が落ち着きを取りもどすまで待った。そして、同情と理解を存分にこめた、よく響く低い声で、これ以上たずねることはない、と告げた。

たいていどんな公判でも、裁判官の通常の質問が省略され、それに対する返事も免除される、という局面を迎えることが一度はある。

「ミスター・アントネッリ？」としか、トンプソンは口にしなかった。それで、検察側の証人に反対尋問をおこなうのか、とたずねたのだ。わたしのほうはただ立つだけでよかった。

わたしはジャマールの肩にかるく触れながらそのうしろをまわり、テーブルの前へ向かった。

そして、腕を組むと、どうしても腑に落ちないことがまだある、とでもいうように、ちょっと首をかしげて証人を見つめた。

「あなたがフラートン議員を彼の車のところまで送ったのは」わたしは口ごもりながら言った。

「ミセス・フラートンが先に帰ったからだ。ハリバートン氏にそう話しましたね？」

わたしがまごついているらしいと見て、彼女はますます自信を持ったふうだった。

「はい、そのとおりです」と、ほほえみながら答えた。

ただの笑みではなかった。彼女の目が、それまではわたしが気づかなかった、およそ尋常ならざることをやってのけたのだ。まばたき一つしなかったのに――すくなくともわたしには見てとれなかった――目が大きく見ひらかれて強い輝きをおびはじめ、わたしたちのあいだの間隔が消え失せたように思えた。

わたしはまだ釈然としないというように、眉根を寄せた。「では、ミセス・フラートンはどういう事情で先に帰ったんですか？」

最初の一語が口にされようとするまさにそのとき、あの輝きがまた目にあらわれた。自分で自分の写真を撮っているところを目にしているようだった。

「気分がすぐれなかったんだろうと思います」

わたしは眉を釣りあげながら首を反対側へ傾けた。「で、彼女が気分がすぐれなかった原因に心当たりはありますか？」

目がまた輝きをおびた。だが、彼女は口をついて出ようとしていた言葉を呑みこんでしまった。目を伏せ、考えこむ顔でしばらく手を見つめた。

「いいえ、ないように思います」

「たしかに〝ないように〟思うんですね？」わたしはふつうならなんでもないその言いまわしに、なにか秘密が隠されているかのように、声を低くしてきいた。「集まりはお父さんのアパートメントで開かれたんですね？」

「はい」彼女は顔をあげた。

「お父さんはローレンス・ゴールドマンですね？」

「はい」

「あなたのお父さんはかなり裕福な身分だと言って差しつかえありませんね？」

目がまたあの輝きをおびた。「はい」と、わたしをまっすぐ見て答えた。「父はかなり裕福な身分だと言って差しつかえないと思います」

「お父さんは知事選に立候補したフラートン議員の資金調達活動の中心者でしたね？」わたしは彼女の答えと調子を合わせるかのように、片足を前後に動かしはじめた。

「はい、そうです」

「だから、あなたが準備を手伝ったスピーチを議員がおこなったあと、彼のアパートメントで集まりを持った——そうなんですね？」

「はい、あれは資金調達活動の一環でした、それがおたずねの趣旨なら」

わたしは足を動かすのをやめて目をあげた。「ええ、それをたずねたんです。お父さんのアパートメントであった集まりの出席者は、そのためにお金を出した——そうですね？」

「それにはいまお答えしたと思いますけど」彼女はそう答えてちらっとほほえんでみせたが、

意図したよりも尊大な笑みになった。

「わたしに合わせていただかないと」わたしはやり返した。「もう一度、答えてください」

「ええ、出席者は寄付をしてくださいました」

わたしは陪審員席のほうへさっと二歩踏み出した。そして、うなじに手を当てて床を見つめた。

「すると、全員が寄付をしたわけですね。なるほど。寄付の規模はどれぐらいだったんですか？　五十《フィフティ》ドル？　百ドル？　いくらでしたか、ミズ・ゴールドマン？」わたしは目をあげ、彼女を見てたずねた。「あの晩、あなたのお父さんのアパートメントへ入れてもらうにはいくらかかったんです？」

「五万《フィフティ》です」と、彼女は答えた。

「五十《フィフティ》？」わたしはぽかんとした顔で聞き返した。

「五万《フィフティ・サウザンド》ドルです、ミスター・アントネッリ」

「ああ、なるほど」わたしは陪審に向き合った。「上院議員に挨拶するために五万ドル」

「カップルで五万ドルです」彼女はあわてて言いたした。

わたしは陪審に目を向けたままだった。

「ええ、わかりました、カップルで五万ドルですね。われわれのように通常、五万ドルを払ってパーティへ出かけることのない人間には見当がつきませんが」わたしは彼女に向きなおった。

「この種の催しの場合、これがふつうの金額なんですか、それとも上限に近いんでしょうか？」

彼女は顔に出すまいとしていたが、いまでは腹を立てていた。

「あれは特別な催しでしたから」と、そっけなく言った。

「あの晩の出席者は何人、いや、失礼、何組でしたか？」

「七十五から八十です」

「じゃあ、四百万ドル近い寄付が集まったわけですね？」

「たぶんそれくらいだと思います」

わたしは陪審員席に近づき、手摺に手を置いた。

「で、あなたはこのかなり金のかかる集まりに、議員のスピーチライターだからというのではなく――たしか、ハリバートン氏の質問に対して答えていたと思いますが――こう言ってかまわなければ、お父さんの娘だから同席したわけですね？」

「かまいませんよ」彼女は目をかっと見開いて言った。「わたしは父の娘で、それを誇らしく思っています」

「それが同席した理由ですね？」わたしは歩きだしながら言った。

「ええ、それが理由です」

わたしはいきなり立ちどまって顔をあげた。

「同席したのは、議員の――なんと言うか――交際相手だからではないんですね？」

「ええ、もちろんちがいます」と、彼女は答えた。顎がわずかに持ちあがった。「ローレンス・ゴールドマンの娘として同席したんです」

「お父さんはいたが、お母さんはいなかった？」

「母はサンタ・バーバラ郊外にある農場へ行ってました、次の滞在の準備に。あいにくもどってこられなかったんです」

「あなたが母親の代理をしたんですね？　客が到着しはじめると、あなたは父親と——それから議員と——いっしょに迎えた、そうですね？」

「ええ、フラートン夫人もいっしょに」

「彼女が帰るまでは？」

「ええ」

「夫人は気分がすぐれなかったんですね？」

「ええ」

わたしは思案げにうなずきながら証人のそばを離れ、陪審員席に沿ってもどった。そして、手摺に手をかけてふり返った。

「ところで、アパートメントから議員が車を駐めたシヴィック・センターまで送っていくのに、だいたいどれくらいの時間がかかりましたか？」

彼女は脚を組むと、両手を肘掛けの先端にだらりと載せた。一方の手首に、目立たないが完璧な趣味の、途方もなく高価そうな時計が、もう一方には木の葉とハートをあしらったゴールドのブレスレットが見えた。彼女はまだ考えていた。

「たぶん、ガレージのわたしの車に乗りこんだときから……十分、あるいは十五分といったところだと思います。すごくゆっくり走らなくてはいけなかったんです。あんなに濃い霧は見たことがありません。すくなくとも二度は車を停めて窓から首を突き出し、前方を見なくてはなりませんでした」

「そのとき以外は、ガレージから出たあと、どこにも車を停めてはいませんか？」わたしは手摺に手をすべらせながら、一歩一歩彼女のほうへ近づいていった。

「ええ」と、彼女は答えた。「いま言ったとおり、シヴィック・センターまで十分から十五分かかったんです」

わたしは目を大きく見開き、さも愉快そうな笑みを浮かべてみせた。「じゃあ、どこにも寄っていないんですね？」

「ええ」彼女は腹立ちを隠しきれない顔で答えた。

わたしは片方の眉を釣りあげて、相手をしげしげと見た。「どこかへ寄って、議員といっしょに一杯やりませんでしたか？」

彼女は肘掛けをぎゅっとつかんで身を乗り出した。「もう話しました……どこへも寄っていません。彼をまっすぐ車のところまで送りました」

わたしはめずらしいものでも見るように見つめるだけで、なにも言わなかった。彼女は肘掛けをつかんだままわたしをにらんで、次の質問を待っている。やっとわたしは向きを変え、数歩のところにある自席のテーブルへ向かった。顔をあげてみると、彼女は肘掛けから手を離してゆったりと落ち着いたようすで椅子に深く坐り、膝の上で手をかるく組んでいた。

わたしはルーズリーフのノートの横にあるファイルフォルダーを開き、一枚の紙片の上に指を走らせた。探す箇所が見つかったので、そこに指を当てたまま目をあげた。

「ポーラ・ホーキンズという人物をご存じですね？」

彼女ははっとなったが、すぐさまほほえんで驚きを隠した。「はい。友達です。カレッジでいっしょでした」

「数箇月まえ――今年の早春ですが――彼女があなたを空港で拾ったそうです。あなたはヨーロッパ旅行から帰ってきたのだと聞きましたが？」

「はい」彼女は不安げに答えた。

わたしは指を離し、フォルダーが閉じるにまかせた。「彼女はあなたとともにウッドサイドの家へ行き、一泊したそうです――そのとおりですか？」

アリエラ・ゴールドマンは顔をちょっとそむけ、脚を組み替えた。「ポーラはよく訪ねてきていました。だから、その夜、泊まったかどうかははっきりしませんが、たぶん泊まったんだろうと思います」

わたしは上着のポケットに手を入れて、また彼女を見つめた。「クリストファー・ボーデンがお父さんの家へ泊まったのもその日のことだったはずです。そう聞いたら思い出しませんか？」

彼女はきっと頭を起こした。口許に不快そうな表情があらわれた。「それがいったいなんの関係があるのか――」

「異議があります、裁判長！」彼女が言いおわらないうちにハリバートンが大声で割りこんだ。「関連性のない質問です。証人が学生時代の友達を家に迎えた日になんの意味があるんでしょう？」

トンプソンは両手をひろげてみせた。「ミスター・アントネッリ、どういうことなんだね？」

「ただいまの質問は撤回します、裁判長」わたしはアリエラ・ゴールドマンに目を向けたまま言った。

トンプソンは革椅子に深く坐りなおし、また親指の背を爪の先でこすりはじめた。それが癖なのだ。

「そのヨーロッパ旅行ですが――帰国したあなたをポーラ・ホーキンズが出迎えたときのことです――あなたはジェレミー・フラートンといっしょだったんですね？」わたしはけわしい目を彼女に向けて言った。

「あの旅行にはスタッフの一人として同行しました。ええ、そういう意味では議員といっしょでした」

「ほかに何人のスタッフが？」

「議員の補佐をしていたロバート・ジマーマンがいっしょでした」

「するとスタッフは二人ですね。ヨーロッパのどこへ行ったんです、正確には？」

「ロンドンとパリです。議員はイギリスの官僚数人と会い、その後、フランスの政府関係者何人かと会ったんです」

「フラートン上院議員の個人旅行だったんですか、それとも代表団の一員としてだったんですか？」

「上院外交委員会のメンバー四人で出かけたんです」

「フラートン議員も含めて？」

「はい」

「代表団がパリで公務を終えたあと、あなたはそのまま帰国したんですか、それともヨーロッパに何日か滞在したんですか？」

「わたしはまっすぐ帰国しました」

「ワシントンへ、サンフランシスコへ？」

「サンフランシスコへ」

「で、フラートン議員は——彼はどうしたんです？　彼もそのまま帰国したんですか？」

「いいえ、彼は向こうに何日か滞在したはずです」アリエラ・ゴールドマンは心ここにあらずという顔で答えた。

「確かですか？」わたしは眉を持ちあげてきいた。「ミズ・ゴールドマン、ほんとうは二人いっしょにヨーロッパで何日か過ごしたんじゃありませんか？」

ハリバートンは椅子から飛び出し、手を振りまわしていた。「これでは自問自答です、裁判長！」

トンプソンはどう裁定すべきかと、顎を掻きかき考えた。

「異議を認めます」彼は結局そう告げた。

わたしは手を上着のポケットから出し、今度はズボンのポケットに突っこんだ。

「では、議員は向こうに残り、あなたは帰国したんですね。なぜです？　なぜいっしょに残らなかったんです？」

「質問がよくわかりませんが」

わたしはそれを聞いて彼女を見つめ、一、二拍置いて天井を見あげた。

「フラートン夫人は気分がすぐれなくて、パーティの開始まえに帰った」わたしはもどかしげにため息をついた。「そう言いましたね？」

「ええ、言いました」

わたしは天井を見あげたまま、法廷の隅へと目を動かしていった。「彼女の気分がすぐれなかったのは、そのときあなたたち二人がなにか言葉をかわしたためではありませんか？」

彼女の手がそわそわと動きはじめた。椅子の上でもじもじした。目には蔑むような冷ややかな表情があった。

「フラートン夫人が言ったんです——」

「あなたが彼女の夫と関係を持っている、と詰《なじ》ったんでしょう？」

「ええ、言いました、だけど——」

「あなたは否定しなかった、そうですね？」

彼女は硬直したように背筋を伸ばした。目は怒りをたたえて、らんらんと光っていた。「ええ、否定はしなかった、だけど——」

「夫人が出ていったのはあなたのその言葉を聞いたからです。で、その後、あなたはジェレミー・フラートンとアパートメントを出て、彼を車で送っていった。しかし、行く先はシヴィック・センターではなくセント・フランシス・ホテルで、そこで二人で一杯飲んだ。そうじゃありませんか、ミズ・ゴールドマン？　それがあの晩のあなたのほんとうの行動で、今日ここで——宣誓のうえ——述べたことは真っ赤な嘘なんじゃありませんか？」

ハリバートンは立ちあがって、異議ありと叫びたてていた。トンプソンはわたしの尋問の激しさに驚き、手を動かすのをやめて顔を起こしていた。彼はなにか言いかけたが、わたしはその機先を制した。

「質問は以上です」わたしは怒りの眼差をもう一度アリエラ・ゴールドマンに向けると、裁判官席に向かってひらっと手を振りながらそう告げた。

トンプソンはハリバートンに目を向けた。「再直接尋問は？」

ハリバートンは首を振った。先にやりたいことがあるのだ。

「ちょっと休憩をお願いできますか？」

ハリバートンは陪審員たちが出ていくのを待って証人席へ近づき、声をひそめて、真剣な顔でアリエラ・ゴールドマンと話しはじめた。十分後にトンプソンがもどってきたときも彼らはまだ話していた。陪審員たちが席にもどると、ハリバートンはテーブルの角に立って証人に話しかけた。

「アントネッリ氏はあなたに数々の質問をしましたが、あなたが答えおわらないうちに打ち切ってしまったことが何度かあります。それを一々ここでききなおすよりは、弁護人が陪審に聞かせたくないと思っているらしいことを、あなたとフラートン夫人のあの晩のやりとりを、話してみたらどうでしょう？」

全員の目が彼女に向けられた。陪審だけではなく、わたしの背後の傍聴人たちも、噂で囁かれている、上流の女性二人のあいだにあったみっともない出来事とはなんなのかと、興味津々で見つめていた。またローレンス・ゴールドマンの娘がいまもっぱら意識しているのは、地方検事でも陪審員たちでもなく、傍聴席にいる彼らだった。

「はっきりとはおぼえていません」彼女は傍聴人たちのほうを見ながら語気鋭く言った。「おぼえているのは不愉快な話だったということだけです」

彼女はつづけかけてやめ、ごくりと唾を飲みこんだ。意識しないと自制を保てないというように見えた。そして、口許に謝罪の笑みをうっすらと浮かべると、話す決心を固め、顎を持ちあげた。

「わたしが彼らの家庭を破壊するようなことをしている、とミセス・フラートンは詰ったんです。わたしは動転しました、ひどいショックでした。並んでお客を迎えているところで、まわりには大勢の人がいたんです。そこでいきなりそんな言葉をぶつけられて！　ええ、わたしもなにか言い返したようです……いまも言いましたが、なんと言ったかは正確におぼえていません――わかっているのは、言うべきではないことを口にしてしまったということだけです、言ってはいけなかったんです、相手が誰であれ、いいえ、とくに彼女に対しては。許されない真似でした、いまはあんなことをしたのを恥じています」

ハリバートンは手を前で重ねて立ち、同情の目を彼女に向けていたが、いまその顔には親しい者に先立たれでもしたような表情が浮かんでいた。

「〝とくに〟彼女に対しては、というのは？」

アリエラ・ゴールドマンは目を伏せた。廷内は水を打ったように静まりかえっていた。彼女がやっと顔をあげたときには、その口から洩れる息の音が聞きとれた。

「なぜなら」彼女は後悔の念のこもった、沈鬱な声で言った。「ミセス・フラートンの精神状態はひどく不安定でしたから。たいていのときは」と、急いでつけくわえた。「なにも変わったところは見られないんですが。誰が見ても、具合が悪いようには見えなかったはずです」

ハリバートンは患者を診察する医者のように、口をぎゅっと結んだあと重々しくきいた。

「夫人の不調はどういう性格のものかご存じですか?」

「いいえ」彼女は痛ましげに首を振った。「鬱状態に陥ることがあり、ひどい妄想に苦しめられることもある、としか」

メレディス・フラートンがそんなふうだったとはおよそ考えられない。わたしは一つも信じなかった。だがその症状は、わたしがかつて愛した女性を襲った病と不気味なほどよく似ていた。わたしがマリッサに話したとおり、またわたしを拉致してゴールデン・ゲート・ブリッジ上に置きざりにした男がほのめかしたとおり。アリエラ・ゴールドマンはジェレミー・フラートンの未亡人のことでは嘘をついている。わたしのことをどこまで知っているのだろうかと疑念を抱かせるような嘘を。

「では、あの晩、父上のアパートメントであった出来事をあまり話したくなかったのは、それが理由なんですか、彼女の体調が?」

「はい。その後ああいうことがあって辛い思いをした彼女を、これ以上苦しめるようなことはしたくも言いたくもなかったんです」

ハリバートンは同情をこめてうなずき、どう見ても彼女が正直に話したとは思えない、もう一つの矛盾点の解明に移った。

「アントネッリ氏は、あなたがフラートン議員を彼の車のところで降ろす以前に、どこかへ寄って一杯やったのではないか、とたずねました。あなたは寄っていないと答えました。それは事実ですか?」

「いいえ」彼女は真剣な顔で答えた。「寄りました。セント・フランシスで一杯飲みました。ジェレミーが――議員が――ミセス・フラートンのことを話したいと言うので」

「アントネッリ氏がおなじ質問をしたときそう答えなかったのは、いま言われたのとおなじ理由からですか――ミセス・フラートンにこれ以上よけいな苦しみをあたえたくなかったからですか？」

彼女はしとやかにほほえんで、そのとおりだと認めた。

「ありがとうございました、ミズ・ゴールドマン」地方検事はすっかり得心した、という顔で言った。そして、裁判官席にちらっと目をやって、「質問は以上です、裁判長」と告げた。

わたしはハリバートンがまだ坐らないうちに立ちあがってテーブルの角へ進み、彼女をにらみつけた。

「すると、あなたはフラートン夫人の健康を気づかうがゆえに、今日ここで犯罪行為をおこなった――そう言いたいんですね、ミズ・ゴールドマン？」

「犯罪行為？」

「あなたは宣誓しておきながら嘘をついた。フラートン議員を車のところまで送る際、どこかへ寄ったか、とわたしはたずねました。あなたは寄ってないと答えた。それを偽証と言うんです、ミズ・ゴールドマン。あなたは知らなかったかもしれませんが、偽証は犯罪なんです。刑務所送りになる罪なんですよ、ミズ・ゴールドマン」

彼女はほほえんだ。子供がなにかばかなことをするのを見た母親が、まだ小さいんだから仕方がない、とほほえんでみせるように。「嘘をつくつもりはありませんでした」不実を善意の衣でくるむよう教えこまれたことをうかがわせる、おだやかな声で言った。「ちょっと飲みに寄ったのはそれほどの問題ではないと思ったんです。それに、すでに説明したとおり、ミセス・フラートンが辛い目に――」

「休憩中に――陪審のみなさんが法廷から出ていたあいだに――どこかへ行きましたか？」

「まさか、どこへも行ってません」彼女は意表を突かれて、そう答えた。「ずっとここにいました」

「ハリバートン氏と話していた、そうですね？」

「ええ」彼女はわたしをじっと見ながら答えた。

「なにか特別な話があったんですか？」

ハリバートンは腰を浮かしかけたが、考えなおして椅子にもどった。

「はい」彼女は目を大きく見開いた。「なにも隠さないほうがいい、と言われました……ありのままを話すべきだと――たとえ人を傷つけることになっても、と」

わたしは彼女を見て微笑した。「検察官がほんとうにそう言った？　以前にはそう言わなかったんですか？」

今度はハリバートンも考えなおさなかった。

「異議あり！」彼はそう叫んで椅子から飛び出した。

「質問を撤回します」わたしは坐れとハリバートンに手を振り、「すると」と、間を置くことなくつづけた。「あなたと地方検事は真実を――ありのままを――語ることにした、誰かを傷つけることになってもかまわないから――ということですね？」

なにか不正があったとほのめかされて彼女は怒り心頭に発し、大声で言った。「誠実とはなにかを、法律家に教えてもらう必要はわたしにはありません！」

「では答えてください」わたしは反撃に出た。「あの夜、ジェレミー・フラートンがあなたに話したかったこととはいったいなんだったんですか？　あなたたちがセント・フランシスに立ち寄った理由です——彼がミセス・フラートンのことを話したんですか？　それがあなたの説明でしたね？」

彼女は激昂した。肘掛けを思いきり力をこめてつかみ、椅子から尻が浮きそうになるほどぴんと背筋を伸ばした。

「わかりました！」と、すごい剣幕で言った。「どうしてもすべてを知りたいとおっしゃるのなら——誰が傷ついてもかまわないというのなら——話します！　ジェレミーは話したかったんです。耐えられないほどひどい状態になっていることを。どういうことになろうとかまわない、彼女と別れる決心をしたと。彼は離婚するつもりだったんです、ミスター・アントネッリ！　離婚して、わたしといっしょになるつもりだったんです！」

すさまじい騒ぎが黒い壁となってわたしの上に落下し、床が沈んでいくような感覚に襲われた。反射的に裁判官席へ目を向けてみた。トンプソンは恍惚状態にあるかのようなうつろな目で坐っていた。と見る間に、まばたきをして、廷内をさっと見まわした。彼は小槌を手にとり、狂ったように叩きつけはじめた。傍聴席の喧騒は徐々に鎮まり、やがて槌の音が聞きとれるようになった。

「全員に退廷を命じなくてはならなくなりますよ！」と、彼は威嚇した。

わたしは気を鎮めながら、廷内からざわめきがすっかり消えるのを待った。アリエラ・ゴールドマンに次になにをたずねたらいいのか、自分でもわかっていなかったが、彼女の涙に濡れた顔を見て、このまま終わらせるわけにはいかないと悟った。

「では、あなたはヨーロッパからまっすぐ帰国したわけではなかったんですね？」

「はい」彼女は体をぶるぶる震わせながら答えた。

「向こうにまだ数日間滞在したんですね、ジェレミー・フラートンといっしょに？」

彼女は椅子に深く坐って手の甲で目許をこすった。「はい」

「彼と二人だけで過ごしたのはそれがはじめてではありませんね？」

「はい」と、彼女は答えた。頬の涙の痕は乾きはじめていた。

「彼とは以前から愛人関係にあったんですね？」

わたしには理解できないことがあるのだ、とでもいうように、彼女は首を振った。「そんなことはしたくなかったんです……だけど、彼を好きになってしまったんです、どうしようもなく。彼もおなじ気持ちでした」

「いつごろからのことですか？」

「一年ほどまえからです」やっと自分の気持ちを隠すことなく話せるようになってほっとした、というような表情だった。

「それで、フラートン夫人のことを知ったわけですか、あなたの言い方で言えば、精神状態が不安定で——鬱状態に陥ることがあり、ひどい妄想に苦しめられることもある、と？」

「そうです。ジェレミーが話してくれました。だいぶ長くつづいていたんです。だから、ジェレミーは彼女と別れるつもりはなかったんです」

わたしは平静を取りもどしていた。彼女の話を一語一語追い、答えおわるまえに次の問いを用意していた。

「しかし、いまあなたは、彼があの晩、離婚してあなたといっしょになると言った、と証言したじゃないですか」

「事情が変わったんです」

「事情が変わった?」どう言うかまだ思いつかないうちに、そうくり返していた。

「ええ、変わったんです。彼の子供を妊娠したことがわかったんです」

トンプソンはまた小槌を叩きつけたが、大海に石を投げこんだようなものだった。法廷は騒然となり、記者たちはジェレミー・フラートン殺害以来のビッグニュースの第一報を送ろうと、先を争って出ていこうとしていた。

22

アリエラ・ゴールドマンの証言は夕刊の遅版で大きく取りあげられ、地元テレビ局はどこもニュースのトップで報じた。被告弁護人、ジョーゼフ・アントネッリの〝容赦ない〟――ほかの言葉を知らないのではないかと思いたくなるほど、記者たちはこの形容を頻繁に使っていた

——反対尋問にあって、民主党の州知事候補、アリエラ・ゴールドマンは、ジェレミー・フラートンの離婚成立を待って彼と結婚するつもりだったと認めた、というのが報道の内容だった。

「〝涙ながらの証言で〟」アルバート・クレイヴンは目の前に持った新聞を読みあげた。「〝ジェレミー・フラートン上院議員の元スピーチライター〟……」

クレイヴンは口を閉じて顔をあげた。「〝涙ながらの証言〟か。これはなかなかの言いまわしだな」彼はおどけて、笑いを浮かべてみせた。

わたしはクレイヴンのヴィクトリア朝様式のグロテスクな机の前に置かれたグレーの布張りの椅子にぐったりと坐り、シャツのいちばん上のボタンをはずし、ネクタイをゆるめた。疲れきっていて口を開くのも大儀で、クレイヴンから、わたしの横に坐っているいとこへ目を移し、力なく首を振るばかりだった。どういうことが起きたかはよくわかっている……アリエラ・ゴールドマンが、フラートンの子供をみごもっていると告げた瞬間にそれを悟った……だが、いまだに茫然自失状態だった……彼女があいうことをしたからではなく、自分が危険を承知でそこへ踏みこんでいったからだ。

ボビーが、大丈夫、うまくいくよ、とわたしの肩をかるく叩いた。クレイヴンは黙って新聞を読んでいる。フロントページの最下段まで読むとひろげて折り返し、つづきを読みはじめた。昼食後は休みぬきで仕事をしていたらしいが、ディナーに出かけるためいま着替えたばかりのように見えた。グレーのピンストライプのスーツには皺一つなく、水色のシルクのシャツのカフスは上着の袖口からちょうどいい長さだけのぞいている。記事を最後まで読むと、さっきわたしたちがはいってくるまで取り組んでいた書面の山の横に新聞を置いて顔をあげた。

わたしは弱々しい笑いを浮かべて、伸ばした脚を見おろした。

「その〝容赦ない〟反対尋問というやつが、わたしにとっては最上の部類の仕事に属するかもしれないんですがね」

わたしは顔をあげ、まずボビーを、そしてクレイヴンを見た。二人とも陪審裁判の経験は一度もない……証人の答えを聞いたら、どっちの道を進むかただちに決断を下す、ということはしたことがないのだ。

「彼女を、ローレンス・ゴールドマンの娘を、くるくるくるくるまわしたんです、何度も何度も。まわすたびに、ほんのちょっとずつ締めつけをきつくしていった。わたしは質問一つだけ彼女に先行していたのではない……十あまりも先へ行っていた。彼女が答えるたび、わたしはその質問をどうやってくり返すかをすでに考えていた――二度めは、そして三度めはどうたずねるかを――あいだに八つか九つのべつの質問をはさんで、またそれをきく。ダンス、タンゴのようなものです。ステップの一つ一つに意味があるが、踊りおわるころになってはじめてその意味がすっかり明らかになるんです。彼女は完璧なパートナーでした。すべてのステップをわたしに合わせてくれたんです」

わたしは体をほぼまっすぐに起こすと、前かがみになって腕を膝に置いた。

「彼女はフラートンの妻が先に帰ったので彼を車まで送っていった、と証言した。わたしは反対尋問で、フラートンの妻はなぜ先に帰ったのか、とたずねた。彼女は、それは気分がすぐれなかったからだ、なぜなのかは知らない、と答えた。それはひとまず置いて、今度はゴールドマンのアパートメントからフラートンの車のところまではどれぐらいかかったか、ときいた。

そして、途中どこかへ寄ったか、とたずね、彼女が寄ってないと答えると、あらためてもう一度、どこかで一杯やらなかったか、ときいた。彼女はそれも否定した」

わたしは尋問の光景を最初から思い返していた。自信たっぷりに、わたしが望む方向へ、自己欺瞞の検証作業へと、彼女を一歩一歩導いていく自分の姿が見えた。

「その答えはそれ以上追及せず、かわりにポーラ・ホーキンズのことをたずねた。彼女はアリエラのカレッジ時代からの友人で、同性愛関係にある。ポーラは彼女とフラートンの関係はすっかり知っていたし、ほかの男と寝ていることも知っていた。こっちは彼女のことを知っているぞと、アリエラにわからせたかったんだ。彼女が知っているはずはないと思っていることを、誰にも知られたくないはずのことを知っているぞ、と。それから次に、フラートンとヨーロッパへ行った目的についてたずねた。そして、さんざんたずねたあと、ローレンス・ゴールドマンのアパートメントであったパーティに話をもどし、フラートン夫人が先に帰った理由をまたたずねた。気分がすぐれなかったからだ、と彼女はおなじ答えをくり返した。わたしは、気分がすぐれなかったのは彼女が、アリエラが、夫と関係を持っていると夫人が詰ったからではないのか、とぶつけてみた」

わたしはアルバート・クレイヴンの薄いブルーの目を見つめながら、自分が許しがたい過ちを犯したことが残念だ、と首を振ってみせた。

「わたしは彼女を最初に引きもどし、質問を畳みかけていった——きびしく責めつづけた。彼女が言っていたことはぜんぶ嘘だった。わたしは彼女を完膚なきまでに叩きのめしてしまった」

わたしは厚く詰め物をした椅子の肘掛けに寄りかかって、室内をぼんやりと見まわした。暖炉の上方の油絵に目が行った。サンフランシスコを崩壊させる一方、再生させるきっかけとなった一九〇六年の大地震直後の炎上する街が描かれている。

「そこで終わっていれば、彼女の証人としての信用性は台なしになっていたはずです……それどころか、弁護側の最上の証人になっていたかもしれない。セント・フランシスのバーテンダーを呼んで、あの夜、彼女がフラートンといっしょにバーへ来たことを証言させられた。誰かを――マリッサあたりを――呼んで、彼女がフラートンの妻に向かって実際にはなんと言ったか、証言させることもできた。フラートンのスタッフだったロバート・ジマーマンを喚問して、彼女は証言で述べたようには、ヨーロッパからまっすぐ帰国しなかった、と話させることもできたんです。

わかるでしょう？　それこそわたしに必要なことだったんです。陪審に問いかけることができた……彼女はなぜ嘘をついたのか？　なにを隠そうとしているのか？　陪審に知られたくない、どんなことを彼女は知っているのか？　生前のフラートンを最後に見たのは彼女だ、その彼女が――宣誓しておきながら――嘘をついているのなら、だったら……」

わたしは壁の絵へまた目をやった。なんの前触れもなしにいきなり大惨事に巻きこまれた市民たちに、奇妙な親近感をおぼえた。

「ああなることはわかっていなくちゃいけなかったんです」わたしは崩壊して燃えあがる街の絵からゆっくりと目をそむけた。「わかりきっていたことなんです。それまではなにも疑っていなかったにせよ、フラートンを車まで送る途中、どこかへ立ち寄ったかという質問に彼女が嘘をついたとき、なにかたくらんでいるなと、見抜かなくてはいけなかったんです。セント・フランシスは公共の場所なんですからね、そもそも！」わたしは力なく、自嘲の笑い声をあげた。「そのころの彼女は有名人ではなかったかもしれないが、フラートンはそうだった。殺害される直前、フラートンがバーに女といっしょにいたことに気づいた者はいない、あるいはおぼえている者もいない、と彼女が考えるはずはないんです」

わたしはボビーへ目を向け、子供のころの記憶を甦らせようとしてみた。あのころはわれわれ二人にとってはすべてがゲームで、自分たちの気に入ったことだけをやっていたものだった。「メレディス・フラートンが、ゴールドマン父子はなにか手を打ってこういうふうに持っていくだろう、と言っていた。そのときはあまり本気にしなかった……だが、本気にしたとしても、刑事裁判を利用してそれをやらかす方法を見つけ出すとは思わなかったでしょうが」

アルバート・クレイヴンはきれいに爪を切った華奢な指をつるつるの顎に押し当てた。「なにをやらかす方法を？」

「アリエラがジェレミー・フラートンの子供をみごもっている、と世間に公表する方法です。メレディス・フラートンはそれを言っていたんです。ゴールドマン父子はそれをやってのけ、アリエラはあとに残された気の毒な未亡人と世間から見られるようになるだろう、と言っていました」

クレイヴンはわたしを元気づけようとした。「まあ、たとえそうでも、きみが大きな打撃を受けたわけではない」

わたしは彼を見つめていたが、ほとんど聞いていなかった。ああいうことをやってのけた、相手の臆面のなさに腹が立ってそれどころではなかった。

「なにより驚かされるのは、彼女はまだ嘘をついているということです、初めから終わりまで嘘のつきとおしだったんです……フラートンが離婚すると言っていたというのも嘘……彼の子供をみごもったと涙ながらに叫んだのも嘘。あの女はいくらでも嘘がつけるんです！」

わたしはボビーを見やって、苦渋の表情で両手を投げだした。「いちばん巧みに嘘をつくには、真実をしゃべるしかないように仕向けられたと見せかけることだ、と理解できるのは一種の天才だよ。彼女は最初からわかってやっていたんだ。ジェレミー・フラートンの名を傷つけたくなかった、彼の妻をこれ以上苦しめたくなかったのだ、と世間に思わせるために、わたしに嘘を見破らせたんだ」

「どうして嘘だとわかるんだね――フラートンの子供の件が？」と、クレイヴンがきいた。

わたしはそこで口をすべらせたことに気づいた。メレディス・フラートンから聞いた秘密は誰にも話していなかった――マリッサ以外は誰にも。だが、マリッサに話したことは正当化できても――できるのかどうか確信はないが――ほかにも話したことは言い訳のしようがない。いや、そうでもないのだろうか？　メレディス・フラートンがそれを語った真意はなんだろう？　彼女と夫のあいだだけの秘密だったことを、いまは公表してもいいのだろうか、アリエラ・ゴールドマンがまんまと嘘をつきとおすのを妨げるためなら？

「ジェレミー・フラートンには子供ができなかったんです。彼の妻から聞きました。アリエラが、妊娠した、父親はフラートンだと言いふらしていると聞いて、それまで誰にも話さなかったことをわたしに打ち明けたんです」

「しかし、フラートンに子供ができないことをアリエラが知らなかったのなら」クレイヴンが話を引きとった。「妊娠した、父親はあなただ、と彼女から告げられたとき、彼はなんと言ったんだろう？」

「フラートンがなんと言ったかは知りようがありませんね。だけど、あの夜、二人がセント・フランシスのバーで話していたのがそのことなら――彼が自分が父親ということはまずありえない、あるいは、ぜったいに自分の子供ではない、だから彼女といっしょになる気はない、と言ったのだとしたら、彼女はどうしたと思います？」

「アリエラ・ゴールドマンがジェレミー・フラートンを殺したと言いたいのかね？」と、クレイヴンが言った。わたしがそう考えていたとしてもすこしも意外ではない、という口ぶりだった。

わたしが答えるより先に、その疑問の解決になりそうなことをボビーが口にした。

「彼女は銃をどうしたんだ？　もし彼がバーでそう話したのなら、彼女はどうやって、あとをたどられるおそれのない安物のサタデイナイトスペシャルをすぐさま見つけたんだ？　彼女がしょっちゅう持ち歩いているとも思えないし、フラートンが車のグラヴコンパートメントに入れていたということもありそうにない」

「結婚する気はないと、彼はすでに言っていたんだろう。だから、彼女はあの夜、銃を持って出たんだ、彼に考えなおすチャンスをあと一度だけあたえてやることにして」わたしは思いつきでそう言ってみた。

「どうもよくわからないな」ボビーが言った。「彼女がそのまま子供を産むことにしたというのが。堕ろすことだってできたんだ。彼女からフラートンとのことを聞かされた人間はみなおなじことを考えたはずだ……相手には妻がいる、妊娠したのならこっそり処置するだろう、と」

「彼女は本気でフラートンを愛していたのかもしれない」クレイヴンが言った。「ほんとうに彼の子供をほしかったのかもしれない。しかし、アリエラが彼を愛していたかどうかはともかく、メレディス・フラートンの言ったことのうち、すくなくとも一つは当たっていると思う……ジェレミー・フラートンがこの世に残した愛する女性とはアリエラだ、その証拠は彼女がみごもっている子供、父親が誰かを言えず、彼女が辛い思いをしていたその子供だ、と世間は見るようになるだろう。うん、メレディス・フラートンはゴールドマン父子のことを知り抜いていたんだ。この国も昔とは変わった。離婚、不倫、私生児――どれもいまはまったく問題視されない……印象だけが大事なんだ。いまから二週間後に世間にきいてみれば、驚くほど多くの人間がフラートンとアリエラは実際に夫婦だったと思いこんでいるはずだよ」

クレイヴンの目に老獪な表情がもどった。彼は両腕を机に置いて乗り出した。

「ローレンス・ゴールドマンはじつに都合のいいことになった、とすぐに気づいただろう。選挙の経験が一度もなくても、いきなり知事選や上院議員選挙に名乗りをあげられる人間がこの国には二種類いる……選挙運動に何百万ドルもつぎこめる人間と、この人物のことならよく知っていると誰もが思ってしまうような有名人だ。その両方を兼ね備えた人間というのは、わたしの知るかぎりアリエラ・ゴールドマンが最初だ。彼女は生まれつき金持ちだ……そして、今日の出来事のおかげで、金だけでは決して手にはいらない知名度を獲得した。

ローレンス・ゴールドマンにとってはどういうことになるか考えてみるといい。彼は旧友のオーガスタス・マーシャルを捨てることにした、自分が影響力を行使できる、あるいは意のままにできるかもしれないジェレミー・フラートンを知事に、さらには将来は大統領に据えようと考えて。それがいま、フラートンが演じるはずだった役が自分の娘にまわってきたんだ」

わたしたちは夕暮れ近い薄れゆく光のなかに坐っていた。太陽はビル群にさえぎられて外の狭い通りには届かない。そのビルのなかの人間たちが常に考えているのは金のこと、それをどうやって増やそうかということだが、すでに自分の取り分は手にしたアルバート・クレイヴンが語っているのは、そう簡単には値のつけられないもののことだった。

「わたしはローレンス・ゴールドマンを好かない。昔から。その人間性や、彼のやることの善し悪しの判断はべつにして、個人的な感情だけで言っても――とうてい好きになれない。なにかで読んだ表現だが、アメリカじゅうがローレンス・ゴールドマンとその娘に奉仕しているような気がする。ジェレミー・フラートンの殺害は、彼にとっては信じがたいほどの僥倖と思えたにちがいない。娘にとってどうであったかはともかく、彼の孫息子にとってどうなるかを考えてみるといい――男の子だったとして。その子は途方もなく恵まれた身として生まれてくるんだぞ！　倒れた上院議員の子供、将来の大統領と目されながら、その全盛期に殺された男の息子、と世間は見る。また、母親は才色兼備であるばかりでなく、子供の父親の名誉を護ると同時に、彼が別れようとしていた女性を傷つけないよう、父親の名を明かそうとしなかったほど立派な女性、と誰もが思う。それにくわえて、ありあまるほどの権力と金、さらにはローレンス・ゴールドマンの力をもってすればできることをすべて生まれながらにあたえられているんだ。ローレンス・ゴールドマンとその祖父の関係のように、彼が生まれてくる子供の父親になるんだ」

クレイヴンはしばらくわたしたちに目をそそいでいたが、やがて椅子に坐りなおして膝の上で手を重ねた。

ボビーが咳ばらいをして口を開いた。「父親は誰だと思う？」

「わからない」と、わたしは答えた。「いろんな相手が考えられる」証人席で演技をしていたアリエラ・ゴールドマンの姿を思い返してつけくわえた。「父親が寝てほしいと思った男全員にその可能性がある」

ボビーがまた考えて言った。「彼女が嘘をついていることを証明できれば、それを利用して、彼女はなにかを隠そうとしているのだと主張し、合理的な疑いがあることを明確にできるかもしれない、とさっき言ったな。フラートンの妻を証人に呼んだらどうなんだ？　彼女なら夫には子供ができなかったことを証言できる」

わたしはそれはやりたくなかった。どんなことがあったにせよ、メレディス・フラートンが夫を変わることなく愛しつづけたという事実に、わたしは心を打たれた。どうしてもというのでないかぎり、彼女にこれ以上恥をかかせるのは避けたかった。

「彼女を呼ぶべきかもしれないが――ひょっとしたらそうするかもしれない――彼女にまた屈辱をあたえることだけが心配じゃないんだ。陪審は、こういう事態になったことに彼女は腹を立て、二人に、アリエラだけでなく夫にも、仕返ししてやろうと考えたのではないか、と受け取るだろう。地方検事は反対尋問で二つたずねる。

『あなたはご主人がアリエラ・ゴールドマンと関係を持っていたのを知っていたんですね？』そして、彼女が肯定すると、こうきく、『あの晩、ローレンス・ゴールドマン家のパーティで、あなたは二人の関係に腹立ちをおぼえるあまり、夫を奪おうとしている、と彼女を詰り、そのまま帰ってしまった――しかし、ご主人は残った、そうですね？』」

だいぶ遅い時刻になっていた。わたしにはまだやらなくてはならないことがあった。クレイヴンの巨大な机の隅に片手を突き、もう一方の手で椅子の肘掛けを押して、よろよろと立ちあがった。

「これから拘置所へ行ってジャマール・ワシントンに会わなくてはなりません。嘘があれだけの効果をあげるのを見せられた以上、明日、証人席に坐って真実を話すよう、彼を説得するしかない」

クレイヴンは驚いたようだった。「明日、開始するのかね？　検察側はもう立証を終えたのか？」

「アリエラが泣きだすのとほぼ同時に」と、わたしは言った。それを思い出すと、いまだに声が荒々しくなった。「ハリバートンはトンプソンのほうを見もしませんでした。陪審のほうだけを見て、『検察側は尋問を終えます、裁判長』と言った。笑いをこらえるにはそうするしかなかったんです」

わたしは挨拶をして出ていきかけたが、そこでまたクレイヴンが精力的に取り組んでいる書類の山へ目が行った。

「今夜遅くまで仕事に追われるのはわたしだけじゃないようですね」

クレイヴンは万年筆を取りあげたところだった。「故アンドレイ・ボグドノヴィッチの遺産処理だよ。わたしが思っていたよりかなり面倒でね」彼はそう言いながら、書類の一枚に手を伸ばした。

「彼の弁護士だったんですか？」と、きいてみた。こっちの話をさんざん聞いてもらったから、今度は彼に話させてやろう、という程度の気持ちからだった。

「うん。まあ、これまではたいした仕事もなかったが。わたしが彼の遺言書を作成した――彼に対する好意でやってあげただけのことさ。それと、彼の輸出と輸入という仕事柄、評価額が正確であることをはっきり根拠を示して主張するため、完璧な在庫目録を用意しておく必要があった――たとえば、保険の関係などで。いや、東洋産の絨毯や中国製の花瓶の価値で、二人の人間に折り合いをつけさせるのは思っていたよりはるかにやっかいな仕事だったがね」

わたしはさよならを言い、ボビーについてドアへ向かった。

「それはどこへ行くんです？」わたしはドアのところからふり返ってたずねた。

クレイヴンはペンを指のあいだから垂らして、なんのことかといぶかる顔でわたしを見た。

「彼の遺産です」と、わたしは言った。「どれくらいあるのかはともかく」

「ああ、そのことか」彼はまばらな眉を持ちあげて、大きくうなずきはじめた。「うん、まあかなりの額になる、調べたところ。そう、それで遺産は彼の弟のところへ行く、ヨーロッパに――イタリアのどこかにいるんだ」彼はそう言いながら、書類をがさがさやりはじめた。「このなかにあるはずだが」

「いいんですよ」わたしは言った。「ほんとにいいんです。ちょっと気になっただけですから。

おやすみなさい」わたしはドアを閉めて出た。

建物を出るとすぐに、どんなふうに話してジャマールに自信をつけさせようか、と考えはじめた。いまやすべては彼にかかっている。彼は自分の言葉を陪審に信じさせなければならない。ジェレミー・フラートンを殺してはいないということばかりか、彼には人など殺せないと信じさせなければならないのだ。証言を終えるころには、陪審が彼を見て、この男に容疑どおりのことがやれたはずはない、と考えるようになっていなくてはならない。彼らにそれを知ってもらわなければならない、彼がわが子ならそう信じるように。証拠によってではなく、ただの勘でもなく、信用できる人間と信用できない人間を見分ける本能によって。ジャマール・ワシントンはアリエラ・ゴールドマンの嘘に負けないくらい巧みに、真実を語ってみせなければならない。

ジャマールは思考力をなくすほどの無気力状態に落ちこむ寸前ではないのか、とわたしは何度か心配した。拘禁が長びくと、そういう状態に陥ることがよくあるのだ。それに自分を慣らすのは容易なことではない。彼の周辺にいる、ずっと無学で、好奇心に欠ける連中よりも、彼のような若者のほうがそれには苦労するはずなのだ。彼はあきらめていまの状況を受け入れたわけではないにせよ、鬱の期間を経験することもなく、徐々に、耐えなくてはならないのなら耐えてみせよう、と考えられるようにはなっていた。

彼は小さな会議室でわたしを待っていた。両手を膝の上で組んで、金属製の机の前に坐っていた。形のいいまっすぐな唇には生きいきとした表情があった。

「今日のような証人尋問ができるようになるには、どれぐらいかかったんですか？」

わたしはブリーフケースから取り出したばかりの法律用箋から顔をあげた。彼の勘のよさに驚かされるのはこれがはじめてではなかった。

「わからないね」と、わたしは答えた。それが正直な答えだろうと思ったが、彼のほうはそうとらなかった。

「最初からああいうふうにできたんでしょう？　あれは学んでおぼえるようなことじゃないんです、ちがいますか？　いち早く事態が読めるか読めないかの問題なんです——そうじゃないんですか？」

たしかに彼の言うとおりだが、それは必要条件の一部にすぎないし、おそらくいちばん重要なことではない。

「最初からやれたんだろうと思うが、楽譜を見ずに、聞いた歌をそのままピアノで弾けるというのとはちがうんだ。証人に呼ばれる人間がなにを話すか、一人残らず先どりして考えてみる。頭のなかでそれを何度もくり返す……法廷に立っているように、思い描いてみる。それをぜんぶ頭にしみこませておくと、予期しなかったことが起きても対処の方法がわかるんだ。次になにをきくかを考えもしないし、これをきけと自分に命じもしない。〝相手はいまxと言わずyと言った、じゃあzときこう〟となる。それをたずねるだけのことだ。自然にそうなる。しかし、たずねるわけでもなく、答えが得られるわけでもない質問の数々を、それこそどうかなるほど頭のなかで何度も何度もくり返すということをやっておかないと、そんなふうにはならない」

ジャマールは納得したようだった。「医者の仕事もそれと似ているんじゃないかと思います。

しばらく経験を積むと、患者が症状をぜんぶ説明しないうちにどこが悪いかわかるようになるんでしょう」

彼はまだ十九歳だが、わたしがその個性に魅力をおぼえる、数少ない人間の一人ではないかと思わせられることがある。彼のなかにわたし自身の投影を見ているのかもしれない、まだ若く、将来にはなんの問題もないと思っていたころの自分の姿を。

「いつごろ気づいた？」わたしは彼の目を見ながらたずねた。「彼女に堂々巡りをさせていることに？」

「わかりません」ジャマールは遠慮がちに言った。「議員の奥さんが帰ってしまったことをもう一度たずねたころかもしれません」

「医者ではなく弁護士になろうと考えたことはないのかい？」と、わたしは笑いながら言った。

彼は鉄格子の窓へ目をやった。いたずらっぽい笑みが口許にあらわれた。「犯罪者とおなじ釜の飯を食わなきゃいけないとしても」と、わたしに目をもどして言った。「彼らを相手の仕事をしなくちゃならないということにはなりませんからね」

「連中とおなじ釜の飯を食うのもそう長いことではないよ」わたしはそう請けあい、明日の証言の最終的な予行演習にとりかかった。

わたしがブリーフケースを閉じて帰る用意をするころには十時近くになっていた。あと一つだけきいておきたいことがあった。これまでにも何度かたずねていたが、彼はそのたび、その話はしたくない、ときっぱり言った。好奇心も多少はあるが、ただそれだけではない……陪審に知らせたいから、知っておく必要があるのだ。

「ジャマール、きみの父親のことで、なにか話せることはないかな？」

彼はわたしをしばらくじっと見つめた。そんなのはおまえの知ったことではない、と相手を威嚇するときのような目つきだった。だが、わたしが必要があってきいていることは彼にもわかっているので、じきに目つきをやわらげ、申しわけなさそうにうなずいた。

「なにもありません」彼は言った。「父のことはまったく知らないんです」

それで済ませるわけにはいかなかった。「しかし、お母さんからすこしは聞いているはずだがね」

「なにも」彼はそうくり返したが、反感のこもった声ではなかった。「ぼくが理解できるような年になると、父は母が昔好きになった人だが、その人とは結婚するわけにはいかなかったんだ、と話してくれただけです」

「その後、きみからきいてみたことはないのか、もっと大きくなってから、その話を聞いてからもっとあとに？」

ジャマールは聞かなくてもその答えはわかっているはずだ、というようにほほえんだ。「あなたも母に会っています。母はだいぶ変わった人なんです。ぼくにも昔からそれはわかっていました。母がもっと話したいのなら話してくれたはずだ、とぼくにはわかってるんです。また、話したくないのなら、それには母なりの理由があるんだってことも」

彼は立ちあがると、ドアを一度叩いて看守を呼んだ。

わたしは澄んだ夜空の下に出ると、歩道で立ちどまって深呼吸をした。室内を蝕んでいた、死の前兆のような淀んだ空気を体内から追い払いたかった。車のそばまで行き、通りの上手下手へ目を走らせた。乗りこんでエンジンをかけると、バックミラーを覗いてから車を出した。何者かが尾行しているとしたら、腕は確かなのだろう、わたしは気づかなかった。

23

わたしが彼の名前を告げると、廷内の空気が緊張するのがわかった。もっとよく見ようと、誰もが首を伸ばした。すらりとした体を黒っぽいスーツに包んだジャマール・ワシントンは、杖にもたれて足を引きずりながら書記官のそばへ進み、法壇の下に無表情に立った。そして、たいそう優美な左手の指を杖の握りに添えると、右手を肩の高さにあげて宣誓をおこなった。それが済むと、彼は証人席の椅子に腰をおろし、ゆっくりと見まわした。その目が彼にいちばん近い席に坐っている陪審員の上でとまった。疑い深そうな深くくぼんだ目に、すぐに怒りだしそうな小さな口をした、短いブロンドの髪の女性だった。彼はその隣りへ、さらにその先へと目を移してゆき、彼の生死を決める十二人の陪審員全員と目を合わせた。

十二人のうち、目をそらした者は一人もいなかった。なかには、うなずいたり、ちょっと体をずらしたりして、無言のうちに励ましを送った者もいたように見えた。わたしは衝動的に、最後にたずねると彼に言っておいた質問を口にしていた。

「あなたはジェレミー・フラートンを殺害しましたか？」

彼はわたしが弁護に当たった被告たちのなかでは、一、二を争うほど聡明だった。わたしは彼に、答えをおこなうときに陪審に目を向けることの重要さを説明しておいた……〝陪審員たちにきみの顔を見せるんだ、なにも隠していないというところを見せ、真実を語っているとわからせるんだ、わたしのほうを見て、確認を求める必要はない〟それは頻繁に練習したから、パヴロフの条件反射説のように、自動的にできるようになっていた。ところがいま、肝腎なときに彼はそれを忘れてしまった。

「いいえ、していません」彼はよどみなくそう答えた。陪審のほうはちらりとも見なかった。彼はなぜ忘れてしまったのだろう？　ろくに文字が読めない被告でも、教えられれば造作もなくやってのけることなのに。わたしはやりなおすことにして、最初にたずねることにしていた、彼のおいたちと、彼がさまざまの障害を克服してきたことに話を移したが、やはりおなじだった。質問のあいだも、答えるあいだも、彼の視線はわたしの行く先へついてきた。わたしは証人からいちばん遠い陪審員席の端へ移った。

ジャマールのこれまでの経歴については冒頭陳述で述べておいたが、彼自身の口からもっとくわしく、精確に語られると、話に脈絡と色合いが与えられ、聞く者の胸にはるかに強く訴えた。彼はこれまでにわたしが聞いた以上のことは語らないだろうし、語ろうにも語れないのかもしれないとは思ったが、父親についてはまったく知らない、名前さえも知らないことを認めさせた。わたしは彼に、まだ小学生のころ、銃ではなく本を持ち歩いているといって、ティーンエイジャーの悪ガキどもにしょっちゅう痛めつけられたことを話させた。ハイスクールでは学業優秀だったことを、カレッジを出たら医学部へ進もうと考えていたことを語らせた。質問と答えはすべて、こうした若者がある日突然豹変して、その性格におよそ似合わないことをやるはずがない、と思わせることを意図して組み立てられていた。この尋問に午前中いっぱいかかった。

「うまくやっていたでしょうか？」彼は昼食のために保安官補につれていかれるまえにそうたずねた。

「よくやっていたよ……だけど、忘れてはだめだ。わたしの質問に答えるときは陪審を見るんだ」

彼はそれを忘れていたのを恥ずかしがり、これからはちゃんとやる、と言った。

「午後は事件の夜のことに移るから」わたしはつれていかれる彼にそう告げた。

わたしは持物をブリーフケースにしまいはじめた。妙な気配を感じてふり向き、退廷していく傍聴人たちの顔に目を走らせてみた。法廷のいちばん奥の、両開き扉に近いベンチの背に片手を置いて、わたしを橋の真ん中に置きざりにしたあのおそろしく太った謎の男が、ぼってりとした顔にできた裂け目のような細い目をじっとわたしにそそいでいた。男は濡れた分厚い唇を歪めて笑った。と見る間に、その体軀に似合わない機敏な動きで扉の向こうへ姿を消した。

やつはわたしを攪乱するためにやってきたのだ。やつのことを、このまえ言ったことを、わたしに思い出させ、ジャマール・ワシントンを刑の執行人の手に渡さないためにわたしがやらなくてはならないことから注意をそらさせようとして。わたしはかっとなり、ブリーフケースをつかむと、じゃまされずに仕事ができる関係者専用の会議室へ向かって廊下を歩きだした。

あの出来事について考えれば考えるほど怒りがつのった。街頭でいきなりつかまり、車に押しこまれて監禁状態にされ、一度はどこかへ運ばれて殺されるのかと覚悟したことを思い出すと、腸が煮えくりかえった。怒りは反発に、反発は決心に変じた。勝つためならなんでもやってやろう、そればかりか、やつらのたくらみをあばくためならなんでもやってやろう、と思った。わたしは窓のない部屋に坐って、復讐の甘美な想像にふけった。自分には勇気と不屈の意志がある、と思い、やっと気分がよくなったが、気がつくとすでに法廷へもどる時刻が迫っていた。この部屋でかたづけようと考えていたことは、すべて手つかずのままだった。

「銃声を聞いたんですか？」ジャマールがその夜の仕事の内容と、帰宅のためたどった道筋をくわしく話しおえると、わたしはそうたずねた。

「なにか音は聞こえました。銃声だと思いましたが、確信はありませんでした」

約束したにもかかわらず、午前中とおなじだった……答えるときに陪審を見ることをまた忘れていた。彼の目はあいかわらずわたしに焦点を合わせていた。わたしは口をつぐんで彼を見つめ、その無言の間によって、彼がなすべきことを思い出してくれるのを待った。効果はなかった。

「ほかに音は聞こえましたか？」わたしはまた陪審員席の端へ移った。彼がわたしのほうへ目を向ければ、陪審のほうを見たと言えなくもない。

ジャマールはまたあの通りへもどって、霧の向こうを透かして見るかのように、首を突き出して目をすぼめた。

「車のドアが開く音と閉まる音が聞こえました。それから足音が、走りだす足音が聞こえました」

息を殺して話しているような口調が、旺盛な好奇心に駆られて観察していたことを物語っているように聞こえた。

「霧がすごく濃かったんです」彼はつづけた。「銃の音を聞く直前、足許を見て笑いだしたのをおぼえています。自分が履いている靴も見えなかったんです。まるで雪の上を歩いているみたいでした」

彼はそこで間を置き、笑みを消してまた話しはじめた。

「すぐには音がどっちから聞こえてきたかわかりませんでした、銃声も車のドアの音も。すぐ近くだということだけはわかりましたが。そのとき、ほんの一瞬ですが、霧が晴れました。それで、見えたんです――ほんの数ヤード前方に――ねじれて、車の窓に押しつけられている顔が」

わたしは左手を陪審員席の手摺に置いて、彼をじっと見つめた。「なぜすぐ逃げださなかったんです……自分が巻きこまれるのを避けて？」

彼は不審そうにわたしを見た。人が困っているのに見て見ぬふりをしろというのは、こんなことになったいまでも理解できない、というように。

「その人は撃たれたけれどもまだ命はあるんじゃないかと思ったんです」

「そこで、助手席側のドアをあけて乗りこんだんですね？」

「そうです。脈を調べてみましたが、ありませんでした。車には電話があったので、取りあげて九一一にかけはじめました……だけどそこで、身許を知っておいたほうがいいんじゃないかと思ったんです。なぜそんなことを思いついたのかわかりませんが、通報するにしても、死んだ人の名前を言わないのは失礼だと思ったのかもしれません」と、自分でもその行為は腑に落ちない、と考えこむ顔で言った。「電話を置いて、彼の上着のポケットの財布を探しました。銃に気づいたのはそのときです、床に落ちていたんです」

「それを拾いあげた？」と、わたしはきいた。

「いいえ。どこかからライトが照らしてきたんです。なるたけ体が隠れるようにしゃがみこみました。犯人がもどってきたんじゃないかと恐ろしかったんです」

ジャマールはそれまでずっとわたしを見てしゃべっていたが、そのときの恐怖を語りだしたとたん、目が落ち着きなく動きはじめた。

「恐かったんです……どうしたらいいのかわかりませんでした。車から出なきゃいけない、逃げなくちゃいけない、と思うばかりで。ドアを力一杯押しあけて飛び出し、全力で走りだしました」

「きみは恐ろしかった」わたしは一歩、彼のほうへ踏み出した。「殺されるかもしれないと？」

「そうです」

「殺されるかもしれないとおびえ、パニックを起こした？」

「はい」彼は認めた。「パニック状態でした」

「パニックのさなかに銃を拾いあげ、自分では気づかないまま持って出たのかもしれませんね？」

「いいえ、さわってはいません」

この証言については数えきれないくらい話し合っていた。彼は、銃を持って出たとは思えない、と言った——手にとった記憶はない、と。だが、わたしがくり返し強く迫ると、銃を拾いあげたのだが、彼自身はそれを思い出せないのかもしれない、と彼も認めるようになった。

今度はわたしがパニックを起こしそうだったが、なんとかそれを隠して、言い方を変えておなじことをきいた。

「そうですか。しかし、恐怖やパニックに襲われていたとなると、銃を手にとったにもかかわらず、いまとなっては、銃で撃たれたトラウマを経験したあとでは、たんに思い出せないだけ、ということもあるんじゃないですか？」

彼の目がまたわたしにもどった。その目の奥に、辛そうな表情がちらっと見えたような気がした。たいていの人間は、まずいことをしてしまったことへの言い訳や、身におぼえのない疑いを晴らすための説明を提示されればすぐに飛びつく。彼が本心でもないことを証言するはずがない、とわたしはわかっていなくてはならなかったのだ。彼は真実を語ろうとしている。わたしを誤解させ、なにかべつのことをやったように思わせてしまうのではないかと、それだけを心配しているのだ。

彼はわたしの質問に単純明快な答えを返した。

「いいえ、ありえません。銃にさわったのなら忘れるはずがありません、たとえどんなことがあろうと」

わたしたちは陪審員席の幅だけの距離をはさんで見つめあった。わかった、とわたしはうなずいた。

「けっこうです。あなたは銃を持っていなかった。車から飛び出したときには持っていなかったし、撃たれたときも持ってはいなかった。走りだしたとき、誰かが警告を叫ぶのが聞こえましたか？」

「いいえ、なにも聞きませんでした。ぼくは全力で走っていました。大丈夫だ、と思ったのをおぼえています……霧のせいで誰にも姿は見えない、と。雲のなかに、大きな灰色の雲のなかにいるようなものだから、と。そのとき、あたりが真っ暗になりました。おぼえているのはそこまでです」

それ以上たずねることはなかった。わたしは席に腰をおろし、彼らはいまなにを考えているのだろうと思いながら、内心の読めない陪審員たちの無表情な顔へ目をやった。撃たれたあと手のすぐそばで銃が見つかったことの完璧な説明をわたしがジャマールにあたえてやったことは、陪審員も理解しただろう。誰であれ、それが事実でないかぎりは、自分がなにをしたかしゃべりはしないものなのだ。地方検事もその点にはすぐに気づいた。彼はすぐさまそれを利用しにかかった。

ハリバートンは腰に片手を当てて立ち、テーブルに開いて置いたノートにしばらく目を落とした。そして、顔をあげると、もう一方の手でページをめくりながら、そっけない笑みを浮かべて証人に挨拶した。

「すると、あなたは銃を拾いあげてはいないんですね？」と、彼はこばかにしたような口調で言った。

「まったくさわっていません」ジャマールは丁寧に答えた。

ハリバートンはわざとらしく目を剝いた。「まったくさわっていない」彼は目を伏せると、開いたノートの上からテーブルの端へと指を動かした。いまの答えをじっくり反芻しているとでもいうように、口の両端がさがった。

「まったくさわっていない」ハリバートンはそう言いながら目をあげた。「じゃあ、説明できるかもしれませんね」声が高くなりはじめた。「どういうわけで、銃が最終的にはあなたのすぐそばにあったのかを」

ジャマールは地方検事をまっすぐ見て首を振った。「ぼくにはわかりません」と、きっぱりと言った。

ハリバートンの目が険悪な光をおびた。彼はテーブルの角に立って腕を組むと、片足をちょっと前へ出した。

「そんなに遠慮しなくていいんですよ、ミスター・ワシントン。あなたにはわかっているはずです。あなたの弁護人がわれわれに説明するのを聞いていましたね。あなたが〝パニック状態で〟銃を拾いあげたのでなければ、銃がそこにあった説明は一つしかない――そうじゃないんですか？」

ジャマールは相手に合わせまいとした。また首を振ったが、最初ほどの勢いはなかった。

「わかりません」彼は冷静な声で答えた。

ハリバートンは嘲りの笑みを浮かべた。「警察がそこに置いたんですよ、ミスター・ワシントン。もう思い出したでしょう？　あなたの弁護人がたしかにそう言ったんです――そうですね？　あなたが〝パニック状態で〟銃を拾ったのでなければ、警察があなたのそばに置いたにちがいない、と。わたしの唯一の疑問は、なにゆえに、です」彼はなにを言われても落ち着きはらっている証人を苛立たせてやろうと、薄笑いを浮かべてテーブルの前を行ったり来たりしはじめた。「警察はなぜそんなことをしたんでしょう、ミスター・ワシントン？」彼はぴたっと立ちどまり、ジャマールに目を向けた。「なぜなんでしょう、ミスター・ワシントン？　なぜあなたに対してそんなことをしたんでしょう？」

「わかりません」

ハリバートンは証人席へ二歩近づき、露骨な蔑みの表情でにらみつけた。「わからない？　自分は銃を手にとらなかったといま言ったばかりだ。そうだろ？」

「ぼくは銃にはさわっていません」

ハリバートンはさっと頭を起こした。「ひょっとしたら、警察はまさにきみをつかまえるため、出動したのかもしれない。過去に警察の世話になったことはないのかね、ミスター・ワシントン？」

わたしは椅子から飛び出した。「異議あり！　裁判長、申し立てたいことがあります！」

トンプソンはハリバートンをにらみつけながらすでに立ちあがっていた。「判事室へ！」彼は声を張りあげてそう言うと、席を離れて大股で歩きだした。

トンプソンは激怒のあまり、陪審に退廷を命じるのを忘れてしまった。彼らはひっそりと陪審員席に坐り、ジャマールもまた独りぽつんと証人席に坐って待つことになった。

トンプソンは自室の椅子に坐り、老いの目立つ指を机に打ちつけながらハリバートンをにらんだ。

「わたしに審理無効を宣言させたいかね、ミスター・アントネッリ?」彼は地方検事に向けた目を動かさずに言った。

わたしは早くから、なんでも判事の勧めに従っておくのがいちばん利口だと学んでいた、彼がそれを地方検事をやりこめる方策に使える場合はなおさら。しかし、今回はわたしも本気で腹を立てていた。審理をまた一からやりなおしたくはないが、まさにそうしてくれるよう願いでるしか道はなかった。

「はい、裁判長……審理無効の裁定を求めます。地方検事は――」

トンプソンはハリバートンに目を据えたまま、すでにわかっていることを話す必要はない、と片手を持ちあげた。彼はまんざら不快でもなさそうな声で言った。「それを認めてはならんという理由をなにか思いつくかね、検察官?」

ハリバートンは冷淡そのものの無表情でトンプソンの凝視を受けとめていた。「冗談をおっしゃってるんでしょう」

机を打つ単調な音がいきなりやんだ。

「冗談」トンプソンはくり返した。「わたしが冗談を言っていると思うのか?」彼は首をぐいと傾けた。「冗談? では、厳然たる事実を説明させてもらおう。わたしは被告人の未成年犯罪の記録を紹介したいというきみの申し立てを却下した。一週間まえに。それを持ち出すのは許されないときみは承知のはずだ。だったら、どうすべきか?」彼は顎を突き出してつづけた。口が挑みかかるように震えた。「このまま、被告人がかつて警察の世話になったことがあるか、とたずねるのか? 自分をなんだと思っているのかね? わたしの法廷では誰にもそんな真似は許さない！」

なにを言おうが、なにをしようが、効き目はまったくなかった。ハリバートンは冷ややかな顔で平然と坐っていた。表情の変化といえば、相手を見くだすような薄笑いがいくぶん露骨になったように見えることくらいのものだった。

「なにをそう怒っておられるのかわかりません」ハリバートンはうめくような声で言った。「不適切な答えを引き出しかねない質問だったかもしれませんが、まだ被告は答えていないんです」

「それはひとえに、わたしが異議を申し立ててとめたからだ」と、わたしは指摘した。

ハリバートンは椅子に深く坐りなおして脚を組むと、片足をぶらぶらと揺らしはじめた。

「そのとおり」彼はわたしに目を向けて言った。「答えをとめたことによって、きみの異議が審理無効の根拠をすべて消し去ってしまったことになるんだ」

「被告人がなにか隠している、という印象はそのまま残る」わたしは思いきり語気を強めて言った。

ハリバートンは横目でわたしを見て、いやみな笑いを浮かべた。それは思わず顔に出るほどわたしの神経を逆撫でした。

「で、彼は隠している、そうではないのかね？」彼は眉を釣りあげた。「しかし、それを知っているのはわたしたちだけだ。彼に暴行の少年犯罪の記録があることを陪審は知らない」

「暴行だと！」わたしは怒りにわれを忘れてどなった。「まだ十四歳だったんだ……ほかの子供が彼の母親の悪口を言ったのが原因だ――それもただの悪口ではなかったんだよ――母親のことを売春婦だと言ったんだ！　母親を売春婦よばわりされたことがあるかね、クラレンス？」わたしは嘲るように首を振りふり問いかけた。「ジャマール・ワシントンは相手の顎の骨を折った……わたしなら殺していただろう——きみだってそうしたと思うがね！」

ハリバートンははぐらかそうとした。「彼がなにをしたかに関心はない——陪審がそのことはなにも知らないというのが肝腎なんだ」

「きみは、過去に警察の世話になったことはないか、とたずねてしまった。彼が答えないでいたら、陪審はあるものと思いこむんだ」

「わかった！」ハリバートンは両手をさっとあげて大声で言った。「質問を言い換えよう。成年に達してから、警察の世話になったことはあるか、とたずねる。それなら彼も答えられる」

わたしはその乱暴な主張に唖然としながらも、彼にもはなからわかっているはずのことを説明した。「それでは成年に達する以前に問題があったことが誰にだってわかる」

ハリバートンはそれ以上わたしがなにを言おうが聞く気はなかった。彼はトンプソンに目を向けた。

「質問を撤回するだけでもいいんじゃないでしょうか？」

「アントネッリの言うとおりだ」トンプソンは苦虫を嚙みつぶしたような顔で言った。「あの質問は、きみが公式に撤回するかどうかにかかわらず、答えをしないままでは、被告人の犯罪歴について推測を——とうてい許容不可能な推測を——生じさせる」

トンプソンはクッション付きの金属椅子に深く坐った。そして、地方検事を鋭く一瞥すると、両手の指先を打ちあわせはじめた。

「きみに選んでもらおう……さっきの質問を被告人の成人後の犯罪に限定するか、このまま法廷へもどって、審理無効を宣言するかだ。ただし、言っておくが」彼は脅迫口調でつけくわえた。「質問には少年犯罪の記録はふくまれないと、アントネッリが非公式に被告人に伝えることを認めるつもりだ。それなら彼も質問に対して、正直に否定の返事ができる。どうするかはそちら次第だ、検察官」

ハリバートンは肩をすくめた。「異存はありません。被告人にはそのようにたずねます」

トンプソンが話しはじめたときには、ハリバートンはもう立ちあがっていた。「あと一つ話がある、ミスター・ハリバートン。裁判所の命令に従わなかったのは法廷を侮辱する行為と考えられる。審理が陪審の評議に委ねられたのち、今後わたしが科す制裁と併せて、記録されることになるだろう」

トンプソンは法廷へもどるとすぐさま、陪審を退廷させるよう書記官に命じた。ぼってりとした体型の女性書記官は、陪審員室へと一列になって出ていく男女におざなりにほほえみかけた。最後の一人が部屋へはいっていくと、彼女はドアから首を突き入れて、これまで何度となく言ったはずの、そう長くはかかりませんよ、という無意味な一言をかけてただちにドアを閉ざした。

トンプソンが審理無効にしてもよいと本気で考えていたかどうかはともかく、彼は早くも折衷案を持ち出したことを後悔しはじめていた。苛立ちもあらわに、彼はわたしのほうへ手を振った。

「依頼人と手短に話し合いをしなさい、ミスター・アントネッリ」

トンプソンは、ハリバートンが法廷を侮辱する行為をおこなった、陪審が評議に移るのを待って記録に残す、といましがた告げたが、長年にわたって憎悪をつのらせてきた相手に対する復讐を果たすのを、やはりそこまで待ってはいられなくなったらしい。この先どうなるかを、彼が、またハリバートンが知っているというだけでは満足できないのだ。これまでその魂を蝕みつづけてきた憎悪がついに彼を狂わせ、トンプソンは机上に乗り出した。

「さて、きみのほうだが」彼はハリバートンをにらみつけた。「被告人の未成年犯罪の記録を提出したいというそちらの申し立てについて裁判所は裁定した……その申し立ては却下した。しかるに、そう裁定したにもかかわらず、陪審が知ることをきびしく禁じた情報を引き出す意図が明白な質問をきみはおこなおうとした。これは裁判所侮辱と考えるしかない。公判の最後に、評決後に、審理をおこない、きみの目にあまる逸脱行為に対する処分を決定する！」

トンプソンはやっと満足して、腕を机から離してゆったりと坐った。彼はわたしがジャマールとの話を終えようとしている証人席を見おろし、そろそろ始められるか、とたずねた。そして次に、陪審を入廷させるよう書記官に指示した。トンプソンは気の抜けたような顔で廷内を見まわし、手首をしきりに掻いた。

地方検事は中断したところから再開した。

「あらためてうかがいます、ミスター・ワシントン。過去に警察の世話になったことがありますか？」

ジャマールはその質問にどういう制限がくわえられたか理解していた。「いいえ、ありません」

ハリバートンは顎をかるく突き出し、目を見開いた。わざとらしい気どり笑いが口許をよぎった。彼はしばらくなにも言わず、その沈黙の間が被告人から彼へと陪審の目を引きもどすのを待った。十二人の目が彼にそそがれると、ハリバートンは、これから証人をいかにも露骨なその嘘のなかに葬ってやるのだ、というように頭をまたすこし起こし、口をあけた。そして、ついこらえきれずというように、歯を食いしばると、いやみな薄笑いを浮かべて、「ほんとに？」とつぶやいた。

わたしが腰を浮かしかけたとき、彼がたずねるのが聞こえた。「では、犯してもいない罪を警察があなたになすりつける理由をなにか思いつきますか？」

ジャマールが首を振りはじめると、彼はくるりと陪審に向きなおった。目が得意げに光った。

「すみません。答えは声に出して言ってもらわないと」

「いいえ」ジャマールは答えた。「そういうことをされる理由は思いつきません」

ハリバートンは毒をたっぷりふくんだ笑みを浮かべて、ふたたび証人に顔を向けた。「誰にも思いつきませんね」

ハリバートンは最後にもう一度、陪審へ目を向けた。そして、顔をいかめしく引き締め、床に目を落とした。意図した仕種であることは疑いないが、見まもる者全員に――なかでもいちばん真剣に見まもっているのは陪審だが――われわれがなぜここにいるのか、その暗い現実をあらためて思い出させる効果があった。人が殺された、そして、事件現場から逃げるところを背後から撃たれ、意識をなくした状態で逮捕された事件の被告人でさえ、銃がなぜ自分のかたわらにあったのかを説明できない。ハリバートンは三度、顎をさすった。それから、目をあげることなく、手をひらっと振った。

「質問は以上です」彼はそう言うと、ゆっくりと自席へ向かった。

このままでは終わらせられなかった。わたしは再直接尋問に立ち、ハリバートンがたずねたのとおなじことをきき、さらにもう一つたずねた。

「犯してもいない罪を警察があなたになすりつける理由をなにか思いつきますか？」

「いいえ」ジャマールは困惑顔で答えた。

「こういうことはありうると思いますか、あなたが車から走って逃げるのを見た警官があなたを犯人だと思いこみ、あなたの犯行であることに——さらには彼らに非がなかったことに——疑いが生じないようにと、あなたを撃ったあと、あなたの手のそばに銃を置いた、ということは？」

彼はそこでやっと思い出した。彼はまっすぐ陪審に顔を向けた。

「そういうことがおこなわれたにちがいありません。ぼくは銃にさわっていません」

24

翌日の朝、十時すこしまえに、わたしは弁護側最後の証人を呼ぶべく、法廷を埋める報道陣の前で立ちあがった。地方検事もつややかに光る黒のドレスシューズを履いた足で立ちあがった。わたしはなんのつもりだろうかと思いながら、ちらっと彼に目をやった。だが、彼が立ちあがったのは判事に敬意をあらわすためのことだけらしく、口は開かなかった。

「裁判長」わたしは目の隅でハリバートンの姿をとらえながら言った。「弁護側はオーガスタス・マーシャルを呼びます」

わたしが知事の名を口にすると、ハリバートンは裁判官席を見あげた。「裁判長、アントネッリ氏が召喚した証人が今日は都合で出廷できないことをわたしからお伝えしなくてはなりません」

「こちらの証人なのに、きみのほうがわたしより事情をよく知っているというのはどういうことだ？」と、わたしはきいた。

ハリバートンは判事に顔を向けたきり、わたしを見ようとはしなかった。「議会のほうで緊急の用があるためサクラメントを離れられない、と今朝早くに知事のところから連絡があったのです」

「彼はこちらの証人で、召喚状で出頭を求められているんだぞ！」わたしはハリバートンに向かって声を張りあげて言った。

「話によると」彼はつづけた。「知事が出頭できるのは早くても来週の月曜になるようです。法廷に迷惑をかけることをわたしから詫びておいてほしいとのことでした」

トンプソンが知りたいことは一つだけだった。しかも、知事があらわれないと審理の展開にどんな影響があるか、ということとはまったく無関係だった。

「きみなら説明できると思うんだが、ミスター・ハリバートン、裁判所ではなく、なぜきみに連絡があったのかね?」

「被告弁護人にも一言もなく」と、わたしはハリバートンに聞こえるようにつぶやいた。

権力者や有名人が自分に信頼を託してくれている、と知った人間にはよくあることだが、ハリバートンの物腰に、また多少ながらその顔つきに、はっきりとした変化が認められた。彼の態度はゆったりと落ち着いており、身ごなしはこれまでより軽やかで、ますます低くなった声で、悠揚せまらずしゃべった。

「証人が直接——証人が何者であれ——裁判所と接触するのは好ましくない、というのが知事の顧問弁護士の意見なんです、裁判長。それで、わたしのところへ連絡をよこしたんです。それ以外に理由がないことはわたしからはっきり申しあげられます」贈り物をもらった人間が、それをもらうことのない人間に気前よく分けあたえてやるときのような、おおらかな口調だった。

ハリバートンは見くだすようにわたしをちらっと見てトンプソンに目をもどした。

「知事のほうではこれまで、この件について知事が証言をおこなうについて、双方で受け入れ可能な策を探る努力をしたのですが、弁護側が出頭にこだわり、ほかの方法を拒絶したのです」

わたしはかっとなった。それを隠す気も起きず、両手をさっと持ちあげて抗議した。

「知事も——大統領も——ここで働く用務員も、証人は証人であり、召喚状は召喚状です。これは殺人事件の公判です、裁判長。わたしの依頼人はこの公判に命がかかっているんです。しかるに、正義をおこなうと誓った地方検事は、都合がいいか悪いかを問題にする。わたしは生身の証人を陪審に見てもらいたいんです、遠く離れた彼の執務室で撮ったビデオでではなく。それなのに地方検事は、わたしが召喚した証人が出廷を好むかどうかを問題にしているんです」

わたしは猛然とハリバートンに食ってかかった。「陪審とメディアの前で芝居をしたいのだとしても――ここで、公開の法廷でこういうことをやってのけたいのだとしても、本来こういうことを話し合うべき判事室へ行く気はなかったのだとしても……」

そこで、もっと逆上しそうな考えが湧きあがった。

「今朝、開廷する以前にこれがわかっていたんだな。なぜわたしに伝えなかったかを陪審とメディアに説明してくれないか――それ以前に、なぜ裁判所に伝えなかったかを」

ハリバートンは冷笑を浮かべてわたしをじっと見つめるばかりだった。

「わたしがむりなことを言っている、と陪審に思わせたいんだろ？ 真相を話したらどうだ……知事はわたしとまったく会おうとしなかった、だから喚問するしかなかったんだ、と？ そう言ってみたらどうだ、ハリバートン？」

一瞬、ハリバートンが詰め寄ってくるのではないかと思った。そうしたかったはずだが――それは彼の目を見ればわかった――手遅れになるまえに思いとどまった。誰かが手首をつかんだ。ジャマールが見あげていた。気がつくと、無意識のうちに右手を拳にかためていた。

「裁判長」ハリバートンが冷静そのものの声で言った。「やはり判事室で話し合うほうがよいかと思いますが」

トンプソンはなにをばかなことを、というように手をひろげ、廷内を見まわした。目が意地悪げに光った。「ここをすっぽかして?」彼は視線を下げ、ハリバートンの目をとらえるとつけくわえた。「それに、これ以上なにを話し合うことがあるんだね?」

彼はさっと首をまわしてわたしを見すえた。

「きみはどうしたい、ミスター・アントネッリ?」と、問いかけ、間を置かずにつづけた。「わたしの考えでは、そちらが呼ぶ証人がもうほかにいないのであれば、とにかく月曜まで待って再開するのがいいと思う。再開時には、地方検事が説明してくれたとおり――実際そうなんだよ、ミスター・ハリバートン」彼はおそろしく険悪な目でハリバートンに一瞥をくれた。「裁判所はきみの説明に頼っているんだ――証人は予定どおり出頭してくるだろう。これしか方法はないと思うんだがね、どうかな?」

トンプソンの言ったことの行間が読めるのは、複雑な訴訟手続きに熟知した者だけだろう。質問の形をとってはいるが、わたしに理解する能力があれば、答えもそのなかに含まれているのだ。制裁を命じてほしいか、というのが問いであり、そのなかには法で定められた召喚命令に従わなかった知事の逮捕も含まれる……答えのほうは、言葉と口調でそれとなく伝えているのだが、わたしがそれを望むにせよ、彼としてはやりたくない、だから制裁はあきらめろ、ということだ。

「けっこうです、裁判長」わたしは苦々しい思いを隠して答えた。

ジャマールは陪審に強い印象を残した。それはまちがいない。陪審員たちは彼に好感を持ち、彼の言葉を信じたがっている。戦術は――これほど見え透いた、真っ向勝負の策をそう呼んでよければだが――単純だった。彼は犯行を否定する。ただちに呼ぶ次の証人が、ジェレミー・

フラートンの死によって、財布を盗みとることなどとは比較にならない大きな利益を得る者が――それも多数――いることを明らかにしてくれる。だがいま、審理は来週まで延期となってしまった。ジャマールの証言によって生まれた勢いはその間に弱まってしまうだろう。今日は水曜日だ。知事はやっと月曜に証人席に着くが、そのころにはジャマールの頑強な否定に影響されることなく、自由に証言できるはずなのだ。

知事はそこまで考えていなくても、地方検事は考えているだろう。いまや公判に関係したことすべてに疑惑がつのる一方で、なに一つ額面どおりに受けとめる気にはなれなかった。法廷を侮辱する知事の行為は、知事当人に代わって誰か別人が――地方検事ではないとすれば、裁判の結果にもっと直接的な利害関係を有する何者かが――やったことだとしても、わたしは驚かないだろう。

その一方、週明けまで法廷にもどらなくていいとなり、ほっとしたことも認めざるをえない。思いがけない休暇のようなものだ。裁判所を一歩出ると、緊張が解けていくのがわかった。公判開始以来はじめて、解放感をおぼえた。

午後に市内を出た。もどるのは審理が再開される月曜と決めていた。遠出をしたわけではなく、ゴールデン・ゲートを渡ってソーサリートへ向かい、丘の上に建つ、茶色の柿板張りのマリッサの家に滞在した。そして、彼女を長い話に突きあわせた。彼女はわたしがこれまで聞いたこともないような話をいろいろ語ってくれた。なにを話してくれたかは大事ではない……彼女がごくつまらないことを話したとしても、わたしは心底満足して耳を傾けただろう。その響き自体に――異国のじっとりと湿った温室のような、その深い響きの声に――ある効果があった。静かな黄昏どきに、湾を見おろすデッキに二人だけで坐っていると、彼女の声は、聞こえはしないが感じとれる、角の向こうを吹きすぎる風の囁きのように聞こえることがあった。「ときどき」彼女は手摺のところに立って、青みがかった灰色の水面をすべってゆく白い帆のヨットをながめていた。「天地が逆になって、ヨットが空に浮かぶ雲みたいに見えることがあるわ」

わたしは寝椅子に横になっていたが、顔をあげた。彼女はわたしが見ていることに気づき、ちょっときまりわるそうな顔で向きなおった。

「どうしたんだ？」と、わたしはたずねた。「なにを考えていたんだい？」

「ゆうべの話を……アリエラとジェレミー・フラートンのこと——二人があの夜、彼が殺された夜、話していたにちがいないこと。なんの話だったにせよ、彼女が法廷で言ったことよりはずっと興味深く、はるかに意外な話だったろうと思うわ、すくなくとも彼女にとっては」

「はるかに意外？　彼女が法廷でしゃべったことよりはるかに意外な話なんてものがありうるだろうか……彼女が妊娠したから、フラートンは妻と別れて彼女といっしょになる、という話より？」

長い黒いまつげがゆっくりと閉じ、じきにぱっと開いた。目が生きいきと輝きだした。「彼には子供ができないということを知らなければ、それほど意外な話ではないわ。二人がどういう人間かを考えれば、ぜんぜん意外ではないわね——あるいは、どちらか一方としか面識のない者から見たときの二人はどういう人間かを考えれば」彼女はにやりと笑いながらつけくわえた。「ジェレミーはいずれは大統領になろうかという合衆国上院議員。アリエラは金と力を持つ男の娘で才色兼備。そういう人種はなにをやっても許されるのよ、愛ゆえに罪を犯しても、その罪がおおやけにできないものでも。許されるだけじゃないわ……いくぶんは称賛されもするのよ、彼らのやることも大して変わらない、ほかの人間とおなじだ、としてね。それがわたしたちがとても民主的なことを証明するんじゃないかしら……いまや夫がほかの女のために妻を捨てても、誰もとやかく言わないわ、そうでしょ？」

それはわが身に起きたことであるにもかかわらず、彼女の口調に苦さはなかった。たぶん、彼女が自分の個人的なこととして言わなかったためだろう、わたしはべつの人間のことを思い出した。これまで気づかなかったのが自分でも意外だった。

「フラートンが妻と別れてアリエラと結婚していたら、オーガスタス・マーシャルとまったく変わらなかったわけだ。マーシャルも妻と別れて、自分の立身出世にいちばん貢献してくれそうな――やはり貢献してくれた――男の娘と結婚したんだから」

マリッサは肩から髪を払った。「力を持つ男と、お金と影響力を持つ女は、おたがいに利用しあうのよ」と、わたしが試みた比較作業を要約した。比較するのもいいが、ただそれだけのことだ、と言いたげな顔だった。

「ジェレミーの場合はちがうわ」彼女は銀色に輝く湾を風に乗って疾走していくヨットに目をもどしながら言った。「オーガスタス・マーシャルはもともと、すべてを手にしていながらもっと多くをと望む、そういう階級の一員だったのよ……お金があるから権力がほしい、あるいは権力はあるからお金がほしい、と望む人間たちのことよ。ジェレミーはそうではなかった。すべてを手に入れたと見えたときも、彼はまだ余所者だった。生きていても、ずっと余所者のままだったでしょうね」

彼女は首をまわし、物思いを秘めたような黒い大きな瞳をわたしに向けた。いま思っていることをわたしにも共有してほしい、と訴えているかのようでもあった。そして、首をちょっとねじると、「どういうことかわかる?」ときいた。「わかってるはずよ。その点では、あなたは彼に似てるの……いつでも余所者、どういう社会に、どういうグループに、たまたま身を置くことになっても、つねに一種の異邦人なの」

彼女は首を伸ばし、わたしをまっすぐ見た。同情しているのか、あるいはおもしろがっているのか、笑みが口許にあらわれた。

「ある意味では、とてもうらやましいことだわ。物事は外から見たほうがよく見えるもの。想像してみて、寒い冬の夜に、白く曇った窓からレストランのなかを覗いているところを……なかではよく太った人たちが食事をしている、笑いながら、楽しい時を過ごしている……それを見たあなたはすこしも疑わない――すきっ腹で、寒さに凍えそうなあなたはまったく疑わない――なかの客たちは無意味な人生を楽しんでいるふりをしているだけなのだとは……こんなとこじゃなく、どこかほかへ行きたかった、と思っている人間が大勢いるし、ふりだしにもどって、ちがう人生を送れたら、と思っている人もいるのに」

彼女はほほえんだ、なかば苦笑ぎみに。つい感情に駆られてそんなことを言ったのが、すこし恥ずかしかったのだ。

「寒さに凍えながら、すきっ腹を抱えて窓から覗いている貧乏人になったほうがましだったと思うのかい?」人が自分が経験したことのない生活を往々にして美化したがるのがわたしには不思議だった。

「たぶん、そう思ってるんでしょうね」彼女は率直に認めた。「わたしはいろんな点で恵まれすぎていたのよ……なんでもあたえられていた。親には恵まれたし、そうばかでもなかった。学校はらくらく、友達とのつきあいもらくらく……らくすぎるくらいに。わたしはディレッタントになった、なにか一つのことに真剣に打ちこむことが恐くて——失敗するかもしれないからじゃなくて、挑戦してみる理由がないから。わたしにはなんでも揃っていた……だったら、犠牲を払って、なにかをやる必要があるかしら？　なんでも手許にあるというのに、なにかを夢見るかしら？　ただ、有意義なことをしている、という自覚だけはないけど。わたしは物事の表面を生きていたのよ、大きな意味のあることをするより、なにか利口ぶったことを言うことばかり考えていたの。みんながわたしを好きになったわ」彼女はそうつけくわえ、こらえきれずというように小さな笑い声をあげた。

「そのせいかもしれない、もう彼のことをすっかり知ったにもかかわらず……どう言ったらいいのかしら——立派だとは思わないわ、もちろん——ジェレミー・フラートンがあそこまでやれたことに、やはり尊敬の念をおぼえてしまうのは。無視できない人間になった。彼は余所者、異邦人だった、だけど、みんなの考え方を一変させてしまった。彼は自分のやりたいことをやったの、一方、ほかの、力を持つ野心的な男たちはみんな——つまり、しっかりした基盤を持つ大物たちは——やらなくてはならないことをやっていたのよ。彼にはオーガスタス・マーシャルのような男と共通するところは一つもなかったわ。多少似ている人物といえばローレンス・ゴールドマンでしょうね」マリッサはきらっと目を光らせて言った。「二人とも自分の正体、出自を偽っていたんだから」

「また、二人とも並はずれた知性の持主だ」と、わたしは言った。

マリッサは頭をつんとそらした。ふっくらとした口にいかにも楽しげな笑みが浮かんだ。

「どちらも、抜け目がなく、非情で、人好きがする。だけど、並はずれた知性の持主かしら？ちがうわ、わたしはどちらもそうは言わないわね」

それは彼女がまちがっている、と思った。すくなくともフラートンについては。わたしはフラートンの妻から聞いた話をくり返した。彼はすごい読書家で、スピーチで真剣に訴えようとするときには、聴衆もおなじように真剣に考えているのだと思わせるため、よく有名人の言葉を引用した――いつもスピーチライターのせいにしたが――と。

「メレディス・フラートンがなにを指して彼をすごい読書家だと言ったのかはわからないけど、ジェレミー・フラートンの読書習慣といえば、せいぜいたまの週末に『バートレットの引用句辞典』を熟読する程度ではなかったかと思うわ。それが読むのには最悪の本だというわけではないけど。ある程度は視野をひろげてくれるわね」彼女は目で笑いながら言った。「それと、本など読まないという人や、テレビにかじりついている人がそれを読んでおけば、なかなか学がある人間だと思われるかもしれない。

なにを言いたいのかわかるでしょ。ジェレミー・フラートンはまるで深みのない人間だったの。彼はむずかしい問題を独りでじっくり考えるのが好きなタイプだった、と思ってるのだったら、それは誤解よ。彼はそういう知性を持ちあわさなかった……もっと現実的に価値のあるものを、実用的なものを備えていたわ。半分理解しただけで物事をつかみとってしまう才能があった……他人の考えの一部を聞けば、ちゃんと結論へたどりついてしまう才能があったの。ほかにもあるわ……言葉を駆使して、他人の考えていたことを明確にしてみせる才能があった。どう言いあらわそうかと苦慮していた当人は、彼の表現を聞いて、それこそ自分が言おうとしていたことだと、即座に納得するの。ジェレミー・フラートンは泥棒だったのよ、いま相手から盗んだばかりのものを差し出して、プレゼントだと思わせていたの」

日没間近の光が彼女の頬を淡い黄金色に染めていた。彼女は腕を組んで下を向いた。なにを考えているにせよ、ジェレミー・フラートンやオーガスタス・マーシャルをはじめとする、今度の裁判に大きな位置を占める人間たちのことでないことは確かだった。われわれ二人のことにちがいない。彼女は目をあげ、どこかうつろな、あらたまった顔でわたしがなにか言うのを待った。

「ここにいたいよ——きみといっしょに」わたしは脚をまわして降ろし、寝椅子の端に起きあがった。

「わたしもいてほしいわ」彼女はそう答え、わたしがつづけるのを待った。

気づまりな短い沈黙のあと、これまで二人とも話題にするのを故意に避けていたことを、ついに彼女が口にした。

「これが終わったら、あなたはどうするの？」

わたしはまだ避けようとした。話したくないからというよりは、自分がどう答えたいのかも、どう切り出したらいいのかもわからないからだった。

「わたしが殺されなかったら、ということだろ？」

彼女は不満そうに表情を曇らせた。「自分は臆病者だとわたしに思わせたいんでしょ？　どうして？　ときには勇敢なことをしてわたしを驚かせたいから？　あなたはあの連中を恐れてはいないのよ、彼らがどういう人間であれ。彼らよりわたしのことを恐れているんだと思うわ」

「きみのことを？」わたしはいささか驚いて、まっすぐ体を起こした。

彼女の目が彼女の内部の奥深くへとわたしを引きこんだ。情熱の激しさには欠けるにせよ、ある種の情感がその目にはあって、わたしはこれまで感じたことのない驚きに打たれた。

「わたしを傷つけることを恐れているのよ」マリッサは囁くような小さな声で言った。そして、わたしの頬に指を触れると、口の横までゆっくりとおろしていった。「恐がらないで」と言って、安心させるようにほほえんだ。「あなたがいいと思うことをしてほしいの」

彼女の目に輝きがもどり、手がわたしの顔から離れた。「もう日が暮れるわ」と言って、照れたように笑い声をあげた。「用意をしなくちゃ」彼女はスライドドアをあけて部屋へはいった。「予約してあるの――おぼえてるでしょ？」

リヴィングルームの真ん中で彼女はくるりとまわった。

「もちろんあなたはおぼえていないわね。わたしがかってに予約を入れたの――今日の午後に。ソーサリート名物の一つに、元売春宿だったレストランがあるの、マダムたちが始めたのよ。今夜はそこへ行くの……でも心配しないで」彼女はからかいの笑いを浮かべながらつけくわえた。「今夜あなたが払うのは食事の勘定だけだから」

わたしは彼女に腕を伸ばしかけたが、彼女は小さく首を振って後退した。磨きあげた床に鋭く足音を響かせて三歩離れると立ちどまった。

「あなたに買ってきてあげたものがあるの。ＣＤプレイヤーの横のテーブルに載っているわ。モーツァルトのヴァイオリン・コンチェルト、イツハーク・パールマンよ」彼女は顎を持ちあげ、目を輝かせた。「わたしはベートーヴェンよりモーツァルトが好き。それ以降の作曲家ではベートーヴェンがいちばん好き。なぜだかわかる？　モーツァルトは透明さと明るさにあふれていて、ベートーヴェンは情熱にあふれているから、そして二十世紀は騒音にあふれているからよ。そういうふうに考えてみると、ほかのいろんなことも、おなじように螺旋降下しているのがわかるんじゃないかと思うわ」彼女はそう言うと、廊下の向こうへ姿を消した。

　わたしたちは食事に出かけた。帰ってくると愛し合い、明け方近くに眠りについた。次の夜も、その次の夜も、おなじようにして過ごした。おたがいの身の上話をし、いちばん親しかった者たちの身に起きたことを語り合った。いろんなことを話したが、これから先のことは、裁判が終わってわたしがこの地にとどまる理由がなくなったらどうするのか、ということは二度と話題にしなかった。彼女といっしょにいたい、ここを離れたくはない、とわたしはくり返すばかりだった。二日間、彼女は家を離れず、わたしもどこへも出かけなかった。だが土曜には、ボビーとのまえまえからの約束で、カリフォルニア大学でおこなわれるフットボールの試合を見に行くことになっていた。別れぎわにマリッサがさよならのキスをしてくれたとき、奇妙な、だが心地よい気分をおぼえた。幸せな結婚をした男が味わう気分なのだろう、とわたしは想像した。

　大学祭の催しで、相手は南カリフォルニア大学だった。ボビーは試合開始に遅れるのではないかと気を揉んでいた。彼はゲートでチケットを渡すやいなや、バックスタンドへ通じるコンクリートの急階段を駆けのぼりはじめた。暑い日で、空気は乾燥していた。エンドゾーンの角をはるか上から見おろす、スタンドの湾曲部のあたりにある席にたどりついてみると、選手たちが位置についてキックオフを待っているところだった。まだ息を切らしているわたしをボビーが肘でぐいとこづいた。

「あいつを見てみろ」と、宙を飛んだキックオフのボールがエンドゾーン五ヤードにはいるのを見ながら彼が言った。カリフォルニア大の選手がそれをキャッチし、しゃがんでタッチバックした。レフェリーがボールを受け取り、二十ヤードラインへ向かってきびきびと歩きだした。

「いまのを見たか?」と、ボビーがきいた。べつに変わったことは起きていなかった。キックオフリターンでもない。ただのタッチバックだ。カリフォルニア大が二十ヤードから攻撃を始めることになる。

「あれはわたしが二年のときの三戦めのことだった。当時は新人は出場できなかった。わたしは二軍のハーフバックで、キックオフリターンのバックアップだった。ウォーミングアップちゅうに、チャーリーなんとかという最上級生の正選手が筋肉を痛めた。プレイは不可能だった。おもしろいことが起こるものだよ。そういう出来事がなかったら——彼がプレイできていたら——わたしは一年間、試合に出られなかったかもしれない。われわれはコイントスに勝ち、レシーブを選んだ。相手は南カリフォルニア大だった、今日のように……ただし、あのころは向こうが強豪で、われわれは大したことはなかった。で、われわれはレシーブをとり、わたしはフィールドに立って、いま彼が立っていた位置に——エンドもおなじだ——ボールが落ちてくるのを待った。永遠に落ちてこないような気がした、キッカーのやつ、競技場の外まで蹴ってしまったんじゃないか、と思ったのをおぼえているよ。わたしはエンドゾーンに五ヤードはいったところでボールを受け取った。一瞬もためらわなかった……ボールを腕に抱えると同時に飛び出していた。

そのまま百五ヤードを走りきれるとわかった。得点を奪えるとわかった。それだけじゃない、得点するにはすくなくとも三つの方法があることもわかっていた。前方に待ちかまえているものがすべてわかった、地図をひろげてながめるみたいに」

ボビーはそのときのことをくわしく語った、動きを、ペースの変え方を、カットバックのやり方と角度を、相手選手がとめに来たときのすべての動きを。まるで目の不自由な人にいま目の前で起きていることを説明してやっているかのようだった。彼はなに一つ忘れていなかった。驚くべきことだ。彼はつい一週間まえに見た映画のストーリーをおぼえていないこともあるのだ。また、当人が白状したところでは、本を読んでもちっともおぼえられないため、ロースクールを落第しそうになったという。だが、若いころ人一倍優秀だった分野のことにかけては、比類ないほど完璧な記憶力を持っているのだ。わたしがそう言うと、そんなのは大したことじゃないし驚くべきことでもない、と彼は言った。

「どんなばかでも、交通事故にあえば、一部始終をおぼえているものさ。きみだって自分の身に起きたことは忘れないよ」

彼のその説は、ごく一部だけは当たっている。「そういうことが起きるときには、全神経を集中しているからな」

「うん」彼は相槌を打った。「法廷のきみのように」

そこが問題なのだ。わたしはいまやっていることに集中しきっているとは言えない。ボビーやマリッサといった、ふだんなら存在しない、気晴らしの相手になってくれる人間がいるからなのか、認めたくはないが、わたしが裁判に勝つことにこだわりつづけると、死か、あるいはそれよりもっとひどいことが待っている、という脅迫のせいかはわからないが、わたしがまだ見落としているなにかが、見つからないパズルの一片があるのだ。それはすぐ目の前にある、それはわかっているのだが、わたしの目には見えない。

試合が終わり、観客が出口に向かいはじめると、ボビーは人垣ができはじめているスタンドの下方を顎で示した。ホームチームのロッカールームがあるあたりだった。

「あんなふうに突っ立ってわたしを待ってくれたものだよ」彼は懐かしそうに目を輝かせて言った。「選手たちはなかで勝利を祝いあいながら、試合後のインタビューに答えた。なんの不安もなかった……自分は何者なのか、なにをしているのかと疑うことはまったくなかった。ユニフォームとスパイクシューズを脱ぎ、パッドをはずす――それを自分のロッカーの近くに放りだし、足のテーピングをむしりとって、すっ裸でシャワー室へ向かう。みんなシャワー室からなかなか出てこない。滝のような湯を背中に浴びて、大声で笑いながら試合の話をし、ちょっぴりほらを吹く。それから、清潔なシャツとプレスしたズボンに着替え、いちばんいい茶色のローファーを履いて、みんなが集まっている外に出る。そこにはガールフレンドが――校内一のかわいい子が――待っている。なにもかも自分が思い描く筋書きどおりで、いつかそれが変わるなどという考えは頭に浮かびもしない。自分は若い、いつまでもその若さはつづく、物事は自然にうまくいくものだと思っている。得意満面で、また、その栄光ですでに人生の絶頂期を経験したかのようなノスタルジーにひたりながら、競技場をあとにする。そして、パーティの梯子をし、あの汚らしいロッカールームでわれわれの脱ぎ捨てたものを拾い、かたづけをしている連中のことなど思い出しもしない」

わたしたちは競技場を出て、キャンパス内の道路に散らばった人々にまじって歩いていた。

ボビーはふり向いてわたしの目をとらえた。

「レニーにはマジで話したんだ……彼にはいい話だったはずだ。彼がわたしの話を信じてくれたと思いたいよ」

わたしたちは、なくしてしまった若さと、変えたいと願いながら結局は変えられなかったもののことを思いながら、夕暮れ間近の黄色がかったオレンジ色の光のなかをしばらく無言で歩いた。

「アルバートはレニーの名を冠した講座をロースクールに設けるための基金集めを始めたよ。いいことだと思わないか？」

25

オーガスタス・マーシャルはわたしが法廷の入口に達するまえから証言を始めていた。知事は報道陣に囲まれて廊下のはずれに立っていた。テレビカメラの強烈なライトを浴びて、日焼けした顔がつやつやと光っている。わたしに聞きとれた質問の意図からすると、記者たちは知事の出頭を、公判に証人として呼ばれたからというより、選挙戦のために立ち寄ったとでも解釈しているようだった。彼らは最新の世論調査で彼とアリエラ・ゴールドマンの支持率が互角になったことについてたずねていた。知事は落ち着きはらった自信ありげな態度で、心配はしていない、とくり返した。その数字からして、心配ないというのはどう見ても不自然だ、と言われるかもしれないが、自分は最初から接戦を予期していたのだ、と彼は言い張った。

マイクを持った若い女性が人垣をわけて進み出て、相手の支持率が急上昇したことは、彼女が検察側の証人としておこなった証言のなかで、ジェレミー・フラートンの子供を妊娠している、と告白したこととどの程度関係があると思うか、とたずねた。マーシャルの態度が冷ややかになった。

「それはすでにきかれたし、おなじ答えをまた言うつもりはない」彼は語気を強めて言った。「他人の私生活に関心はないし、コメントするつもりもない。これだけは言っておこう……どこかの弁護士が、依頼人を弁護するには、問題の犯罪とまったく無関係な人間の誠実さや信用を攻撃の対象とするしかない、と考えたらしいのは遺憾なことだ、と」

わたしは政治の世界にはうといが、マーシャルがきわめて老獪な人物であることはすぐにわかった。彼はアリエラ・ゴールドマンがあんなことをやってのけたおかげで――大衆の同情を一身に集め、話題をさらってしまったのだ――痛手をこうむったが、いちばんまずいのは彼女の行為をモラルの面から問題にすることだ、と即座に悟った。彼女とおなじことをやる人間はほかにもいる。それは有効な攻撃手段とはなりえない。そこで、彼女を擁護して貸しをつくる、という奇策に出た。彼女の不倫行為を大目に見るわけではないが、その代弁をして、破廉恥な弁護士が汚い手を使い、立ち入った質問をした、と言い立てるのだ。

「あなたが弁護側の証人に呼ばれたのはなぜなんでしょう？」と、大声の質問が飛んだ。

それまではけわしかったマーシャルの顔が一変し、いかにも陽気な表情になった。口の左端が下がり、皮肉めかした笑みが浮かんだ。目が質問の飛んできた方向へ向けられた。

「それをきくなら、被告弁護人の……」彼は思い出そうとするように、言いよどんだ。「アントネッリ」と、誰かがどなった。

マーシャルは「そう」と言っただけだった。あとはなにも言わないことで、その名はくり返すに値せず、名前の持主のことは記憶しておくにも値しない、と考えていることを明らかにしてみせようというのだ。

「たぶん、それは」と彼はつづけた。「被告弁護人がみなさんに話してくれるだろう。わたしには見当もつかない。フラートン上院議員の殺害事件についてはなにも知らないんだ」

知事の顔がまた曇った。「たいへんな悲劇であることだけは確かだ。ジェレミー・フラートンとわたしは、もちろん政治上ではライヴァル同士だった……だが、いい友達でもあった。公人として彼ほど貢献し、今後も寄与が期待できた人間はそう多くはない。彼の死はわれわれみんなにとって大きな損失だ」彼は練習を重ねたらしい、真摯な口調で言った。当人さえそれが本心だと信じるのではないかと思うくらい真に迫っていた。

トンプソンは知事を法廷に迎えて気おくれした。ふだんなら厳格な規律主義者らしく、傍聴人の違反行為には退廷を命じるはずだが、この日は、聖体拝領を待つ信徒のように仕切り柵のすぐそばにしゃがんだ報道陣を見ても、なにも言わず黙認した。

着こなしは非の打ちどころがなく、身だしなみもきちんと整えたオーガスタス・マーシャルは、六十歳になるにもかかわらず、体つきは引き締まって健康そうで、十五は若く見えた。彼は証人席に坐ると、自分に向き合う顔々をじっとながめていった。ながめるだけでなく、数えているのかもしれない。彼を見ていると、効率性とか正確性といった形容を思いつく。目の動きや身のこなしに几帳面さがうかがえた。こめかみに白いものがまじる、薄くなりかけた黒い髪を、秀でた額からうしろへ撫でつけている。高価そうなメタルフレームの眼鏡の向こうの漆黒の目は機敏で隙がなく、強い光をたたえている。フレンチカフスのパリっとした白いシャツの上にダークブルーのダブルのスーツを着ていた。地味な色のペイズリー模様のネクタイの結び目の下に、シャツのカラーをとめる金色のピンがのぞいている。黒い靴は磨いたばかりらしいが、左の爪先にこすれた痕がかすかに見てとれた。今朝早く、ドアを蹴りあけたくなるようななにかがあったのだろうか？

わたしは陪審員席にいちばん近くなる、弁護側テーブルのわきに立ち、タイプした質問事項を最後にもう一度確認しているとでもいうように、一枚の紙に目を落とした。もう始められるぞ、とわたしが顔をあげると、マーシャルの顔に、上手《うわて》に出るのは自分だと承知しきった表情があらわれた。彼がふだん相手にするのは、あたえられた限られた時間のなかでなんとかミスを犯すまいと戦々兢々としている人間ばかりなのだ。

「知事になられて何年ですか？」

マーシャルは宣誓を済ますと、すぐさま陪審一人一人にほほえみかけた。いまわたしが質問を始めると、彼はすかさず腕を肘掛けに載せて、なるたけ彼らに近づきたいというように、上体を乗り出した。

「いまが一期めの最後の年です」彼は控えめな笑みを浮かべて答えた。「来年の一月で四年になります」

「それ以前は州の司法長官だったんですね？」

彼は陪審のほうに目を向けたままだった。わたしは彼の正面に立っていた。だが、彼が十二人の陪審員に——十二人の有権者に——これから自分が口にすることはすべて真実だと信じさせることに全精力をそそぎはじめた瞬間から、わたしのことなど彼の眼中にはなかっただろう。

「はい、その職にありました」

「四年まえの知事選で、あなたはかなりの票差で当選した——そうですね？」

彼は陪審からわたしへ目を移したが、その目は廷内を埋めた数百人の傍聴人へとすぐさまそれていった。

「はい」彼は公僕としての感謝をこめた、うやうやしげな声で答えた。「非常に満足のゆく勝利でした」と、つけくわえ、善意と謙遜の笑みを小さく浮かべてみせた。

「しかし、司法長官に再選されたときは、それほどの票差ではなかったんですね？」わたしはすこし調子を強めてたずねた。「はっきり言うと、九ポイントたらずだった、そうですね？」

彼はむっとなりかけた。そこで、いまどこにいるのかを、多数の人間が見ていることを、そのなかには彼の言葉を世間に報じる人間も大勢まじっていることを思い出し、ふたたび誠実で、愛想のいい態度にもどった。彼は首を傾け、はにかんだような笑みを浮かべた。

「選挙はそのたびにちがうものですから」

わたしは陪審員席のほうへ一歩踏み出して頭を起こし、彼をじっと見た。彼は微笑した。

「最初の選挙ほど異例な選挙というのはないでしょうね、どうですか？——つまり、党の指名を争った選挙のことです、司法長官に立候補するために」

地方検事はすでに立ちあがっていた。わたしが言いおえるまで、請願の番がまわってくるのをかしこまって待ってでもいるみたいに、両手を前で重ねて下を向いて立っていた。「裁判長」ハリバートンは言った。「この一連の質問がいまおこなわれている審理と関連があるとは思えません、また——」

わたしはそんな主張は一考にも値しないというように手を振った。

「知事がわたしの質問に答えたくないのであれば、なにか話したくないことがあるのなら——」

「いや」マーシャルはハリバートンと目を見かわしあって言った。「わたしはそちらがたずねたいことには喜んで答えるとも」

トンプソンは、どうしたいのかと問うようにハリバートンを見た。だが、やはり野心を持つハリバートンとしては、今後、彼を助けてくれるかもしれないが、場合によっては妨害にまわるかもしれない人物の意向と反することを言うわけにはいかなかった。

「異議はありません」と、ハリバートンは言った。じゃまをしたことを詫びているような声だった。

マーシャルはわたしの質問を理解していたが、必要以上に重要性をあたえたくないので、わからないふりをした。

「では、くり返しましょう」と、わたしは言ったが、そこでこっちも芝居をしてやろうと思いついた。「いや、まったくべつのことをきかせてください。司法長官は、州では知事に次ぐ要職ではありませんか？」

「そう言って差しつかえないでしょう」

「すると、あなたは最重要の地位に着くまえには、二番めに重要なポストにいたわけですね？」

「ええ、そう言っていいと思います」

彼はいまではわたしを注視していた。この一見退屈な質問をなにに結びつけるつもりか、と戸惑っている顔だった。

「では、二番めに重要な地位に着くまでは、どのような官職に？」

彼はまた陪審に顔を向けた。「それ以前は官職に着いたことはありません。政治とはまったく無関係でした。政治はとても重要だ、政治家だけにまかせておくべきではない、と多くの人間から説得されて、はじめてかかわるようになったんです」

「共和党の指名選に出るよう、とくにあなたを説得した人物がいますね？」

彼はなんのことかわからない、という顔でわたしを見つめるだけで答えなかった。

「あなたがハイラム・グリーンのことを忘れるはずはありませんがね、彼はかつて、いまのあなたとおなじ地位にいたんです」

彼は、もちろん忘れてはいない、と答えようとした。わたしはその暇を与えなかった。「あなたはそのはじめての選挙戦で――現職と争ったんですね？　当時の司法長官はアーサー・シーマンで、アーサー・シーマンは共和党員だった、そうですね？」

「ええ、そのとおりです」

「そのアーサー・シーマンは、州内で並ぶ者のない人気を持つ役人だった――当時の知事よりも、二人いた上院議員のどちらよりも人気があった？」

「ええ、彼は人気がありました、しかし――」

「だから、グリーン元知事があなたに出馬を持ちかけたのは、あなたのほうが民主党の候補に対して強力だから、と考えたからではないんですね？」

当人が強みと見せかけているものを脅かすには、昔の弱点を持ち出すのがいちばん有効なのだ。マーシャルは、報道陣相手や真実を述べると宣誓していない場合なら通用したはずの、あいまいな言辞を弄して、はったりでその攻撃を切り抜けようとした。彼は、それは昔のことで――より正確に言えば、十二年以上まえのことで――かりにそういうことがあったにせよ、彼を支持してくれた人たちが政治的にどんな読みをしたかは答えようがない、と言い張った。そして、すこし遺憾そうに、政治の世界では、前回の選挙は六ヵ月後には古代史で、次の選挙は、たとえ四年先でも、もう目前に迫っているのだ、と説明した。わたしは吹きだしそうになった。

「ハイラム・グリーンがあなたに出馬を要請したほんとうの理由はこうです。アーサー・シーマンはグリーンを裏切った、そこでグリーンは彼を困らせてやろうと思ったんです。彼はあなたが勝てるとは思っていなかった、そうですね？」わたしは彼のほうへ一歩踏み出しながら言った。「それどころか、勝ち目はないと、あなたに向かってはっきり言った。あなたが二十から二十五パーセント得票すれば、彼をはじめとする保守派の狙いは達成されたことになる、とも言った。彼はシーマンを困らせたかったんです。だから、あなたに出馬を求めた……そのために数百万ドルの選挙資金を集めたんです。そうだったんじゃありませんか、マーシャル知事？」

ハリバートンは立ちあがっていた。マーシャルはわたしから目を離さず、坐れと彼に手ぶりをした。

「政治の世界でも、人生と同様、人間の数とおなじだけの動機があるんです」

「しかし、ハイラム・グリーンを動かした動機は復讐心だった、そうですね？」

彼はわたしを見つめたきりなにも言わなかった。

「アーサー・シーマンはハイラム・グリーンを裏切った。ともかくハイラム・グリーンのほうはそう思っていた。そうですね？」わたしは早口に言った。

「事実だろうと思う」マーシャルはしぶしぶながら認めた。

「いや、事実だろうと思う、では困ります。これは選挙運動のための集会ではないし、裁判所の廊下でおこなう記者会見でもないんです。ここは法廷で、審理されているのは殺人事件で、あなたは真実を述べると誓った証人なんです。どうなんです、ハイラム・グリーンはアーサー・シーマンが彼を裏切ったと思いこんでいたんですね？」

「ええ、そう思っていたはずです」

「で、次にはあなたがハイラム・グリーンを裏切った？」

「わたしは断じてそんなことはしていない」マーシャルは憤然として答えた。

「彼はそう言いました。あなたはいったん当選するや、一言も言ってよこさなくなった――クリスマスカードさえも、と。事実ですか？」

マーシャルの顔がたちどころになごんだように見えた。声もおだやかに、話しかけるような調子に変わった。

「グリーン知事はもう高齢なので、記憶力も昔のようではないんでしょう。わたしたちが常に意見の一致を見たわけではないことは事実ですが、わたしは彼を無視しないよう心がけてきました。まだみんなが彼のことを忘れてはいないと感じてもらえるよう、もうすこし配慮すべきだったかもしれません」

わたしは席へもどり、質問などタイプされていない紙を手にとって、忘れていたことを探すようなふりをした。

「アーサー・シーマンは亡くなりましたね？」

「はい」

「予備選の直前に亡くなったんでしたね？」

「そうです」

「それであなたは予備選に勝てた、それで最終選挙に進めた、それで州司法長官になれた、それで知事選に出馬できた。アーサー・シーマンが死んだおかげで、そうですね？」

マーシャルの表情が強ばった。彼は口をぐいと結んでわたしをにらみつけた。

「アーサー・シーマンは死にました。死ななかったらどうなっていたかは誰にもわからない」

わたしはにらみ返した。

「そして、ジェレミー・フラートンが死んだ、彼が死ななかったらどうなるかは誰にもわからない。ただし、一度ならず二度までも、死んででもくれなければあなたには勝ち目がなかった相手がいなくなった、ということだけはわかります！」

地方検事は立ちあがった。判事は跳ね起きた。マーシャルは証人席で腰を浮かせていた。廷内は蜂の巣をつついたような騒ぎだった。ハリバートンは異議ありと叫び立てていたが、たとえその声がどうにか裁判官席に届いたとしても、トンプソンは茫然自失状態でなすすべを知らないふうだった。わたしがその場を救ってやった。

「質問は以上です、裁判長」わたしは怒りを吐き散らしているオーガスタス・マーシャルを尻目にそう告げた。

わたしは自席に坐り、ハリバートンが反対尋問の形を借りて、わたしの行為に対する怒りを表明し、知事が不快な思いを強いられたことへの謝罪を口にするのを、手を見つめながら聞いていた。トンプソンが謝罪の意を含まない愛想笑いを浮かべて、マーシャルを証人の義務から解放しようとしたとき、わたしはその意表を突いて、まだ終わってはいないことを告げた。

「再直接尋問を、裁判長」

マーシャルは目をあげて、質問を待った。

「ジェレミー・フラートンが知事選に出馬した理由はなんだったのでしょう？」

オーガスタス・マーシャルはいまの地位に着いただけに、衆人環視のなかで爆発しかねない爆薬の信管を抜くすべを心得ていた。彼はついいましがたの出来事などなかったかのように、わたしたちはいまもいい友達だといわんばかりに、にっこりと笑った。

「わたしの仕事をほしかったんだろう、たぶん」

どこかで安堵の吐息が洩れるのが聞こえたような気がした。廷内に抑えた笑い声が小波となってひろがっていった。わたしは脚を組み、うなずきながら笑い返した。

「しかし、知事になれば大統領をめざすうえでも有利だ、と彼が考えたことも事実ではありませんか？」

マーシャルはしばらくわたしを見つめた。「上院議員が大統領をめざしていたことは秘密でもなんでもなかった。そう、わたしを、合衆国最大の州の現職知事を破れば、二年後に民主党の大統領候補の座を現大統領から奪おうと決断した際、はるかに有利に働く、と彼は考えただろうと思います」

「すると、政治的に言えば、ジェレミー・フラートンはあなたと大統領双方にとって脅威となる存在だったわけですね？」

「政治的に言えばね」

「だから、ホワイト・ハウスはフラートンにダメージをあたえる情報をあなたに流したんでしょうか――あなたを勝たせて、フラートンが大統領に対抗して大統領選に出馬するのを阻止する目的で？」

マーシャルは一瞬のためらいも見せずに答えた。「ホワイト・ハウスの人間がそのような情報をわたしに送ってきたという事実はいっさいない」

彼が真剣な顔できっぱりと否定するのを聞いて、わたしもつい真に受けそうになった。「アンドレイ・ボグドノヴィッチという名になにか心当たりはありますか?」

彼は首を横に振って、ないと答えた。その件はもうそれ以上先へ進めようがないのであきらめ、もとにもどった。

「彼が殺害された時点では、世論調査の支持率は誰がリードしていましたか? あなたですか、フラートン上院議員ですか?」

「彼だったが、まだ時期は早く――」

「で、ジェレミー・フラートンがあなたを破ったら、そして知事になったら、いまから二年後に、彼は大統領に対抗して出馬したでしょうか?」

「言ったとおり、それが彼の考えていたことだとわたしは思っています」

「では、こう言っても差しつかえはないわけですね」わたしは慇懃な笑みを浮かべて言った。「あなたにも大統領にも、ジェレミー・フラートンの死によって得るところはあった、と?」

もう二度めなので、証人も地方検事もさきほどのようには怒らなかった。ハリバートンが異議ありと唱え、トンプソンはそれを認めた。傍聴席にも低いざわめきがひろがっただけで、それも判事が目をあげるとすぐさま消えていった。

わたしにも地方検事にも、それ以上きくことはなかった。オーガスタス・マーシャルはちょっとばつが悪そうに陪審にほほえんでから、静かに法廷を出ていった。そのうしろ姿を見ているうち、わたしを駆りたて、質問を次々とくりださせた激しい感情は徐々に冷えていった。明々白々と思えたことが、もうそれほど明らかとは思えなくなった。わたしは、権力者たちのなかには、ジェレミー・フラートンの死が好都合だった人間はいくらでもいる、とただたんに指摘してみせたのではなく、また動機としては、ジャマール・ワシントンに対する検察側の主張よりもこっちのほうがはるかに強力であると示唆してみせたのでもなく、言い換えれば、明白な事実に固執せずに、理屈は抜きとして、知事と大統領が殺人に関与したことも実際的にはありうる、と頑固に主張してみせたのだ。

知事が出てゆき、法廷後方の扉が閉まった。わたしは、弁護士人生で最大の誤算を犯してしまったのではないかと、腹から力が抜けていくような気分をおぼえながら正面に向きなおった。だが、わたしがいまやっとそれに気づいたのに対し、地方検事はとうにそれを悟っていた。最終弁論にはいると、彼はまずわたしのミスにつけこもうとした。

「アントネッリ氏のおこなった主張について、一つだけはっきり言えます」ハリバートンはゆっくりと陪審員席へ近づきながら言った。「予備尋問の最初の質問から、事実審理の最後の質問にいたるまでの間、氏はつじつまの合わない推論を述べたにせよ、実際はなにも言ってないのです」

彼は陪審員席の前で立ちどまると、ちらっとわたしをふり返り、いまだにばかばかしくてならないとばかり首を振った。彼は右手の指を木の手摺に打ちつけはじめた。

「被告人のジャマール・ワシントンは」彼はよく響く声でいやみたっぷりに言った。「ジェレミー・フラートン上院議員を殺してはいない。なぜか？　彼のような重要人物を殺すのは〝権力者〟に、次の選挙で負けるくらいなら殺人も厭わないという政敵や政治上の大きな野心を持つ人間に限られるからだ、というのです。アントネッリ氏がこれまでどこの国に住んでいたのかは知りませんが、アメリカ合衆国ではないはずです。わが国では大統領が殺されたことも、上院議員が殺されたこともあります。しかし、よりによって州や国の最高位にある人間たちに殺人の疑いをかけようなどというのは、わたしには初耳です」

フラートンは手摺から離れ、わたしにまた目を向けた。

「みなさんは予備尋問のときのことをおぼえていますね」彼はわたしを見たままつづけた。「あなたたちの一人に、ジョン・F・ケネディを殺したのは誰だと思うか、と弁護人がたずねたのを？」

彼は陪審員席を見まわし、わたしがその質問をした男に目をそそいだ。

「いったいどういうつもりかと、そのときは不思議でした。しかし」彼は肩をすくめてつづけた。「彼を責めることはできません。依頼人は現行犯で逮捕されている。しかも、その犯行は殺人。となれば、すべては見かけどおりではない、被害者の死は陰謀によるものだ、としか主張のしようがないんです……なぜなら、なんだかんだ言っても、わたしたちは知っているんです。そうじゃないですか？　すべての出来事の背後には陰謀が存在すると！」

わたしがいかにはったりをかませたかを言いたてただけでは充分ではない……地方検事はまだ主張を立証しなければならない。ハリバートンは職人のように几帳面に、検察側証人の証言を要約し、再検討していった。死因の専門的な説明は市の検死官によっておこなわれた……誰も、被告人さえも、と、彼は強調した、ジェレミー・フラートンが突然の凶行で命を奪われるに至った詳細については否定していない。フラートンは銃で撃たれて死亡した、凶器の銃は、逃走しようとして警官に撃たれた被告人の手のそばで発見された。

最も重要な点については全員が認めている、と彼はくどいほどくり返した。被告人は議員の車のなかにいた……誰もが認めている。被告人は議員の財布を抜きとった……誰も否定していない。被告人は警察の車がやってくるや逃げだした……被告本人が認めている。見つかった銃が議員殺害の凶器であることには疑いがなく、それが被告人の手のすぐそばの歩道にあったことは、被告人も含めて全員が認めている。弁護側には主張すべき事実がない、そこで、とハリバートンはわたしをじろりと横目で見てつづけた、空想で主張を展開しようとした。

「アントネッリ氏は」ハリバートンはいやみたっぷりに、わざとらしいため息をついた。「事件の背後には〝権力者〟がいる、と言っただけでなく、警察にも非がある、と言いました。被告人は銃にはさわっていないと証言しました、宣誓のうえで……しかしながら、みなさんもお気づきだと思いますが、アントネッリ氏は、パニック状態で銃を手にとったのではないか、そしてその後、警官に撃たれたため忘れてしまったのではないか、とくり返し被告人にたずねました。銃にはさわっていないと被告人は言い張りました。で、その結果、弁護側の主張は、銃は警官が被告人の手のそばに置いたにちがいない、となるわけです。ここにもまた陰謀が出てきます。まず二人の警察官の一方が被告人を撃つ……次には二人が共謀して、発砲は正当防衛だと見せかけるため銃をそこに置いた、と」

陪審の前を行ったり来たりしながら話すうち、ハリバートンはしだいに早口になり、顔が紅潮しはじめた。彼はいきなり足をとめ、手摺に手をかけて上体を乗り出した。

「で、この常軌を逸した主張を裏づけるいかなる証拠が提示されたでしょうか？　問題とされた女性警官の証言はどうでした？　なんらかの矛盾や不一致がありましたか、証明可能な嘘が認められましたか、オリアリー巡査の語ったことのなかに？　それどころか、弁護人がしつこく、ときには異常なほど執拗にたずねたときも、彼女はおなじことをくり返し何度も答えました……そして、彼がいくら一生懸命になっても、彼女は一語たりと証言を変えませんでした。弁護人は自分の過ちをどう考えていると思いますか？　彼女には真実を語ろうという気はなかった、嘘をついていたにちがいない、と考えているんです！」

ハリバートンは双方から提示された証拠すべてに、それとわからない程度のわずかな歪曲をくわえながら、一部始終を要約していった。そして、陪審員席の前を離れると、ちらっと廷内を見まわした。

「人が死ぬと」彼は目を伏せて言った。「とくに、まだ前途有為だった人物の場合、無神経な、よからぬ噂が尾鰭をつけてひろまるのはよくあることです」

彼は陪審に向かってゆっくりと目をあげると、眉根を寄せた。これまでずっと気にかかっていたことをこれから話す、と示唆する表情だった。

「アリエラ・ゴールドマンはジェレミー・フラートンを愛していました。彼の死後、彼女はその名誉を傷つけまいと、そればかりを考えていたのです。ところが実際には、彼を愛していたこと、彼も彼女を愛していたことを認めるよう仕向けられたばかりか、あなたたちに、世間に、彼が離婚するつもりであったことを、自分が彼の子供を産むことを、話さざるをえなくなったのです。そうしたことをすべて話さざるをえなかったのは、弁護側が、〝権力を持つ人間〟がなにかを隠している、とやみくもにあなたたちに思いこませようとして、節度を無視した尋問をおこなったためです。弁護人はその目的を果たしました。もう明らかになったとおり、たしかにアリエラ・ゴールドマンには隠しておきたいことがありました。彼女にはそれを隠しておくことが許されなかったわけです。だったら、いったいどちらの主張に分があったのか、それをみなさんに判定していただきたいと思います」

最終弁論で相手の主張に勝たないかぎりこの裁判は負けだ、わたしはそう考えながら立ちあがった。最終弁論で勝つためには、陰謀説はすっかり忘れて、なにが立証され、なにが立証されていないかにしぼって話すしかないこともわかっていた。陪審員たちに、被告人を有罪とするにはすくなくともなんらかの疑いが、合理的な疑いが残る、と信じてもらえるように、単純明快な主張を展開してみせなくてはならない。

「おなじ出来事について、わたしたちはすでに何度も聞かされたので」わたしは坐ったまま話しはじめた。「自作の登場人物全員を熟知する小説家さながら、その場で傍観しているかのように、そのときの光景を甦らすことができます」

わたしは両手をテーブルに突いて立ちあがった。そして、なにも書かれていない黄色い法律用箋の上に指を走らせた。

「ローレンス・ゴールドマンのアパートメントで開かれたパーティのざわめきが聞こえます。出席者たちがちょっとした財産にも相当するお金を払ったパーティです。集まった人々の姿が見えます、着飾った裕福な身分の人たちが、シャンパングラスを手に談笑しているのが、近い将来、大統領になると誰もが思っている、快活でハンサムな上院議員、ジェレミー・フラートンと並んだところを写真に撮ってもらおうと、笑みを浮かべて列をつくっているところが」

わたしはテーブルの角をまわって、トンプソン判事が無表情で天井を見あげている裁判官席と陪審員席のあいだの空間へ歩を進めた。

「議員の妻、メレディス・フラートンがつかつかと夫の愛人に歩み寄るところが、そしてややあって、目に涙を浮かべながら小走りに立ち去るのが見えます。その後もパーティはなにごともなかったかのようにつづくのを見ても、わたしたちはそれほど意外とは思いません。やがて、やっとパーティがお開きになった真夜中過ぎに、ジェレミー・フラートンとアリエラ・ゴールドマンは二人だけで一杯飲みに外へ出て、セント・フランシス・ホテルのバーの静かな席に坐ります。わたしたちには、まるで隣りのテーブルに坐っているかのように、二人が話していることが聞こえます……そして、二人が飲みおえ、彼女が議員を彼の車のところまで送っていくのにわたしたちもついていきます」

わたしは向きあっている陪審たちの顔をながめた。彼らもこれまでに聞いた光景を頭のなかに思い描いていた。

「彼が車に乗りこむと、彼女の車が走りだし、一面の濃い霧のなかへ消えていくのが見えます。そして、その直後に、その音が聞こえる。聞いた瞬間に銃声だとわかり、それと同時にわかるんです、そうですね？　ジェレミー・フラートンは死んだと。そして今度はべつの光景が見える……数ブロック離れたところにいるパトロールカーが……二人の警察官、ジョイナーとオリアリーが。二人の反応が見える……ジョイナーのたくましい手がハンドルをぐいと握る……オリアリーの目は、視界を妨げる濃い霧を透かして銃声があがった方向を知ろうと、前へうしろへと動く。パトロールカーは角を次々とまわっていく、あやうくはねられそうになった歩行者が跳びのいた瞬間、はっとなってシートに背を押しつける」

わたしは上着のボタンをはずすと両手を腰のくびれに当て、すこし前かがみになって靴の爪先を見おろした。

「もうジョイナーとオリアリーが車を降り、銃を手にじりじりとベンツへ近づいていくところが見えます。と、そのとき」わたしはゆっくりと頭を起こした。「何者かが車内から飛び出し、通りを走りだす。霧が濃くて、その姿はよく見えない。そのとき、どういうわけか、その人物が銃を手にしているのが、ふり返るのが、発砲しようとするのがはっきりと見える。だが、オリアリー巡査が先に発砲する、そして、彼女の表現を借りると、〝被疑者は倒れた〟」

わたしは陪審員席の端から端へと目を移していった。

「わたしたちは何度もこの話を聞き、その場にいたような気になっています。ジャマール・ワシントンがジェレミー・フラートンを殺したとわかっている、その現場を見ていたのだから、そうじゃありませんか？　銃声を聞いた……彼が車から飛び出すのを見た……彼が走って逃げるのを見た。なにが起きたのか知っている。それはこの目で見た、そうですね？」

わたしは左手をポケットに入れ、困惑の表情を浮かべて右手でうなじをさすった。

「しかし、見たのでしょうか？　フラートンの顔が運転席の窓に押しつけられているのは見ました……ジャマール・ワシントンが車から飛び出すところも。しかし、殺人がおこなわれる瞬間は見ていない、そうですね？　犯行そのものは誰も見ていない、そうではありませんか？　検察側は証人をずらりと並べました……しかし、ほんとうに重要な一点を見た者は一人もいません……犯行を目撃した者はいないのです」

わたしは首をまわし、地方検事を正面から見つめてつづけた。「本件でいちばん重大な事実は、犯行の目撃者がいないということです。検察側の主張は状況証拠にもとづいて、状況証拠のみにもとづいて組み立てられているのです。検察官は、ジャマール・ワシントンを有罪とすることをあなたたちに求めました、彼が殺人をおこなうところが目撃されているからではありません。彼がたまたま不運な状況に遭遇したからです、人が撃たれた、だがまだ助けてやれるかもしれない、と考えた彼が、驚嘆すべき勇敢な行動に出るような状況に」

わたしはハリバートンから陪審へと視線をもどし、どうか正しい判断をしてくれと、目で訴えた、嘆願した。

「警官たちがやってきたとき、彼はそこに、議員の車のなかにいました……それは認めます。彼は逃げようとしました……それも認めます。なぜそうしたのか、彼はみなさんに説明しました。検察官は、警官に撃たれたとき彼は銃を手にしていた、と言いました……彼は、銃にはさわっていないと断言しています。正直に言います、わたしにも実際のところはわかりません。ひょっとしたら、パニック状態でそれを手にとったのに、撃たれたトラウマで記憶から締め出してしまったのかもしれません。わたしにはわかりません。しかし、彼はそういう事実はないと信じており、そのように証言しました。そのとおりなら、銃にはさわっていないのなら、疑問が生じます……どういうわけで銃がそこへ、彼の手のそばへ移動したのか、彼が撃たれたあとに、と」

わたしはそこで一呼吸置き、ジャマールへ目をやった。彼は両手を膝の上で重ね、背筋を伸ばして椅子に坐り、わたしを目で追っていた。

「地方検事は、オリアリー巡査がおなじ話を一語とたがえず何度もくり返したのは、ただただ正確にと心がけただけのことだ、と言っています。しかし、事実を話すのであれば、出来事をくわしく話すだけであれば、ごく些細な点まで、証言を丸暗記しておく必要があるものでしょうか？　事実は変わるものではありません。忘れてはならないと神経を使うのは嘘をつくときだけです。

しかし、あなたたちもこう思ったはずです……なぜ彼女は嘘をついたのか？　その動機はなんだろう？」

わたしは手摺に片手を置き、おだやかな表情を浮かべた陪審員たちの顔に目をそそいだ。

「ミスを、犯したときは大したことではないと思えたミスを隠すためです。地方検事が言ったとおり、彼女は思ったのです、思いこんだのです、ジャマール・ワシントンが犯人だと。彼女は殺人事件の被害者をはじめて目にしたところでした、血まみれの顔が車の窓ガラスに押しつけられているのを。その直後、革ジャケットに毛糸帽の男が、若い男が、黒人が、車内から飛び出した。彼女は縮みあがった、そんな状況に置かれたら、わたしもみなさんもおなじ思いをしたはずです。彼はためらい、うしろをふり返る。彼女が思いつくことは一つしかない……あいつはわたしを殺すつもりだ！　彼女は発砲し、〝被疑者は倒れる〟そしてそこで、そこではじめて、彼が結局、銃を持っていなかったことに、武器はなに一つ持っていなかったことに気づく。しかし、彼はたしかに人を殺している、それもただの人ではない……合衆国上院議員を。彼は殺人犯だ。銃は持っていなかったかもしれないが、車のなかにあるし、警察を見ていちもくさんに逃げようとした。銃については見誤りだった、具合は悪いが小さなミスだ。べつにどうということもないではないか！　彼が犯人なのだから！　彼は殺人犯、冷酷な人殺しだ、生きているだけでラッキーなのだ。彼らは銃を車から取り出し、虫の息で歩道に仰向けに倒れている彼の投げ出された手のそばに置く。こうしたところでちがいはないではないか？　彼は殺人犯なのだ。誰も気づきはしないだろう。

もう一度、言わせてください、誰もジェレミー・フラートンが殺害されるところを見ていないのです。あの夜、警察がやってくる以前のジャマール・ワシントンの行動を見ていたのは、ジャマール・ワシントン当人だけなのです。彼は宣誓のうえ証言しました。彼は自分がしたことをみなさんに語りました。銃声を聞いた、と……助けに駆け寄った、と……霧の向こうから照らしてくる光が見えた、と……殺人犯がもどってきたのではないかと思って逃げだした――自分が犯人だからではない、恐ろしかったからだ、と。そうではない、と証言できる目撃者は一人もいないのです」

わたしはやっと最後まで語り、椅子に倒れこむように腰をおろした。心臓は激しく打ち、手は汗を握っていた。わたしにはわかった、勝ったことが。

26

評決後のことはすべて、陪審がジャマール・ワシントンの有罪を答申したあとの出来事はすべて、アルコールの霞のどこかに消えてしまった。どこへ行っていたのかも、どうやら三日三晩ほっつき歩いていたらしいが、なにをしていたのかも、まるで思い出せない。酔っぱらって正体をなくし、市内のどこかで沈没していたのだ。わたしがあきれるばかりに無能だったせいで、素行も人柄も称賛に値する若者が、やってもいないとわたしにはわかっている罪を自分の命で償うことになってしまった。彼は死刑囚監房でこれから何年かを過ごすことになる。いまや不可避となった日がやってくるまで、訴えを起こしてはしりぞけられることをくり返しながら狭い獄房のなかで老いてゆくうち、やがてついに刑の執行の日を迎えることになる。評決を聞いた瞬間に、彼がそうやって過ごす一日一日、わたしもまたすこしずつ死んでいくのだとわかった。だから、愚かにも、また身勝手にも、自分の墓から遠ざかろうとして、酒の力を借りて忘却の淵に逃げこんだのだ。

いまは真夜中で、わたしは車のハンドルを指の関節が白く浮き出るほど強く握って、ゴールデン・ゲート・ブリッジの上を走っていた。ほかの車がクラクションを鳴らしながらびゅんびゅん追い抜いてゆく。やむをえず前方の道路から目を離し、バックミラーを覗いてみた。平行して延びるぼんやりとした黄色いライトの列がどんどん追いあげてきては、まるでわたしの車がまったく動いていないかのように、一瞬のうちに追い越してゆく。窓を降ろし、冷たい夜気が目をさまさせてくれるのを願って、口をあけて吸いこんでみた。そして、道路を見すえて徐々にスピードをあげた。まだほかの車が追い越してゆくが、さっきほどスピードを出しているようには思えなくなった。右手がハンドルに凍りついていた。指を一本ずつ引きはがした。手がハンドルから離れると、何度も振って血の循環をよくした。

なぜここにいるのか、そもそもなぜ橋を渡ろうとしたのか、自分でもわからなかった。家へ帰ろうとしていることだけはわかっていたが、家がどこにあるのか思い出せなかった。混沌とした意識の下層にあるなにかに、なんらかの本能に引っぱられるままに細い道を登って、湾に面した急傾斜の丘の上に建つ柿板張りの家の前に車を停めた。家は真っ暗だった。

手順を思い出せないのではないかと不安で、手許を確かめながら慎重に、エンジンを停め、ライトを消した。ドアをあけて出ようとしたところで気づき、ハンドブレーキを引いた。

誰かを起こしてはいけないと思い、両手でそっとドアを閉めた。遠くへ目をやると、サンフランシスコの街の灯が湾の上で逆さになって揺れていた。ちゃんと見えるようにと首をまわすと、足がふらっとなって体がまわりはじめ、ついに倒れた。わたしはげらげら笑いながら、手をうしろへまわして地面を転がった。見つめる先に星をちりばめた夜空があった。見あげているのか、逆立ちして、湾に映る星を見ているのか、どっちだろう？

ふらつきながら立ちあがったとき、ポーチの明かりがついて、玄関ドアが開いた。自分の顔に間抜けなにやにや笑いが浮かぶのを意識しながら、わたしは戸口に立った女に向かって指を突きつけ、ふらふらと振った。

「おまえを知っているぞ！」わたしはあまり確信なげにそう叫んだ。

「どこへ行っていたの？」マリッサがやさしく言った。声には安堵の響きがあった。わたしは彼女の肩にだらりと腕をかけ、すべすべして温かなその首に顔を押しつけた。彼女が腕をまわして支えてくれた。

「みんなあなたを探しまわっていたのよ」

あの間抜けな笑いはわたしの顔に貼りついたままだった。わずかに顔をあげてみると、心配げに見つめている彼女の目が見えた。

「で、わたしは見つかったのかい？」わたしはそう言い、自分のその台詞がおかしくてならず、にやにや笑いがますます大きくなった。

十五時間ほどして目がさめた。頭が締めつけられるようにずきずき疼き、午後も遅い時刻だというのに、疲れた目には光がまぶしくてならなかった。わたしはやわらかな綿のローブを病人のようにまとって、リヴィングルームの床に長く延びる影のなかに置かれた寝台兼用のソファの上でじっとしていた。マリッサから渡されたコーヒーのカップを力のこもらない両手で持って坐り、思い出そうとするたび、頭のなかは空白でなに一つ甦らないと知って、まばたきをくり返すばかりだった。

「わたしは負けたんだ」しばらくして、だいぶまえの恐ろしい出来事を思い出しでもしたように言った。

「そうね」マリッサは同情のこもったやさしい眼差でわたしを慰めてくれた。

わたしはぽかんと口をあけて彼女のほうへ首を傾け、彼女に話したのだろうか、と考えてみた。マリッサは体をかがめ、膝の上で腕を組んだ。

「裁判が終わったのは四日まえよ」

わたしにはその間の記憶がまったくない、評決が出たあとから、ゆうべ橋を渡りはじめるまでのことが。

「四日？」わたしはつぶやいた。「裁判所を出た」わたしは思い出そうとしながら言った。「ここへ来た、ベッドへ行った——昨夜。そうだね？」

「そう、ゆうべやってきたの」彼女はわたしの手をさすりながら言った。「だけど、裁判が終わったのは四日まえ。あなたがどこへ行ったのか、誰にもわからなかった。雲隠れしてしまったのよ。みんな心配したわ……ボビーもアルバートも……わたしも」

それから数日間は言われるとおりにして過ごした。朝は遅くまで寝て、午後はマリッサとともに十月の眠気をもよおすような日差しの下に出て、とりとめもないおしゃべりをした。気分が回復するにつれて、自分がやったことが恥ずかしくなった。

「わたしはこれまで負けたことがなかったんだ」やっと説明する気になって口を開いた。「勝たなければならない裁判には……依頼人の犯行ではないと、わたしにわかっていた裁判には。はっきり言えば、そんなことは自分にはありえないと思っていたんだ。傲慢、自尊心、どう言ってもらってもいいが、わたしは負けるとは思っていなかった」

ときに彼女の思考法がすっかり透けて見えることがある。物事を粉飾して自分を偽ることをいさぎよしとしないのだ。

「でも、そういうことがありうるとはわかっていたはずよ。どれほど頻繁に起きているのかは知らないけど、罪を犯してもいない人が有罪にされることはあるわ。なにがあなたを苦しめているの、ほんとうは……彼がジェレミー・フラートンを殺していないと思うからなの、それとも自分がまちがいを犯したと思うから？」

「自分がまちがいさえ犯さなければ、無実の人間が有罪にされてもわたしは苦しみはしない、と思うのかね？」

「もちろん苦しむでしょうね、でもこんなふうにはならないはずよ」

彼女はちょっと間を置いて、いちばん親しい友人に忠告をするときのような、真剣そのものの顔で話しはじめた。「最悪の罪は自己憐憫だけど、あなたほどそんなものが似合わない人はいないと思うわ。自分にきいてみたらどう。あなたは、勝って当然の裁判でまさか負けようとは考えたこともなかった。もちろんそれは傲慢だけど、またべつの一面もあるんじゃないかしら？　あなたは負けたことがなかった……あなたが無罪と信じる者に陪審が有罪を宣告するのを聞く必要はなかった。あなたは驚くほど腕がよかったのよ……ピカ一だ、とボビーは言っていたわ。まちがいを犯したのだとしても、あなたがほんとうにまちがいだと思っているにせよ、ほかの弁護士たちはどう受け取ったと思う、あなたの半分ほどの腕しかなくて、勝って当然の裁判に年じゅう負けている弁護士たちは？　もし、まちがったのなら、みんながするようにすればいいのよ——それから学ぶの。ほかにすることがあるかしら。仕事をやめる？　いつも最善の結果が出るとは限らないわ。あなたもそれがわからない年ではないでしょ。わたしたち二人とも、もうそういう年よ」彼女はそうつけくわえ、年齢がどうしたというように笑ってみせたが、目の奥にひそむあきらめの色を隠しきれてはいなかった。

たしかに彼女の言うとおりだ。自分に課せられた責任を直視し、無実の人間を死刑の宣告から救ってやることができなかったという、恐ろしい事実に耐えるすべを学ぶしかないのだ。アルバート・クレイヴンに敗訴に終わった理由をなるたけくわしく説明するため、わたしは月曜の朝早く、気力を奮い起こして市内へもどった。彼は刑事事件を扱ったことは一度もないが、わたしがおこなったことをよく理解しているようだった。

「きみのせいではないよ」薄暗い部屋に坐って話をする間、彼は強い口調で、くり返しそう言った。

わたしが彼を訪ねてきたのは、別れの挨拶とこれまでの助力に礼を言うためだけではなく、謝るためでもあるのだ。

「最終弁論を終えたときには」わたしは、自分がしたことの効果をいかにひどく取りちがえていたことかと、いまさらながらあきれる思いで言った。「陪審は無罪と判定してくれるものと思っていました。たぶん、いや、たしかに、マーシャルの扱いをわたしはまちがったのです。あんなふうに扱ってはいけなかったんです。前科者が自分を護ろうとして嘘をついている、といったように扱ったりしては。証明可能な、もっと具体的な材料を持たずに、あんなふうに非難を投げつけるべきではありませんでした。わたしは、フラートンの死を強く願う者がいるはずだと信じこみ——それはいまでも変わりませんが——その結果、誰もがそう考えるはずだ、と決めこんでしまったのです。それと、ジャマールを実際に見、その話を聞き、彼がじつに聡明な人間だとわかってくれれば、彼にあんなことがやれるはずはない、と考えてくれるにちがいない、と思ったのです。

言ったとおり、わたしはまちがいを犯しました……しかし、最終弁論のあいだは、陪審たちに向かって、いま目の前で起きていることのように出来事を順を追って話し、証人たちのなかに、実際になにがあったかを話せた者は、ジャマールのほかには一人もいない、彼のほかには目撃者はいないのだから、と話しているときは、すべてがきちんとつじつまが合っている、陪審も有罪とは考えられないはずだ、と思っていたのです」

クレイヴンはこぶりな手を膝に置き、椅子に背をあずけて坐って聞き入っていた。黒っぽいスーツにシルクのネクタイ、金のカフリンクス、とオフィスにいるときのいつもの恰好と変わりがなかった。だが、彼の無欠ぶりをいっそう強調し、その存在をますますきわだたせているかに思える、いつものいかにも楽しげな表情や機知の冴えは影をひそめていた。老いて見えた、老いて、疲れて見えた。自由気ままな、闊達な生き方を存分に楽しませ、さらには食事の席を活気づかせ、彼をサンフランシスコ社交界に不可欠な存在たらしめているらしい些末な会話を産みだすエネルギーと忍耐力を備えた人物というよりは、人生最後の数年を静かに瞑想にふけって過ごすことを選んだ人間のように見えた。

「わたしもいたんだよ」彼は奇妙に沈んだ声で言った。「知事を相手にきみがどんなことをしたか、見ていたよ」

クレイヴンはしばらく無言をつづけたのち、わたしにほほえみかけた。彼の胸のうちはわからないが、今度のことでわたしを責めていないことはわかった。

「わたしは公判弁護士ではないから、自分の体験をもとになにかを言うことはできない……だが、ずいぶん長いこと弁護士をやっているから、優秀な弁護士を何人も見てきた、世間がその名をいまも記憶に残しているような人物たちをね。きみは彼らにすこしもひけをとらないよ。マーシャルをあのように扱ったことはすこしもまちがいだとは思わないし、最終弁論もめったに聞けないほど見事なものだった」

彼は考えこみながら手の甲をさすった。やがて、手を膝にもどしてわたしに目を向けた。

「今度の一件はきみがなにをしたか、あるいはなにをしなかったかが理由で負けたわけではない。被害者がああいう人間だったことが敗因だ。合衆国上院議員で、次期知事、さらには将来の大統領と目されているジェレミー・フラートン殺害犯として警察が逮捕した人間を無罪放免にするというのは、陪審にとっては途方もない重荷だったはずだ。そういう人物を罰することなく済ませてしまうなどという真似は、彼らにはできなかったんだ。彼を有罪とするには合理的な疑いがある、と彼らに示してみせるだけでは充分ではなかったんだよ。彼が無実であることに合理的な疑いはなに一つない、ということを示すべきではなかったかとわたしは思うんだがね」

わたしには納得しかねる説だし、ある一点については、彼の考えはまちがっていると断言してよさそうだった。

「もし彼が、革ジャケットに毛糸帽の黒人の若者ではなく、デートから帰る途中の、コートにネクタイの白人の若者だったら、こういうことにはならなかったと思いますか？　あの警官が警告もせずに発砲したかどうかということだけではなく、陪審は彼が被害者を助けようとしただけだと信じただろうか、という意味です」

クレイヴンは両手を丸い小さな口の前へ持っていき、指先をつけた。そして唇を強く結ぶと、まっすぐ前方を見つめた。なにか途方もなく重大なことを頭のなかで検討してでもいるように、目は一点に据えられていた。

「こうたずねてくれてもよかったんだ」彼はややあって口を開いた。「もしわたしが二十年まえ、彼の母親から妊娠を告げられたとき、彼女と結婚していたらこうなっていただろうか、と」

彼はわたしが唖然となったのを見て驚いたようだった。「きみはうすうす気づいているものと思っていたが」

彼の声が強さを増した。顔にも血色がもどりはじめた。

「われわれはいわゆる〝取り決め〟を結んでいたんだ」クレイヴンはそういう言いまわしを好む人種の神経をばかにするような口調で言った。「彼女は俗に言う高級娼婦だった。彼女は自分を売っていた――それは事実だ」と、誰かが横から否定するのを急いで封じるかのようにつけくわえた。「だが、誰にでも、というわけではなく、彼女が決めた条件でしか応じなかった。直接、金を渡したわけでもない。それはいっさいなかった。わたしが彼女のアパートメントの家賃を払い、週に一回会う、という条件だった。彼女はもちろんほかの男たちともつきあう。それはわたしも知っていた。ただ、それがどんな男たちで、彼女はどの程度、彼らと会うのか、といったことはわたしの知ったことではなく、話題にしたこともなかった。なぜそんなことをしたのか、ときみは不思議に思っているだろう……なぜそんな手のこんだ取り決めをしたのか、と。彼女がそれを望み、わたしのほうはすべて彼女が言うとおりにしてやるつもりだった、としか言いようがないな。彼女はほんとうにすばらしい女だった。きみも彼女には会っている。二十年まえの彼女を想像してみてくれ。とびきり美しく、そして、きみを赤面させたくはないが、わたしが想像したこともないようなことを、つまり、愛し方を――知っていた。しかし、それはわれわれの関係の一部分にすぎなかった。彼女ほど聡明で誠実な女とはそれまで出合ったことがなかった」

クレイヴンはそこで口を閉じ、ふっとほほえんだ。

「そのアパートメント以外では会ったことがなかった。彼女はとても慎重だった……その理由はわたしにはよくわからなかったが、いま思うと、彼女のプライドの問題ではなかったのだろうか。だが、ある日、事務所へ電話をかけてきて、午後会ってほしいと言った。美術館の外のベンチに並んで坐ると、彼女はそっと言った、妊娠した、わたしの子にほぼまちがいない、と。そう、〝ほぼまちがいない〟と言ったんだ。驚くほど正直に、そうだろ？　そして、またそっと静かに、子供は産むつもりだ、わたしにはなにも求めない、打ち明けたのはもう二度と会うつもりはないからだ、と言った。彼女がアパートメントの鍵をわたしてよこしたので、本気なのだとわたしにもわかった……わたしが彼女に会うことは二度とないし、わたしとおなじようにして彼女と出合ったほかの男たちもそれはおなじなのだ、と。わたしはなにも言えなかった、どうしたらいいかもわからなかった」

クレイヴンは両腕を机に載せて身を乗り出し、わたしを見つめた。心の重荷を取り除きたいというのではない、非難を恐れることなく過去の行為を自由に説明できるのを感謝している、というような表情だった。

「彼女がイエスと言ってくれる可能性がわずかでもあると思えば、わたしは結婚を申しこんでいただろう。わたしは彼女が心底好きだった――結婚したどの女よりも――だが、彼女はわたしに対してそういう気持ちは持っていなかった」

彼は華奢な感じの小さな頭をさっと起こし、いかにもうれしそうに口許をほころばせた。

「彼女はわたしを好いてくれた……わたしのことがとても好きだったと思う……しかし、わたしといっしょになることはぜったいにありえなかっただろう。わたしに金があることを彼女は知っていた……わたしのことはなんでも知っていた。そうとも、当人が自分のことを知っていると思っている以上に。しかし、いかんせん、わたしは彼女から見て充分に満足のいく男ではなかったんだ。ほかにそういう男がいたとは思えないがね。別れぎわに彼女がしてくれたことをわたしは決して忘れない……かがんでわたしの頰にキスすると、わたしが子供の父親だったのがうれしい、と言ったんだ。笑わないで聞いてくれ。わたしはそれから一時間は独りでそこに坐っていたにちがいないんだ、涙がとまらなかった。

それ以後、彼女に会うことはなかったし、会おうとしたこともなかった。あのときの話のとおり、彼女が子供を産んだのかどうかも知らなかった。いや、どうしたろうかと考えたなら、きっと産んだはずだと思っただろうがね。メアリーは、そういうことを口にしたなら、あとで心変わりをするような人間ではないんだ。そして、ふたたび会ったのは、彼女が事務所へやってきて、彼女の息子が——彼女の息子が——殺人の濡れ衣を着せられて逮捕された、このままでは死刑になる、と訴えた日のことなんだ。彼女がわたしに助けを求めたのはそれがはじめてだった、そのとき一度だけだ」

クレイヴンは鼻をふんふんやり、眉を持ちあげた。ちょっと当惑したような表情で首を振った。

「今度のことでは、わたしにはなんの感情も湧いてこないんだ。つまり、その男の子に親しみも感じないし、なんらかの絆で結ばれているという気もしない。わたしは生物学上は父親だが、彼には会ったこともないし、彼女から聞いたから、彼がわたしのことはまったく知らないということもわかっている。なにか感じなくてはいけないのかどうか、わたしにはわからない——とにかくなにも感じないんだ。それでわたしは悩んでいるんだよ、ジョーゼフ……心苦しくてならないんだが、正直なところ、どうしたらいいのかわからない。ある若者が、わたしが命を授けるのにかかわった若者が、いま死刑囚監房にいる……だが、わたしがかつて彼の母親を愛したという事実のほかは、わたしにとってはなんの意味もないことのように思えるんだ。これでいいんだろうか？」

答えがあるとしても、わたしにはわからなかった。昔、母親がわたしに打ち明けた話を思い出した。その話がほんとうなら、わたしがこの世でいちばん会いたくない人間は、ある日の夜中にたまたまわたしの父親となった男だ。答えはないし、たずねるべきではない質問というのも存在するのだ。

わたしたちは立ちあがった。

「あなたは彼女がしてもいいと認めたことはすべてしたんですよ」わたしはそう言って、机ごしに彼と握手をかわした。

手を離してドアへ向かおうとしたとき、ふとそれが目にとまった……宛名用のラベルを真中に貼った大判のマニラ封筒が机の上に置かれている。

「そうなんだよ」クレイヴンはわたしの視線に気づいて言った。「やっとかたづいた」

「アルカージ・ボグドノヴィッチ？」わたしは目をあげてたずねた。

「アンドレイの弟だ。遺産はぜんぶ彼のところへ行く」

「ボグドノヴィッチの弟に」わたしはまえにボグドノヴィッチとかわした会話を思い出しながらくり返した。

「どこへ送るんです？」わたしはすばやく封筒へ目をもどしながらきいた。

クレイヴンはわたしの声が急にけわしくなったのでびっくりしていた。わたしは封筒の宛名に目を向けていた。ボルディゲラ、とあった。イタリアのどこかだが、わたしの聞いたこともない地名だった。

たぶん自分でも半信半疑だったせいだろうが、クレイヴンに理由を説明しないまま、その封筒を届けに行かせてくれと頼んでみると、彼は反対を唱えようとするどころか、その申し出を歓迎したようだった。わたしにはいい気分転換になると彼が考えたとしてもむりからぬことだが。

クレイヴンがぜんぶ手配してくれた。彼の説明によると、ボルディゲラは〝モンテ・カルロに隣接し、フランスとの国境からも至近、いわゆるイタリアン・リヴィエラの一部〟だという。彼の友人だか友人の友人だかが、ミラノに知り合いがいて、その男が地中海を見おろす公園の隣りに建つ小さなヴィラで夏の数日を過ごす誰かを知っているらしい。ヴィラにはいたいだけいてかまわないという。アルカージ・ボグドノヴィッチの許へは、ジョーゼフ・アントネッリという——クレイヴンの婉曲的な表現によると——事務所のアソシエートの一人が、彼の兄の遺産の最終的な処理に直接出向く、と電報で知らされた。

出発の日、わたしはクレイヴンが保管している書類を受け取るため、彼の事務所へ寄った。わたしが独りでいたくないことを知っているので同行を承諾してくれたマリッサは、外に駐めた車で待った。

「ぜんぶ揃っているよ」クレイヴンは必要なものをきちんと整理して納めたアタッシェケースを差し出した。「旅の無事を祈るよ。二人して、のんびりと楽しんできてくれたまえ」

わたしはドアまで行って向きなおった。

「あの晩、どういう事情でアンドレイ・ボグドノヴィッチはあなたの家にいたんでしょう？彼を招く特別な理由があったんですか？」

クレイヴンはすぐには思い出せないようだった。だが、じきに思い出して、首をうなずかせはじめた。

「ああ、思い出した。ちょっと妙だった。彼とはたしか一年ほど会っていなかったんだ。あのつい二、三日まえに彼が電話をかけてきて、きみに会わせてほしいと言ったんだ」

わたしは搭乗まえに新聞を二紙買い、離陸後に読みはじめた。巡航高度に達したころ、第二面の記事を指で示した。

「ほら、ここだ」わたしはマリッサに言った。

州知事選に関する最新の世論調査の支持率では、アリエラ・ゴールドマンがオーガスタス・マーシャルを五パーセント、リードしていた。

「わたしがいなかったら、彼女もこううまくはできなかったはずだ」わたしは苦い笑いを浮かべながら言った。

「まだ勝ったわけじゃないわ」と、マリッサは言った。

背後へ沈んでゆく太陽が空に残したオレンジ色の筋を突き抜け、次には短い夜のなかを一気に通り抜けた。夜明けに岩が散らばる海岸線の上空を通過すると、飛行機は地中海の上で大きく弧を描きながらニースへ向かって降下を始めた。

黄色のフィアットを借りてニースを出発し、二十マイルと離れていないイタリア国境へ向かった。

「逆に走っていたら」と、マリッサが黒い目に明るい輝きを宿して言った。「F・スコット・フィッツジェラルドがしばらく住んだところを通過するんだけど。彼が〝黄褐色の礼拝用敷物〟と形容した浜辺のそばを」彼女はフィッツジェラルドの描写が口をついて出てきたのが愉快らしく、声をあげて笑った。

「彼があそこを有名にしたのよ」彼女は運転しながら、ちらっとわたしを見た。「リヴィエラを。金持ちのアメリカ人たちがあそこで酔って大騒ぎをし、三十を過ぎたら老年期にはいる、いずれにしても、この世に大して意味のあることなどない、若さと美しさと、なんでもやれるだけの金さえあれば充分、と考えたのよ」

「彼女の声は〝金の響きがした〟んだ」

「えっ？」マリッサは笑いながら聞き返した。

「『グレート・ギャツビー』で、デイジーの声のことをそう書いているんだ。いま思い出した。彼女の声は金の響きがしたんだ」

国境で二人ともパスポートを出すのに手間どった。毎日の形式的な手続きにうんざりしている係官は手を振ってわれわれを通した。きらきら光る緑色の海面を見ながら、切りたった台地状の丘の上に延びる道路を数マイル走った。前方には北アフリカの海岸線が待っている、それは容易に想像できた。太陽が輝く空のすぐ下のどこかに、謎めいたアフリカがあるのだ。うしろをふり返れば、夜の訪れはまだ何時間も先だけれども、モンテ・カルロの灯が闇のなかで踊るのが見えるような気がした。

黄色やピンクの家々のなかに埋没して建つヴィラは、木立に囲まれた手入れのゆきとどいた公園に隣接していた。荷物を置くと、あとは翌朝までなにもすることがないので、強い日差しが照りつける閑散とした町の曲がりくねった道をぶらついた。大人を小さくしたような顔の子供たちが、追いかけっこをしたり、小さな足で器用にボールをドリブルしたりしながら、路地から出たりはいったりをくり返していた。あてもなく歩くうち、ごつごつの玉石を敷いた石段の迷路に迷いこんでしまった。頑丈な鎧戸を閉ざした無数の窓が並ぶ、四階建ての家々の狭い壁のあいだにどこまでも延びる、灰色の石敷きの通路を進んでみると、質素な造りの、いまにも崩れそうな大寺院前の小さな広場に出た。いまいるところからさほど遠くない広場の左側に、一軒のレストランがあり、入口の前にはテーブルがいくつか並べられていた。

わたしたちは店のなかにはいり、窓ぎわの席に腰をおろした。海沿いの斜面に、突き出た岩がキュクロプスの飛び石のように点々と並んでいるのが見えた。水平線の向こうに沈んだ太陽が、空を杏色に染めていた。

奥のテーブルには、鉄灰色の髪と剛そうな白い口ひげの老人が、喉もとまでボタンをとめた白いシャツに黒い上着という恰好で坐り、ちぎったパンを片手に持って首を伸ばし、ゆっくりとスープをスプーンですくっていた。彼がただ一人の客で、わたしたちがはいっていっても顔をあげようともしなかった。アメリカではめったに見られない、生まれた土地から一度も離れたことのない人間特有の、いかにものんびりとした風貌をしていた。

「ここへ来たわけを話してくれない？」ウェイターが赤ワインのボトルを置いていくとマリッサが言った。

「もう話したよ……アルバート・クレイヴンに代わって書類を届けるためだ」

「そうじゃなくて、ほんとうの理由を」

わたしは老人をながめながら、年はいくつだろう、あの年になったら——七十か八十か、あるいは百か知らないが——まだ残りの人生はたっぷりあると考えていた若いころのように、命を大切に思うものだろうか、と考えていた。

「ほんとうの理由は？」マリッサはワインを満たした八角形の分厚いグラスの向こうからわたしを見て、にやにや笑いながらくり返した。

「ほんとうの理由？」わたしは老人から目を離した。「旧知の人間に、死んだ人間に会いに来たんだ」

27

ひょっとしたら、わたしの記憶ちがいかもしれない……あるいは、そんなことはまったく話に出なかったのかもしれない。にわかに根拠薄弱なように思えてきた、いよいよはっきりさせようという段になって。わたしは地球を半周して、はるばるここまでやってきたのだ、ふと口にされた一言だけを頼りに。

わたしは時計を確かめてアタッシェケースを閉じた。すべての書類は、クレイヴンが用意してくれたリストに記載の順番どおりに揃えられている。アンドレイ・ボグドノヴィッチの遺言のただ一人の受益人は、書類すべての指定された箇所に署名を添える……それが済むと、ファイルの表紙にとめてある、支払保証小切手がはいった事務所の封筒を手渡す。わたしがまちがっていれば、すべては十分たらずでかたづくだろう。もしわたしが思っていたとおりなら……そう、それが正しかったら、事態はかなり複雑になるだろう。

わたしは部屋の中央に据えられた漆塗りのテーブルの前から立ちあがった。天井から下がる古びたシャンデリアは埃で曇り、あまり明るくはなかった。マリッサはアルコーヴの鎧戸を閉ざしたフレンチ・ウィンドウの下に置かれた、フレームのない簡単なベッドの上で、クリーム色のレースがついた薄い毛布を掛けて眠っていた。わたしはドアのところまで行ってふり返ってみた。彼女はぱっちりと目を開いた。眠っていたのではなく、ついいま横になって目を閉じたところだというように。

「用心してね」

大丈夫だ、とわたしは答えた。彼女は本気かどうかわたしの顔を見て確かめると、ふたたび目を閉じ、すぐにまた眠ってしまった。

町をあとにして山腹を登る道を走り、尾根づたいに延びる砂利道に出た。道の先には中世の砦を思わす巨大なヴィラがあたり一帯を見おろして建っている。黒く塗られた鉄のゲートの前でフィアットを停めた。両開きのゲートは錆びた太い鎖で結わえてあった。わたしは車から出て鎖をほどき、ゲートを押しあけた。そこを通り抜けると、砂利道の下方に、汚れた瓦屋根を載せた二階建ての石造りのコテッジが見えた。日差しを避けるかのように、灰色をしたオリーヴの曲がった幹から延びる節だらけの枝の下に建っている。小柄な白髪の老女がパティオに設けられた、青いペンキの薄れかけたブランコに腰をおろし、膝に置いた本を覗きこんでいた。木々のあいだから差しこむ朝の光で、あたりに置かれた鉢植えの花々が色鮮やかだった。

屋敷のなかの道は尾根のはずれで急角度に曲がり、黄褐色のヴィラの正面の空地へもどるようになっていた。わたしは車を降りると、鬱蒼と茂る棕櫚の並木の下を通って玄関へ向かった。階段を十二段昇って、わたしの背より高い、褪せかけた茶色の両開き扉の前に立った。輪の形をした黒い鉄のノッカーは、持ちあげるときしるような音を発し、固い扉に打ちつけるとゴツンという低い音があがった。

ドアは厚く、その向こうの物音はまったく聞こえてこなかった。わたしはもう一度ノッカーを打ちつけて待った。大きなドアがかすかに震え、古びた蝶番が動きはじめた。ドアがゆっくりと開き、外を確かめられる程度のわずかな隙間ができた。

「そう、またお会いできたね」と、声が言った。忘れるはずのない、聞きおぼえのあるその声を聞いて、わたしはやはりぞくりとなった。

ドアが大きく開き、わたしは死人と向き合っていた。アンドレイ・ボグドノヴィッチはわたしの顔を見て心底喜んでいるふうだった。

「うれしいね、ほんとうにうれしい」彼はわたしの手をとり、久しく会わなかった友人を迎えでもしたように熱っぽく言った。

わたしがまだなにも言わないうちに彼はわたしの腕をとり、広々とした玄関ホールから広大なリヴィングルームへと引っぱっていった。床は大理石で、石の壁にはタペストリーが飾られ、鉛枠つきの開き窓からは、なに一つさえぎるもののない海の眺めが得られた。「あなたが来るという知らせがあったときは、言いようのないほどうれしかった」彼は幅広の顔に屈託のない笑みを浮かべて言った。そして、部屋の中央に置かれた、シルクを張った大型のソファを手で示した。

ボグドノヴィッチは、わたしが気持ちよく坐ったのをちゃんと確かめなくては気がすまないとでもいうように、わたしが腰をおろすのを見届けてから、ソファとマッチした緑色のシルク張りの椅子に坐った。彼はしばらくわたしをじっと見つめた。まったく思いがけない出合いだが、こういう驚きなら大歓迎だ、とでもいうように。そして、大きな手をこすりあわせながら前に乗り出した。

「いつわかったんです?」と、彼はきいた。

わたしが答えようとしたとき、上品な感じの若い女が、恥ずかしげだがどこか気をそそる笑みを浮かべて、グラス二つとワインのボトルを持ってはいってきた。ヒップの線がくっきりと見えた。そして、口許にうっすらと笑みを浮かべたままグラスとボトルをコーヒーテーブルに置くと、無言のまま部屋を出ていった。

「お手伝いですよ」ボグドノヴィッチはいわくありげにほほえんで言った。「ここは借家でしてね。彼女は賃貸契約には含まれていないんだが」彼はコルクを抜いた。「われわれのあいだで取り決めをしたんです」

アルバート・クレイヴンにはよくわかる話だろう。

彼はわたしにグラスを持たせた。「まだ早いのはわかっていますが、せっかくだから」彼はグラスを持ちあげ、「末長く健康に」と、乾杯の文句を口にした。それに皮肉な意味合いが含まれていることに気づいているのだろうか、とわたしはいぶからざるをえなかった。わたしはグラスを口へ持っていきかけてやめた。彼が先に口をつけるのを待っているのだと知ると、ボグドノヴィッチはちょっと傷ついたような顔をして、グラスから飲んだ。「わたしがそんなことをすると思ったんですか？」と、彼は文句を言ったが、すこしも怒っているふうはなく、わたしが疑ったことを面白がっている顔だった。

わたしはアタッシェケースを膝に載せていた。ダイヤルロックに親指で触れ、セットした位置からずらしてロックしなおした。

「死人にしてはずいぶんいい暮らしをしているね」わたしは部屋を見まわしながら言い、アタッシェケースを足許に置いた。

ボグドノヴィッチはまたワインを飲んだ。

「わたしが生きていることがどうしてわかったんです？」彼はグラスを口から離してきいた。向き合って坐ったわたしたちの間隔は三フィートたらずで、話の合間に耳を澄ませば彼の息が聞こえそうなほど近かった。にもかかわらず、彼があの爆発で死んでいなかったというのが、まだほんとうのこととは思えないような気がしてならなかった。

「あなたがあのとき死ななかったなどとは夢にも思いませんでしたよ」わたしは正直に言った。「わたしもあそこにいたんだ……交差点を渡ったばかりだった。建物が吹き飛んだ。生存者がいるはずはない。しかも、残骸のなかから死体が、死体の一部が見つかっている。建物のなかにはわれわれ二人だけだったし、わたしが出てからまだ一分とたっていなかった。まさかあなたが生きていようなどと思うはずがない」

ボグドノヴィッチは熱心に聞き入っていた、自分がやったことを得意がっているような顔だった。そこでわたしは気づいた、彼は自分の冒険譚を語りあえる仲間ができたことを喜んでいる、それがわたしだったからよけいうれしいのだ、と。かりに彼が人に話すにせよ、つくり話だと疑わないのはわたしだけなのだ。わたしという聞き手を前にしたいま、彼はもう自分の欺瞞の才を披瀝してみせるのを待ちきれなかった。

「あれはかなりうまくいった、そうでしょう？　待ってください」彼は、なにも恥ずべきことはしていない、と急いでつづけた。「わたしは他人を殺したわけじゃない。引き取り手のない死体が毎日、何体も死体保管所へ運びこまれる。わたしにはつてがあったから」と、あいまいに説明した。「手を貸してもらえたんです」

「で、わたしが出たあとは……？」

「べつにむずかしいことではなかった」彼は肩をすくめながら、謙遜して言った。「死体はドアのすぐうしろの倉庫に入れてあった、装置をセットしたガス管のわきに」

「そのドアだけが倒れずに残っていた」と、わたしは言った。「ドア枠のなかでただ一つ、砕けながらも残った柱にぶらさがっていた」

わたしたちは目を見かわし、それまで存在していたものが一瞬のうちになくなってしまうことの無常さを悟った光を、たがいの目のうちに認めあった。

「あなたが出ていくとすぐに」彼はつづけた。「タイマーを十五秒にセットして、店の裏の路地に飛び出して逃げたんです。むずかしいことではなかった」

ボグドノヴィッチはボトルをとり、自分のグラスにワインをつぎたした。わたしから目をそらし、次に話すことを考えるための所作だった。

「あなたをあそこへ来させて、わたしの死を見届けさせることだけが目的ではなかったんです」彼はゆっくりと目をあげた。「あなたに話したことはすべて事実です。フラートンの秘密を知ってしまったため、わたしの身が危険になった、そしてあなたの身も。あなたに警告したかった。責任を感じたんです。あれは必要に迫られてやったことなんです。それはわかってください。ああいう人種をずっと相手にしてきたわたしには、自分が生き延びたかったらすでに死んだと思わせるしか方法がないと、わかっていたんです」

ボグドノヴィッチはワインをぐいと飲みほしてグラスを置くと、ぴしゃりと膝を打った。

「さて、話してください！　どうしてわかったんです？」

わたしがまだ口を開かないうちに、ボグドノヴィッチがなにかイタリア語で叫んだ。すると、いままで室内のどこかに透明人間と化して控えていたかのように、さっきの女がすぐさまあらわれた。彼はテーブルを顎で示した。彼女は半分あいたボトルと、からになった彼のグラスを手にとった。

「まだ、飲みますか……？」と、彼がたずねた。女は黙って待っている。わたしが首を振ると、女は出ていった。

「最初に会ったとき、異国で暮らすというのはどんなものなのか、あなたにたずねてみた。それほど辛くはない、家族が向こうに残っていればべつだろうが、とあなたは答えた。両親はもう死んだし、自分は一人っ子だ、と説明した」

彼は驚いたようだった。ちょっと無念そうでもあった。彼は椅子に深く坐りなおして天井を見あげ、自嘲ぎみに口を歪めた。

「それで、友人のアルバート・クレイヴンから、わたしが遺言ですべてを弟のアルカージ・ボグドノヴィッチに託したと聞いたとき、当然ながらわたしのその話を思い出し、わたしが弟を創作したのなら、自分の死も創作したにちがいない、と理詰めで結論を引き出した」

彼は笑いだした。野太い笑い声が高い天井に反響し、部屋を満たした。

「すばらしい！」彼は跳ねるように尻を浮かせると、大理石の床に両足をしっかりつけて椅子に浅く坐りなおした。「あなたはまったく驚いた人だ、ミスター・アントネッリ。それは一目でわかりましたがね。あんなことをおぼえている人間がどれだけいるものですかね。とくにどうということもない、たまたま口にした、生まれについての一言を？　あなたが根拠にしたその一言が、あいにくながら嘘だったからといって、わたしの称賛の念はすこしも変わりませんがね！　わたしにはたしかに弟がいるんです——アルカージが。いまはモスクワにいます。身内は一人も生きていない、と言っておいたほうが安全だから、あなたにもああ言ったんです……そうしておけば、わたしを捕らえるために、家族を脅迫しようとする者はいませんからね」

彼は手を見おろして、ふくみ笑いをした。「ある意味では、あなたが真実を突きとめるのを嘘が助けた、というのは適切なことだったんでしょう」彼は鋭い目にもどってつづけた。「いずれにしても、突きとめたのがあなたでよかった」

彼はちらっと笑みを浮かべると、それが本心だと、大きくうなずいてみせた。そして、床のアタッシェケースへ目をやった。

「しかし、あなたはわたしが生きていることを誰にも話していない、そうですね？　アルバート・クレイヴンのような正直な人が、死んだはずの人間が死んでいないと知ったら、遺産を処分した金を届けさせるはずがない」ボグドノヴィッチは探りを入れるように目をすぼめて言った。「小切手を持ってきたんですね？」

わたしは彼の目を見すえて言った。「いや。手渡すまえにまず署名が必要な書類を持参したんです、アルカージ・ボグドノヴィッチの署名が必要な書類をね」

彼がその言葉を信じたかどうかはわからなかった。疑っていたのではないかと思う。弟の署名が必要だという点は、微笑して認めた。

「そう、アルカージの署名がね。幸いなことに、彼の署名も〝A・ボグドノヴィッチ〟です。で、どうするのがいいと？」

「どうにもならないでしょう。あなたは死んではいない、生きている人間から相続するというのはやっかいですからね。保険会社は不審に思うでしょう……もっとはっきり言うと、弁護士が犯罪に手を貸したとなれば、裁判所はまったく喜ばない。そういうことをすれば、あなたは刑務所送りです」

ボグドノヴィッチの知的な鋭い目が寄ったように見えた。彼はわたしのほうへ乗り出した。

「わたしたちのあいだで、なんらかの取り決めが可能だろうと思うんですがね」

わたしは無表情に彼を見つめたきりなにも言わなかった。彼を勇気づけるにはその沈黙だけで充分だった。ボグドノヴィッチの口許に謎めいた笑みがあらわれた。

「いい天気です。外で坐りませんか？」

彼はわたしを部屋からつれだした。階段の上に立つと、出迎えたときとおなじようにわたしの腕をとった。だが、階段を下りはじめたとき、まるで支えがいるかのように、彼が寄りかかってくるのに気づいた。下まで降りると、彼はちょっと息を切らし、日差しがまぶしそうにまばたきをした。だが、すぐに気分はもとにもどったようだった。目に活気がもどり、きびきびとした足どりで歩きはじめた。彼は崖の縁近くに建つ物見櫓のようなものを指差した。

「あれはイスラム教徒の来襲を警戒するため、十三世紀に造られた。しかし、よく知られるようになったのはもっとあとです。モネがあそこから、下の古い村を描いたんです。『ボルディゲラ』と名づけた傑作を。その絵をご存じなら、実際の景色を見ればモネがなにを感じていたかがわかるはずです。行ってみましょう」

白い砂利を踏んで屋敷内の道路を渡り、オリーヴの林を抜ける細い歩道を進んだ。塔の狭い開口部からはいって螺旋状の階段を登ると、銃眼付きの胸壁のある最上部へ出た。高くそびえる三層の塔からは、地平線になにかがあらわれればすぐに気づいただろう。樫板の扉は重すぎて閉められないため、あけたままになっている。蝶番はいちばん上のがなくなり、真ん中のは折れ曲がっていた。腐った階段板の横の床には、錆びたシャベルや壊れた鋤が投げだしてあった。セメントがこびりついた一輪車が横倒しになっており、木の把手には蜘蛛の糸が巻きついていた。一匹の蠅が飛びまわるものうげな音が頭上から聞こえてきた。

下へ降り、塔のわきの丈高く茂る草のなかに据えられた石のベンチに坐った。下方にはモネが描いた村が見え、その向こうは見わたすかぎりの海原だった。ボグドノヴィッチは太い丸縁の眼鏡をはずし、上着のポケットに入れた。そして、塔の壁にもたれると、胸の前で腕を組んで目を閉じた。頭ががっくりとさがり、まるで吸いこんでいた空気がすっかり体から抜け、ぺしゃんこになったように見えた。ふたたび目をあけたが、わたしのほうは見ず、無限にひろがる空のどこか遠くの一点を見つめた。

「あの裁判にあなたが勝つ見込みはあると思っていたんだが」と、彼は言った。「負けたのは残念です。実際にはどんなことがあったのか話しましょうか？　ジェレミー・フラートンはなぜ殺されたのか、知りたいでしょう？」

　ボグドノヴィッチは立ちあがり、ちょっとふらっとなった。しっかり立つと、両手をポケットにつっこみ、爪先で地面を蹴った。

「ちょっと歩きましょう」

　砂利敷きの道へもどり、鉄のゲートのところまで下った。海岸線がどこまでも延び、やがて次第に濃くなる靄のなかに消えていくのがオリーヴの木立の向こうに見えた。

「最後にフラートンと会った際、全面的に信用できる相手にしか打ち明けられないことを彼はわたしに話したんです」

　ボグドノヴィッチはそこで間を置いた。目が鋭い光をおびた。終生、敵を観察しつづけてきた結果、たとえ友人であろうと信じることのできなくなった人間の表情だった。

「相手がこっちを信用していることを確かめておきたい、という場合しか口にしないようなことです」

　錆びた鎖で結わかれたゲートのところまで下った。まわれ右をして、ゆっくりと上り坂を引き返した。

「どんなことを話したんです？」わたしは目の端で彼をうかがいながらたずねた。

「アリエラという若い女性のことを。わたしも一度会ったことがありました」彼は立ちどまった。「彼女をここへつれてきたんです、今年の春。彼とはずっとここで会っていました……サンフランシスコはもとより、アメリカ国内で会うことはまずありませんでした。危険が大きすぎます、いっしょのところを人にいつ見られるともかぎりませんから。ここなら安全でした。イタリアへはみんなやってきますが、ボルディゲラへ来るアメリカ人はいません。今年の春、彼女をつれてきたときには、わたしのことを、彼がときたま滞在しているこのヴィラのオーナーだ、と紹介してました。

いま言ったように、最後に会ったとき、フラートンは彼女のことを話しました……彼女を利用して父親に取り入ったことを。驚くほど自信満々でした。ゴールドマンの金を味方につければ恐いものなしと承知していたんです。誰にも話せないようなことを、そっくり話しました。望みのものがもうじきすべて手にはいる、しかし、どうしてそんなことができたのかは、わたし以外の人間には話すわけにいかない。わたしがただ一人の聞き手だったんです……また、わたしとこれ以上そう長くはつきあえないことも彼にはわかっていた。その最後の会話の間、わたしたちは処刑される者と刑の執行人のあいだに生まれた、奇妙な友情を感じていました」

いきなり一陣の風が南から、アフリカのほうから吹き寄せた。風は生者必滅をあらためて教えるかのように、ふと不安を掻きたてて吹き過ぎていった。

ボグドノヴィッチはわたしの前に立っていたが、そのときのことにすっかり気をとられているらしく、まるで独り言をしゃべっているような口調でつづけた。

「その女性、アリエラが、妊娠していると彼に告げた。こんなおかしな話は聞いたことがない、と彼のほうは思っていた」

ボグドノヴィッチはわたしがいるのを思い出したらしかった。据わっていた目がもとにもどり、戸惑ったような表情が浮かんだ。

「あのときはひどく奇妙な話だと思いました。どういうことなのか、よくわからなかった――いまだにわかりませんがね。自分が父親ではない、それはまちがいないが、彼女にはまだ話してない、と彼は言ってました。フラートンは彼女にぎりぎりまで気を持たせるつもりだったんです、必要なものをすべて手に入れるまで。ゴールドマン親子が気を変えようにももはや手遅れというところまで、彼女を待たせておくつもりだったんです」

道を登りきり、ヴィラの正面の御影石の階段の前で足をとめた。

「ジェレミーはああいう人種に対しては軽蔑の念しか持ちあわさなかった、ゴールドマン親子だけでなく、ほとんどの連中に。裸一貫で始めた野心的な人間たちには多かれすくなかれそういうところがありますがね。最初のうちは、裕福な特権階級に敬意を払って接する。彼らはすべてを備えているように、自分のすることをよく心得ているように見える。ところがやがて、彼らのことをよく知るようになると、敬意を払っていた連中が才能でも資質でも自分より劣っていると気づく。すっかりばかばかしくなり、連中のことを見くだすしかなくなるんです」

ボグドノヴィッチはしばらくじっとわたしに目をそそいだのち、いかにもいたましげな顔でつづけた。「ジェレミーはたいていの人間よりはるかに早くその結論に達したんです。自分のほうが上だということは最初から知っていたんだと思います……彼にも意外に思えることがあったとすれば、その差の大きさだけだったでしょう。その点と、彼には信じるものがなかった、なに一つ信じていなかった、ということを併せて考えれば、彼がめざましい成功をおさめた理由を理解するのはそうむずかしいことではないでしょう。ジェレミーは、すべての人間に望みのものをあたえるすべを知っていた、そして、彼らにはそれを手にする当然の権利がある、と信じこませるすべを知っていた。彼は人につくしてやっていると思わせておきながら、彼らにまだ残っている尊厳や独立心を、すこしずつ奪っていったんです。わたしも危険な人間は大勢知っていますが、いちばん危険なのは彼でした。ジェレミー・フラートンは完璧なニヒリストでした。歴史が彼をわれわれに残していったんです、歴史が停まったそのときに」

ボグドノヴィッチはいきなり顔の前で手を振った、いくら無視しようとしても押し寄せてくる不快な思考を追い払おうとでもいうように。

「それをすべて知っていても、彼のことを知り抜いていても、彼には抵抗しがたい魅力がありました。ほしいものを手に入れるためなら相手がどこまでやるかを直感で見抜く、ほかに類を見ない才能が彼にはあった。誰でも自分のおこないにモラル上の制限を課しています、通常はそれと意識することなく。その限界を誰よりもよく見抜けるのは、モラルなどとはまるで無縁の人間なんです。彼はそういう意味では、なんらかの強制下で生きていかざるをえない人間たちで成り立っている世の中からはみだした、純然たる自由人だったんです」

深刻な表情をたたえていたボグドノヴィッチの顔を照れたような笑いがよぎった。「すみません、年のせいか、ついよけいなことばかり話して。最後に会ったとき、ジェレミーがなにを考えていたか、わたしにはもうよくわかっています。信用できる唯一の人間に、すべてを話しておきたくてならなかったのはどういうわけかが。

あの日、彼は自分のことを話しました、長年〝特別な関係〟をつづけていても、一度も話さなかったようなことを――生い立ちや政界入りしたころのことや、彼のことを同志と信じている人間たちをどうやってだしぬいたか、といったことをね。後悔めいた言葉は一つもなかったのをべつにすれば、さながら死の床の告白でした。ただし、もうおわかりでしょうが、死の床にあったのは彼ではなくわたしだったんですがね。

彼はわたしを殺すつもりだった、殺させるつもりだった。そうするしかなかったんです。このまえ、わたしが死んだ日に、あなたに話したとおりです。KGBの文書が公開された……彼の関与を誰かが突きとめるのは時間の問題だった。しかし、彼と接触したただ一人のKGB工作員が死んでいたとなれば、なにが出てこようと心配はない。彼に詳細な情報を提供した唯一の工作員が――その日時や場所を文書に残した人物が――生きていれば、文書の中身はアメリカの政治家の脅迫を狙った杜撰な工作だ、としてかたづけるわけにはいかなくなりますが。アメリカの情報関係者がそうした記録を詳細に調べていると知って、フラートンが行動に移らざるをえないと悟ったことがわたしにはわかりました……フラートンからああいう話を聞かされて、もうわたしに残された時間はいくらもないとわかったんです。

そうです、ミスター・アントネッリ、わたしがジェレミー・フラートンを殺しました。ゴールドマンのアパートメントの外で待ち、出てきた二人をセント・フランシスまでつけ、そこからさらにつけたんです。彼女はフラートンを彼の車のすぐそばで降ろした。霧のせいでテールライトしか見えませんでしたが。わたしはその横を通り過ぎ、半ブロック先の角で車を停めた。

彼らはしばらく車内で話をしていたが、やがて彼が出てきた。あの霧ではほとんどなにも見えませんでしたが、彼女はタイヤを鳴らして車を急発進させ、その場を離れていきました。腹を立てていたにちがいありません。

　わたしが呼びかけたとき、彼は車のドアのわきに立ってキーを探していました。まるでわたしに会えたのを喜んでいるような顔でした。彼は車に乗りこむと、助手席側のドアをあけてくれた。彼は笑いながら、いまアリエラ・ゴールドマンと話していたことをわたしに聞かせようとした……彼女と結婚などする気はないと告げたばかりか、子供は自分の子ではないと先刻承知だ、それは彼女も知っているはずだ、そう言ってやった、と。わたしが撃ったときも、彼はまだ笑っていましたよ。

　フラートンは、自分とおなじくらい非情な真似は誰にも、たとえわたしでも、やれっこないと思っていたはずです。あれは正当防衛だった、と言うつもりはありませんよ……しかし、こう教えられたことはありませんか、場合によっては、先に攻撃をしかけなければ攻撃のチャンスはまったくない、と？」

　話を持ち出す糸口がつかめた。わたしは慎重に切り出した。

「いまの話からすると、故殺を主張できるかもしれない」

　ボグドノヴィッチはわたしの考えを読んでいた。彼は手を振ってしりぞけた。

「いや、ミスター・アントネッリ、わたしはそういう取り引きは考えていません。期間の長短を問わず、アメリカの刑務所にはいるのはごめんです。それに」彼は皮肉な目つきでつづけた。

「わたしがなにかを主張させてもらえると思いますか？　わたしが法廷の内部を目にできる

と？　それを以前あなたに言ったんです、警告しようとしました。権力側は——大統領周辺の人間たちは——ジェレミー・フラートンの実像を誰にも知られたくないんです……彼は偉大な人物で愛国者だった、と思わせておきたい、そのほうが自分たちも実際よりましに見えるから」

わたしは腹が立った。アンドレイ・ボグドノヴィッチはジェレミー・フラートンを殺し、その罪をある若者に負わせた。若者は死刑囚監房で日に日に衰弱していくというのに、彼は自分の死を偽装して得た金で安楽な余生を送れるというので、すっかり満足しているらしい。ジェレミー・フラートンはニヒリストだった。歴史が置土産にしたニヒリスト、とボグドノヴィッチは言ったが。ジャマール・ワシントンはなんなのか。その歴史が産んだ最後の犠牲者なのか？

「もどって自供してもらうしかない」わたしはかっとなって言った。「無実の罪を負わされた人間を救うにはそれしかないんだ」

ボグドノヴィッチはわたしの肩に手を置いた。口許にいかにも狡猾げな、かすかな笑みがあらわれた。

「数箇月まえ、わたしがあの爆発事故で死ぬすこしまえに、弟のアルカージ宛に小包みを送っておきました、ここボルディゲラへ。自分の身になにかありそうな気がしたものでね」彼の目がいたずらっぽく光った。「小包みはあけてはならない、わたしの遺産を処分した金を受け取った時点で、わたしの弁護士、アルバート・クレイヴンに転送してほしい、と指示を添えておきました」

ボグドノヴィッチはそこで言葉を切って、嘘ではないと目で請けあった。彼はすべて考え抜いていたのだ、もっとも、考えついたのは、わたしが訪ねていくという連絡をクレイヴンから受け取ったあとであることはまず確かだが。

「見れば、必要なものがぜんぶ揃っていることはわかると思いますよ……わたしの告白も、フラートンとの取り引きについての供述も、そして、もちろんKGBのファイルのコピーも」

ボグドノヴィッチはわたしが唖然となっているのに気づいた。彼は階段を昇りながら、わたしの背中をぴしゃりと叩いて笑い声をあげた。

「永久に残るKGB時代の唯一の記録を、わたしが性根の腐った書類整理係の手許に残すと思ったんですか？　わたしはコミュニストだったんですよ、ミスター・アントネッリ、ばかだったことは一度もありませんね」

階段の上に立つと、彼は世故に長けた目に不吉な表情を浮かべてわたしを見た。

「誰にそれを渡したらいいか、わかっていますか？　あなたの望みどおりのことをやれそうな、力を持った人物というだけではだめです。ジェレミー・フラートンを消し去ってしまいたい、その名声を完膚なきまでに叩きつぶしてしまいたい、と思っている人物を見つけ出すことです」

わたしには一人しか思いつかなかった。

28

「彼は土曜日はサンフランシスコにいる」ボルディゲラからもどった翌日、アルバート・クレイヴンがわたしに告げた。「夕方の六時十五分に会うそうだ。十分だけ割くと言っている」

わたしは机から顔をあげた。ジャマール・ワシントンの弁護を引き受けると決めた日から間借りしているこの事務所は、いまではわたしのセカンドハウスのようなものだった。わたしは分厚い三冊の黒いファイルフォルダーに納められた大量の書類を仕分ける作業をつづけていた。書類を繰りつづけたため、すでに手が痺れはじめていた。

「よくそんな約束が取りつけられましたね？」わたしは指を伸ばしながら言った。

「多額の献金を申し出たのさ――かなりの額だ」クレイヴンはそっけなく言った。「そうすればたいていの話は通るらしい」

彼は並んだ書類の山へ目を向けた。「ぜんぶロシア語なのかね？」

「英語の要約が添付してあります、わたしたちの友人はたいそう気がきくんです」

クレイヴンはうしろで手を組み、爪先に体重をかけて上体をすこし傾けた。そして、わたしの背後へ目をやり、悲しげに首を振った。

「われわれは奇妙な世界に生きているものだ」彼は独り言のように言った。そして、ふと急な用を思い出したというように、体を起こした。

「六時十五分。土曜の夕方の」

彼はうなずいてにやりと笑い、机の角を左の拳でトンと叩いた。「できるものならわたしも同行したいよ」

二日後、わたしは六時十分にセント・フランシス・ホテルのロビーにはいり、暗くなったバーを横目で見ながら足早にエレベーターホールへ向かった。

このまえ呼ばれたのとおなじスイートだった。今回はオーガスタス・マーシャル本人がドアをあけた。証人喚問されたときとはちがって、陪審に訴える必要も、満員の傍聴人の目を意識する必要もないので、法廷でふりまいた愛想やおだやかな物腰はかけらも見られなかった。細いワイヤフレームの眼鏡は、こらえきれない苛立ちが固い笑みとなってわずかにのぞく、強く結んだ唇によく釣りあっていた。おざなりに握手をかわすと、知事はこのまえわたしがつかのま坐ったソファを手で示した。飲物をどうかとは言わなかった。

マーシャルはすぐにでも立ちあがりたそうに、椅子に浅く坐った。「どういう用件なんだね、ミスター・アントネッリ？」

わたしは持参したアタッシェケースをガラス張りのコーヒーテーブルの上に置き、まばゆく光る真鍮製のロックをはずした。蓋をあけかけたところで思いなおし、アタッシェケースをテーブル上に横にした。

「どうなんでしょう、まだあなたには勝利の可能性があるんでしょうか？」

マーシャルの顔が強ばった。「まだ十月の第三週だ。あと二週間残っている」

「ええ、二週間あります。で、あの裁判の結果、あなたは亡霊を相手にするだけじゃなく、彼が結婚するはずだった女と、これから生まれてくる彼の子供をも相手にすることになってしまった。これからの二週間で、かならずしもアリエラ・ゴールドマンに投票しなくても、ジェレミー・フラートンのような偉大な人物の思い出を讃えることはできる、とどうやって有権者を説得しますか？」

マーシャルは立ちあがり、なかば閉じた目で冷ややかにわたしを見おろした。「これ以上の会話は無用だと思う、ミスター・アントネッリ。きみがミズ・ゴールドマンに裁判で負けたからというだけでは、わたしが選挙で彼女に負けるということにはならない」

「ええ、そのとおりですよ、知事。それはわたしたち二人ともわかっています」

わたしはアタッシェケースをあけ、アンドレイ・ボグドノヴィッチから受け取ったのち整理しなおした分厚いフォルダーを取り出した。

「それはなんだ？」わたしがフォルダーをどさりとテーブルに置くと、マーシャルがきいた。

「あなたが勝つにはこれを使うしかないでしょうね」

マーシャルはなにを言っているのかといぶかしみながら、わたしの目を探るように見た。

「これを読んで、どうするか決めてください」

彼はまだわたしに目をそそいだまま椅子に坐りなおし、ポケットに手を入れて読書用の眼鏡を探した。そして、一ページ、二ページと読み進み、驚愕の表情でわたしを見ながら三ページめを繰った。

わたしは一時間ほどつきあったのち、ボグドノヴィッチの供述とジェレミー・フラートンに関するKGBの無削除文書をマーシャルの許に残して部屋を出た。そして、エレベーターでロビーへ降り、ぶらぶらとバーへ向かった。

「おひさしぶりですね」バーテンダーが言った。

彼はマホガニー製のぴかぴかのカウンターにグラスを置き、スコッチとソーダをついだ。彼の記憶力がうらやましかった。

「どうなんだろうね」わたしは一口飲んで言った。「選挙はどっちが勝つだろう？」

彼はタオルをとってグラスを拭きはじめた。「きくまでもないでしょう」と、グラスを見たまま言って肩をすくめた。「今夜のようなことを聞いたらなおさらです」

わたしはもう一口飲んで、バーのなかを見まわした。ジェレミー・フラートンが最後の晩にアリエラ・ゴールドマンと坐ったテーブルには若いカップルが坐り、手を重ねていた。

「おかしな話です」バーテンダーが言っていた。「彼は七、八ポイント負けているんですが、集まりに出ようとしないというんですから。いま聞いたんです、あなたが見えるすこしまえに。支持者が待っているのに、代理を送りこんだそうです」

彼はグラスを磨きおえ、べつのを手にとった。「彼はあきらめたんじゃないでしょうか」

わたしは腕時計に目をやり、最後の一口を飲んでチップを置いた。「競馬はやるかね？」

「たまには」

「賭けに乗るといい。マーシャルの勝ちに賭けるんだ」

彼は気は確かかという顔でわたしを見た。

セント・フランシスをあとにすると、誰よりも早く結果を知らせてやって当然の人間のところへ面会に行った。そして、マリッサの家へ行き、ひさしぶりにぐっすりと眠った。

翌日の朝、オーガスタス・マーシャルが約束していた文書がアルバート・クレイヴンの事務所へ届けられた。その翌日、黄昏の光で下方の湾が金と赤に染まった夕方八時には、わたしはマリッサの家のリヴィングルームで彼女と並んでソファに坐り、オーガスタス・マーシャルが声明を発表するのをテレビで見ていた。マーシャルは、はなはだしい誤審を正し、アメリカの民主主義体制の根幹を脅かしたスキャンダルを公表するのは、自分に課せられた重大な義務である、と切り出した。

放映が終わると、あけたままになっているテラスのガラス戸のところへ行き、十月の涼しい夜気を吸いこんだ。下方へ目をやると、帰りを急ぐ数隻のヨットと、薄闇のなかにまたたくサンフランシスコの街の灯が見えた。

「これからどういうことになるの？」と、マリッサがたずねた。

わたしはふり返った。彼女は長い脚を折り曲げてソファの上に坐り、いつ見てもなんとなく二人のあいだの間隔が狭まったような気分にさせられる大きな目で見つめていた。

「ジャマールは明日、釈放されるだろう。昨日でもよかったはずなんだが、言うまでもなく、知事としてはその場に報道陣を立ち会わせたい。これまでのいきさつを考えると、彼を責められないという気もする。ジャマールは罪を全面的に取り消されて自由の身となり、桁はずれの額の信託財産を手に入れる。〝故〟アンドレイ・ボグドノヴィッチがとても気前がよかったおかげで、彼はもう週末に働くことなく、学校へ通えるんだ」

わたしは湾の向こうへ目をやった。夢をすべて叶えてやるからやってこいと、〝都会《ザ・シティ》〟が手招きをしている。

「ジェレミー・フラートンになったような気分だよ」わたしは首をまわさずに言った。「わたしはみんなの秘密を知っているし、みんなに嘘をついているんだ」

空気がいっそう肌寒くなり、闇が濃さを増した。わたしはポケットに両手を入れ、どうやって真相を隠したかを思い返してみた。

「ジャマールには、ボグドノヴィッチが悔恨の念から、彼に金を贈ると遺言を残した、と説明した。ボグドノヴィッチに自分自身の遺産を相続させる条件の一つとして、わたしが吐き出させた金だ、と言うわけにはいかないからね。クレイヴンには、ボグドノヴィッチの告白を記したものは彼の弟から受け取った、と言わざるをえなかった。ボグドノヴィッチがまだ生きていることを話せば、彼を不正行為に巻きこむことになってしまうから。それから、言うまでもなく、アルバート・クレイヴンのことはジャマールにはいっさい話せない、それは……とにかく話せないんだ」

部屋の向こうから届くマリッサの声が耳許で囁いているように聞こえた。「ジェレミー・フラートンがその生涯で、いまのあなたほどの力をふるったことが一度でもあると思う？　アリエラ・ゴールドマンはいまなにを考えているかしら？　ローレンス・ゴールドマンの祖父はあなたのお祖父さんを刑務所に入れたのかもしれないけど、そんなのはあなたがいま彼にしたこととの比ではないわ」

わたしは祖父のことも、署長となった悪徳警官のこともすっかり忘れていた。だが、ローレンス・ゴールドマンとその娘がこうむった打撃については、マリッサの言うとおりだ。アリエラ・ゴールドマンが産む子供の誉れ高き父親であるジェレミー・フラートンは、一夜のうちに殉教者から売国奴に変わってしまった。それもさりながら、あくなき野心家である彼ら親子にとってもっと重大なのは、ジェレミー・フラートンが政界進出を阻む最大の障害になってしまったことだ。

「彼らになにができるかしら？」マリッサがわざとらしくきいた。「まちがいだった、とアリエラは言うのかしら？　みごもっているのはスパイだったとわかった男の子供ではない、ほかの有名人と不倫をした結果、妊娠したのだ、と？」

わたしはふと思い出し、笑いながらふり返った。

「ボルジア一族について、それと似たようなことを言った人がいた……〝近親相姦と姦通によって社会の道徳に宣戦布告をおこなった〟と」

「でも、ボルジア一族とちがって、ゴールドマン親子は誰も殺していないわ」マリッサはそう言って、不自然な笑い声をあげた。

ジェレミー・フラートンの所業と殺害された理由をテレビの画面で暴露する、自信に満ちたオーガスタス・マーシャルの顔がまだわたしの頭に焼きついていた。彼はいまでは自分の勝利を確信している。最初の選挙では司法長官が死に、今度はこうなった。ハイラム・グリーンの言ったとおりだ……彼らはみんな、自分は大統領になる運命だと思っているのだ。

「あんたはアリエラ・ゴールドマンの進路を阻むただ一人の人間になろうというのか？」わたしは思わずそうつぶやいていた。

食事が終わってマリッサが眠りにつき、ソーサリートの狭い通りから観光客の姿が消えたころ、わたしは湾の岸辺をずっと歩いてみた。ジェレミー・フラートンがよくやっていたと聞いたのを真似て、波打ちぎわに立って湾の対岸をながめてみた。あらゆるものを引き寄せる〝都会《ザ・シティ》〟が闇のなかに燦然と光をはなっている。ずいぶん近く見えた……手を持ちあげさえすればそれがもっと近づいてきて、さわれるのではないかと思えるほど。彼にはどう見えたのだろうか、自分はどこまで昇りつめ、どんな偉業をなしとげられると思っていたのだろうか、と考えながら街の灯を見つめた。彼は自分がなるはずの人間に恋をした。そして、未来にどっぷり漬かった結果、志なかばで、あとわずかの道のりを残して、この世を去った。あたりは静まりかえり、聞こえる物音は足許の岩にそっと打ちつける波の音ばかりだった。決して輝きを減じることのない灯を見つめつづけているうち、彼が見たものがそっくり見えてきた……つかのま、わたし自身の目ではなく、彼に変身して見ているような気分をおぼえた。

解説

三橋　暁

ひとくちにリーガル・スリラーとは言うけれど、そのタイプも毛色もさまざまだ。笑いを誘う軽妙でユーモラスなものから、シリアスなタッチの重厚な作品まで。その柔軟でしなやかな枝葉の茂らせ具合からは、いまやエンタテインメント文学の方面における一大潮流となったリーガル・スリラーの充実した状況がうかがわれる。

さて、やや私見が入ることを承知で言わせていただくと、その広大なテリトリーの一角に、ひときわコアな作家や作品群がある。その一連の作品は、リーガル・スリラーとしても、勿論文句なしの一級品なのだが、それは作品の魅力のほんの一面に過ぎない。作家でいうならば、『推定無罪』で彗星のごとく登場し、リーガル・ブームの火付け役ともなったスコット・トゥローや、九〇年代に入るやめきめきと頭角を現したリチャード・ノース・パタースンらの名が思い浮かぶ。

彼らの作品について語るとき、法廷場面の手に汗を握る展開であるとか、待ち受ける鮮やかな逆転劇といった、リーガル・スリラーの文脈で捉えようとすると、それだけでは語りきれない一種のもどかしさのようなものをおぼえてしまう。それは、そのコアなる部分に、ジャンル小説という枠を越えた普遍的ともいうべき何かがあって、それが読み手の心を動かすからだ。例えば、それは登場人物の生き方という形をかりて投影された作者の人生観であったり、さまざまな思索的側面であったりする。そういう意味では、エンタテインメントというよりは、文学のベクトルを強く感じさせる一面でもあるだろう。言葉をかえれば、彼らの作品には人生があるのだ、という言い方ができるのかもしれず、安直ではあるかもしれないが人生派などというカテゴライズも頭に浮かんでくる。

本作『遺産』の作者D・W・バッファも、実はそんな作家たちのひとりである。バッファは、シカゴ大学を卒業後、オレゴン州で弁護士を開業していたという法曹界出身の作家で、一九九七年、『弁護』で小説家としてデビューし、わが国の読者にも紹介された。

この『弁護』は、引き受けた事件のことごとくに勝利するという不敗神話をもつ刑事弁護士ジョーゼフ・アントネッリが、恩師である判事リフキンの依頼を受けて、継娘をレイプしたという容疑をかけられた義理の父親の弁護を引き受けるところから始まる。圧倒的に不利な状況を得意の弁舌で奇跡的に乗り切り、勝訴へ持ち込んだアントネッリだったが、数年後、その訴訟と繋がりがあるとしか思えない事件が発生する。かくして、関係者たちの運命の歯車が狂い始める。

常勝のエリート弁護士や裁判における大逆転劇というリーガル・スリラーの定番メニューで読者を迎えるこの作品だが、本作のすぐれて印象的なところは、その後に待ち受ける裁判という制度の不確実性をめぐる展開であった。裁判など陪審員を審判としたゲームくらいにしか考えてこなかったアントネッリは、事件のその後を通じて、どう見ても有罪としか思えない容疑者を無罪にしてしまう自らのあり方に苦悩する。彼とは対照的な存在として描かれるリフキン判事との対話や、法と正義をめぐるアントネッリの葛藤など、物語は内省的なテーマへと迫っていくのだ。

弁護士アントネッリの魂の彷徨と人間的な成長が見事に交錯する『弁護』は、まさに人生派を代表するような堂々たる作品であったが、アントネッリはデビュー作一作限りの主人公だろうと思った読者が多かったのではないか。というのも、幕切れでアントネッリの心に浮かぶ、弁護士という仕事に対するペシミスティックな思いが、あまりに印象的だったからだ。かくいう私もそう思いこんだ一人で、第二作『訴追』に、再びアントネッリが登場し、以降シリーズ化されるに至ったのには、嬉しい驚きをおぼえた。

ここで、これまで刊行されたアントネッリ・シリーズのリストを紹介しておこう。

The Defense（1997）『弁護』
The Prosecution（1999）『訴追』
The Judgment（2001）『審判』
The Legacy（2002）『遺産』　＊本作
Star Witness（2003）
Breach of Trust（2004）
※邦題のあるものは、すべて二宮磬訳、文藝春秋（文春文庫）刊

二作目の『訴追』は、現職の検事が妻殺しの疑惑をかけられた事件で、政治的に特別検察官がおかれることとなり、法曹界から引退同然の身であったアントネッリに白羽の矢がたてられる。かくして、アントネッリは訴追側として第一線に復帰する。さらに続く第三作『審判』では、人生の宿敵であった首席判事が刺殺され、警察の捜査方針に疑念を抱いたアントネッリは法廷に立つことになる。惜しくも受賞は逃したが、エドガー賞の候補にもなったこの作品の読みどころは、物語前半で明らかにされていくアントネッリの闇に覆われた過去で、人生派と呼ぶに相応《ふさわ》しい読み応えを備えた作品に仕上がっている。

そして、ここにお届けするのが、シリーズ第四作となる『遺産』である。(※以下、種明かしはしておりませんが、これから読まれる方の興味を削ぐ恐れなきにしもあらずですので、賢明なる読者はぜひ本文を先にお読みください。)

今回、アントネッリは幼い頃から憧れの存在であった従兄弟のボビーの要請で、サンフランシスコへと向かう。ボビーも現在は弁護士で、同じ事務所のパートナーとして紹介されたクレイヴンから、アントネッリは仕事を依頼される。カリフォルニア州選出の上院議員であり、将来は大統領候補の指名も約束されているという人物が深夜車の中で何者かに射殺され、現場で逮捕された黒人青年を弁護してほしいというのだ。

弁護に関してクレイヴンの関与を他言しないという条件がつけられたことや、ボビーがあまり積極的でないことなどを怪訝《けげん》に思う主人公だったが、自分の要求した破格な報酬が承諾されたこともあって、弁護を引き受けることになる。ところが、行きずりの強盗事件と思って収監中の容疑者に面会したアントネッリは、青年がホテルの厨房で働きながら医学の道を目指す大学生であると知って、驚かされる。

デビュー作の『弁護』以降、紆余《うよ》曲折の人生を送るアントネッリだが、本作では初めて前作までのオレゴン州ポートランドの地を離れ、〝都会《ザ・シティ》〟ことサンフランシスコを舞台に活躍する。サンフランシスコは、作中の主人公の回想にもあるように、子どもの頃には夏休みになると母親とともに訪れていた町であり、多感な年頃を敬愛する従兄弟と過ごした町でもあり、シリーズの新たなる展開を予感させる。

さて、まずはリーガル・スリラーとしての出来映えだが、例によって、主人公のケレン味を交えた法廷戦術が見事だ。今回の事件も、被告側の圧倒的に不利な状況を、公判が始まるや、アントネッリはさまざまな弁術を駆使して打開を試みる。陪審員を選ぶ予備尋問で「ジョン・F・ケネディを殺したのは誰か？」という一見突飛とも思える質問で周囲を混乱に陥れたり（二四二頁）、同じ証言を三度繰り返させるという奇策を弄したり（三一八頁）と、自らの弁護の才能を駆使してみせる一方で、ちょっとした失態を一気に挽回してみたり（三〇三頁）と、実に鮮やかな腕前でたたみかける。

一方、裁判の進行と並行して、解き明かされていく謎も、なかなか読者の意表をついたものになっている。アントネッリが最初に真犯人ではないかと疑ったのは上院議員の身近な人物で、動機も単純なものだったが、関係者の証言を辿っていくと、やがて被害者を取り巻く政治の世界のとんでもない舞台裏が浮かび上がってくる。読者としては、ただただ唖然とするばかりだが、それはまだ序の口に過ぎない。さらなる大きな罠が読者のために用意されている。

しかし、それらリーガル・スリラーとしての華やかなパフォーマンスを引き立てているのは、やはりバッファの豊饒な小説世界である。従兄弟との再会を通して、自らの人生を振り返り、また一時の栄光を空しいものと内省するくだりなど、まさに人生派の面目躍如たるものがある。また、主人公が過去を回想するイントロダクションで、いきなりアントネッリの出自の秘密が明らかにされるのにも驚かされるが、さらには、従兄弟と交わす祖父についての想い出話を通して、ルーツ探しの希求が読者に暗示されるなど、主人公の思索や内観は、物語にさらなる背景を描き足し、シリーズの世界のふくらみを見事に引き出している。

事件を追うアントネッリは、やがて事件の背後にある、上院議員の後援者であり、不動産業者であるローレンスと、上院議員のスピーチライターをつとめていたアリエラのゴールドマン父娘の家系に行き当たる。ローレンスの祖父ダニエル・ゴールドマンは、一介の警察官でありながら、巨万の財産を築いた人物で、その代々の家系はサンフランシスコの歴史の暗部に根をおろすものだった。

サンフランシスコの町とゴールドマン家の結びつきをしめすエピソードと、作中でたびたび引用されるフィッツジェラルドの『グレート・ギャツビー』は、舞台こそ違うが、まさにロスト・ジェネレーションをめぐる物語として見事にシンクロする。第一次大戦後という過去に根をおろす物語を彩るモチーフとして、これほどうってつけのものもない。本書の余韻をより味わい深いものとしているといっていいだろう。

これまでのオレゴンの温暖な地ポートランドから、カリフォルニアのサンフランシスコへと物語の舞台はシフトし、シリーズは新生面を迎えた。この『遺産』で、事件の背景にこれまでにないスケール感とサスペンスを打ち出すことに成功したバッファは、映画の都ハリウッドを舞台にした次回作で、どのような作品を届けてくれるのだろうか。今から楽しみでならない。

（文芸評論家）

文春文庫

遺《い》産《さん》

定価はカバーに
表示してあります

2004年10月10日　第1刷

著　者　D・W・バッファ

訳　者　二《にの》宮《みや》磬《けい》

発行者　庄野音比古

発行所　株式会社　文藝春秋

東京都千代田区紀尾井町 3-23　〒102-8008
TEL　03・3265・1211
文藝春秋ホームページ　http://www.bunshun.co.jp
文春ウェブ文庫　http://www.bunshunplaza.com

落丁、乱丁本は、お手数ですが小社営業部宛お送り下さい。送料小社負担でお取替致します。

印刷・凸版印刷　製本・加藤製本

Printed in Japan
ISBN4-16-766176-4